VERLAG
FRITZ
MOLDEN

Mary Stewart

RÜHR NICHT DIE KATZE AN

Roman

VERLAG FRITZ MOLDEN · WIEN–MÜNCHEN–ZÜRICH

1.–15. Tausend

Aus dem Englischen übertragen von
HANS E. HAUSNER und PETER ZENTNER

Titel der englischen Originalausgabe:
TOUCH NOT THE CAT

Schutzumschlag und Ausstattung: Hans Schaumberger, Wien
Lektor: Franz Schrapfeneder
Technischer Betreuer: Herbert Tossenberger
Schrift: Garmond Garamond-Antiqua
Satz: Filmsatzzentrum Deutsch-Wagram auf Linotron 505 C
Druck und Bindearbeit: Wiener Verlag, Wien
ISBN 3-217-00831-6

Für meinen Onkel
George Rainbow

1. KAPITEL

Ja, meine Seele ist's, die meinen Namen ruft.
Wie silbersüß tönt bei der Nacht die Stimme . . .
„Romeo und Julia", II/2

In der letzten Nacht im April kam mein Geliebter zu mir, eine Botschaft und eine Warnung auf den Lippen, und ich begab mich auf den Weg nach Hause, zu ihm. So ausgedrückt, klingt es seltsam, aber genau das ereignete sich. Wenn ich es zu erklären versuche, wird es zweifellos noch seltsamer klingen. Doch ich will der Reihe nach erzählen.

Ich arbeitete in Funchal, Madeira. Funchal ist der bedeutendste Ort dieser reizvollen Insel im Atlantik, und obwohl seit irgendwann im vierzehnten Jahrhundert beinah jedes Schiff, das den Ozean überquert, seinen Hafen anzulaufen pflegt, ist es klein und bezaubernd geblieben – dieses Städtchen mit seinen steilen Alleen, die sich vom gebirgigen Rückgrat der Insel über die Lavahänge stürzen, seinen Straßen voller Blumen und Bäume, wo allein schon die Bürgersteige mit buntem Mosaik gepflastert sind, das an der Sonne glitzert. Ich arbeitete als Empfangsdame und Fremdenführerin in einem der neuen Hotels im Osten der Stadt. Das hört sich gemütlich an, ist es aber nicht. In der Touristensaison, die auf Madeira fast das ganze Jahr währt, ist dieser Job wirklich hart. Doch ich hatte mich darum nur beworben, weil „eine junge, gutaussehende Dame, langem Arbeitstag nicht abgeneigt", offenbar höchst bescheidene Voraussetzungen mitzubringen hatte. Mit beidem konnte ich aufwarten: Mein Aussehen war so gut wie alles, was ich besaß, und ich hätte beliebig lange gearbeitet, um etwas Geld zu verdienen. Ob ich die geeignetste Bewerberin war, weiß ich nicht, doch es fügte sich, daß die Leute, denen das Hotel gehörte, meinen Vater gekannt hatten, weshalb ich eingestellt wurde. Die Hintertür der alten Knaben, so nennt man das. Meistens öffnet sie sich auch brav. Man mag sich auf diese Weise zwar nicht eben die Besten und Hellsten ins Haus holen, aber immerhin teilen sie die gemeinsame Muttersprache, und für gewöhnlich kann man's ihnen schön schmerzlich heimzahlen, wenn sie einen im Stich lassen.

Erst ein Jahr ist vergangen, seit die Dinge geschahen, über die ich nun schreibe, doch ich ertappe mich dabei, an meinen Vater so zu denken, als wär' er schon lange dahin, ein Teil der Vergangenheit; denn heute ist er das. Damals aber, in jener warmen Aprilnacht auf Madeira, als mein Geliebter mich zu ihm sandte, war Daddy noch am Leben – gerade noch.

Ich schlief nicht im Hotel. Die Bekannten, denen es gehörte, hatten auch eine Quinta, ein Landgut, wenige Kilometer außerhalb Funchals, wo die Pinienwälder sanft an den Berghängen zum Meer abgleiten. Dorthin gelangte man über einen Weg, der von der Landstraße nach Machico abzweigte, ein steiles graues Band erstarrten Lavagerölls, im Sommer von afrikanischen Lilien gesäumt, blauen und weißen, die sich kühl und frisch von den Pinienwäldern abhoben, während ihre Stengel in der Strömung des glucksenden Wassers in der *levada* am Straßenrand vibrierten. Das Haus, groß und nach portugiesischer Art schmuck herausgeputzt, stand auf einem weitläufigen Grundstück inmitten zahlloser Blumen, sorgsam besprengter Rasenflächen und aller erdenklichen exotischen Sträucher und Blütenbäume, ein wildbewegtes Bild vor dem ruhigen Hintergrund jener Bergkiefern. Die Besitzer wohnten während des ganzen Jahres dort, kehrten aber in den meisten Jahren mit den ersten Apriltagen nach England zurück, in ihr Haus in Herefordshire, von unserem nur durch die Malvern-Berge getrennt. So hielten sie sich auch jetzt in England auf, und alle Fensterläden der Quinta waren geschlossen, doch ich wohnte im sogenannten Gartenhaus, einem schlichten, ebenerdigen Gebäude am Ende des Gartens. Seine Mauern waren blaßrot getüncht wie jene des großen Hauses, und innen war es schmucklos und kahl – blankgeschrubbte Holzböden und große, hallende Räume mit grauen Wänden, tagsüber stets gegen die Sonne abgeschirmt, wunderbar still und luftig, und überall duftete es nach sonnendurchglühten Pinien und Zitronenblüten. Mein Schlafzimmerfenster blickte auf einen der Wege, die zwischen üppigen Kamelienbeeten hügelabwärts zu den Seerosenteichen führten, wo die Frösche die ganze Nacht lang quakten und plätscherten. Ende April ist die Zeit der Kamelien so ziemlich vorbei, und ihre verdorrten Kelche werden, beinah noch im Fallen, von den übereifrigen portugiesischen Gärtnern fortgekehrt; aber die Judasbäume stehen in Blüte, die Engelstrompeten des Stechapfels und die Glyzinien, die sich alle ihren Weg nach oben bahnen in einem traumverschwommenen Farbenmeer des Blühens, wo die Blumen ihre angestammten Jahreszeiten vergessen haben, um (so will es scheinen) unaufhörlich zu sprießen. Und die Rosen sind da. Keine Rosen, wie wir sie zu Hause haben; Rosen brauchen ihren frostigen Winterschlaf, und hier, vom Klima zu ständiger Blüte gezwungen, geraten sie fahl und schlaffkelchig, halten sich mühsam auf dünnen, allzu biegsamen Stengeln. Auch auf der Mauer des Gartenhauses wuchsen Rosen, schwankende Mondgesichter von weißlichen, nur lose geballten Blüten, die sich halb über mein Schlafzimmerfenster ergossen. Die Brise, die von Zeit zu Zeit die Regenwolken vor das Mondlicht schob, warf die Schatten der Rosen immer wieder über Wand und Decke, jedesmal gleich und dennoch jedesmal anders, eben wie die Rosen sich bewegten und ihre Blüten im leichten Wind zerflatterten.

Ich schlief noch nicht, als er kam. Er war schon so lange nicht mehr bei mir gewesen, daß ich anfänglich kaum erkannte, was vorging. Es war nur mein Name, ganz leise, durch das leere Zimmer schwebend und verwehend, wie auch die Schatten der Rosen schwebten und verwehten.

Bryony. Bryony. Bryony Ashley.

„Ja?“ Ich stellte überrascht fest, daß ich's laut gesagt hatte, als wären Worte nötig. Dann wurde ich vollends wach, und ich wußte wieder, wo ich war und wer mit mir sprach. Ich drehte mich auf den Rücken und starrte zur hohen Decke dieses leeren Raums empor, wo die mondumspülten Schatten für eine Weile innehielten, unbeweglich und körperlos verharrten. So körperlos wie der Geliebte, der das nächtliche Zimmer mit seiner Gegenwart und mein Bewußtsein mit seiner Stimme erfüllte.

Bryony. Endlich. Hör mir zu . . . Hörst du mir zu?

Es erreichte mich nicht so, natürlich nicht. Das ist schwer zu beschreiben, wenn nicht ganz und gar unmöglich. Es erreicht einen weder in Worten noch in Bildern, sondern – ich kann das nicht besser ausdrücken – in plötzlichen Wellen geistiger Kraft, die ins Bewußtsein vorstoßen und dort einrasten, sich bündig einfügen in der Art, wie ein Buchdrucker die Zeilen zum Umbruch schließt, ehe man die fertige Seite mit all ihren Bedeutungen und Inhalten vor sich sieht. Mit diesen Gedankenströmen aber dringt die ganze Seite auf einmal durch; es ähnelt möglicherweise, finde ich, jener Lesetechnik, die vollständige Absätze mit einem Blick erfaßt, wenngleich ich derlei noch nie versucht habe. Es kommt mit der Übung, sagt man. Nun ja, er und ich hatten unser ganzes Leben lang üben können; ich kannte ihn schon meine ganzen zweiundzwanzig Jahre lang, und er (das wenigstens wußte ich über ihn zu sagen) war nicht viel älter.

Als Kinder müssen wir wohl geholpert und Fehler gemacht haben, wie das auch alle normalen Sprößlinge tun, wenn's ans Lesen geht, aber ich kann mich an keine Zeit erinnern, da wir einander nicht alles anvertrauen konnten, von Seele zu Seele, fließend und unbefangen. Zu Beginn schien es, als teilte ich meine Träume oder hätte (wie dies bei Kindern, glaub' ich, häufig vorkommt) einen Spielgefährten aus dem Reich der Phantasie, der alles mit mir teilte und viel wirklicher war als meine Schulfreunde oder selbst die Cousins, die ganz in unserer Nähe wohnten. Anders als die meisten Kinder, sprach ich aber nie über ihn. Ich glaube kaum, daß dies auf Furcht vor ungläubigem Spott zurückzuführen war, denn ich nahm diese Erlebnisse als ausgesprochen selbstverständlich hin; aber jene Gedankenblöcke unterlagen einer rätselhaften Zensur, die mir nicht gestatten wollte, sie mit anderen zu teilen, nicht einmal mit meinen Eltern. Und dieselbe Zensur muß auch auf ihn eingewirkt haben. Niemals, auch nicht durch das kleinste Zeichen oder eine fadenscheinige Strähne unserer geistigen Verbindung, ließ er mich wissen, wer er war – obwohl wir gemeinsame Erinnerungen hatten, aus denen ich erkennen konnte, daß er jemand sein mußte, der mir nahestand. Ich lag schwerlich falsch, wenn ich in ihm einen meiner Ashley-Vettern erblickte, die auf Schloß Ashley Tag für Tag mit mir gespielt hatten, als ich noch ein Kind war, um später beinah alle Ferien mit mir zu verbringen. Es ist eine Begabung, die in manchen Familien kommt und geht, und es war verbürgt, daß sie auch in unserer aufzutauchen pflegte: Schon seit jener Elizabeth Ashley, die 1623 auf dem Scheiterhaufen hingerichtet wurde, hatte es, zwangsläufig im geheimen, Aufzeichnungen über seltsame „Gesichte" und Fälle von Gedankenübertragung zwischen Familienmitgliedern gegeben. Wie ich ihn, kannte mein Geliebter auch mich, denn ich war das einzige Mädchen, das den Namen Ashley trug, und seit etwa einem Jahr redete er mich rundweg als „Bryony" an. Auch hier gebrauche ich den Namen nur aus Bequemlichkeit; fast könnte man sagen, daß er mich „Du" nannte, als hieße ich so – aber auf eine Weise, die mich völlig identifizierte. Ich wiederum nannte ihn „Ashley", was ihn verleiten sollte, sich zu erkennen zu geben. Das tat er nie, nahm diese Anrede jedoch ebenso hin, wie er „mein Junge" und bisweilen, in unbedachten Augenblikken, „Geliebter" hingenommen hatte: mit derselben wachsamen, gelinden Belustigung, mit der er jeden meiner jüngsten Versuche parierte, ihm seinen Namen herauszulocken. Er begnügte sich damit, mir zu versichern, wir würden offen und ohne Rätsel zueinanderfinden, wenn die Zeit reif sei; bis dahin aber könnten wir uns nur in Gedanken nahe sein.

Ich weiß, daß ich das nicht gut erklärt habe, aber schließlich ist es für mich etwas lebenslang Vertrautes, und ich hab' gesehen, daß sehr viele Menschen derlei Dinge nicht einmal kennen. Als ich alt genug war, diese Begabung als einzigartig und geheimnisvoll zu begreifen, hatte ich Bücher gewälzt, doch nichts, was ich unter Rubriken wie „Telepathie" oder „Gedankenübertragung" lesen konnte, reichte an diesen problemlosen, verborgenen Verbindungsstrang heran, den wir unser eigen nannten. Letzten Endes gab ich's auf, diesen Erlebnissen auf den Grund zu gehen, und nahm sie wieder für bare Münze, wie ich's als Kind getan hatte. Wenngleich ich meiner Lektüre entnahm, daß Begabungen wie diese ungemütlich werden können und in vergangenen Zeiten regelrecht gefährlich waren, hat es mich nie beunruhigt, sie zu besitzen. Im Gegenteil: ohne sie könnte ich mir mein Leben kaum vorstellen. Ich weiß nicht einmal, wann mein Gefährte auch zum Geliebten wurde; es war eine Veränderung in den Gedankenströmen, nehme ich an, so unverwechselbar wie die Veränderungen im eigenen Körper. Und wenn es widersinnig anmutet, daß jemand der Liebe bedarf und sie auch gewährt, ohne den Körper zu kennen, dem sie gewährt wird, so glaub' ich eher, daß der menschliche Körper unbewußt ein Bedürfnis diktiert, ein Sehnen, das der Verstand zu erfüllen trachtet. Bei uns beiden setzte der Verstand unsere Sehnsucht in lebendige, anhaltende Gedankenwellen um, die ausgesandt und empfangen wurden – ohne Fragen und, zumal körperliche Zuwendung nicht im Spiel war, entspannt und mühelos.

Sehr wahrscheinlich würde es nicht mehr so einfach sein, sobald wir einander von Angesicht zu Angesicht kannten, doch im Moment schien keine Aussicht darauf zu bestehen. Einen Vetter zweiten Grades, der nicht die geringste Andeutung darüber gemacht hat, kann man nicht aus heiterem Himmel angehen: „Sag mal, bist du der Ashley, der mit mir so vertraulich gesprochen hat?" Einmal allerdings klopfte ich auf den Busch. Ich fragte Francis, den jüngsten meiner drei Cousins, ob er manchmal von Menschen so lebhaft träume, daß er sie mit der Realität verwechsle. Er schüttelte den Kopf, interesselos offenbar, und wechselte das Thema. Daraufhin nahm ich meinen Mut zusammen, um die Zwillinge zu fragen, die fast vier Jahre älter waren als ich. Als ich mit James sprach, dem Jüngeren der beiden, sah der mich eigenartig an, sagte aber nein; und er muß Emory davon erzählt haben, seinem Zwillingsbruder, denn nun bedrängte Emory mich seinerseits mit tastenden Fragen. Voll Wissensdurst war er und ziemlich aufgeregt, aber irgendwie auf dem falschen Gleis, wie es damals die braven Spiritisten waren, als Rob Granger, der Bauernsohn bei uns daheim, von einem geisterhaften Priester berichtete, den er durch die Mauern der Kirche von Ashley wandeln habe sehen. Alle glaubten sofort, das müsse Kardinal Wolsey sein, päpstlicher Legat am Hofe Heinrichs VIII., der als junger Mann hier geweilt hatte. Doch es stellte sich heraus, daß es unser Pfarrer gewesen war, der im Morgenmantel zur Kirche ging, um die Brille zu holen, die er in der Sakristei vergessen hatte.

Mein Geliebter sagt – und erst gestern hat er's wieder klipp und klar gesagt –, ich hätte mich so sehr an die Verständigung in Gedankenblöcken gewöhnt, daß ich mit Worten gar nicht mehr so gut sei. Ich komme nie zur Sache, findet er, und wenn ich's tue, kann ich nicht dabei bleiben. Das aber werde ich versuchen müssen, wenn ich die Geschichte der seltsamen Dinge niederschreiben soll, die sich vor einem Jahr auf Ashley Court ereigneten. Schreiben muß ich sie: aus Gründen, die ich später darlegen will. Am besten fang' ich wohl damit an, etwas über die Familie zu erzählen. Was ich bisher geschrieben habe, läßt uns dastehen wie schnurstracks aus einem zwielichtigen alten Melodrama entfleucht – was so abwegig nicht wäre, zumal diese Familie so alt ist wie Noah, und ich glaube, man könnte auch sagen, sie sei so verrottet wie eine längst versunkene Arche. Kein schlechter Vergleich, denn Ashley Court, ihre Wiege, ist ein ehrwürdiges Herrenschloß mit einem richtigen Burggraben rundherum, seit den Tagen der Sachsen, Stück für Stück, durch eine ganze Reihe von Besitzern erbaut, von denen leider kein einziger vernommen hatte, wie man Mauerwerk vor Nässe bewahrt. Aber es ist sehr schön und bringt uns, die nötigen Aufwendungen nicht gerechnet, jährlich über zweitausend Pfund aus den Taschen der Fünfundzwanzig-Penny-Touristen, Gott sei mit ihnen.

Die Familie reicht sogar noch weiter zurück als die ältesten Teile des Hauses. Da gab's einen Ashley – die Überlieferung sagt, er habe Almerich von den Speeren geheißen, was auf angelsächsisch etwa wie „Asher" ausgesprochen wurde –, der vor den Dänen floh, als diese im zehnten Jahrhundert die Ufer des Severn mit ihren Raubzügen heimsuchten, und sich mit seiner Familie in der dichtbewaldeten Gegend am Fuß der Malvern-Berge niederließ. Zuvor schon hatte es dort Siedler gegeben; und noch früher, hieß es, hatten die Briten nach ihrer Flucht vor den Sachsen wie Gespenster in den Trümmern eines römischen Hauses weitergelebt, das an einer Stelle erbaut worden war, wo eine Flußbiegung das Sonnenlicht einließ. Von dieser alten Niederlassung war bis auf die Überreste einiger Ziegelöfen, eine halbe Meile von unserem Haus entfernt, nichts mehr zu sehen. Die Sachsen gruben einen Festungsgraben, leiteten den Fluß hinein und harrten, häuslich verschanzt, bis zur normannischen Eroberung aus. Der Sachse Ashley fiel im Kampf, und der nachrückende Normanne nahm seine Witwe und sein Land, errichtete einen steinernen Wehrturm auf der Insel und eine Zugbrücke als Verbindung, bemächtigte sich dann auch des Namens und ließ sich nieder, um Kinder großzuziehen, die Ashley hießen und, wahrscheinlich zu seiner Erbitterung, allesamt blond, hellhäutig und hochgewachsen waren – und sächsisch bis in die Knochen. Ja, die Ashleys hatten immer schon ein Talent, an den Dingen festzuhalten, die sie bewahren wollten, während sie sich wieselflink und mühelos den jeweiligen Siegern anpaßten. Noch unter Heinrich VIII. waren wir Katholiken wie in all den Jahren zuvor; dann, als Ann Boleyn, die „Große Hure", sich ihn schnappte, bauten wir eine verborgene Priesterkammer, für deren Bewohnung wir auch sorgten, bis wir sahen, auf welcher Seite der Kuchen gezuckert war. Unversehens unter Elisabeth I. gelandet, waren wir plötzlich Protestanten von reinstem Schrot und Korn, mauerten die Priesterkammer zu und lernten die Neununddreißig Artikel auswendig, lauthals womöglich. Keiner von uns wurde einen Kopf kürzer gemacht, nicht einmal unter der Blutigen Mary, aber so sind die Ashleys nun mal. Verkommene Opportunisten, die ihr Segel stets nach dem Wind wenden. Wir beugen uns den Stürmen einer sich wandelnden Welt – und wir bleiben auf Ashley Court. Selbst in den siebziger Jahren unseres Jahrhunderts, als es keine Segel mehr zu wenden gab, blieben wir dort, mit einem kleinen Unterschied allerdings: Wir wohnten nicht mehr im Schloß, sondern im Haus des Gärtners.

Heute erinnert nichts mehr an die höfisch strengen Gärten, die einst wunderschön gewesen sind, die ich aber nie anders denn verwahrlost gesehen habe und struppig, mit dem ungezähmten Reiz einer Dornröschenlandschaft. Nur das herrliche, langsam verfallende alte Schloß auf seiner Insel inmitten des Wassergrabens und die Wildnis rundum waren von einem Besitz geblieben, der sich einst über eine halbe Grafschaft erstreckt hatte, zur Zeit meines Vaters jedoch zu einem Landstreifen entlang des Flusses zusammengeschrumpft war: nur noch diese Gärten, die einfachen Gebäude einer ehemals florierenden Gutsfarm von feudalen Ausmaßen – und ein Kirchhof. Auch die Kirche selbst, glaub' ich, gehörte offiziell dazu, aber Jonathan Ashley, mein Vater, versteifte sich nicht darauf. Die Kirche stand in ihrem grünen Friedhof gleich vor dem Haupttor unserer Auffahrt, und als kleines Mädchen dachte ich immer, ihre Glocken läuteten mitten in den Wipfeln unserer Linden. Heute noch bringt mir der Geruch von Lindenblüten den Klang der Kirchenglocken zurück, und ich sehe noch, wie die Saatkrähen von den Ästen aufflattern wie Rußflocken aus einem offenen Feuer.

Das war alles, was von dem reichen Landgut übrig war, das der Kavalier Ashley bebaut und gehegt hatte. Er übrigens muß der einzige Königstreue in ganz England gewesen sein, der darum herumkam, das Familiensilber für Charles I. einzuschmelzen; selbstverständlich weigerte er sich. Ich hab' so den Verdacht, daß er und die Seinen nur deshalb nicht ungeniert zu Charles' Gegnern überliefen, weil sie an deren Kleidung und Haartracht keinen Geschmack finden konnten. Jedenfalls retteten sie Ashley Court solcherart gleich doppelt, denn mein Vater konnte 1950 den größten Teil des Silbers bei Christie's versteigern lassen, wovon wir lebten und das Anwesen einigermaßen in Ordnung hielten, bis ich sieben oder acht Jahre alt war. Dann übersiedelten wir in einen Seitentrakt des Schlosses und machten die anderen Flügel der Öffentlichkeit zugänglich. Ein paar Jahre später, nach dem Tod meiner Mutter, zogen Daddy und ich ganz aus, um fortan im Gärtnerhaus zu wohnen, einem hübschen kleinen Bau am Rand der Wiese mit den Apfelbäumen, davor ein winziger Garten, der auf den See hinausging, in den der Burggraben abfloß. Der private Schloßtrakt wurde unserem Anwalt anvertraut, der ihn nach Möglichkeit vermieten sollte. Damit waren wir gut gefahren, und unser neuester Mieter war ein amerikanischer Geschäftsmann, der mit seiner Familie seit einem halben Jahr dort wohnte. Wir kannten die Underhills aber nicht persönlich, denn acht Monate vor jener Aprilnacht, mit der meine Geschichte beginnt, war mein Vater, der an einem rheumatischen Herzmuskelschaden litt, an einer heftigen Bronchitis erkrankt. Als er diese überstanden hatte, drängte ihn sein Arzt, für eine Weile ein trockeneres Klima aufzusuchen. Damals arbeitete ich in einem Antiquitätenladen in Ashbury. Wir verkauften noch etwas von dem Silber, machten das kleine Haus dicht und fuhren nach Bad Tölz, einem kleinen Kurort in Bayern, malerisch an der Isar gelegen. Dort war mein Vater als junger Mann oft gewesen, um einen Freund zu besuchen, einen gewissen Walther Gothard, der sich mittlerweile als Kurarzt einen beträchtlichen Namen gemacht und sein Haus zu einem Sanatorium ausgebaut hatte. Einfach um sich etwas zu erholen, fuhr Daddy dorthin, und um sich von Herrn Gothard pflegen zu lassen, der ihn, der alten Zeiten wegen, für wenig Geld aufnahm. Einen Monat lang blieb ich bei ihm, doch in dieser Luft kam er so rasch zu Kräften, daß man sich beim besten Willen nicht länger um ihn sorgen konnte, und so ließ ich mich leicht überreden, als der Hoteljob auf Madeira zur Sprache kam. Selbst mein Geliebter sah für mich keinen Grund, nach Hause zu fahren, als ich ihn fragte. Diese beruhigende Versicherung sagte mir nur halb zu, aber es stimmte ja, daß keiner meiner Cousins auf Ashley weilte; und das Gärtnerhaus im Winter, die feuchten Nebelschwaden des ersten Frühlings sahen so verloren und ungastlich aus. Also nahm ich die Stellung an und eilte fröhlichen Herzens der Sonne und den Blumen Funchals entgegen, ohne auch nur zu ahnen, daß ich meinen Vater nie wieder lebend sehen würde.

Bryony?

Ja. Ich bin wach. Was gibt's? Doch das Unheil war schon da, mitten im Zimmer. Gestaltlos breitete es sich über mich wie ein Dunstschleier; keine Farbe, weder dunkel noch hell, kein Geruch, kein Geräusch; nur eine beklemmende Spannung aus Schmerz und Furcht vor dem Tod. Heiß perlten die Schweißtropfen aus meiner Haut, und meine Fingernägel scharrten über das Laken. Ich setzte mich auf.

Ich weiß es jetzt, glaub' ich. Es ist Daddy . . . Er muß wieder krank geworden sein.

Ja. Etwas stimmt da nicht. Mehr als das kann ich dir nicht sagen, aber du solltest hin.

Ich hielt nicht inne, um nachzudenken, weshalb er das wußte. Denn nur Bedrängnis und Eile hatten Platz in mir, mußten alsbald zu schnellem Handeln werden: das Telefon, der Flugplatz, die gräßlich langsame Reise, die vor mir lag . . . Nur flüchtig schoß mir die Frage durch den Kopf, ob denn auch mein Vater die Gabe der Ashleys besaß: Er hatte mir niemals einen Hinweis darauf gegeben, aber letzten Endes hatte ich ihm auch nichts von mir erzählt. War er von meinem Geliebten „gelesen" worden, hatte vielleicht sogar mit ihm in Verbindung gestanden . . .? Doch die Dunkelheit trug den Stempel der Verneinung. Mit diesem Nein drang eine gewisse Unsicherheit durch, Verwirrung mit einem Schimmer von Zweifel, von dem sie durchwoben wurde wie ein Stück Stoff von einem fehlfarbenen Faden.

Aber es zählte nicht, wie und durch wen die Botschaft

zu ihm gelangt war. Sie hatte ihn erreicht, und nun hatte sie mich erreicht.

Kannst du mich lesen, Bryony? Du bist so weit fort.

Ja. Ich kann dich lesen. Ich will hin . . . Auf der Stelle fahr' ich hin, morgen – oder vielmehr heute? Um acht gab's einen Flug; gewiß würde man mir einen Platz verschaffen . . . Und dann, beschwörend, legte ich all meine Kraft in einen einzigen Gedanken: *Geliebter?*

Es wurde schwächer. *Ja?*

Werd' ich auch dich dort finden?

Wieder atmete das Dunkel Verneinung; ein stilles Nein, voll Traurigkeit und verwehend . . .

O Gott, sagte ich lautlos. *Wann?*

Etwas anderes umhüllte mich jetzt, drang mit Macht durch die verwehende Wolke des Todes, schob sie beiseite: Trost und Liebe, so altmodisch wie ein Riechfläschchen voller Gewürzkräuter und ebenso süß, heimelig und verzaubernd. Es war, als verströmten die Schatten der Rosen auf der Decke ihren Duft in das leere Zimmer. Und dann war nichts mehr da als die Schatten. Ich war allein.

Ich schüttelte das Laken ab, sprang auf, warf mir einen Bademantel um die Schultern und lief ans Telefon.

Als meine Hand es berührte, begann es zu läuten.

Ashley, 1835

Er stand am Fenster und blickte hinaus in die Dunkelheit. Würde sie heute nacht kommen? Wenn sie davon gehört hatte, mochte sie vielleicht glauben, er könne nicht hier sein, nicht hier auf sie warten; und fürwahr, er hätte auch nicht kommen dürfen, schon aus bloßem Anstand nicht . . .

Seine Augen verdüsterten sich, während er an seiner Unterlippe nagte. Was bedeutete schon ein kleiner Skandal mehr? Und heute war's das letzte Mal für sie und ihn – das letzte Mal, daß es so sein würde. Das Morgen gehörte schon der Welt, den zornigen Stimmen, dem Gelächter, dem kalten Wind. Diese Nacht aber gehörte noch ihnen allein.

Er warf einen Blick hinüber zum Schloß. Die oberen Stockwerke waren über den Hecken zu sehen, ein konturenloser Höcker aus Schatten vor dem windzerfurchten Himmel. Keine Lichter. Keine Lichter schimmerten herüber, nirgendwo. Sein Auge verweilte auf dem südlichen Flügel, wo der alte Mann hinter einem verdunkelten Fenster lag.

Etwas ließ ihn erschaudern. Er nestelte an seinem Halstuch und fühlte seine Hand zittern. Sie mußte kommen. Herr im Himmel, sie mußte kommen. Ohne sie fühlte er sich dieser Nacht nicht gewachsen. Seine Sehnsucht, stärker noch als sein Begehren, erfüllte ihn ganz. Er konnte beinah spüren, wie der Ruf hinauswehte, der sie durch das Dunkel zu ihm bringen sollte.

2. KAPITEL

Wie? Was soll ich?
Die suchen, deren Namen hier geschrieben stehn?

„Romeo und Julia“, I/2

Von Madeira nach Madrid, von Madrid nach München, von München mit dem Schnellzug nach Bad Tölz im Isartal; seit Walther Gothards Anruf waren siebenundzwanzig Stunden vergangen, als das Taxi vor dem Portal des Sanatoriums ausrollte und Herr Gothard selbst die Treppe herunterkam, um mich zu begrüßen.

Siebenundzwanzig Stunden sind eine lange Zeit für einen Mann, sich mit aller Kraft ans Leben zu klammern, wenn er auf die Sechzig geht, ein angegriffenes Herz hat und von einem vorbeifahrenden Auto von der Straße gefegt wurde, achtlos liegengelassen, bis der nächste Passant ihn zufällig fand. Und das war erst nach etwa vier Stunden geschehen.

Jonathan Ashleys Kraft hatte für siebenundzwanzig Stunden nicht gereicht. Er war tot, als ich in Bad Tölz eintraf. Er war lange genug zu sich gekommen, um mit Walther zu sprechen, worauf er einschlief; und im Schlaf war er gestorben.

Natürlich wußte ich das schon. Es war geschehen, während ich in der Maschine von Funchal nach Madrid saß. Und dann war's überstanden, und ich löschte es aus meinen Gedanken, betrachtete die Wolken, ohne sie zu sehen, und verfiel in einen merkwürdigen Schwebezustand erleichterten Abwartens, während die Caravelle mich näher, so sinnlos näher zu seiner Leiche brachte; ich wartete auch auf meinen Geliebten, der mir allen Trost bringen würde, den er geben konnte. Aber er kam nicht.

Walther und seine Frau, unendlich warmherzig und verständnisvoll, hatten alles getan, was zu tun war. Sie hatten die Einäscherung in die Wege geleitet und die Familienanwälte in Worcester telefonisch benachrichtigt. Mr. Emerson, derjenige von ihnen, dem die Angelegenheiten der Ashleys anvertraut waren, hatte inzwischen bestimmt schon Kontakt mit Onkel Howard aufgenommen, dem Vater der Zwillinge und des jungen Francis. Und selbstverständlich hatten Walther und Elsa Gothard mit der Polizei zusammengesessen, Stunde um Stunde.

Die Polizei stellte immer noch Fragen, und die meisten davon blieben einstweilen unbeantwortet. Der Unfall hatte sich zur Abenddämmerung auf der Straße ereignet, die vom Kurort in die Berge führt. Auch mein Taxi hatte sie benützt. Die Wackersberger Straße entsteigt dem neuen Stadtviertel jenseits der Flußbrücke. Kaum am letzten dieser Häuser vorbei, besinnt die Straße sich abrupt ihrer ländlichen Herkunft und klettert, gewunden, schmal und stellenweise rechtschaffen steil, die bewaldeten Hänge hoch. Mein Vater, dessen Befinden sich (wie Walther erzählte), so sehr gebessert hatte, daß er davon sprach, über den Sommer nach Hause zu reisen, war in den Ort hinuntergegangen, um ein paar alltägliche Dinge einzukaufen, darunter eine Flasche von Walthers Lieblingskognak, die er seinem Freund schenken wollte. Dann hatte er sich, augenscheinlich zu Fuß, auf den Rückweg gemacht; zweifellos wäre er in den Bus gestiegen, sobald dieser ihn einholte. Doch als der Bus bergauf dröhnte, war von Daddy keine Spur zu sehen. Ein Auto, das schnell fuhr und die Kurven sehr eng nahm, hatte ihn mit einem gnadenlosen Schlag gestreift, der ihn glatt von der Straße fegte, über die abschüssige Böschung und in den Waldrand hinunter. Er prallte mit dem Kopf gegen einen Baumstamm und blieb bewußtlos liegen, von der Straße durch die Büsche verborgen, in die er geschleudert worden war. Das Auto hielt nicht an; und so lag mein Vater einsam dort, in der sinkenden Dämmerung gerade noch zu sehen, vier Stunden lang, bis ein Radfahrer, der sein Gerät am Straßenrand bergauf schob, mit einem Reifen auf einen Splitter der zerschellten Kognakflasche geriet. Als er das lahmende Vehikel beiseite rollte, um es an einen Baum zu lehnen, fiel sein Blick auf den Schatten einer hingestreckten Gestalt zwischen den Sträuchern. Zuerst hielt der Mann meinen Vater für einen Trunkenbold, da seine Kleidung so intensiv nach Weinbrand roch; aber betrunken oder nicht, seine Kopfwunde war schwarz und blutverkrustet. Deshalb saß der Radfahrer auf und klapperte auf seiner Vorderfelge zu Tal, bis er von einem Auto überholt wurde, das er anhielt.

Walther Gothard saß am Steuer. Unruhig geworden, als zwei Busse angekommen und abgefahren waren, ohne daß sein Freund sich zeigte, hatte er etliche Leute angerufen, bei denen Daddy sich vielleicht aufhalten mochte; er hatte vor, dann gleich mit dem Wagen hinunterzufahren und ihn nach Hause zu bringen. Doch er fragte vergeblich herum, und so hatte er sich schließlich auf die Suche nach ihm begeben. Er brachte den Bewußtlosen augenblicklich ins Sanatorium und rief die Polizei an, die nach einer Untersuchung der Unfallstelle die Vermutung des Arztes über den Hergang der Ereignisse bestätigte. Aber vier Stunden Vorsprung sind nun mal vier Stunden Vorsprung, und man war dem schuldigen Fahrer noch nicht auf die Spur gekommen.

Herr Gothard erzählte mir das in seinem großen Sprechzimmer mit dem Panoramafenster, das den Anblick der wogenden Viehweiden einrahmte, die so glatt und weich waren wie gebürsteter Samt und aussahen, als seien sie aus den dichten Wäldern herausgeschabt worden, die über ihnen hingen wie die Traufen alter Strohdächer. Eine Schale blauer Hyazinthen auf dem Schreibtisch erfüllte den Raum mit Duft. Daneben lag der kleine Stapel der Gegenstände, die in Daddys Taschen gefunden worden waren: etliche Schlüssel; eine Brieftasche, die ich ihm geschenkt hatte, mit den goldgeprägten Initialen J. A. versehen; ein silberner Kugelschreiber mit den gleichen Initialen; ein Taschenmesser, eine kleine Nagelzange, ein frisch gewaschenes und geplättetes Taschentuch; der Brief, den ich ihm vor einer Woche geschrieben hatte. Ich löste meinen Blick von diesen Dingen und sah Herrn Gothard an, der nun schweigend dasaß und mich durch seine goldgerahmten Zweistärkengläser betrachtete, die vor seinem breiten, blassen Gesicht blinkten. Nicht länger Daddys Freund, an dessen Schulter ich mich ausweinen konnte, wenn mir danach war; nun war er bloß noch Arzt, der all dies schon oft genug erlebt hatte. Und auch dieses Zimmer hatte schon so viel Schmerz und Rührung und Mut beherbergt, daß nichts davon es noch färben konnte. Ich saß ihm still gegenüber, während er mir berichtete, was geschehen war.

„Gegen Morgen ist er zu sich gekommen und hat ein wenig gesprochen – sehr, sehr wenig. Aber nicht über den Unfall; wir fragten ihn danach aus, sosehr wir's verantworten konnten, doch den schien er vergessen zu haben. Etwas anderes beschäftigte seine Gedanken."

„Ja?"

„Hauptsächlich Sie. Allerdings ist mir vieles unklar geblieben, fürchte ich. Ein- oder zweimal sagte er: ‚Bryony, sagt es Bryony', konnte dann aber offenbar nicht in Worte fassen, was er damit meinte. Erst dachte ich, er sei besorgt, Sie könnten von seinem Unfall nicht verständigt worden sein. Deshalb beruhigte ich ihn und sagte, ich hätte mit Ihnen telefoniert und Sie seien unterwegs hierher. Doch er sorgte sich noch immer darum. Wir bekamen ein paar Bruchstücke mit, nicht mehr, aber nichts davon ergab einen Sinn; dann endlich brachte er etwas mehr über die Lippen. Das war: ‚Bryony – meine kleine Bryony – in Gefahr.' Ich fragte ihn, in welcher Gefahr, aber er konnte mir nicht mehr antworten. Er starb um etwa zehn Uhr."

Ich nickte. Zwischen Funchal und Madrid; ich kannte den genauen Zeitpunkt. Walther sprach weiter, berufsmäßig sanft und gelassen; ich glaube, er erzählte mir von Daddys Aufenthalt in Wackersberg und davon, was sie miteinander unternommen und geplaudert hatten. Kein einziges seiner Worte ist mir im Gedächtnis geblieben, aber bis zum heutigen Tage erinnere ich mich an jedes Blütenblatt der blauen Hyazinthen in der Schale auf dem Schreibtisch zwischen uns.

„Und das war alles?"

„Alles?" Herr Gothard, mitten im Satz unterbrochen,

schwenkte ohne die geringste Mühe um. „Alles, was Jon gesagt hat, meinen Sie?"

„Ja. Verzeihen Sie. Ich war nicht richtig bei der . . ."

„Ich bitte Sie." Er hob eine Hand, die weiß und weich war vom vielen Waschen. „Das hab' ich auch nicht erwartet. Sie wollen von mir wissen, was Jon noch gesagt hat, als es mit ihm zu Ende ging. Ich hab's hier."

Er ließ die Hand in eine Schreibtischlade gleiten und brachte ein Blatt Papier zum Vorschein.

Ich weiß nicht, weshalb ich so überrascht war. Ich starrte das Papier nur an, ohne danach zu greifen. „Sie haben's aufgeschrieben?"

„Die Polizei hat einen Mann an sein Bett gesetzt", erklärte Walther behutsam, „für den Fall, daß es Ihrem Vater gelänge, etwas über den Unfall zu sagen, was die Auffindung des Schuldigen erleichtern könnte. Das kommt nämlich immer wieder vor."

„Ja, natürlich. Vermutlich denkt man unter solchen Umständen nie so ganz an sich selbst."

„Der Beamte spricht ein ausgezeichnetes Englisch, er hat alles mitgeschrieben, was Jon sagte, ob er nun Sinn darin fand oder nicht. Können Sie Kurzschrift lesen?"

„Ja."

„Hier steht alles – jedes Wort, das verständlich war. Auch ich war ja die meiste Zeit bei Jon. Am frühen Morgen gab's zwar einen weiteren kritischen Fall, weshalb ich ihn für eine Weile verlassen mußte; aber als erste Anzeichen erkennen ließen, daß er bald zu sich kommen würde, holte man mich. Von da an blieb ich bei ihm, bis er starb . . . Das ist alles, was er gesagt hat. Tut mir leid, daß man nicht recht klug daraus wird, doch vielleicht sehen Sie klarer."

Er reichte mir das Papier. Ein bißchen verworren irrten die Kürzel über das Blatt, als wären sie allzu hastig hingeschrieben worden, während der Block auf irgendeinem Knie schaukelte.

Walther schob mir ein zweites Blatt Papier über den Schreibtisch zu. „Ich hab' eine Abschrift davon gemacht, für alle Fälle. Wenn Sie wollen, können Sie die beiden später vergleichen."

Die getippte Abschrift war in keiner Weise dazu angetan, Sinn zu vermitteln. Es war nur eine Kette von Wörtern und Wendungen, scheinbar willkürlich durch Satzzeichen unterbrochen.

„Bryony. Sagt es Bryony. Sie soll es wissen. Howard. James. Hätte ihm davon erzählt. Das Papier, es ist in Williams Bach. In der Bibliothek. Emerson, die Schlüssel. Die Katze, es ist die Katze auf den blanken Steinen da unten. Die Landkarte. Der Brief. In dem Bach."

Hier brach der Text ab und ging in einer neuen Zeile weiter:

„Sagt es Bryony. Meine kleine Bryony, sei auf der Hut. Gefahr. Das spüre ich ganz genau. Hätte dir's sagen sollen, doch man muß da sicher sein. Aber Bryonys . . . *(unverständliches Wort)* . . . habe ich's gesagt. Vielleicht weiß der Junge schon. Sag doch dem Jungen. Treu. Gut. Vertrauen. Das Richtige tun. Segen."

Ich las es laut, ganz langsam, und dann blickte ich zu Walther auf. Mein Gesicht muß leer und ratlos gewesen sein. Mit einem Nicken antwortete er auf die Frage, die ich nicht ausgesprochen hatte.

„Es tut mir leid. Das ist wirklich alles – ganz genau, wie wir's gehört haben. Und Sie sehen auch, wo ihm die Anstrengung zu groß wurde; da hielt er ein Weilchen inne. Er war immer noch bei Bewußtsein, immer noch voller Sorge, und so ließen wir ihn sprechen. Beim letzten Wort bin ich mir allerdings nicht ganz sicher. Ich dachte, es könnte ‚segne ihn' geheißen haben, aber der Beamte war sicher, es sei ‚Segen' gewesen. Und Sie? Können Sie dem Ganzen irgendwas entnehmen?"

„Nein. Ein paar Brocken hier und dort, ja. Aber nichts, was wichtig genug wäre, ihn in dieser Stunde so sehr zu beschäftigen. Ich hätte mir gedacht – ich meine, falls er wußte, wie schlecht es um ihn stand, hatt' ich mir gedacht . . . ach, letzte Worte eben, nur eine Nachricht."

„Tja, nun – vielleicht können Sie später etwas mehr

herauslesen, wenn Sie's eine Zeitlang in Ruhe studiert haben."

„Hier ist von einem Brief die Rede. Der könnte alles erklären. Hat er einen Brief hinterlassen?" Ich kannte die Antwort bereits. Wäre ein Brief für mich dagewesen, hätte Walther ihn mir längst gegeben.

„Leider nicht", sagte er. „Und hier oben wurde während der letzten Tage auch nichts in den Briefkasten geworden. Ich hab' nachgesehen. Aber es ist möglich, daß er gestern was mit runtergenommen hat, um es in Bad Tölz aufzugeben. Dann ist's freilich schon unterwegs nach Madeira. Zweifellos wird man's Ihnen unverzüglich nachsenden, an Ihre Adresse zu Hause."

Er hatte den letzten Satz mit fühlbarem Zögern gesprochen. Etwas Seltsames mag in der Vorstellung liegen, einen Brief aus dem Reich der Toten zu erhalten; doch ich empfand das nicht so. Es war eine lichte Stelle in den Wolken jenes dunklen Tages. Sie hinterließ ihren Schimmer wohl auch auf meinem Gesicht, denn Walther fügte sanft hinzu: „Es ist nur eine Vermutung, Fräulein Bryony. Das Wort selbst war schon eine Vermutung. Falls es überhaupt etwas gibt, ist es vielleicht nicht einmal für Sie bestimmt."

„Das werd' ich erfahren, sobald ich zu Hause bin."

Natürlich mußte ich jetzt heim nach England, und wir hatten auch schon besprochen, daß ich die Asche meines Vaters auf unser Schloß bringen würde, wie es sein Wunsch gewesen war.

Walther nickte. „Und danach? Haben Sie die Absicht, dort zu bleiben?"

„Werd' ich wohl müssen, glaub' ich, bis alles geregelt ist."

„Das kann lang dauern."

„Ja, ganz sicher sogar. Es wird ekelhaft kompliziert sein, das weiß ich schon, aber Mr. Emerson kümmert sich um alle Formalitäten. Ich nehm' an, Daddy hat Ihnen erzählt, daß der Besitz nicht an mich fällt, sondern als unveräußerliches Gut dem nächsten männlichen Erben zugesprochen ist? Und das ist der Cousin meines Vaters, Howard Ashley, der in Spanien lebt."

Walther nickte. „Ja, Ihr Anwalt hat so etwas erwähnt, als wir miteinander telefonierten. Aber er konnte Mister Howard Ashley nicht persönlich erreichen, sagte er. Sieht so aus, als wär' er krank."

„Stimmt. Daddy schrieb mir davon in seinem letzten Brief. Es ist eine Virus-Lungenentzündung, und ich stell' mir vor, daß sie Onkel Howard ziemlich übel mitgespielt hat. Es wird wohl noch lange dauern, bis er wieder einigermaßen auf dem Damm ist. Emory und James werden sich um alles kümmern müssen."

„Das glaube ich auch. Ich habe den Eindruck, daß dies zu den Dingen zählte, die Ihrem Vater durch den Kopf gingen. Emory – ein merkwürdiger Name, nicht wahr?"

„Ja, ziemlich. Es ist ein alter sächsischer Name, der in unserer Familie hin und wieder auftaucht. Ich glaub', er ist aus Almeric entstanden."

„Ah, dann hab' ich ihn auch in Deutschland gehört. Almerich. Die beiden sind doch Zwillinge, oder nicht? James und dieser Emory?"

„Ja, eineiige Zwillinge. Als sie kleine Jungen waren, konnte kein Mensch die beiden auseinanderhalten, nur die eigene Familie – und manchmal, wenn sie's darauf anlegten, nicht einmal die. Heute ist's nicht mehr so schwer, aber ich würd' noch immer keine Wette riskieren, wenn die beiden einen wirklich an der Nase herumführen wollen. Siebenundzwanzig sind sie jetzt. Emory ist der Ältere, um eine halbe Stunde oder so."

„Ein großer Unterschied, wenn es darum geht, einen stattlichen Besitz zu erben", sagte Walther trocken.

Ich sagte, nicht minder trocken: „Ein zerbröckelndes altes Haus, das sich nie von einer Überschwemmung erholt hat, die zehn Jahre zurückliegt? Ein paar Morgen Land mit einem Garten, der verrückt spielt, und einen abgewirtschafteten Bauernhof? Das nenn' ich eine Erbschaft."

„So schlimm ist es? Jon war begeistert davon."

„Ich bin's ja auch."

„Und Ihre Cousins?"

„Das weiß ich nicht. Aber warum sollten die was dran finden? Sie sind dort aufgewachsen wie ich. Onkel

Howards Haus war nur einen guten Kilometer entfernt. Ob die beiden jedoch einen wunderschönen alten Mühlstein um den Hals haben wollen? Ich hab' keine Ahnung. Wunderschöne alte Mühlsteine zehren am Geld."

„Davon haben die doch mehr als genug, will ich meinen."

„Vermutlich ja."

Ob sie aber Lust verspürten, es für Schloß Ashley auszugeben, war eine weitere Frage, die ich nicht ausloten wollte. Ich wußte nicht sonderlich viel über die Weinhandelsfirma, die Howard Ashley vor einigen Jahren gegründet hatte – aber offenbar war das Geschäft stets prächtig gelaufen. In der ersten Zeit, damals noch von ziemlich bescheidenem Umfang, war das Unternehmen in Bristol ansässig gewesen, und Howards Familie hatte in Worcestershire gelebt, ganz in unserer Nähe. Als Francis elf und die Zwillinge so um die Dreizehn waren, starb ihre Mutter, und von da an wohnten die drei Jungen mit geringen Unterbrechungen bei uns auf Ashley Court. Regelmäßig aber verbrachten sie ihre schulfreien Tage und die großen Ferien bei uns: Während der Woche hielt ihr Vater sich in Bristol auf, und seine Haushaltsführung war so abenteuerlich, daß meine Mutter eines Tages einschritt und meine drei Vettern ganz zu sich nahm. Zu jener Zeit hätte auch Howard selbst noch Platz in Fülle gefunden, aber obwohl das Verhältnis zwischen ihm und meinen Eltern nie auch nur annähernd kühl gewesen war, schien es für eine harmonische Hausgemeinschaft nicht zu reichen. An den meisten Wochenenden wurden die drei Jungen nach Hause zu ihrem Vater geschickt, bis Onkel Howard, mittlerweile schon seit fünf Jahren verwitwet, nach Mexico City reiste, um irgendein Geschäft auszuhandeln, wobei er eine junge Frau kennenlernte, halb Spanierin, halb Mexikanerin, die er heiratete. Ihre Familie war wohlhabend und ebenfalls mit dem Weinhandel verbunden. Howards Geschäftspartner damals war Miguel Pereira gewesen, der Vater des Mädchens, der auch an einem florierenden Unternehmen im spanischen Jerez nicht unwesentlich beteiligt war. Howard nahm seine neue Frau mit nach Europa, und nach einiger Zeit ließen die beiden sich in Spanien nieder. Emory übernahm das Büro in Bristol, während James mehr oder weniger als Verbindungsmann zwischen den beiden Firmensitzen pendelte.

„Glauben Sie, daß Ihr Onkel Howard zurückkehren wird, um sich auf Ashley niederzulassen?“ fragte Walther.

„Ich hab' keine Ahnung. Ehrlich gesagt, ich kenne ihn auch gar nicht so gut. Ich war ja die meiste Zeit fort, an der Schule, und erst vierzehn, als er wegging. Ich bezweifle aber, daß seine Frau dort leben will. Sie ist Jahre jünger als Onkel Howard und wird sich schwerlich in ein abgelegenes Nest wie Ashley zurückziehen wollen. Doch es könnte leicht sein, daß einer der Jungen Lust dazu hat.“

„Einer der Jungen . . .“ Walther sagte das halb zu sich selbst, und mir wurde klar, daß er an das Blatt Papier dachte, das ich immer noch in der Hand hielt. Aber er sagte nur: „Die beiden Älteren arbeiten also in der Firma ihres Vaters. Was treibt eigentlich der Jüngste?“

„Francis? Oh, so ziemlich dasselbe. Einigermaßen widerstrebend allerdings, scheint mir. Er hat den Geschäftssinn seiner Familie nicht geerbt – er ist mehr nach unserem Schlag geraten. Aber jetzt ist er bei seinem Vater in Jerez. Ich glaub', er hat sich darauf eingelassen, ohne einen Gedanken daran zu verschwenden, während er auf der Stelle trat und überlegte, was er nun wirklich aus seinem Leben machen wollte. Irgendwie muß er sich schließlich sein Brot verdienen, und in Spanien ist es sicher nicht weniger schön als anderswo. Er ist Dichter.“

„Sieh mal an“, lächelte Walther. „Ein guter?“

„Wie soll ich das wissen? Über William Butler Yeats und Walter de la Mare bin ich nie hinausgekommen. Wollt' ich auch gar nicht – bei all dem Zeug, das heutzutage gedruckt wird. Ich versteh' kein Wort davon, was Francis schreibt, aber ich hab' Francis gern; also wollen wir sagen, daß er ein guter Dichter ist.“

Die Sonne funkelte auf der goldgerahmten Brille. „Er ist ja auch nicht verheiratet, oder?“

„Nein.“ Ich fing seinen Blick auf. „Ebensowenig wie

die Zwillinge, Dr. Gothard. Zumindest waren sie's noch nicht, als ich die beiden zuletzt gesehen hab'. Und seither hab' ich kaum von ihnen gehört; wir sind nicht so wahnsinnig mitteilsam, meine Cousins und ich." (Bis auf dich, meinen geliebten Ashley. Emory? James? Francis?) Mit hochgezogenen Brauen sah ich Walther an. „Sie haben Daddy aber wirklich gut zugehört, nicht wahr? Ja, das war auch sein Plan. Mich auf irgendeine Art wieder auf Schloß Ashley zu bringen ... Aber mit Francis spielt sich da nicht viel ab, wie Sie wissen. Es müßte schon der Älteste sein, und das ist Emory."

Er lächelte wieder. „So was Ähnliches schwebte mir vor, das geb' ich gern zu. Es ist eine so augenfällige Lösung. Sie bleiben auf Ashley – Sie und Ihre Kinder. Gewiß hatte Ihr Vater einige Hoffnung, daß dies geschehen könnte. Ich glaube, er malte sich oft aus, Sie würden wieder dort leben, für immer."

„Und mit wem, hat er nicht gesagt?" Ich blickte hinunter auf das Blatt Papier in meiner Hand. „*Das spüre ich ganz genau. Vielleicht weiß der Junge schon.*" Und dann auch: „*Aber Bryonys ... habe ich's gesagt.*" – Bryonys was? Bryonys Geliebtem? Ich fragte mich verzweifelt, aber dennoch mit einem Funken Gewißheit, ob mein Vater so viel von meiner geheimen Liebe gewußt oder geahnt hatte, um – unveräußerliches Erbgut oder nicht – auf meine lebenslange Verbindung mit Ashley Court zu bauen.

„Nein", sagte Walther, „das hat er nicht." Meine Gedanken hatten sich so schnell von meiner eigenen Frage entfernt, daß ich für einen Augenblick nicht begriff, wovon er sprach. Das sah er; er war sehr flink, dieser Doktor Gothard. Er wies mit dem Kinn auf das Blatt in meiner Hand. „Das läßt Sie nicht los; kann ich verstehen. Sehen Sie nun schon etwas klarer?"

„Kaum. Es klingt, als gäb's da irgendein Papier, möglicherweise den Brief, von dem er spricht, worin er mir was Wichtiges geschrieben hat – vielleicht auch an Onkel Howard."

„Und an James."

„Ja, vermutlich. Aber wieso an James? Ich meine,

wenn Daddy Howard davon erzählt hätte, dann hätte Howard es den Jungen weitererzählen können, was es auch war. Es klingt jedenfalls nach einer Familienangelegenheit. Also warum nur James?" (Wie eine Schatzsuche im Märchen, dachte ich, diese Geheimnistuerei mit Papieren und Briefen und Landkarten. Das sah meinem Vater gar nicht ähnlich. Jon Ashley war vernünftig und direkt. Was *hieß* das also? Und warum ausgerechnet James?) Laut fügte ich hinzu: „Dieses Papier oder diese Landkarte oder was immer, sagt er, liegt ‚in Williams Bach'. Na schön, aber das ergibt einfach keinen Sinn."

„Ich weiß. Das englische Wort lautet *brook*. ‚It's in William's brook', sagte Ihr Vater, und *brook* heißt doch Bach oder kleiner Wasserlauf, oder? Ich teilte die Meinung des Beamten, aber ich hab' das Wort extra nachgeschlagen, um sicherzugehen. Es kann nichts anderes heißen. Ich dachte, Sie wüßten vielleicht, was er damit meinte."

„Keine Ahnung. Sie sagten doch, die Worte seien mit Gewißheit richtig wiedergegeben."

„Diese ganz sicher. Zu Beginn sprach er recht deutlich. Vielleicht gibt's einen Bach in Ashley, dachte ich mir, ein Flüßchen mit einem Namen, den nur die nächsten Anwohner kennen? Könnte ja sein."

„Nicht daß ich wüßte. Ach, da gab's allerdings einen William Ashley, ja, am Anfang des vorigen Jahrhunderts. Ashley der Gelehrte, so wurde er genannt; er betrieb ausgiebige Shakespeare-Studien, wenn auch auf rein private und dilettantische Weise. Auch er dichtete. Aber der einzige Bach weit und breit, vom Fluß selbstverständlich abgesehen, ist der Überlaufkanal, mit dessen Hilfe der Wasserstand im Burggraben reguliert wird. Und der hieß nie anders als Überlauf." Ein plötzlicher Gedanke ließ mich innehalten. „Er könnte aber von William angelegt worden sein, glaub' ich. In Ashley gibt's einen Irrgarten, und mittendrin baute er sich einen Pavillon, in den er sich häufig zurückzog, um zu schreiben. Dieser Bach, nur der Überlauf also, fließt am Irrgarten vorbei."

„Und die Landkarte?" sagte Walther, hellhörig geworden. „Ein Lageplan dieses Irrgartens?"

„Vielleicht. Ich seh' aber nicht ein, welche Rolle das spielen sollte. Mein Leben lang kenne ich schon den Weg ins Labyrinth und wieder raus; auch meine Cousins." Ich schüttelte den Kopf. „Wie dem auch sei, es ist unsinnig. Wie kann denn ein Papier – oder eine Landkarte, was immer Sie wollen – in einem Bach liegen?"

„Sie haben recht. Aber die nächste Stelle gibt ein bißchen mehr her. Dieses Papier könnte in der Bibliothek sein, zu der vielleicht Mr. Emerson die Schlüssel hat. Hat er eigentlich Schlüssel zu Ashley Court?"

„Gewiß hat er einen Satz davon. Ein vollständiger Schlüsselsatz wurde auch den Mietern übergeben. Sie wohnen im Südtrakt, und normalerweise sind alle anderen Teile des Hauses abgeschlossen, außer wenn saubergemacht wird oder Besichtigungen stattfinden; aber der Feuerschutzvorschriften wegen müssen die Underhills auch die Schlüssel zu den versperrten Räumen haben."

Er nickte bloß, und ich verfolgte das Thema nicht weiter. Ich nahm an, daß Daddy ihm von unseren gegenwärtigen Mietern erzählt hatte. Die Underhills waren wohlhabende Amerikaner, die in Los Angeles und in New York ihre ständigen und so gut wie überall, auf der ganzen Welt anscheinend, ihre zeitweiligen Wohnsitze aufgeschlagen hatten. Jeffrey Underhill war Generaldirektor der Sacco International, einer riesigen Baugesellschaft, die Regierungsaufträge in allen Gegenden des Erdballs ausführte. Die Familie hatte in Los Angeles gelebt, solange Töchterchen Cathy dort zur Schule ging, war aber nun für ein Jahr nach England gekommen, um in der Nähe von Mrs. Underhills Schwester zu sein, deren Ehemann in einem amerikanischen Luftwaffenstützpunkt bei Bristol Dienst tat. Was Jeffrey Underhill betraf, so schien es ihn überhaupt nicht zu kümmern, wo *er* gerade Dienst tat; ich hatte erfahren, daß er sich an den meisten Wochenenden um jeden Preis nach Hause durchschlug, während er die anderen Tage in regem Pendelverkehr zwischen Paris, London, Mexico City und Teheran zubrachte, wo zur Zeit die größten Bauvorhaben der Gesellschaft über die Bühne gingen. Er hatte zu Mister Emerson gesagt, es mache nicht den geringsten Unterschied, wo er nun wirklich wohne, solange er „schnell mal heimfahren" könne nach Houston, Texas, um die Sitzungen des Aufsichtsrats zu besuchen; seine Frau sei „unheimlich scharf" darauf, für eine Weile in einem „urigen altenglischen Schuppen" zu wohnen, und es werde Cathy über alle Maßen guttun, sich ländliche Stille und Beschaulichkeit um die Nase wehen zu lassen. Mich wunderte das; ich war zwar nie in Los Angeles gewesen, konnte mir aber vorstellen, daß Ashley einer Achtzehnjährigen, die alles Geld der Welt verjubeln durfte, vergleichsweise nur höchst wenig zu bieten hatte. Doch die Underhills waren geblieben und fühlten sich wohl, und ich hatte läuten hören, daß auch Cathy noch dort weilte.

„Das mit der Katze auf den Steinen", sagte ich. „Glauben Sie, daß das Auto vielleicht verrissen wurde, um einer Katze oder so was Ähnlichem auszuweichen? Daß der Wagen dann für die Kurve zu schnell war, auf den gepflasterten Bürgersteig geriet und meinen Vater erwischte?"

„Das ist möglich. So sieht es auch die Polizei, bis auf . . ."

„Ein Bürgersteig mit Katzenkopfpflaster?"

„Nein, eben nicht. Dieser Teil der Straße hat nämlich gar keinen Bürgersteig, sondern nur einen eher zufälligen Fußweg, der so nach und nach ausgetreten wurde, gegen den Wald hin. Ach, weiß der Himmel, Jon mag das auch nur so hingesagt haben, als er die ‚blanken Steine da unten' erwähnte; er war schon sehr schwach. Gleich darauf konnte er ja nicht mehr weitersprechen und mußte sich erst ein bißchen erholen."

„Aber hier, gegen Ende, Dr. Gothard – das hat er nicht bloß so hingesagt. Ich soll auf der Hut sein, sagt er, und eine Gefahr kommt auf mich zu."

„Ja, tatsächlich." Seine Augen umwölkten sich. „Wenn er hier sagt: ‚Das spüre ich ganz genau', so meint er wohl diesen Umstand der Gefährdung. Irgendein Schmerz kann's kaum gewesen sein; er hatte starke Sedativa erhalten."

„Nein, das war's ganz sicher nicht." Ich holte Atem und blickte in die freundlichen hellen Augen über jenen glitzernden Halbmonden aus Glas. „Sie sind Arzt, und deshalb erwarte ich nicht, daß Sie mir glauben, aber einige von uns – die Ashleys, meine ich – besitzen so etwas wie . . . ich kann's nur als eine Art Telepathie bezeichnen. Einfühlung vielleicht? Gibt's dafür ein besseres Wort im Deutschen?"

„Ein ähnliches. Wir sagen ‚mitfühlen'. Die Fähigkeit, in der Phantasie an den Empfindungen oder Erlebnissen eines anderen teilzuhaben."

„Ja, aber in unserem Fall nicht auf die Phantasie beschränkt, sondern echt und real. Ich hab' das nur innerhalb unserer Familie erlebt, und es kommt ganz unregelmäßig, doch wenn einem, den man liebhat, Schmerz zugefügt wird, erfährt man's auf diese Weise."

„Warum sollte ich Ihnen nicht glauben?" sagte er bedächtig. „Derlei findet sich öfter."

„Ich weiß, aber Sie würden staunen – nun ja, Sie vielleicht nicht –, was die Leute alles nicht glauben oder nicht glauben wollen. Unsere Familie hat diese Gabe, einmal stärker, einmal schwächer, schon seit dem frühen siebzehnten Jahrhundert, seit ein Ashley in den Tagen Jakobs I. ein atemberaubend schönes Mädchen namens Bess Smith heiratete, die zur Hälfte Zigeunerin war und schließlich wegen Hexerei verbrannt wurde. Seit damals tauchten diese Dinge immer wieder auf, aber wir bewahrten Stillschweigen darüber. Jedenfalls erzählt man so was nicht herum. Niemand läßt sich gern auslachen."

„Und Sie glauben wirklich, daß Ihr Vater *darauf* anspielte?"

„Es könnte sein. Manchmal hab' ich darüber nachgedacht. Wir haben nie davon gesprochen, aber ich bin ziemlich sicher, daß auch er diese Gabe in einem gewissen Maß besaß. Ich weiß noch, einmal, als ich im Garten der Schule von einem Baum fiel und mir das Bein brach, da rief er zehn Minuten später an, um mich zu fragen, ob's mir schon besser gehe. Und diese letzte Nacht auf Madeira . . . Da hab' ich auch was gefühlt, und etwas davon kam von ihm, glaub' ich. Und heute vormittag um zehn, im Flugzeug, auf dem Weg hierher – da wußte ich's auch."

Er sagte eine Zeitlang nichts. Eine Biene, früh für die Jahreszeit, summte durch das offene Fenster herein, dröhnte müßige Kreise im Sonnenlicht und ließ sich dann krabbelnd auf den Hyazinthen nieder, die Flügel angelegt. Walther beugte sich vor. „Ich verstehe. Aber mit seinen letzten Worten betont er, wie Sie sehen, daß er's jemandem ‚gesagt' hat, was mutmaßlich bedeutet, daß er diesem Jemand von diesem wichtigen Papier und von der Gefahr erzählt hat, in der Sie schweben. Wenn es derart wichtig ist, wird ‚er' es Ihnen zweifellos sagen. Und wenn ‚der Junge' es ‚schon weiß', dann wird doch auch ‚der Junge' es Ihnen vielleicht sagen?"

Ich beobachtete die Biene und sah nicht auf; dem Blick jener gütigen, klugen Augen war ich nicht gewachsen. Und immer noch dachte ich krampfhaft nach. „*Aber Bryonys . . . habe ich's gesagt. Vielleicht weiß der Junge schon.*" Der Junge? Bryonys Geliebter? Ich würde einige Zeit brauchen, mich an die Tatsache zu gewöhnen, daß mein Vater von ihm gewußt hatte. Und wenn er meinem Geliebten etwas gesagt hatte, was mich dringend betraf, so konnte mein Geliebter es mir nun sagen, und das Rätsel war kein Rätsel mehr.

Die Biene überließ die Hyazinthen ihrem Schicksal, schoß wie eine Pistolenkugel auf das Fenster zu, schaffte die geöffnete Scheibe um Bienenflügelbreite und war verschwunden.

Walther richtete sich in seinem hohen Sessel auf. „Ach, ich denke, wir lassen's. Ja? Für den Augenblick sollten Sie's am besten vergessen. Wenn Sie sich erst mal ausgeruht haben und die kommenden paar Tage vorüber sind, werden Ihre Gedanken klarer sein; warten Sie nur ab. Sehr gut möglich auch, daß schon Mr. Emerson alle Fragen beantworten kann – oder derjenige Ihrer Angehörigen, der am Freitag herkommen wird. Einer kommt doch sicher, um Sie anschließend nach Hause mitzunehmen? Es könnte ‚Bryonys Vetter' sein, der eine, der alles schon weiß."

„Das mag sein. Dr. Gothard, wollen Sie mir eine aufrichtige Antwort geben?"

„Falls ich kann?"

Seine Augen verrieten mir, daß dies bei einem Arzt „Falls ich darf?“ zu bedeuten hatte, aber ich war's zufrieden. Ich sagte: „Wenn das Auto angehalten hätte und Daddy unverzüglich zu Ihnen raufgebracht worden wäre – hätten Sie ihn retten können?“

Ich sah seine Wachsamkeit zu Erleichterung abflauen. Er würde mir also die Wahrheit sagen. „Nein. Wenn er auf der Stelle eingeliefert worden wäre, hätte dies seinen Tod unter Umständen etwas hinausgeschoben, aber ich hätte ihn nicht am Leben erhalten können.“

„Nicht einmal bis zu meinem Eintreffen?“

„Ich glaube nicht. Es war nur eine Frage von Stunden.“

Ich atmete tief ein. Er sah mich eigenartig an. Ich schüttelte den Kopf. „Nein. Ich dachte an nichts, was so theatralisch und nutzlos wäre wie Rache. Damit bereitet man sich nur selbst eine Niederlage, finde ich. Wäre Ihre Antwort aber ein Ja gewesen, würde ich nicht mehr schlafen, bis die Polizei den schuldigen Fahrer findet. So ist er nun mal aus Furcht und Dummheit davongerannt, und vielleicht ist er damit schon jetzt genug bestraft. Wenn die Polizei ihn je finden sollte . . .“ Ich hielt inne.

„Ja?“ drängte er sanft.

Mit Nachdruck sagte ich: „Ich will's nicht wissen. Nein, dann will ich gar nicht erfahren, wer es ist. Ich werde mich nicht mit einem sinnlosen Haß belasten. Daddy ist fort; ich bin hier und hab' ein Leben zu leben. Das sind die Fakten.“

Ich setzte nicht hinzu, was ich mir dachte: daß er noch nicht ganz fort sein mochte, nicht fort von mir, nicht von meinesgleichen. Ich würde ihn nach Ashley zurückbringen, und dort, vielleicht . . . Aber ich wußte nicht genau, wohin dieser Pfad führen würde, und all das zählte ja auch zu den Geheimnissen, die nicht für das Tageslicht bestimmt waren. Walther plauderte sanft weiter, sagte, ich hätte eine vernünftige Einstellung zu den Dingen und sei meinem Vater so ähnlich. Dann sprachen wir über die nötigen Vorbereitungen für die Einäscherung am Freitag und für den Tag danach, wenn mir nichts mehr bleiben würde, als die Asche meines Vaters nach Hause zu bringen.

Draußen raschelte der Wind in den Ästen. Kletterpflanzen rieben sich aneinander und pochten an die Wände des Pavillons. Während der Krankheit des alten Mannes war das Häuschen vernachlässigt worden – erfreulicherweise, dachte er mit einer Bitternis, die den jungen Mund verhärmt und mürrisch aussehen ließ.

Er stemmte seine Augen gegen die Dunkelheit. Noch immer keine Bewegung, kein Zeichen. Er stieß den Fensterflügel ein wenig auf und lauschte. Nichts, nur das Plätschern der Überlaufrinne an der Flanke des Irrgartens, nur die frische Brise in den Buchen. Plötzlich kämmten zwei Windstöße die weichen Wipfel der Eibenhecken in seine Richtung, als flöge etwas vorbei, unsichtbar. Eine Seele auf dem Heimweg, dachte er, und wieder erfaßte ihn dieses Schaudern.

Wenigstens etwas Licht . . . Er schloß das Fenster, und die Geräusche der Nacht erstarben. Er zog die Läden zu, machte sie fest und zog die schweren Vorhänge vor.

Eine Kerze stand auf dem Schreibpult. Er fand ein Schwefelhölzchen und entzündete den Docht. Mit einemmal erblühte der Raum unter dem Licht; goldene Vorhänge, ein rosendurchwirkter Teppich, der kostbare Bettüberwurf. Und ringsum die glitzernden Wandleuchter; falls er je wieder hierherkam, würde er auch deren Kerzen anzünden.

3. KAPITEL

Guter Katzenkönig, nichts als eins von deinen neun Leben.

„*Romeo und Julia*", III/1

Ich fuhr nicht gleich nach Hause, als ich in England eintraf. Mein allererster Weg mußte zu Mr. Emerson führen, unserem Anwalt, um zu erfahren, ob er einen Brief von meinem Vater erhalten hatte und ob er etwas Licht in den Wirrwarr der Wörter auf Walthers Blatt Papier bringen konnte.

Niemand war zur Einäscherung gekommen. Emory hatte aus England angerufen – nicht mich, sondern Walther –, um mitzuteilen, daß Onkel Howard noch immer sehr krank sei und daß James das Firmenbüro in Jerez nicht verlassen könne, da Francis auf Urlaub gefahren wäre. Er selbst könne sich seiner Verpflichtungen für diesen Freitag nicht entledigen, leider, werde aber so bald wie möglich zu mir nach Ashley kommen. Er wisse auch nicht zu sagen, wo Francis sich aufhalte; der wandere wohl in den Bergen, denke er, irgendwo im Peak District. Vermutlich habe ihn die Nachricht noch nicht erreicht. Zweifellos werde er mich aufsuchen, sobald er zurück sei. Einstweilen innige Grüße an Bryony . . .

Soviel also zu Bryonys Vetter, der mir sagen würde, was Daddy gemeint hatte. Soviel auch zu Bryonys Geliebtem, der mir nichts mehr sagte, weder bei Tag noch bei Nacht.

In London angekommen, stieg ich in den Zug nach Worcester und nahm ein Zimmer in einem kleinen Hotel, wo mich niemand kannte. Morgens darauf rief ich Mr. Emerson an, ehe ich ihm einen Besuch abstattete.

Er wirkte ziemlich jung, war mittelgroß und (wie ich schätzte) etwa Ende der Dreißig, neigte ein bißchen zur Fülligkeit, hatte ein rundes, gutmütiges Gesicht und trug die Haare zeitgemäß lang. Sein Mund war klein und listig, seine kleinen und listigen Augen hinter modisch großen, getönten Brillengläsern getarnt wie die eines Dutzendspions im Fernsehen. Ansonsten war er korrekt gekleidet und von beinah überkonventionellen Umgangsformen. Aber ich hatte ihn im Wye angeln sehen, in fleckige Tweedhosen und eine ausgefranste Strickjacke gehüllt, bis zu den Leisten im Wasser – und schaurige Eide im völlig unjuristischen Sinn des Wortes schwörend, als er plätschernd und stolpernd über die rundgewaschenen Flußsteine schlitterte, wild entschlossen, einen großen Lachs ohne fremde Hilfe an Land zu bringen.

Erst eine knappe Woche war seit dem Tod meines Vaters verstrichen, doch Mr. Emerson beging nicht den Fehler, sein Mitgefühl zu übertreiben. Wir brachten die ersten Höflichkeiten hinter uns, worauf er sich räusperte, mit einigen Schriftstücken raschelte und sagte: „Ach nun, Miß Ashley, Sie wissen doch, daß Sie in jeder Hinsicht auf meine Hilfe zählen dürfen . . . Es wird seine Zeit brauchen, die Angelegenheiten Ihres Vaters zu ordnen, wie Sie wohl wissen. Nichts davon braucht Ihnen Verdruß zu bereiten, solange Sie sich über die Art und Weise im klaren sind, nach welcher mit Haus- und Grundbesitz zu verfahren ist.“

Ich nickte. Mit den Bestimmungen der Ashley-Stiftung, wie sie genannt wurde, war ich praktisch aufgewachsen. Sie war von einem meiner Vorfahren begründet worden, einem James Christian Ashley, der den Besitz im Jahre 1850 geerbt hatte. Er war ein weitblickender Mann gewesen, der schon zu den üppigen Tagen Königin Viktorias erkannte, daß einmal vielleicht eine Zeit kommen würde, da der Herr von Ashley Court es schwierig finden mochte, die Unversehrtheit dessen zu bewahren, was er, James Christian, für ein Nationalheiligtum hielt; eines Tages mochte es dem Erben sogar erstrebenswert scheinen, den riesigen Besitz aufzusplittern. Dies wollte James Christian aus ganzem Herzen verhindern. Er machte Ashley Court zu einem „Treugut", nach dessen Bestimmungen – wenngleich der gesamte Herrensitz „unverweilt" an den nächsten männlichen Erben gehen mußte – kein Teil der „besagten Anwesen" verkauft oder anderweitig veräußert werden durfte, ohne daß alle anderen erwachsenen Ashley-Nachkommen dazu ihr schriftliches Einverständnis gegeben hatten. So war es meinem Großvater mit der Einwilligung seiner Brüder und einer weitläufigen Cousine gelungen, zwei entlegene Bauernhöfe zu verkaufen, die an die Hauptstraße grenzten, und eine hübsche Summe aus einem Stück Weideland zu schlagen, nach welchem die Midland-Eisenbahn sich regelrecht verzehrte; die Erlöse hatten Schloß Ashley bei Lust und Laune gehalten, bis die kühlen Winde schließlich zu den mörderischen Frösten des Zweiten Weltkriegs erstarrten. Seit damals, vom Familiensilber abgesehen, das mit der Zustimmung seines Cousins verkauft worden war, hatte mein Vater zwar nicht wenig, aber stets nur Habseligkeiten veräußert, die nach 1850 erstanden oder durch Heirat eingebracht worden waren und somit der Stiftung nicht unterlagen. Wären meine Vettern in Geldnöten gewesen, so hätten sie sich, wie ich wußte, nur ziemlich kläglichen Resten gegenübergesehen.

Mr. Emerson sprach weiter. „Im Augenblick drängt uns also nichts zur Eile. Wir können vielleicht eine neue Besprechung ansetzen, wenn Sie nicht mehr so . . . äh, belastet sind." Ich wußte, daß Walther ihm gesagt hatte, wohin meine ersten Schritte auf Ashley Court mich führen würden. Feinfühlig kehrte er diesem Thema den Rücken und fuhr fort: „Ach ja, und das Testament Ihres Vaters. Er sagte mir, Sie hätten eine Abschrift davon gelesen und wüßten um seinen Inhalt. Es umfaßt alles, was nicht zum unveräußerlichen Erbgut gehört oder der Stiftung unterliegt. Der wichtigste Punkt ist natürlich das kleine Haus, das Sie und Ihr Vater schon länger bewohnt haben. Es wurde zusammen mit dem Garten, dem Obstgarten und dem Landstreifen, der sich am See entlang bis zur Hauptstraße erstreckt, nach der Errichtung des Treuguts erworben und steht folglich außerhalb dessen Bestimmungen. Dies alles wurde Ihnen zur Gänze hinterlassen. Das Testament macht hier keine Umschweife. Es mag noch Dinge geben, die Sie zu einem späteren Zeitpunkt besprechen wollen; aber darf ich Ihnen fürs erste anbieten, das alles ganz einfach für Sie zu übernehmen? Allfällige Rechnungen zu begleichen und die Korrespondenz Ihres Vaters zu ordnen? Oder wünschen Sie die Briefe lieber selbst durchzusehen?"

„Die privaten, ja; die schon, bitte. Aber ich wär' froh, wenn Sie sich um alles Geschäftliche kümmern würden. Mister Emerson . . ."

„Ja?"

„Hat Daddy Ihnen kürzlich geschrieben? Während der letzten paar Tage, meine ich?"

„Nein." Er blickte sekundenlang auf seine Fingernägel hinunter, ehe er mich wieder ansah. „Gestern hab' ich übrigens telefonisch mit Dr. Gothard gesprochen."

„Oh. Hat auch er Sie nach einem Brief gefragt?"

„Ja."

„Und Ihnen von dem Papier erzählt?"

„Papier?"

„Ja. Er hat aufgeschrieben, was Daddy sagte, bevor er starb. Sprach er gar nicht davon?"

„Ach ja; davon schon. Selbstverständlich hat er mir den Wortlaut nicht mitgeteilt. Das war ja", sagte er, plötzlich sehr geschraubt, „am Telefon."

„Auch ich wollte Sie in diesem Zusammenhang was fragen. Aus dem meisten wurden Herr Gothard und ich überhaupt nicht schlau, aber einmal ist dort von Ihnen die Rede – und das, dachten wir, könnten Sie vielleicht aufklären. Ich hab' eine Abschrift für Sie gemacht. Hier."

Er nahm das Blatt und überflog es, warf mir einen kurzen Blick zu, las es erneut, aber langsam, und dann noch ein drittes Mal. Schließlich legte er es auf den Schreibtisch. Er lehnte sich in seinem Sessel zurück, die Hände flach auf das Löschpapier gelegt.

„Sieh mal an. Nun ja. So war das also."

„Und auch für Sie klingt es unsinnig?"

„So ziemlich, leider. Aber ich glaube, ich kann den Bezug auf mich erklären. Die Mieter im Schloß haben einen Schlüsselsatz, aber keinen vollständigen. Gewisse

Schlüssel wurden von diesem Bund entfernt und befinden sich in meinem Gewahrsam. So habe ich den Schlüssel zur einstigen Schatzkammer, den für den alten Urkundenschrank im Großen Saal und – ja, für den kleinen Wandsafe im herrschaftlichen Schlafzimmer; ferner auch den Schlüssel, der die vergitterten Regale der Bibliothek öffnet."

„*Den* haben Sie?" Hier war endlich ein Schnipsel, das Sinn verhieß, obwohl ich noch weit davon entfernt war, zu wissen, ob und wie es sich einfügen würde. Die versperrten Regale der Schloßbibliothek enthielten William Ashleys umfangreiche Shakespeare-Sammlung und seine eigenen, tröstlicherweise schmalen Gedichtbände, nicht zu vergessen die eindeutig (im buchhändlerischen Sinn des Wortes) kapriziöse Sammlung, die Williams Sohn angelegt hatte, Nick Ashley, der Schandfleck seiner Familie. Die Gitter waren angebracht worden, nachdem mein Vater die beiden Rangen Emory und James, damals zwölfjährig, dabei erwischt hatte, wie sie mit runden Augen einen von Nicks Wälzern verschlangen, der „Erotica Curiosa" hieß, glücklicherweise zwar lateinisch geschrieben, dafür aber reich illustriert war. Nach wenigen Tagen schon atmete dieser Band gesiebte Luft, traut vereint mit Nicks weiteren Bereicherungen der Bibliothek und jenen von William Ashleys Shakespeare-Büchern, die wir für wertvoll hielten, sowie ein paar anderen zweifelhaften Einzelstücken, meist lateinischen. Ich kann mich erinnern, wie fleißig Emory sich fast ein Schuljahr lang hinter sein Latein klemmte, ehe er feststellen mußte, daß er ohnehin nie an den Schlüssel herankommen würde, und wieder zur Tagesordnung überging.

„Der Wandsafe ist leer, das weiß ich", sagte ich. „Wissen Sie, was jetzt noch in der alten Schatzkammer aufbewahrt wird?"

„Da gibt's nicht viel. Nur was von dem Silber aus dem achtzehnten Jahrhundert übrig ist; und noch ein paar Kleinigkeiten. Auch einige Sachen Ihrer Mutter liegen dort, glaube ich, die nun Ihnen gehören sollen."

„Ja, davon wußte ich. Nichts sonst? Keine Papiere, Briefe, Landkarten?"

„Ich wüßte nicht . . . Nein, ich bin sicher, dort ist nichts dergleichen. Alle Familiendokumente der Ashleys wurden bei uns deponiert. Dies gilt auch für den Inhalt des Urkundenschranks. Nein, dort gibt's jetzt nichts mehr als überzählige Bettdecken und die alten Stallbücher und verschiedene andere Überbleibsel. Oh, und ein rundes Dutzend von Emma Ashleys Tagebüchern." Trocken fügte er hinzu: „Eine zungenfertige Dame. Sie war James Christians Mutter, nicht wahr?"

„Ja. Dort sind die Tagebücher also gelandet? Die waren früher immer in der ‚geschlossenen Abteilung' der Bibliothek, zusammen mit den anderen Familienbüchern, aber der Himmel weiß, daß *die* nie vor irgendwem weggesperrt zu werden brauchten. Sie war eine gute Frau, aber entsetzlich brav und langweilig. Ich glaub', sie hat ihr ganzes Leben damit zugebracht, die Sünden Nicks des Gottlosen abzubüßen, wie sie ihn nannte." Ich dachte kurz nach. Alle anderen Bücher der Familie befanden sich vermutlich nach wie vor in den vergitterten Regalen, und nach den Bestimmungen der Stiftung würden sie gemeinsam mit dem Schloß den Besitzer wechseln. Die meisten der wertvollen Bücher, die nicht unter jene Bestimmungen fielen, waren bereits verkauft worden. Vielleicht war's doch keine endlose Plackerei, was ich mir vorgenommen hatte. „Brauche ich Onkel Howards Erlaubnis, wenn ich mich dort umsehen will?"

„Nein."

Ich setzte mich auf. „Mir ist eben was eingefallen."

„Was denn?"

Während ich in meiner Erinnerung stöberte, sagte ich langsam: „Ich glaube, Daddy hat die Bücher in diesen Regalen durchgesehen, gar nicht lang bevor er nach Bayern fuhr. Ich erinnere mich an einen Stapel ledergebundener Bücher, den ich in der Bibliothek auf einem der Lesepulte sah. Er hatte die Einbände gewachst; das hatte er auch bei anderen wertvollen Büchern von Zeit zu Zeit getan, und so dachte ich mir nichts dabei. Ein paar davon nahm er auch mit rüber, ins Gärtnerhaus. Vielleicht hat er drin was über die Familie oder sogar über das Treugut entdeckt, von dem er glaubte, wir müßten es erfahren."

„Das klingt einleuchtend. Man könnte ja nachsehen, aber das ist allerhand Arbeit. Es braucht immer verteufelt lang, Bücher zu durchforsten. Allein werden Sie mit dieser Bibliothek doch kaum fertig."

„Aber nachsehen könnt' ich doch wenigstens, oder? Die Regale sind inzwischen schon ganz schön leer, von den Familienwälzern abgesehen, und die werden alle noch dort sein." Ich lächelte. „Aus sportlichen Gründen müßte ich wohl meinen Vettern gewisse Bände aus Nick Ashleys Sammlung zum Durchblättern geben . . . Wenn sie sich aber zieren, so hab' ich einen Freund, der mir dabei helfen würde – Leslie Oker, dem das Buchantiquariat in Ashbury gehört. Ich nehme doch an, daß alles ohnehin auch dem Geldwert nach geschätzt werden muß?"

„Ja, das fürchte ich. Nun, ich finde, Sie tun recht daran, das sehr ernst zu nehmen." Er legte das Blatt Papier vor sich auf den Schreibtisch. „Etwas, was Ihrem Vater in dieser Stunde so sehr am Herzen lag . . ." Er ließ es im Raum schweben. Seine Augen senkten sich wieder auf das Blatt, und mit gerunzelter Stirn las er es abermals, eine Minute lang. Dann, mit einer raschen Bewegung, als wollte er es loswerden, zog er an einer Lade und ließ das Papier hineingleiten. „Und Sie fahren heute noch nach Ashley?"

„Ja. Heute nachmittag. Wie verhält sich's nun eigentlich mit dem Schloß, Mr. Emerson? Hab' ich noch überall freien Zugang?"

„Aber gewiß. Freilich darf nichts entfernt oder verkauft werden, doch Sie sind dort noch immer zu Hause, bis der Letzte Wille Ihres Vaters gerichtlich eröffnet und das Nachlaßvermögen aufgelöst sind. Das wird beträchtliche Zeit in Anspruch nehmen." Seine Augen blinkten. „Die Mühlen Gottes mahlen wie der Blitz, verglichen mit der Juristerei."

„So sagen die Leute. Wie steht's mit den bezaubernden Geldsäcken?"

„Mit den was?"

„Verzeihung, ist mir rausgerutscht. So haben Daddy und ich die Underhills immer genannt."

Er lachte. „Kommt aber hin. Die Mieter haben einen Jahresvertrag, der im November ausläuft. Mr. Underhill rief mich an und machte sich erbötig, sofort auszuziehen, falls Ihnen damit gedient sei, aber ich sagte ihm, daß Sie und Ihre Cousins sicher wollten, daß er bleibe, jedenfalls für die nächste Zeit. Der Papierkrieg wird erst in Monaten ausgestanden sein, und so ist immerhin jemand da, der das Schloß hütet. Finden Sie nicht auch?"

„Derlei Dinge überlasse ich Ihnen. Ich find's ganz gut."

„Schön. Auch Ihr Cousin Emory war einverstanden. Er sprach für seinen Vater. Wußten Sie, daß Mr. Howard Ashley krank ist? Ach ja, natürlich ..." Er räusperte sich wieder. „Sehen Sie, ich weiß, daß Sie so rasch wie möglich wieder nach Ashley wollen – aber macht es Ihnen wirklich nichts aus, ganz allein dort zu wohnen? Meine Frau und ich würden uns aufrichtig freuen, wenn Sie für ein paar Tage zu uns kämen ... Und die Idee stammt von ihr, weshalb ich mit dieser Einladung nicht meinen Kopf auf den häuslichen Hackstock lege, wie ich Ihnen versichern darf."

„Ach, haben Sie vielen Dank. Das ist schrecklich nett von Ihnen beiden, aber ehrlich, Sie brauchen sich keine Gedanken zu machen. Ich komm' dort schon zurecht, wirklich." Ich fügte nicht hinzu, daß ich mitnichten ganz allein sein würde. Das war ich ja nie. Und ich dankte ihm nochmals, berührt von der Herzlichkeit dieser Leute, die meinen Vater sehr gut, mich aber bisher kaum gekannt hatten.

Er wischte meinen Dank mit einer Handbewegung beiseite. „Ich will Ihnen trotzdem unsere Nummer geben – nicht die vom Büro, die Sie ja haben, sondern die von daheim. Die nächsten paar Wochen, glaube ich, werden sehr schwierig für Sie sein; wenngleich wir – unsere Anwaltskanzlei – nach wie vor für Ashley Court tätig sein werden, was in Hinkunft allerdings im Namen Mister Howard Ashleys geschehen wird, so möchte ich doch betonen, daß wir Ihnen helfen wollen, wo wir nur können. Das bräuchte man nicht extra zu sagen, ich weiß, aber man sagt's eben doch."

„Sie sind sehr freundlich.“

„Und hab’ ich auch klar ausgedrückt, daß ich damit nicht bloß rechtliche Hilfe meine? Wer soll Sie, zum Beispiel, heute nachmittag raus nach Ashley bringen? Haben Sie ein Auto?“

„Nein, ich bin mit dem Zug gekommen. Ich nehm’ den Bus nach Dorf Ashley. Da gibt’s einen guten, der bis hinter die Kirche fährt, wo die Straße zu Ende ist.“

„Und von dort?“

„Ich hab’ eine Lambretta. Die ist auf dem Bauernhof eingestellt.“

„Was ist mit Ihrem Gepäck? Wenn Sie morgen wieder in Ihr Gärtnerhaus ziehen wollen . . .“

„Ich hab’ nicht soviel, und das meiste davon ist noch auf Madeira. Das andere kann Rob Granger abholen. Er hat ein Auto.“

Er nickte, und wir plauderten noch eine Weile. Mein Entschluß, allein im Gärtnerhaus zu wohnen, gab ihm offenbar noch immer zu denken, und ich brachte einige Zeit damit zu, ihn zu beruhigen. Er streckte auch seine Fühler aus, sehr taktvoll freilich, um zu erfahren, was ich mit meiner Zukunft anfangen wollte, wenn Ashley Court in anderen Händen war. Ob ich, fragte er, wieder nach Madeira gehen würde, wenn alles – äh – geregelt sei?

„Das glaub’ ich kaum. Inzwischen hat man meine Stelle wohl ohnehin neu besetzt; man kann auf eine Empfangsdame nicht unbeschränkt lang verzichten. Aber ich hab’ diesen Job ja immer als befristet angesehen, bis Daddy wieder auf dem Damm wäre und nach Hause kommen könnte. Ich nehm’ nicht an, daß meine alte Stellung in Ashbury noch frei ist, aber irgendwas werd’ ich schon finden.“

„Und Ihre finanzielle Lage? Ich kann Ihnen aus dem Nachlaß Ihres Vaters etwas vorschießen, wenn Sie wollen.“

„Vielen Dank, aber fürs erste komm’ ich aus.“ Ich stand auf. „Sie sagten, Sie hätten eine Verabredung zum Mittagessen, und es ist gleich halb eins. Ich geh’ jetzt.“ Ich reichte ihm meine Hand. „Und herzlichen Dank für alles, Mr. Emerson. Sie waren schrecklich nett zu mir.

Glauben Sie mir – ich komm' nur so angerannt, wenn ich irgendwie Hilfe brauche."

„Hoffentlich tun Sie das."

Er schüttelte mir die Hand, und ich folgte ihm an die Tür. Als er sie für mich geöffnet hatte, blieb ich stehen. „Ach, beinah hätt' ich's vergessen ... Glauben Sie, daß Sie mir die Schlüssel zum Schloß geben können? Heute möcht' ich zwar noch nicht hingehen, aber morgen vielleicht, und ich will die Underhills nicht jetzt schon belästigen."

Er blickte überrascht. „Selbstverständlich. Aber Sie können doch gewiß die Schlüssel Ihres Vaters benützen? Am großen Bund hängen alle dran."

„Ich hab' die Schlüssel nicht. Ich dachte, die wären bei Ihnen. Oder wollten Sie vorhin sagen, Sie hätten nur die paar, die Sie erwähnt haben?"

„Ja, nur diese vier. Ich glaube zu wissen, daß sie von dem Schlüsselring entfernt wurden, den Mr. Underhill nun hat. Der andere Satz, der vollständige Hauptbund, war mit Sicherheit im Besitz Ihres Vaters. Hat Dr. Gothard Ihnen denn seine Sachen nicht gegeben?"

„Doch. Daddy hatte Schlüssel bei sich, ja, aber nur die zu unserem kleinen Haus und für die Seitentür im Schloß – aber das ist eigentlich nur der Kücheneingang an der Ostbrücke des Burggrabens." Ich zögerte, ohne zu wissen, was mich so eigenartig bedrückte. „Wenn Sie sie nicht haben, bei wem hätte er sie dann gelassen? Bei einem meiner Vettern?"

„Ich wüßte nicht, weshalb", sagte Mr. Emerson gedehnt. „Wie sonderbar." Er legte die Stirn in Falten und brütete noch ein paar Augenblicke darüber, doch dann saß die berufliche Maske wieder straff an Ort und Stelle. Er ging zu einer Lade, schloß sie auf und entnahm ihr einen kleinen Schlüsselring, den er mir reichte. „Will ich Ihnen gern geben; mehr hab' ich nicht. Ich werde mich mit Ihrem Cousin Emory in Verbindung setzen. Vielleicht weiß er etwas darüber. Es mag sogar sein, daß beide Bunde bei den Underhills hinterlegt wurden oder irgendwer sonst auf Ashley die anderen verwahrt. Wer auch immer die Schlüssel hat, wird sie Ihnen wahrscheinlich geben, sobald bekannt wird, daß Sie wieder zu Hause sind. Andernfalls, fürchte ich, werden Sie sich an die Underhills wenden müssen."

„So sieht's aus", sagte ich. „Aber ich darf doch noch ins Schloß, oder?"

„Jederzeit."

„Und die Schlüssel auch einstweilen behalten, falls ich sie bekomme?"

„Ja, ganz gewiß." Er öffnete mir wieder die Tür. Die braunen Augen hinter der modebewußten Brille blickten besorgt und zugetan. „Lassen Sie mich erneut betonen, Miß Ashley, daß das Schloß immer noch Ihnen gehört, bis das Testament gerichtlich eröffnet und das Nachlaßvermögen ordnungsgemäß übergeben sind."

„Ja. Ich danke Ihnen."

„Die Sache mit den Schlüsseln wird zweifellos eine völlig harmlose Erklärung finden", sagte er, während er mich hinausgeleitete. Ich hatte den Eindruck, daß diese Worte nicht nur mich, sondern auch ihn selbst beruhigen sollten und daß er rätselhaften Dingen in Wahrheit ebenso ablehnend und mißtrauisch begegnete wie ich.

„Zweifellos", pflichtete ich bei. Dann ging ich die Treppe hinunter und auf die Straße hinaus.

Gleich vor dem Portal der großen Anwaltskanzlei Meyer, Meyer und Hardy gibt es eine Fußgängerkreuzung. Die Ampel stand auf Rot. *Don't walk.* Genau darunter, auf der äußersten Kante des Bürgersteigs, saß eine schwarze Katze, die offenbar abwartete, bis die Ampel grünes Licht zeigte. Als ich neben der Katze stehenblieb, hob sie den Kopf und sah mich an. Ich sagte zu ihr: „Langst du nicht rauf? Du gestattest?" Und ich drückte auf den Knopf. Ich hab' so eine Theorie, daß diese Knöpfe nie auch nur die geringste Wirkung auf die Ampeln haben, die sich von den Bedürfnissen der Fußgänger nicht mal im Schlaf beeindrucken lassen; doch just in diesem Augenblick wechselte die Ampel auf Grün. *Walk.* Die Katze erhob sich sofort und trippelte auf Samtpfoten über den Zebrastreifen, den Schwanz in der Luft. „Warte, vielleicht brauch' ich dich noch", sagte ich zu ihr und wollte dem Tier über die Kreuzung folgen.

Bremsen kreischten auf. Ich erschrak bis in die Knochen und trat eilends auf den Bürgersteig zurück. Die Katze huschte unbehelligt über die Straße und verschwand im Eingang eines Ladens. Ein weißer Jaguar E krallte sich mit seinen dicken Murmeltierreifen in den Asphalt und kam eine Handbreit vor dem Zebrastreifen zum Stehen. Das Mädchen am Steuer schenkte weder mir noch der flüchtenden Katze einen Blick. Sie saß nur da und starrte ungeduldig auf die rote Ampel, während sie mit einer ihrer Hände gegen das Lenkrad klopfte und mit der anderen ihr dunkelblondes, langes Haar zurückwarf. Flüchtig sah ich dunkle Augen unter dem Schatten halb streichholzlanger Nerzwimpern, ein farbloses Gesicht mit verspielten Zügen und jenem Pekinesenblick, der aus irgendeinem Grund typisch amerikanisch ist, und einen breiten, ungeschminkten Mund. Als ich im Kielwasser der schwarzen Katze den jenseitigen Bürgersteig erreicht hatte, wechselte die Ampel hinter mir ihr Licht, und der weiße Sportwagen schnurrte flink in den Verkehr der belebten Straße, drängte sich gekonnt zwischen zwei Autobusse und verschwand. Ich weiß nicht, weshalb ich mich umwandte. Auf der anderen Straßenseite war Mr. Emerson aus dem Tor der Anwaltskanzlei getreten, komplett mit Melone und eingerolltem Schirm, vermutlich auf dem Weg zu seiner Mittagsverabredung. Auch er war stehengeblieben und blickte dem Jaguar E nach, bis er ihn nicht mehr sehen konnte. Dann bemerkte er mich und rief mir mit angestrengten Mundbewegungen etwas zu, über die röhrende Verkehrsflut hinweg, die sich zwischen uns ergoß. Ich dachte, er hätte so was wie „Die Katze" gerufen, aber er deutete in die Richtung, wo der Jaguar verschwunden war. Ich nickte, winkte ihm zu und lächelte; dann ging ich in mein Hotel zurück.

Ashley, 1835

Auf dem Schreibpult, neben der Kerze, lagen die Bücher und Schriften seines Vaters unter einem gläsernen Briefbeschwerer, der die Form einer geschälten Orange hatte. Das Wachslicht flimmerte in den geschwungenen Segmenten, und ein Dutzend winziger Spiegelbilder verhöhnte ihn, den jübschen jungen Mann, eine zierliche Gestalt in Rüschenhemd und Beinkleidern, die reglos dastand, widersprüchlich und verloren vor dem verschwenderisch edlen Hintergrund, der das Zimmer seiner Mutter war.

Er machte eine hastige Bewegung, schritt hinüber an den Tisch und verstreute die Papiere, die dort lagen. Er zog eine Lade auf. Das Bildnis seiner Mutter lag darin und lächelte zu ihm empor. Immer, wenn er im Pavillon gewesen war, hatte er sie versteckt – oder sich vor ihr versteckt. Nun hob er das Porträt hoch; lange stand er da und betrachtete es. Dann, mit einem Lächeln, stellte er es zurück an seinen Platz auf dem Schreibpult, von wo es in den Raum blickte.

Und auf das Bett.

Die Schriften seines Vaters, jene dürftigen Verse, so sorgsam und verschnörkelt zu Papier gebracht, lagen unbeachtet auf dem Boden.

4. KAPITEL

Komm! Er verbarg sich unter jenen Bäumen . . .
Blind ist seine Liebe, das Dunkel ist ihr recht.
„*Romeo und Julia*“, II/1

Das große Tor von Ashley Court stand offen wie immer. Ich ging hinein, leise und weichfüßig auf dem Moos der ungepflasterten Zufahrt, und wanderte unter den Linden auf die Wegbiegung zu, von der aus man das Schloß sehen konnte.

Es war Abend, und die letzten vollen Sonnenstrahlen warfen das kunstvolle Maßwerk der Torhälften schräg auf die ungemähten Wegränder. Windröschen und blaßblauer Ehrenpreis sprenkelten das Gras, verwuschen das Grün wie ein Atemhauch, von dem eine Scheibe beschlägt. Die Strünke in wuchernden Blumen verborgen, schimmerten die Lindenstämme bronzen durch ihr Gefieder fuchsbrauner Knospen. Die jungen Blätter darüber, die sich eben entfalteten, waren im Sonnenlicht so durchscheinend wie Milchglas.

Ich erreichte die Kurve der Auffahrt. Von hier konnte man das Schloß sehen, dessen Mauern aus rosa Tudorziegeln sich wuchtig im ruhigen Wasser des Burggrabens spiegelten. Keine Menschenseele weit und breit; nichts regte sich. Ich stand im Schatten der Linden und betrachtete das Haus, das nun Howard Ashley gehören würde.

Trotz seines Alters strahlte es eine seltsam heitere Gelassenheit aus. Vierschrötig ruhte es auf seiner Insel, ein wider alle Erwartung harmonisches Sammelsurium der Baustile so mancher Jahrhunderte. Der normannische Wehrturm stand noch, im zwölften Jahrhundert um- und ausgebaut, als das Haupttor mit seiner Brustwehr errichtet worden war. Die ursprüngliche Zugbrücke ist vor langer Zeit durch einen steinernen Bogen ersetzt worden, dessen Breite einem Auto eben noch genügt und der nun in den kleinen, quadratischen Schloßhof führt. Das große Tor liegt der Haupteinfahrt gegenüber, und unter seinen Tudorbögen gelangt man direkt in den Großen Saal mit seinem riesigen offenen Kamin und den geschwärzten Tragbäumen. Auch die Räume zur Rechten des Schloßhofs entstammen der Tudorzeit: der Salon mit der Priesterkammer (die 1880 wieder zugänglich gemacht wurde) und die kleine, düstere Ratsstube mit ihrer Kassettendecke und den Wappentafeln. Östlich des Haupttors tut sich der im vierzehnten Jahrhundert erbaute Festsaal auf, dessen mittelalterliche Zimmermannsarbeit noch gut erhalten ist. Er war, soweit ich mich erinnern konnte, nie benützt, sondern stets nur hergezeigt worden. Im Jahre 1962, als das Geld schon zu lange allzu rar war, hatte er durch ein Gewitter im Mittseptember beträchtlichen Schaden genommen; der Fluß schwoll im Handumdrehen so sehr an, daß er die Hochschleuse sprengte, die den Zufluß des Burggrabens reguliert, und ehe die untere Schleuse geöffnet werden konnte, um den Überlauf zu entlasten und das Wasser gefahrlos in den See abzuleiten, waren die Keller und die niedrigen Böden des Festsaals und der Küchen schon überflutet. Mein Vater ließ die Hochschleuse reparieren und die Küchenräume instandsetzen, den Festsaal aber lediglich trockenlegen, worauf er ihn seinem Schicksal überließ. Die bedenkliche Lage des Schlosses zwischen Fluß und See, fand er, hatte den einzigen Vorteil, daß die Feuerversicherungsprämien verschwindend klein waren . . .

„See“ war ein etwas zu großspuriger Name für die Wasserfläche, die sich unter dem aufgedeichten Burggraben dehnte. Ich hab' vergessen, wann der künstliche Teich eigentlich ausgehoben wurde; ursprünglich hatte er als Mastteich für Fische gedient, war später aber vergrößert und mit Seerosen, ein paar Weiden und einem ungeheuren Hain von Gunneras bepflanzt worden. Immer noch hieß er „Mistreß Nancys Teich“, was besser klang als „Fischmast“, unter welchem Namen er in den Karten verzeichnet war. Zwischen Burggraben und Teich wölbte sich eine grasbewachsene Böschung, die Rob, der Gärtner, mit dem Flymo so einigermaßen zu stutzen pflegte, ebenso wie er die Buchenallee und die große Auffahrt stets sauber und ordentlich hielt. Auch in dem ummauerten Gemüsegarten mit den beiden verbliebenen Gewächshäusern sah er nach dem Rechten, so gut es ging. Wir verkauften den größten Teil der Ernte, und davon wurde nicht nur Robs, sondern auch der Lohn des Jungen aus dem Dorf bezahlt, der ihm zur Hand ging. Darüber hinaus ließ sich wenig tun. Der Rosengarten mit seinen dahinmodernden Statuen war ein undurchdringliches Dornröschendickicht, und die Obstgärten waren längst von den Wäldern jenseits des Teichs verschlungen worden – mit Ausnahme einer Gruppe von Apfelbäumen neben dem See, wo das kleine Landhaus stand, das nun mein Heim war.

Es dämmerte schon. Während ich so stand, zog die Sonne sich unmerklich zurück, und das Licht ermattete erst zu Blau, dann zu Schatten. Immer noch hatte nichts sich geregt als das Wispern einer aufkommenden Brise in den Zweigen, und die beiden Schwäne, die beschaulich auf dem Schloßgraben trieben. Kein Licht drang aus dem Haus. Schnell legte ich noch etwa fünfzig Meter der Auffahrt zurück; dann hatte ich die Stelle erreicht, wo auf der rechten Seite, von dichten Rhododendren umrankt, der Privatweg der Ashleys zum Kirchhof führte.

Dies war einmal der einzige Weg zur Kirche gewesen. Dort erhob sich das Friedhofstor mit seinem ausladenden Holzdach, dahinter ein regelrechter Tunnel uralter Eiben. Das Friedhofstor warf einen dicken, wolligen Schatten, als ich hindurchging, und plötzlich schies es, als wäre der Tag gegangen und die Nacht gekommen. Perlend rieselten die Geräusche des Zwielichts zu Boden: Saatkrähen, die sich in ihren Nestern niederließen, ihr Gemurmel, bisweilen von einem hastigen Flügelschlag unterbrochen; oder ein kehliger Schrei, wenn ein Vogel erschrocken von seinem Unterschlupf hochflatterte. Vor mir ragte die Kirche nur als undeutlicher Schatten vor den weichpelzigen, schwankenden Umrissen der Bäume auf. Die Eiben fluteten im leichten Wind empor wie Rauchschwaden.

Die Dunkelheit machte mir nichts aus. Ich kannte jeden Zentimeter dieses Weges. Jemand hatte den Friedhofsrasen kürzlich gemäht, und der süße Geruch der saftigen Halme lag in der Luft; einige Büschel waren auf den Weg gekollert, wo sie nun trockneten. Ich hörte meine eigenen Schritte erst, als ich auf den Steinboden der Kirchenvorhalle trat und, während ich das Kästchen aus dem Krematorium vorsichtig in die linke Hand nahm, nach dem großen Eisenring des Südtors tastete.

Es ging mühelos auf. Ashley (so sah es aus) war noch gefeit vor dem schleichenden Verfall der Welt rundum; wir hatten unsere Türen nie abgeschlossen; und so der Himmel wollte, würden wir's auch nie nötig haben. Vertraut wie eine ganze Kindheit kamen die Gerüche auf mich zu, als ich eintrat und die Tür hinter mir schloß: von alten, staubigen Betkissen und von Holz, das sich warf, sich knarrend verzog im Duft des Bienenwachses und des Terpentins, das Miß Margret, die Kirchendienerin, immer noch verwendete, wie ihre Mutter und deren Mutter es verwendet hatten. Der Geruch von übriggebliebenen Osterlilien, die ihre Glanzzeit hinter sich hatten. Der Geruch von Gesangbüchern und verloschenen Kerzen.

Ich faßte die Lichtschalter nicht an. Langsam ging ich das Mittelschiff entlang, dem matten Schimmer des Ostfensters entgegen.

Ich war schon heute abend mit dem Kästchen gekommen, nicht erst morgen früh, wenn der Pfarrer mich erwartete, denn zuvor wollte ich gleichsam eine Nachtwache halten. Ich würde das Kästchen über Nacht in der Kirche lassen, wo alle Ashleys getauft und getraut und begraben worden waren und wo der Gedenkstein meines Vaters inmitten der anderen stehen würde; dann, am Morgen – früh, ganz früh, wenn noch niemand auf war – wollte ich kommen und seine Asche verstreuen. Das hatte ich beschlossen, ich ganz allein, und es hatte so richtig geschienen.

Doch nun, da ich hier stand, einsam in der dunklen Kirche, war keine weitere Selbsttäuschung möglich. Ich war nicht nur gekommen, um Nachtwache zu halten; auch für mich hatte ich mir etwas vorgenommen. In einer wunderlich unbehaglichen Mischung von Sehnsucht und schuldiger Hoffnung wollte ich an diesem Ort herausfinden, ob ich mit Hilfe der seltsamen Fähigkeit, die ich besaß, mein Bewußtsein jener Botschaft öffnen konnte, die Jonathan Ashleys verstümmeltes Gehirn mir hatte senden wollen. Hier, von wo alle Ashleys kamen und wohin sie zurückkehrten, würe ich vielleicht erfahren, was es war. *Sagt es Bryony. Sie soll es wissen. Meine kleine Bryony, sei auf der Hut. Gefahr.*

Auf halbem Weg zum Chor hielt ich inne. Der Versuch, mit den Seelen der Toten zu sprechen, mochte auf verschiedene Arten gewagt werden, doch hier erkannte ich plötzlich, daß die Dunkelheit nicht das Richtige war, den Beigeschmack von Dingen hatte, deren Bewahrung einer Kirche nicht zugemutet werden sollte. Ich würde die Lichter über dem Hochaltar anknipsen. Mit dem leichten Gefühl, von meinem Vorhaben losgesprochen worden zu sein, trug ich das Kästchen zu den Altarstufen und legte es dort nieder. Ein winziger Rest von Licht drang aus dem Ostfenster und machte die klobigen Krüge mit den Lilien sichtbar: Geister, mit verwehendem Duft gefüllt. Sie kamen aus den Schloßgärten, das wußte ich. Rob und der Pfarrer zogen sie gemeinsam für Ostern, jedes Jahr . . . Und wieder, vertraut wie eine Wiegendecke der Kindheit, umhüllte mich dieser Ort. Ich machte einen Schritt zurück, hakte die Kordel zwischen den Altargeländern wieder fest und ging zur Sakristei, wo die Lichtschalter waren.

Auch diese Tür war unversperrt. Ich stieß sie auf, tappte an die Wand daneben, fand den Schalter und legte ihn um. Nichts. Ich knipste ihn nochmals an. Nichts. Versuchte die anderen drei auf dem Brett, und keiner funktionierte.

All dies brauchte nur ein paar Sekunden, doch meine Gedanken hingen wohl jenen anderen Dingen nach, weshalb ich wahrnahm, aber nicht registrierte, daß die Sakristei nicht minder luftig, nicht minder erfüllt von Baumgeraschel und Krähengescharr war als der Kirchhof selbst. Daß auch die Papiere auf dem Tisch des Pfarrers sich in der leichten Brise erhoben; gerade als ich sie bemerkte, flatterten ein paar davon zu Boden. Zugleich sprang mir eine andere Bewegung ins Auge, trieb mir mit einer Verkrampfung, schmerzhaft wie ein Hieb, das Blut aus dem Herzen. Die äußere Tür der Sakristei stand offen, und vor der Dunkelheit, in die sie führte, bewegte sich eine andere Dunkelheit: eine hohe Gestalt im Talar. Dann fiel die Tür zu; das Yale-Schnappschloß klickte. Raschelnd kamen die Papierblätter auf dem Boden zur Ruhe. Die einzigen Geräusche waren jetzt das Knacken alten Holzes und das Läuten der Glocke im Kirchturm, die das dritte Viertel schlug. Nur die Papiere auf dem Boden, in der Düsternis eben noch zu erkennen, untermauerten die Wahrheit dessen, was ich gesehen hatte. Die offene Tür, die verschwindende Gestalt schienen nicht mehr zu sein als das Negativ eines Traums, der Netzhaut noch eingeprägt, wenn man nach dem Schlaf die Augen öffnet.

Ich schluckte tief und zwang mein Herz, seine Schläge zu verlangsamen. Eine feierlich gekleidete Gestalt in einer verdunkelten Kirche? Lächerlich. Da gab's doch ein Wort für das dümmliche Gruseln in Groschenromanen, nicht wahr? Makaber, das war's. Schaurig umhüllte Nonnen und alte Häuser und Geheimgänge – die Requisiten rührseliger Gruselstücke, die Jane Austen in ihrem „Kloster von Northanger" belächelt hatte und die wir alle belächelt hatten, als die Spiritisten Rob Grangers Gespenst in ebendieser Kirche zu ergründen suchten. Mein Gespenst war sicher identisch mit seinem: eine Gestalt im Talar, die eine Sakristei verließ und deren Tür hinter sich ins Schloß warf, mußte mit einiger Wahrscheinlichkeit der Pfarrer sein. Und das stromlose Schaltbrett? Zweifellos hielt Mr. Bryanston es für sicherer, über Nacht den Hauptschalter auszumachen. Und gewiß, dachte ich, während ich nach dem Hebel langte, würde er zurückkommen, wenn er die Lichter angehen sah.

Ich hatte alle Schalter angeknipst gelassen – Sakristei, Chor, Altarstrahler, Orgeltreppe. Als ich den Hebel nach unten zog, erstrahlte die gesamte Ostseite der Kirche in hellem Licht. Einen Augenblick lang blieb ich reglos stehen und lauschte, konnte aber kein Geräusch zurückkehrender Schritte vernehmen. Ich las die Papiere vom Boden auf und ließ meinen Blick durch die Sakristei schweifen. Nichts deutete auf eine neuerliche Überraschung hin. Ich legte die Blätter auf den Tisch neben eine Anzahl ordentlich gestapelter Bücher, die wie Tauf- und Trauungsregister aussahen, und beschwerte sie mit einer Tintenflasche. Es waren Abrechnungen, wie ich bemerkte; zweifellos Abrechnungen der Pfarrgemeinde, die hier für die nächste Sitzung des Kirchenrates bereitlagen. Ich wartete noch ein bißchen länger und lauschte, aber kein Geräusch war zu hören. Ich knipste alle Lichter bis auf die Altarstrahler aus, ging dann zurück in die Düsternis am westlichen Ende des Kirchenschiffs und setzte mich hin. Die fernen Lichter blühten sanft auf blauen Teppichen, braungedorrten Lilien und den vergoldeten Köpfen der Engel, welche die Stichbalken des Gebäudes trugen. Langsam sank das Schweigen wieder herab . . . wie Staub.

In jedem Leben gibt es Stunden, die einem selbst gehören; so soll es auch bleiben. Ob ich meine Worte nun an Seelen oder Dinge oder Träume richtete – was damals in der Dunkelheit der All-Hallows-Kirche vorging, ist meine Sache. Ich hatte mir wohl ausgemalt, glaub' ich, daß der Versuch, die Kräfte meines Bewußtseins hier zu öffnen, meine Handlung rechtfertigen werde, aber die Heiligen, die der Kirche ihren Namen gaben, sahen das offenbar anders. Auf den Bahnen, die ich schon kannte, und auf den Bahnen, über die ich's nun herbeisehnte, drang nichts zu mir; nichts als Schweigen.

Dann war's vorbei. Als ich mich erhob und Kurs auf die Sakristei nahm, um das Licht auszumachen, schwang deren Tür auf, und eine Gestalt im Talar betrat die Kirche.

Der Pfarrer. Wie ich gedacht hatte, der Pfarrer, eine durchaus alltägliche Erscheinung in seinem Meßrock, auf der Nase die gemütliche Brille, die im Licht funkelte. Das hielt mich aber nicht davon ab, halb aus der Haut zu fahren, bevor ich registrierte, wer es war, und ihm verdattert entgegenging, um ihn zu begrüßen.

„Mein liebes Kind! *Du* bist's! Hab' mir eigentlich gedacht, du wolltest erst morgen früh kommen. Ich hab' eben das Licht gesehen, als ich in mein Arbeitszimmer ging, und kam rüber, um nachzusehen, wer's ist. Hab' ich dich erschreckt?"

„Das kann man wohl sagen. Tut mir leid, daß Sie wegen mir wieder rausmußten, Mr. Bryanston. Hoffentlich macht's Ihnen nichts aus, daß ich schon heute abend hergekommen bin? Morgen früh komm' ich wieder, wie ich Ihnen gesagt hab', aber ich – ich wollte das Kästchen über Nacht hierlassen. Dann wollt' ich bei Ihnen vorbeischauen und es Ihnen sagen, bevor ich wieder nach Worcester fahre. Sind Sie böse?"

„Natürlich nicht. Komm, sooft du willst; die Kirche ist immer offen."

Er nahm die Brille ab und begann sie abwesend an einem Ärmel seines Meßrocks zu polieren. Er war gut und gern Mitte der Sechzig, hatte lockiges graues Haar, das in der Nähe seiner hohen Stirn schon ziemlich schütter wurde, ein rundliches Gesicht mit der rosigen Haut eines Kindes, eine breite Oberlippe und die Angewohnheit, über den Brillenrand und an der Wölbung seiner Nase herunterzublicken. Er hatte weitsichtige graue Augen, von denen die dicken Linsen seiner goldgerahmten Brille nur ein verzerrtes Bild lieferten, und er war Pfarrer von Ashley gewesen, solange ich mich erinnern konnte. Er war Witwer, lebte aber (so wurde gemunkelt) um vieles friedlicher, seit seine ehrgeizige und springlebendige Frau in eine bessere Welt heimgegangen war. Mrs. Bryanston hatte Ashley nur als Sprungbrett zu beruflichem Aufstieg und einem Leben in der Stadt oder einem Amt am Bischofssitz betrachtet, und dorthin hätte sie ihren sanftmütigen Mann denn auch mit der unnachgiebigen Tüchtigkeit einer Schubraupe befördert – ihn, der vom Leben nicht mehr verlangte, als Ashley und seine beiden anderen Pfarren One Ash und Hangman's End ihm bieten konnten. Doch vor fünfzehn Jahren hatte er sie auf dem Kirchhof begraben, und nun würde er zweifellos eine heimelige Dauereinrichtung bleiben, fröhlich von der Kirche zum Garten und wieder zurück stapfen, Sonntag für Sonntag eine beschauliche Predigt nach Aufzeichnungen auf verdächtig angegilbten Blättern halten und das gesamte Kirchspiel mit Setzlingen aus den Schloßgärten versorgen, die er unter seine Fittiche genommen hatte. Er und mein Vater hatten sich prächtig vertragen; selten besprachen die beiden zwar geistig anspruchsvollere Dinge als das Schachspiel, aber ich hatte Daddy sagen hören, daß Mr. Bryanstons Glaube ein Felsen von gerade der Sorte sei, auf der man eine Kirche bauen könne. Jedenfalls paßte der Pfarrer ebenso zu Ashley, wie Ashley zu ihm paßte.

Als er nun mit mir über den Tod meines Vaters sprach, tat er dies mit einer Ungezwungenheit, die ganz anders war als Mr. Emersons zurückhaltende Wärme. Tröstung, möchte man meinen, war sein Beruf, doch er konnte diese Worte sagen, als wären sie nicht sein tägliches Handwerkszeug, sondern als lägen ihm die Betroffenen wirklich am Herzen: nicht nur mein Vater, was ich wußte, sondern auch ich. Für mich – und übrigens auch für Daddy – war der Kirchgang immer so sehr mit dem Leben auf dem Lande verflochten gewesen, daß man nie einen Gedanken daran verschwendete; er gehörte ebenso zum Sonntag wie der feierliche Sherry vor dem Mittagessen (bei dem auch unweigerlich der Pfarrer als Gast zugegen war). Die Fest- und Gedenktage der Kirche dienten dazu, das Jahr auf dem Kalender abzuhaken, so daß Michaelis die Zeit flackernder Strohfeuer und purpurner Blumen war und der Wollsachen, die man wieder aus dem Schrank holte; Ostern bedeutete Lilien und Frühjahrsputz, und zu Mariä Verkündigung war's höchste Zeit, die Rosen zu stutzen. Doch jetzt, da ich Leid empfand, sah ich ein bißchen von dem, was hinter dem nüchternen alljährlichen Ritual steckte. Es gab Dinge, denen man entwuchs und die einen nie wieder zum Glauben führen würden, doch ich hörte zu und fand Erleichterung in dem Wissen, daß der Pfarrer so wörtlich, wie's nur ging, an die Auferstehung der Toten glaubte.

„Und du willst heut abend noch nach Worcester zurück, sagst du?“ fragte er schließlich.

„Ja, aber morgen früh bin ich wieder hier. Ich komm' schon, wenn der Hahn kräht, damit ich niemanden störe.“

„Das tust du nicht, mein Kind. Komm, wann du magst; du wirst die ganze Welt für dich allein haben wollen, daran zweifle ich nicht.“ Er fischte eine dünne alte Kapseluhr aus einer Tasche und spähte auf das Zifferblatt. „Ach herrje, eben hast du einen Bus verpaßt. Ich hätte dich nicht so lang aufhalten sollen ... Der nächste geht erst in anderthalb Stunden. Vielleicht kommst du mit rüber ins Pfarrhaus, hm? Ich weiß zwar nicht, was die gute Mrs. Henderson mir heute als Abendbrot zugedacht hat, aber wir können's gewiß ein bißchen strecken.“

„Das ist schrecklich lieb von Ihnen, aber vielen Dank, nein, Herr Pfarrer. Ich wollte ohnehin nicht mit dem Bus fahren; meine Lambretta ist auf dem Bauernhof, und ich geh' jetzt rüber, um sie zu holen. Sie wird in der Scheune für mich aufbewahrt.“

„Ah. Na schön, sieh dich aber vor. Der Verkehr auf den Straßen wird täglich dicker, und es ist schon dunkel. Ach herrje, und bald haben wir wieder Sommer, wie? Wenn du Rob siehst, sagst du ihm dann bitte, daß ich morgen im Obstgarten bin und nicht im Treibhaus? Ich muß die Bäume zu Ende spritzen, bevor's zu spät ist.“

„Natürlich; will ich tun. Und vielen Dank für alles, Herr Pfarrer. Ich geh' zum Südtor raus. Warten Sie bitte nicht auf mich, wenn Sie den Hauptschalter wieder ausmachen wollen. Ich kann ganz gut sehen.“

„Hauptschalter?“ Zerstreut blickte er sich um, als könnte das Ding nur eine Armlänge entfernt sein. „Was meinst du damit? Warum sollte ich ihn ausmachen?“

„Ich dachte, das hätten Sie getan, knapp bevor ich hierherkam. Sie waren doch hier, in der Kirche? Oder waren das gar nicht Sie, den ich vorhin hier gesehen hab'?“

„Nie und nimmer. So um drei Uhr war ich zum letztenmal hier herüben. Wann soll das gewesen sein?“

„Vor etwa einer Stunde, glaub' ich. Ich kam zum Südtor herein und ging rüber zur Sakristei, um die Altarbeleuchtung anzuknipsen. Der Hauptschalter war abgedreht, und jemand ging gerade hinaus. Ich hab' nicht gesehen, wer's war, aber ich dachte, Sie müßten es sein."

Er machte ein verdutztes Gesicht. „Nein. Vielleicht war's einer der Kirchenvorsteher, das wäre möglich, aber warum sollte der den Hauptschalter abdrehen? Bist du auch ganz sicher, daß das Ding *aus*gemacht war?"

„Ja, bin ich. Und noch was weiß ich ganz sicher, wenn das in der Sakristei nicht Sie waren: Dann wollte derjenige, wer immer es auch war, nicht gesehen werden. Ich hab' so ein Gefühl, daß er den Hebel umlegte, als er mich an der Tür hörte, um in aller Ruhe und unerkannt verduften zu können. Ich dachte, Sie wären es, weil man hier am ehesten mit Ihnen rechnet und weil dieser Jemand, glaub' ich, etwas Langes anhatte, eben wie ein Meßgewand. Ihnen ist doch nicht etwa ein Hilfsgeistlicher ins Haus geschneit, oder?"

„Nein, Gott sei's geklagt. Es könnte einer von den Chorsängern gewesen sein, der herkam, um etwas zu holen, was er nach dem gestrigen Gottesdienst vergessen hatte . . . Aber wozu mag er seinen Meßrock angezogen und das Licht abgedreht haben? Es hätte ihn wohl kaum gestört, wenn du oder ich ihn gesehen hätte."

„Mit dem Talar oder Umhang mag ich mich getäuscht haben. Es machte nur so den Eindruck; es war auch ziemlich finster. Vielleicht war's doch nur einer der Kirchenvorsteher. Er trug was in der Hand – da bin ich ganz sicher."

„Und was?"

„Schwer zu sagen. Eine Schachtel vielleicht; es könnte auch ein Buch gewesen sein, so groß etwa wie die Taufregister auf dem Tisch."

„Kann mir nicht denken, was einer der Vorsteher an denen finden sollte. Das sind gar nicht die Kirchenbücher von Ashley, sondern die von One Ash; ich hab' sie erst gestern nach der Abendandacht von dort mit rübergenommen. Hab' nämlich versprochen, für einen Kanadier was rauszusuchen, der mir wegen seiner Vorfahren geschrieben hat, bin aber noch nicht dazugekommen, mir die Dinger anzusehen . . . Tja, die Sache mit dem Hauptschalter – also, ich versteh' wirklich nicht, wieso . . . Du liebes Bißchen, langsam sieht das ja richtig mysteriös aus."

Er äugte so besorgt um sich, daß ich rasch versuchte, ihn zu beruhigen. „Ich nehme eigentlich nicht an, daß es irgendwas zu bedeuten hat. Ich kann mich doch auch getäuscht haben."

„Wir wollen's hoffen, meine liebe Bryony, wir wollen's hoffen. Wie dem auch sei" – und entschlossen lenkte er seine Schritte zur Sakristei zurück –, „ich seh' am besten mal nach, ob irgendwas angefaßt wurde. Der Kirchensafe . . . der könnte vielleicht eine Versuchung darstellen. Aber gewiß würde kein Mensch in Ashley . . ."

Er blieb im Türrahmen der Sakristei stehen und blickte sich sorgfältig um.

„Ich hab' mich umgesehen, als ich das Licht anknipste", sagte ich hinter ihm, während ich über seine Schulter blickte. „Bis auf die Papiere dort sah alles ordentlich aus, und ein paar davon lagen auf dem Boden. Doch das war die Zugluft aus der Tür. Ich hab' sie zurückgelegt, aber sie werden wohl nicht mehr richtig sortiert sein."

„Macht nichts, macht nichts." Er ging an den Tisch und blätterte sie flüchtig durch. „Alle noch da. Und auch die Kirchenbücher . . . elf waren's doch, oder zwölf? Auch aus Hangman's End waren welche dabei. Da werd' ich nachsehen müssen. Aber es ist wirklich nichts da, was irgendwen interessieren könnte. Und ansonsten – nicht mal was angerührt. Der Schrank . . . nein, hier stimmt alles. Und in dieser Lade war nichts außer Bleistiften und so weiter, und mein zweiter Meßrock hängt neben der Tür wie immer; der war's also nicht, den du gesehen hast . . ."

Schließlich wandte er sich widerstrebend dem Safe zu. „Ach, wir wollen nicht hoffen, daß . . ."

Doch als er sich über den großen, plumpen Metallschrank beugte, vertiefte sich die Besorgnis in seinem Blick. Ich sah ihn einige Kratzer neben dem Schloß befühlen. „Die hier – meinst du, daß sie neu aussehen? Es läßt sich so schwer sagen. Wenn nicht was passiert wie heute, was einen genau hinsehen läßt, dann bemerkt man die Spuren gar nicht, die der eigene Schlüssel jeden Tag wegschabt. Ach, leider sollten wir wohl auch reinschauen." Er langte in eine Tasche seines Meßrocks und zog einen Schlüsselbund hervor.

„Ich denk' mir, daß Sie das Abendmahlgeschirr im Safe aufbewahren", sagte ich. „Und sonst?"

„Nichts, wonach jemand krumme Finger machen würde. Nur unsere eigenen Kirchenbücher, die von Ashley. Und das Abendmahlsgeschirr ist von sehr geringem Wert – obwohl Werte ja immer relativ sind. Das Geschirr, das wir jetzt benützen, ist ziemlich modern, wie du wahrscheinlich weißt; es war doch dein Vater, der das alte Geschirr unbedingt an einem sichereren Ort verwahrt wissen wollte, als die Preise so steil in die Höhe gingen, wenn ich auch bezweifle, daß ein anderer gemerkt hätte, wie wertvoll das alte Geschirr war. Wußtest du eigentlich, daß Meßkelch und Hostienteller elisabethanisch waren, von John Pikenynge angefertigt, und die Opferbüchse ein noch selteneres Stück? Aus dem Jahre 1534, glaub' ich, mit einem Korb als Signum des alten Meisters. Die Sachen, die wir jetzt verwenden, wenngleich nicht unhübsch, sind nicht gerade . . . ah." Die Safetür schwang auf. „Gott sei Dank."

Dieser Dank klang, als meinte er ihn wörtlich. Ich äugte über seine Schulter. Es sah in der Tat so aus, als sei nichts berührt worden. Im rückwärtigen Teil des Safes lagen Kirchenbücher aufgestapelt, und davor verhüllte flauschiger Wollstoff die Umrisse des Altargeräts. „Alles genau so, wie ich's immer reinstelle", sagte der Pfarrer, während er zählte, halb auf den Knien. „Ja, ja; alles vorhanden und in Ordnung. Am Safe hat er sich gar nicht versucht, oder das Schloß war ihm zu happig. Ich zieh' es vor, zu glauben – und ich glaub's auch wirklich –, daß sein Besuch ein unschuldiger war. Ja, tatsächlich, es verhält sich beinah mit Sicherheit so. Wir leben in traurigen Zeiten, wenn man schon aus solch dürftigen Anhaltspunkten Verdacht schöpfen kann." Er schloß den

Safe, versperrte ihn und stand auf. „Dies soll mir jedoch eine Lehre sein. Ich bring's ja nicht über mich, die Kirche abzuschließen, aber vielleicht werd' ich – doch, ich glaub', ich muß – die Sakristei abschließen. Und das will ich gleich jetzt tun. So. Vielleicht kommst du nun doch gleich hier mit raus . . . Ach herrje, nun ist's aber wirklich ganz finster. Wirst du den Weg zum Bauernhof finden?"

„Ja, vielen Dank. Und machen Sie sich keine Sorgen mehr, Herr Pfarrer; sicherlich wird sich herausstellen, daß es einer der Kirchenvorsteher war oder jemand anders, der ebenso harmlos ist. Darf ich Sie morgen früh besuchen? Wenn Sie im Obstgarten sind, sehe ich Sie ohnehin auf meinem Weg ins Gärtnerhaus. Morgen zieh' ich ein. Und ich will Rob Ihre Nachricht bestellen."

„Danke, mein Kind. Gott sei mit dir. Gute Nacht."

Ashley, 1835

Scheinbar sehr weit entfernt, schlug die Kirchenglocke das dritte Viertel. Er blickte hastig auf die vergoldete Reiseuhr, die auf dem Nachttisch stand. Sie ging vor. Fünf Minuten.

Unruhig strich er durch den Raum, tänzelnd wie ein Pferd unter dem Druck zu scharfer Sporen. Sein Fuß stieß an eines der Bücher seines Vaters, das bei den losen Blättern lag, wohin es gefallen war. Er bückte sich und begann die verstreuten Dinge mechanisch aufzusammeln. Das Buch, mit dem Rücken nach oben, zeigte in glitzernden Goldlettern den Namen Julia. Er klappte es heftig zu, richtete sich auf, stopfte Buch und lose Blätter in die Tischlade, worauf er diese schloß.

Das Geräusch klang scharf und endgültig. Der alte Mann war tot. Sein Vater war tot. Er war nun Ashley – Nicholas Ashley, Landedelmann, Schloßherr und Gutsherr. Jetzt, dachte er, wird alles bald vorüber und ausgestanden sein. Falls wir alle beide, jeder auf seine Art, den Mut dazu finden.

Doch alte Gewohnheit ließ ihn die Vorhänge dichter über die Fenster hinter den geschlossenen Läden ziehen, um selbst den leisesten Kerzenschimmer zu verbergen.

5. KAPITEL

O Herr! Ich blieb' hier gern die ganze Nacht
Und hörte guten Ratschlag.
„*Romeo und Julia*", III/3

Die Gebäude der einst so ansehnlichen Gutsfarm lagen nicht ganz hundertfünfzig Meter hinter dem Kirchhof. Die kürzeste Strecke von der Kirche dorthin führte durch das Friedhofstor und durch eine Ecke der Schloßgärten. Mit vorsichtigen Schritten bahnte ich mir meinen Weg durch den pechschwarzen Tunnel der Eibenallee. Auf einmal wurde mir bewußt, daß meine Hände leer waren. Die schwarzen Eiben rochen unerträglich traurig, beißend und rauchig: Myrrhe und Weihrauch, Erinnerung und Schmerz.

Nein, ich würde nicht so denken. Ich verbot es mir.

Die Eibe nur bringt Licht des Friedens jenen,
Die elend liegen und allein.

Das waren Gedanken, die den Toten gerecht wurden. Ruhe und Frieden waren mir dargeboten worden, und der Verlust schlummerte noch. Dies war noch immer mein Zuhause, meine Welt, die immer noch bewahrte, was zu finden ich hierhergekommen war.

Langsam ging ich den Weg hinunter, meine Schritte waren nur gedämpft zu hören, und näherte mich dem hölzernen Tor. Heimatliche Schatten streckten sich mir entgegen, trösteten mich, umschlossen mich.

In diesem Augenblick, inmitten dieser Schatten, tat dies auch mein Geliebter. Er war hier, in der beginnenden, kühlen Nacht, stärker und näher denn je, seit ich Ashley Court verlassen hatte. Jede Nuance der Empfindungen erreichte mich so unmittelbar, als würde sie ausgesprochen, so intensiv wie der Duft der Brise, die durch die Eiben träufelte. Freude und Willkommen lagen darin, aber alles mit einem Anflug von Bangigkeit. Ich hielt inne, um diese Wellen auszuloten, und erkannte sie sodann ungläubig als Schuld – oder Beschämung ...

Ich hatte gerade das Friedhofstor erreicht. Die Dunkelheit hier, die das Dach verströmte, war greifbar. Ich blieb stehen und tastete nach dem Riegel des mehr als hüfthohen Gatters. Schuld oder Scham? Von ihm? Von mir muß eine Mischung zu ihm gedrungen sein, die beinah ebenso verwirrend war: Überraschung, zweifelnde Frage und das beruhigende Gefühl, daß ich bei *ihm* war, wer immer es auch sei, bei ihm ...

Meine Hand, die in der Dunkelheit tappte, berührte Stoff. Einen wilden, herzlähmenden Augenblick dachte ich, er sei hier und ich hätte seinen Ärmel angefaßt. Dann fühlte ich unter den lockeren Falten das Holz des Gatters. Irgendein Kleidungsstück oder eine Decke war dort zurückgelassen worden, über den obersten Querbalken gebreitet. Mein Gehirn identifizierte es schon, als meine Finger die gerippte seidige Oberfläche und das Gewicht des Stoffes noch gar nicht gefühlt hatten. Ein Meßrock. Der Talar, den ich ihn hatte tragen sehen, hier achtlos abgeschüttelt, als er den Kirchhof verließ ... Schuld und Beschämung, fürwahr: die Gefühle, die er empfinden mochte, wenn er vor kurzem in der Sakristei gewesen war, um sich an Schlössern zu versuchen, die ihn nichts angingen, und um Dinge fortzuschaffen, die niemand sehen sollte?

Was ist? Warst du das in der Kirche? Schneidend stellte ich diese Frage, erhielt aber keine Antwort. Die Gedankenblöcke wurden schwächer, verwehten. Er entzog sich mir.

Im gleichen Augenblick hörte ich Schritte, ganz nah, die durch das Friedhofsgras eilten, sich von mir entfernten. Er mußte die ganze Zeit auf der anderen Seite dieser Wand aus Eiben gestanden haben.

Geliebter? Geliebter!

Er beachtete mich nicht. Die Schritte wurden schneller. Ich hörte das feine Schwirren und Singen des Drahtes, der eine Lücke in der teilweise eingestürzten Mauer zwischen dem Kirchhof und den Schloßgärten überspannte. Jenseits dieser Lücke erstreckte sich ein Dickicht verwahrlosten Buschwerks; weiter hinten führte ein Tor in den alten, von hohen Mauern umgebenen Garten, wo auch die Gewächshäuser lagen. Und jetzt, matt hinter dem Schwarz der Bäume, sah ich die Nacht zu Silber erschlaffen. Der Mond ging auf. Schon bald würde er über den Bäumen stehen, und es würde genügend Licht geben, um wenigstens etwas sehen zu können.

Ich fand mich neben einer Bresche in den Eiben. Ich schlüpfte hindurch und lief über den buckeligen Rasen, der auch die Grabhügel bedeckte. Ich kannte jeden Grabstein und jeden Namen darauf ebenso gut, wie ich die Bücher in den Regalen des Schulzimmers kannte. Die Toten würden sich an meinen Schritten nicht stören; wir waren einander seit langer Zeit vertraut. Ich erreichte die Mauerlücke, als der Mond eben hoch genug stand, um einen Schimmer über den Draht gleiten zu lassen. Ich legte eine Hand darauf; er summte noch immer. Hastig wand ich mich durch das federnde Unterholz der Büsche. Eschen- und Holunderschößlinge, dschungelähnliche Himbeersträucher, Efeu, der rankende Fallstricke auf die Erde legte, und irgendwo die pfeffrige Süße von Eberrauten und Wermut. Und kniehohe Brennesseln. Ich fluchte leise, stürzte vorwärts und befand mich endlich auf dem flachgetretenen, verfilzten Moos, das den Weg zu dem ummauerten Garten bedeckte. Das Tor in der hohen Mauer stand halb offen, das Mondlicht lag auf den Apfelbäumen dahinter. Ich lief hinein und hielt auf der obersten der flachen, schlüpfrigen Stufen an.

Mitten durch den Garten, vom östlichen bis zum westlichen Tor, zog sich eine breite Bahn von Apfelbäumen, Spalierobst mit ausgebreiteten Zweigen – wie erstarrte Kolonnen von Soldaten, die einander an der Hand genommen hatten. Der Mond, der so zügig dahinsegelte wie eine Galeone vor einer steifen Brise, umschiffte eine Buche, um die aufgereihten Apfelblüten und den leeren Weg dazwischen zu beleuchten, auf den ihre Schatten fielen wie eine Strichzeichnung. Nichts bewegte sich, nur die Äste der hohen Bäume jenseits der Mauer wiegten sich im Wind und ließen Dunkelheit und Glitzern über die Glashausdächer perlen.

Dann sah ich ihn zum zweitenmal in dieser Nacht, und noch immer war er nicht mehr als ein hoher Schatten, der mit den anderen Schatten verschmolz. Auch er hatte innegehalten. Er stand unter dem überhängenden Mauerwerk des jenseitigen Tores. Hinter ihm lagen der alte Rosengarten, dann das Labyrinth und jener Obstgarten, wo mein kleines Haus stand, und zuletzt noch die sumpfnassen Wiesen auf der anderen Seite des Teichs, von wo der Feldweg ins Dorf führte.

Ich zögerte. Er mußte wissen, daß ich ihm auf den Fersen war. Wenn er mich haben wollte, brauchte er nur auf mich zu warten. Und er *hatte* auf mich gewartet; nun erkannte ich's. Ich war so lange in der Kirche gewesen. Meine Antwort auf seine Hinneigung zu mir konnte ihm nicht entgangen sein, dort hinten am Friedhofstor – und nun, da ich hier im vollen Mondlicht vor ihm stand, mußte er mich sehen und wissen, daß ich ihm gefolgt war.

Er blickte zu mir herüber, dessen war ich gewiß. Ich hörte das Knarren des Tores, das in der jenseitigen Mauer geöffnet wurde, und dann war es eine Weile still. Ich stand da, kam langsam wieder zu Atem und versuchte mein Bewußtsein zu öffnen, um ihn nochmals zu erreichen. Doch nichts drang zu mir als jene verworrene Mischung von heiterer Freude, von Verwunderung und Schuld. Wieder fragte ich mich, diesmal aber ganz ohne Vorwurf, was er in der Kirche getan haben mochte. Was es auch gewesen war, ich stand zu ihm; das mußte ich. Ich sandte ihm meine ganze Liebe, mein Verlangen und meine Sehnsucht und erhielt eine Antwort, die deutlicher zu vernehmen war als selbst der Wind, der durch die Bäume strich. *Noch nicht. Hab' Vertrauen zu mir.* Ein neuerliches Knarren drang durch die Nacht, als das Gartentor sich eilig schloß. Der Riegel klinkte ein. Ich war allein im Garten.

Mühselig stapfte ich den Weg zurück, den ich gekommen war, und als ich den Friedhof wieder erreicht hatte, schlug ich den althergebrachten Pfad zum Bauernhof ein.

Die Dunkelheit verbarg die Verfallenheit des großen Gehöfts. Scheunen und Schuppen lagen zur Linken, auf der anderen Seite reckten sich die Schornsteine des Gutshauses ins Mondlicht. Das Gebäude lag brach, seit das weite Ackerland, das nicht zum Treugut zählte, verkauft worden war. Dem Bauern, der das Land gekauft hatte, war es nicht der Mühe wert erschienen, das Haus instand zu setzen, das nun seit Jahren leerstand; heute diente es als Speicher und gelegentlich sogar als Stall für Jungvieh. Hühner gackerten dort, und Tauben nisteten in den Dachstuben. Gleich daneben aber sorgten die beiden kleinen Bauernhäuser, die noch zu Ashley Court gehörten, für einen erfrischenden Gegensatz. Ihre weißgetünchten Mauern warfen das Mondlicht zurück, und in den hell erleuchteten Fenstern hingen fröhliche Vorhänge.

Im ersten, das dem Gutshaus am nächsten lag, wohnten die Hendersons. Mr. Henderson, ein Mann jenseits der Sechzig, war Küster und Totengräber in Ashley und One Ash; seine Frau besorgte den Haushalt für den Pfarrer und half im Schloß aus, wenn sie darum gebeten wurde. Sie putzte und flickte auch für Rob Granger, der im zweiten Bauernhaus wohnte. Als ich ein Kind war, hatten die Grangers im großen Gutshof gewohnt, doch zwei Jahre nach Mr. Grangers Tod, als der Bauernhof verkauft worden war, zogen Rob und seine Mutter in das kleine Haus. Auch Mrs. Granger war wenig später gestorben, und nun lebte Rob allein.

Als ich den Hof durchquerte, ging die Tür seines Hauses auf, und er guckte heraus, sein Körper vom Licht eingerahmt wie ein Scherenschnitt.

„Sind Sie das, Miß Bryony?“

„Oh, Rob, guten Abend! Wie nett, Sie wiederzusehen. Ja, ich bin's. Wie haben Sie's denn erraten?“

„Ich hab' mir gedacht, Sie würden wegen des Rollers rüberkommen. Wußte, daß Sie da sind. Hab' Sie aus der Kirche kommen sehn. Sind ihm nachgelaufen, was?“

Ich erstarrte. „Sie waren dort? Wollen Sie damit sagen, daß Sie ihn gesehen haben?"

„Hab' ich. So schnell wie 'n Hase aus der Tür von der Sakristei geflitzt und hinter die Eibenallee. Dort stand er dann fast eine Stunde lang."

„Sie haben ihn *beobachtet?*"

„Ach ja, das hab' ich."

„Und Sie haben ihn gar nicht gefragt, was er da zu suchen hatte?"

„Das ist mir 'n bißchen vergangen, als ich sah, wer's war."

Eine sekundenlange Pause trat ein. Als sie auffällig zu werden drohte, fragte ich schnell: „Nun, wer war's denn?"

Er sah überrascht drein. „Was, Sie haben gar nicht mit ihm geredet? Also, für mich stand fest, daß er auf Sie wartete."

„Offensichtlich nicht. Wer war's?"

Obwohl ich mich in acht nahm, muß meine Stimme eine gewisse Färbung angenommen haben. Rasch sagte er: „Sorgen brauchen Sie sich keine zu machen. War nur Ihr Vetter. Das heißt, einer davon. Ich konnt's nicht genau ausmachen, nicht bei dem Licht – oder ganz ohne Licht, besser gesagt. Aber ein Ashley; da konnt' ich mich nicht täuschen."

„Warum sind Sie dann nicht geblieben, um genau hinzusehen?"

„Ich weiß nicht so recht." Er schien mir die ziemlich scharfe Frage nicht zu verübeln. „Die Art, wie er so aus der Sakristei gerannt kam . . . Zuerst hab' ich ihn nicht erkannt, und so ging ich rauf, ganz vorsichtig, unter die Büsche an der Mauer, wo ich sehen konnte. Dann gingen die Lichter in der Kirche an, eine Minute lang, und ich sah, daß es einer von den Ashleys war. Hab' mir gedacht, das in der Kirche könnten Sie sein. Dann gingen die großen Lichter wieder aus, aber Sie sind nicht rausgekommen."

„Nein", sagte ich. „Ich . . . ich wollte die Dunkelheit."

„Hab' ich mir gedacht. Und ich glaub', die wollte er auch. Er blieb dort stehen und wartete auf Sie."

Ich sagte nichts. Ich wehrte mich gegen die Enttäuschung, die mich so stechend überfiel, daß ich fürchtete, er werde sie bemerken. Ich stand da, blickte zu Boden und wußte nicht, was ich noch sagen sollte. Ich hatte ganz vergessen, weshalb ich eigentlich auf den Bauernhof gegangen war.

„Wollen Sie nicht reinkommen?“ sagte Rob. „Hat keinen Sinn, draußen aufm Hof zu stehen. Na, kommen Sie doch rein, ja?“

Er machte ein paar Schritte zurück, um mich durch die Tür zu lassen. Ich ging in die Küche, wo er, wie ich unschwer sehen konnte, eben darangegangen war, sich sein Abendessen zu kochen. Der Tisch war für eine Person gedeckt; ein Bündel Bratwürste und etliche Tomaten lagen neben dem Ofen, während eine Packung Erbsen in der Wärme auftaute.

Ich blieb unschlüssig stehen. „Da komm' ich aber ziemlich ungelegen, fürchte ich.“

Er ging an mir vorbei und warf zwei Scheite Holz auf das Feuer, worauf er einen Fuß um das Bein eines Stuhls hakte, den er mir auf diese Weise schwungvoll zuschob.

„Nein, überhaupt nicht. Ich hab' Ihren Roller hier; er ist nicht in der Scheune; ich hab' ihn in die Waschküche gebracht. Und einen kleinen Kanister Benzin hab' ich auch. Wird keine Minute dauern, das Ding aufzutanken und flottzumachen. Aber sehn Sie mal, warum bleiben Sie nicht 'n bißchen? Ich wollt' mir eben einen Happen Abendbrot zurechtmachen, und Sie sind herzlich eingeladen. Es ist genug da. Sind aber nur Bratwürste, nichts Aufregendes – wenn's Ihnen recht ist.“

Zumal ich ihn offensichtlich beim Kochen gestört hatte und er, nicht minder offensichtlich, erst essen wollte, bevor er sich über meinen Roller machte, nahm ich an. „Ja, die mag ich sehr gern. Wissen Sie, was? Ich koche, während Sie für mich decken. Soll ich?“

„Schön. Wollen Sie auch 'n paar Chips dazu?“

„Ja, bitte.“

Mrs. Henderson hatte ihre Schürze hinter der Tür hängenlassen. Ich legte sie an und machte mich am Ofen zu schaffen. Ich setzte den Bratrost in Gang und ließ die

Würste und die Tomaten anschmoren, während Rob die nötigen Sachen aus Laden und Schränken angelte und, trotz seines robusten Körperbaus leichthändig wie ein Schiffsjunge, ein zweites Gedeck auflegte, Brot in Scheiben schnitt und eine zweite Portion gefrorener Kartoffelchips in den Fritierkorb kippte. Nein, keine Rede davon, für Miß Bryony das beste Porzellan herauszusuchen; mein Leben lang war ich im Haushalt der Grangers ein und aus gegangen und hatte die Dinge genommen, wie sie eben kamen. Fisch und Chips aus dem Zeitungspapier und gelbe Kuchen aus dem Laden, mit Eibischsirup übergossen, waren die Freuden meiner Kindheit gewesen, wenn ich zum „Tee bei Mrs. Granger" gehen durfte. Ich sah Rob zu, wie er Messer und Gabel hinlegte, ehe er einen zweiten Teller vorwärmte, und ich fühlte, wie die Schwärze der Eibenallee, der Verlust und die Enttäuschung in die Ferne rückten. Hier, in dem hellen Feuer und dem Ticken des billigen Weckers, dem Zischen der Chips im heißen Fett und dem Geruch der Bratwürste, fand ich einen weiteren Willkommensgruß, den Ashley mir darbrachte. Auch hier war ich zu Hause.

Rob hob kurz den Kopf und erwischte gerade noch einen Zipfel meines Blicks, ließ aber nicht erkennen, daß er ihn verstand. Er war ein hochgewachsener junger Mann, grobknochig, mit großen Händen und Füßen und den täuschend langsamen Bewegungen eines Burschen vom Lande. Er war sehr dunkel, braun wie ein Zigeuner, und er hatte schwarze Haare. Seine Augen glänzten so dunkel, daß es schwer war, Iris und Pupille zu unterscheiden, und schwerer noch, den Ausdruck in ihnen zu lesen. Er sprach auch langsam, aber hinter der sanften, ländlichen Sprechweise und der Neigung, Schweigepausen einzulegen, verbarg sich eine beachtliche Intelligenz, der es nur an Gelegenheiten gefehlt hatte, sich zu entwickeln. Seine Mutter war die Dorflehrerin gewesen, eine zarte, einsame junge Frau, die auf gutes Aussehen und jene polternde Art hereingefallen war, die sie für ungezwungenes Benehmen hielt; und so hatte sie Matt Granger geheiratet, einen hübschen, aber groben Einfaltspinsel, der sie und ihr Kind anfangs vernachlässigte und später ganz unverhohlen mißhandelte. Auch ich hatte als Kind nie begriffen, warum Robbie, wie er damals genannt wurde, hin und wieder der Schule fernblieb oder manchmal mit Schürfwunden und Beulen kam, als hätte er gerauft. Doch als Matt Granger eines Nachts betrunken in den Überlauf plumpste und ertrank, hatte Rob seines Vaters Aufgabe, die Gutsfarm zu führen, übernommen, ohne ein anderes Gefühl zu zeigen als tiefe Befriedigung und Erleichterung; und wenngleich sie kein Wort sagte, schien Mrs. Granger, still wie immer, nun glücklicher zu sein. Sie starb zwei Jahre darauf an einem unbehandelt gebliebenen Krebs, bald nachdem Rob trotz redlicher Plackerei seine Niederlage um die Farm, die von seinem Vater zugrunde gerichtet und in tiefe Schulden gestürzt worden war, hatte eingestehen müssen. Nachdem mein Vater das Ackerland sodann verkauft hatte, lud er Rob ein, als Hausmeister und nützlicher Geist auf Ashley Court zu bleiben. Alle waren gelinde überrascht, als Rob, der sein Herz verständlicherweise nie an Ashley gehängt hatte und anderswo vielleicht besser gefahren wäre, einwilligte und blieb.

Jetzt stellte er sich neben meinen rechten Ellbogen und sah zu, wie ich die Bratwürste auf dem Grill wendete. „Soll ich jetzt weitermachen?“

„Nein, es geht schon. Die sind gleich durch.“

„Tur mir leid, das mit Ihrem Vater.“

„Danke. Ich hab’ seine Asche mit nach Hause gebracht, wußten Sie das? Und deswegen bin ich heut abend gekommen. Ich wollte sie in die Kirche tun. Hat der Pfarrer Ihnen davon erzählt?“

„Nein.“

„Morgen früh komm’ ich wieder, um – nun ja, um sie zu verstreuen.“

Er hatte die Pfanne mit den Erbsen von der Herdplatte genommen und war damit beschäftigt, das Wasser abzugießen. Er tat ein Stück Margarine dazu und schüttelte die Erbsen in der heißen Pfanne trocken. Er sagte nichts.

„Rob . . .“

„Mm?“

„Und Sie haben nicht mal eine Vermutung?“

Er mußte meine Bedrängnis doch gefühlt haben, vorhin, draußen auf dem Hof. Weder fragte er mich, wovon ich überhaupt sprach, noch erhob er seine Augen von den Erbsen. Nachdenklich schwenkte er die Pfanne. „Wenn ich das müßte, würd' ich sagen, es war einer von den Zwillingen, aber Sie wissen doch selber, daß die schon bei Tageslicht schlecht aus'nanderzuhalten sind, ganz zu schweigen an so einem kohlrabenschwarzen Abend."

„Könnte es Francis gewesen sein?"

„Könnte – ja, denk' ich. Aber ich würd' sagen, daß er für Francis 'ne Spur zu groß war."

„Doch er hätte es sein können?"

Das ließ ihn aufblicken. „Ja, möglich wär's. Wieso? Haben Sie Francis erwartet?"

„Nein. Aber wenn's nicht Francis war, muß es Emory gewesen sein, und das . . ."

Ich hielt inne. Weiter hatte ich diesen Faden nie gesponnen, nicht einmal in Gedanken, und ganz gewiß konnte ich dies nicht vor Rob tun. Nein, er konnte nicht Emory sein: mein geheimer Freund, mit dem ich seit Kindertagen meine Gedanken teilte. Er konnte es nicht sein. Wenn es schon einer dieser beiden sein mußte, dann sicher nur Francis . . . Francis, der mir auch vom Alter her näher war und den ich – soweit diese schwer faßbare und in sich gekehrte Persönlichkeit zugänglich war – bedenkenlos sehr gern hatte. Emory, der Älteste der drei, war ein Fall für sich, wie man so sagt. Über Emory hatte ich mir nie Illusionen gemacht. Als Kind hatte ich natürlich meinen großen Cousin bewundert, der uns alle so mühelos an die Kandare nahm, doch einem kleinen Mädchen nur sehr herablassend die Gunst gewährte, der Rasselbande von Schloß Ashley nachzuckeln zu dürfen, wohin er sie führte. Er war zu einem ziemlich kompromißlosen Mann herangewachsen, entschlossen und auf stille Art selbstbewußt. James, sein Zwillingsbruder, hatte einen Hauch der gleichen Skrupellosigkeit, die allerdings durch ein minder draufgängerisches Temperament gedämpft wurde. Francis, der auf seine eigene Weise zäh war, aber viel weniger darüber sprach, hatte sich aus den meisten unserer Streiche herausgehalten und unbeirrbar seinen eigenen Angelegenheiten gewidmet. Ein Einzelgänger, mein Vetter Francis. Aber das, nahm ich an, mußten Schriftsteller wohl sein. Und falls *er* es war, hätte er mir dann nicht längst einen Hinweis gegeben . . .?

Francis oder Emory . . . Doch obwohl ich das nun wußte, dachte ich plötzlich an James – an James, wie ich ihn zuletzt gesehen hatte.

Ein Ashley bis in die Fingerspitzen: groß, mit blonden Haaren, die zu seiner Erleichterung ein bißchen nachgedunkelt waren, als er älter wurde. Jene breiten, grauen Augen, die auch von allen Familienporträts herunterblickten, eine gerade Nase, Hände und Füße etwas zu feingliedrig, aber wohlgeformt. Angenehme Stimme. Eine Art, genau das zu tun, was er wollte, und es so bezaubernd zu tun, daß man den Eigennutz dabei übersah und vermeinte, er hätte einem einen Gefallen erwiesen. Klug, ja; gerissen, ja; vielleicht nicht allzu einfallsreich, was anderer Leute Bedürfnisse betraf, aber warmherzig und ungemein großzügig, wenn er wollte. Über seine Einstellung zu Frauen oder seine Beziehungen zu ihnen wußte ich nichts.

Meiner Mutter hatte ich's zu verdanken, daß ich fähig war, der Familie meines Vaters so objektiv zu begegnen. Sie war eine hochintelligente, ausdrucksvolle Frau gewesen, die zwei Romane geschrieben hatte; auf dem Markt waren die Bücher zwar sang- und klanglos untergegangen, enthielten aber viele stille, doch scharfe Beobachtungen der Menschen, die meine Mutter umgaben. Sie war es, die mich gelehrt hatte, manchmal etwas Abstand vom Leben zu gewinnen – und sogar Abstand zu gewinnen von denen, die ich liebte.

Ganz gewiß von denen, die ich *vielleicht* zu lieben glaubte. Und das versetzte mich wieder in meine bedrückten Gedanken und in die Küche des Bauernhauses und zu Rob, der eben sagte:

„Wieso muß es?"

„Wieso muß es was?"

„Emory sein?"

Ich muß sehr verblüfft ausgesehen haben.

Geduldig sagte er: „Der im Kirchhof gewesen ist."

„Oh. Weil James in Spanien ist und Emory hier. Er hat mich am Mittwoch aus England angerufen, als ich in Bayern war. Sehen Sie doch, Rob, die Chips sind fertig; können Sie den Korb aus der Pfanne nehmen?"

„Klar." Er stellte die Pfanne auf das Abtropfbrett hinüber und ließ das Fett aus den Chips laufen. „Also sagen wir mal, es war Emory. Kommt mir komisch vor, daß er Sie nicht sehen wollte."

„Vielleicht. Rob, Sie haben ihn aus der Sakristei kommen sehen, sagen Sie. Haben Sie denn auch gesehen, wann er hineinging?"

„Nein. Ich war unten und hab' die Treibhäuser dichtgemacht, wissen Sie, und als ich zurückkam, hörte ich die Hunde bellen. Also zog ich 'ne kleine Runde und sah die Sakristeitür offenstehen. Der Pfarrer kann's nicht sein, hab' ich mir gedacht – denn seinetwegen würden die Hunde doch nie bellen; dann merkte ich, daß dort drin mit einer Taschenlampe gewerkt wurde, und wartete zu, bis ich einen Blick auf ihren Besitzer werfen konnte. Dachte mir nämlich, 's könnten paar von den Dorfbengeln sein, die sich hier 'nen Jux machen wollten. Und dann sah ich Sie in die Vorhalle gehen." Er grinste. „Das muß man Ihnen lassen, Bryony: Sie machen nicht mehr Lärm als 'ne Füchsin. Erinnern Sie sich noch, wie ich Sie öfter zum Wildern mitnahm? Ich hab' Sie erst gehört, als Sie schon ganz dicht an der Kirchentür standen."

„Und weiter?"

„Ich hatte so halb im Sinn, Ihnen nachzugehen, in die Kirche, falls da was nicht stimmte, aber dann ging drin die Taschenlampe aus, und ich sah diesen Knaben aus der Sakristei kommen, bißchen aufgescheucht, und übern Friedhof flitzen, ab ging die Post. Ich wär' ihm ja gefolgt, nur sah ich dann eben, daß es einer von den Ashleys war. Und er lief auch gar nicht weit; blieb gleich bei den dicken Eiben stehen und wartete. Dachte mir, er wartet auf Sie. Dort war er aus meinem Blickfeld, aber ich hätt's gesehen, wenn er sich gerührt hätte. Ich blieb und behielt die Szene im Auge, für alle Fälle ... Dann kam der Pfarrer runter und ging in die Sakristei, aber dieser Knabe machte keinen Muckser. Glauben Sie, er hat Sie gesehn?"

„Hat er wohl. Falls nicht dort schon, muß er mich später im Küchengarten gesehen haben. Der Mond war ganz hell.“

Ich sagte das leichthin, während ich mit dem Rücken zu ihm stand, doch ich fühlte, daß es ihm zu denken gab.

Dann sagte er: „Na ja, als er dann über den Draht setzte, kapierte ich's endlich. Die Sache ging mich nichts an, und er wollte Ihnen nichts Böses, das lag auf der Hand. Was er in der Sakristei wohl gesucht hat, was glauben Sie? Ist doch komisch, so abzuflitzen, wo er doch wissen mußte, daß nur Sie es waren.“

„Ja, nicht wahr?“

„Noch was war dran verquer: Er hatte einen langen Mantel an oder so was. Trägt Emory eine Pelerine, 'ne Kutte vielleicht? Jemand hat mir erzählt, diese altmodischen Dinger wären jetzt der letzte Schrei in London.“

„Das glaub' ich nicht.“ Ich zögerte. „In Wirklichkeit, Rob, hatte er einen Meßrock aus der Kirche genommen. Es muß einer von denen gewesen sein, die den Chorsängern gehören – denn der Ersatzrock des Pfarrers hing noch dort. Er muß sich ihn geschnappt haben, als er mich hörte. Fragen Sie mich nicht, warum; ich hab' keine Ahnung. Er ließ den Meßrock am Friedhofstor zurück.“

„Komisch.“

„Sie sagen es. Haben Sie gesehen, was er in der Hand trug?“

„Nein“, sagte er. „Sehn Sie mal, die Würste sind fertig.“

„Stimmt. Können Sie vier vertragen? Nicht zuviel von den Chips für mich, danke. Oh, eh ich's vergesse – der Pfarrer läßt Ihnen sagen, daß er morgen nicht in den Gewächshäusern sein wird; er geht runter in den alten Obstgarten. Was treiben Sie beide denn dort unten?“

„Die Bäume spritzen und 'n bißchen aufräumen. Lauter Sachen, die schon im Winter hätten getan werden sollen, aber es gab keine Zeit dafür, weil Mr. Underhill im und ums Schloß so viele Wünsche hatte. Aber jetzt, wo Sie wieder da sind ... Gehen Sie zurück ins Gärtnerhaus?“

„Das werd' ich wohl, für eine Zeitlang jedenfalls.“

„Und morgen ziehen Sie ein?"

„Ja. Ich dachte mir, ich geh' noch schnell zu Mrs. Henderson und bitte sie, dort alles ein bißchen zu lüften."

„Können Sie sich sparen. Ist schon geschehen." Er grinste, als er meinen Blick sah. „Wir dachten ja, Sie würden bald zurück sein, und als der Pfarrer uns sagte, Sie kämen morgen rüber, da machten wir alles auf und holten Ihr Häuschen aus'm Winterschlaf. Also können Sie sich's dort bequem machen, wann immer es Ihnen beliebt."

Aus einem unerklärlichen Grund wollten meine Augen sich plötzlich mit Tränen füllen. Er konnte es nicht gesehen haben, denn ich kehrte ihm noch immer den Rücken zu, aber er sagte, ganz nah hinter mir: „Sie haben mir zu viele Bratwürste gegeben. Teilen Sie doch gerecht. Der Kessel siedet; wollen Sie Tee oder Kaffee?"

„Kaffee, bitte. Ich mag nur zwei Würste, ehrlich. Sind die aus Ropers Metzgerei? Dort waren die Bratwürste immer am besten."

„Na klar." Er löffelte Nescafé aus dem Glas und bereitete zwei Tassen. „Weißt du noch – die Wurstsemmeln, die wir uns samstags immer von Goodes Marktstand geholt haben?"

Ganz natürlich und still kam es zurück, das Du unserer Kindertage, das Rob, der Gärtnerjunge, eines Tages offenbar aufgegeben hatte, ohne daß es mir aufgefallen war.

„Na, und ob ich das noch weiß!" sagte ich lächelnd. „Komm, wir fangen an."

Während des Essens plauderten wir entspannt, er über das Schloß und die Underhills und über sein Mädchen, das aus der Gegend von Ashley stammte und das er heiraten wollte, ehe das Jahr zu Ende ging; ich über Madeira und Bayern, und dann konnte ich nicht mehr anders und sprach mir alles von der Seele, den Unfall und das Rätsel der letzten Worte meines Vaters.

„Sag mal, kannst du dir unter ‚Williams Bach' irgendwas vorstellen, Rob?"

„Williams was?"

„Ich glaub', es soll ‚Williams Bach' heißen."

Er schüttelte den Kopf. „M-m. Nie davon gehört; könnt' mich nicht erinnern."

„Könnte es der Überlauf sein?"

„Also, ich hab' nie gehört, daß der anders genannt worden wär'. Du?"

„Nein, auch nicht. Ich hab' nur gefragt, weil ich darüber nachdachte, ob Daddy möglicherweise dich gemeint hat, als er sagte: ‚Vielleicht weiß der Junge schon.' " Ich seufzte ein bißchen und schob den Teller von mir. „Es war sehr gut. Vielen Dank, Rob."

„Aber bitte." Er stand auf und schichtete die Teller übereinander. „Soll ich dir jetzt deinen Roller klarmachen?"

„Wär' schön. Ich mach' inzwischen den Abwasch."

„In Ordnung." Dann, ganz locker: „Wohin tust du denn die Asche deines Vaters? In die Einfriedung?"

Ebensogut hätte er etwas über den Abwasch sagen können. Ich fand es seltsam tröstlich. Familiengespräche; so zwanglos und vertraut wie mit meinen Cousins, aber ohne die Befangenheit, die ich aus einleuchtenden Gründen dort manchmal empfand.

„Nein, das wollte er nicht. Dort würde er sich zu sehr eingezäunt vorkommen, sagte er." Die Einfriedung umschloß die Grabstätte der Ashleys. Seit jenem Giles Ashley, der 1647 starb, wurde die Familie hinter diesen Eisengeländern zur letzten Ruhe gebettet. „Davon, sagte er, habe er genug gehabt, als er in Kriegsgefangenschaft war; er wollte an der Luft sein, im Freien. Und so komm' ich morgen wieder her, bevor irgendwer auf ist."

„Ich werd' wahrscheinlich schon auf sein, aber ich stör' dich nicht. Wenn du anschließend frühstücken willst – so um sieben mach' ich die Bratpfanne heiß. Und dann kannst du runter ins kleine Haus gehen. Ich bring' dir deine Sachen hin. Ist's recht?"

„Ist mir recht."

Pfeifend nahm er Kurs auf die Waschküche, wo er verschwand, und ich begann das Geschirr zum Spülbekken zu tragen.

Es geschah doch nicht oft, daß sie so spät kam?

Die vernünftige Hälfte seines Wesens aber sagte beharrlich, daß dies oft geschah. Es hatte Nächte gegeben, da sie daran gehindert worden war, überhaupt zu kommen, und er hatte die ganze Nacht auf sie gewartet, sich aufgerieben und gequält, wund vor Sehnsucht – nur um sie polternd zu beschimpfen, wenn sie in der nächsten Nacht wieder kam, mutig aller Unbill trotzend, die ihr von ihrer Familie und den Alleswissern des Dorfes drohte.

Er nahm sich Zeit für einen Gedanken an sie, wie sie durch die Dunkelheit und den Wind zu ihm eilte, in ihren alten Kapuzenmantel gehüllt, die kleine Hand fest um den Schlüssel zum Labyrinth geballt. Den „Schlüssel zum Himmel" hatte sie ihn genannt, und er hatte sie für diese Worte nicht ausgelacht, wie er es – mein Gott, ja – noch vor einem Monat getan haben mochte. Er hatte sich auf die Lippen beißen müssen, um nicht zu sagen: „Der Schlüssel zu meinem Herzen."

Damals hatte er es zum erstenmal mit Sicherheit gewußt. Ja, sie war es. Sein Mädchen. Von ihnen allen war sie es. Die einzige.

6. KAPITEL

Und mehrte morgenfrischen Tau durch Tränen.
„Romeo und Julia", I/1

Fünf Uhr morgens. England im Mai. Die Zeit, die die Leute immer zu besingen pflegten. Und dazu hatten sie auch allen Grund, dachte ich, während ich auf der Lambretta über die Landstraße schnurrte und die frühe Sonne strahlend auf den nassen Baumhecken lag, unter denen die Wiesengräser mit Tau bedeckt lagen, der so dick an ihnen hing wie Rauhreif. Der Himmel mochte wissen, wann ich zuletzt so früh draußen gewesen war; ich hatte das Licht vergessen, die schwere Süße der Luft, den frisch gewaschenen Geruch, den alles verströmte, das Blöken der fetten Lämmer, die Drosseln, die im Weißdorn außer Rand und Band gerieten. Vergessen auch die Weißdornsträucher selbst, deren schäumende Blütenpracht die Straße säumte, während Schlüsselblumen und Wiesenschaumkraut die Rockschöße der Hecken beinah verbargen. Vergessen den Kuckuck, der in der widerhallenden Ferne schrie. Vergessen sogar jene andere Last, die auf meinen Gedanken lag.

Doch schon war er da, bestürmte mich. *Holla*, sagte ich, aber fröhlich, ohne Bangigkeit. *Werd' ich dich heute sehen? Werd' ich dich heute sehen?*

Das würde mich nicht wundern, sagte er, und langsam, wie wenn eine Wolke sich vor die Sonne legt, schlossen sich die Tore zwischen uns.

Kein Lebenszeichen drang aus dem Schloß. Hinter den Fenstern waren die Vorhänge dicht zugezogen. Auf dem Burggraben schwamm gemächlich das Schwanenpaar mit seinen sechs grauen Sprößlingen, und ein Fischreiher mit bläulichem Gefieder angelte geschäftig nach Rotaugen.

Eine Stunde brachte ich in den riesigen, vernachlässigten Gärten zu, allein. Die Schwäne kreuzten sorglos auf dem Wasser, der Reiher angelte weiter. Die Hasen im Obstgarten saßen kerzengerade und beobachteten mich, Sonnenlicht in den Haarspitzen ihrer Felle, ihre aufgerichteten Ohren so durchscheinend wie Schneckenhäuser. Das schöne alte Gebäude träumte über seinem Widerschein, rosarotem Ziegelwerk und glitzernden Fenstern, die sich im ruhigen Burggraben spiegelten und im Kielwasser der Schwäne leicht bewegten. Nicht mein, dachte ich; nie wieder mein. All dies war entschwunden, fortgeweht mit Jon Ashleys Staub in der süßen Morgenluft. *Hic manet.* Hier liegt er, wo zu sein er sich sehnte. Und wo werde ich liegen? Werde ich eines Tages hierher zurückgebracht werden, um als unwesentlicher Bestandteil in diesem Garten und in dieser flimmernden Luft aufzugehen? Und wer wird mich zurückbringen?

Ich ging eine Stunde lang umher, aber nichts sprach zu mir, und niemand kam.

Zum Frühstück gab's Speck mit Ei und frisches Brot, von Mrs. Henderson gebacken. Sonnenschein flutete in die Küche des Bauernhauses. Der Ofen war saubergemacht und entleert worden, neue Holzscheite lagen unter der Herdplatte aufgeschichtet, und der Raum war blank und ordentlich wie eine Schiffskombüse.

„Du weißt, wie man's macht, alle Achtung", sagte ich zu Rob Granger. „Sie ist ein Glückspilz. Kenn' ich sie übrigens?"

„Glaub' ich kaum. Sie ist so 'ne Art Cousine; hat früher in der Nähe von Dorf Ashley gewohnt, aber ihre Leute sind fortgezogen. Bald wird sie zurück sein, und dann schmieden wir Pläne."

„Na dann", sagte ich, „bestell ihr von mir, daß sie's prächtig getroffen hat."

Er grinste und sagte: „Oh, das weiß sie." Er schnitt zwei Scheiben vom Brotlaib. „Honig?"

„Ja, bitte." Und nicht nur am häuslichen Herd, dachte ich, während ich Honig auf das herrlich knusprige Brot strich. Er strahlte eine gediegene Verläßlichkeit aus, eine innere Kraft, die ahnen ließ, daß der Verdruß des Alltags von ihm abprallen würde wie Regen, der gegen einen Baum prasselt. Kein Mann der Eile; er wirkte und war auch (wie ich aus den Kabbeleien der Kindheit wußte) so hartnäckig wie ein Maultier, in seinem Wesen offenbar so gefestigt wie ein Ackerpferd, das keine andere Arbeit kennt. Sein zwangloses Benehmen mir gegenüber entsprang langer Bekanntschaft, doch es wurzelte auch in einem Selbstvertrauen, das ein Teil von ihm war – nicht jene unbekümmerte Zuversicht, die meinen schillernden Ashley-Vettern angeboren war, sondern aus einem harten Leben herausgemeißelt, wie die fließenden Linien einer Skulptur schon beizeiten aus dem rohen Stein gemeißelt werden. Ja, sie würde es gut haben, und man konnte nur hoffen – meinen Vettern zuliebe –, daß sie sich mit Ashley zufriedengeben und Rob nicht überreden würde, von hier fortzuziehen.

Ich sagte etwas dergleichen, doch er machte nur ein unverbindliches Geräusch durch einen Mund voll Brot und Honig und sagte, sobald er konnte: „Wird komisch sein, wenn Mr. Howard hier ist. Ich kann's mir irgendwie nicht vorstellen. Und du? Willst du hierbleiben?"

„Ich weiß nicht. Wahrscheinlich schon – einstweilen mal. Ich bin eigentlich noch gar nicht dazugekommen, mich für irgendwas zu entscheiden."

„Mm. Das hat auch keine Eile, würd' ich sagen. Was mit Federfuchserei zu tun hat, dauert immer sehr lang; und so verwickelt, wie die Dinge um Ashley Court liegen, könnt's Jahre brauchen."

„Soll mich das trösten?"

„Mich tröstet's", sagte Rob. „Gibt jedem ein bißchen Zeit, sich an den Gedanken zu gewöhnen. 's wird nie mehr so sein, wie's mal war, ohne Mr. Ashley . . . und ohne dich."

Er sagte es so schlicht, daß ich es für bare Münze nahm, als Tatsache, nicht als Kompliment. „Mich tröstet's auch. Ich verkrafte das alles nicht so recht. Noch nicht ganz."

„Ach was“, sagte er, „plag dich nicht. Es ist noch so viel Zeit. Und vielleicht will Mr. Howard überhaupt nicht hierherkommen.“ Er grinste jungenhaft. „Dabei ist jeder im Dorf ganz verrückt danach, seine Frau zu sehen. Ich weiß nicht, was die alle glauben, wie eine Mexikanerin aussieht, aber ich weiß, daß Miß Marget über Totempfähle und so Zeug geredet hat, und Mrs. Henderson hat mir erzählt, daß Mrs. Gray – du weißt schon, die Leiterin der Müttervereinigung – vorige Woche eine Rede über die Rassenschranke und das Verhältnis zu den Farbigen hielt. Sehr tolerant war sie, glaub' ich.“

Ich lachte. „Aber nein, sie ist eine waschechte Spanierin und, nach den Fotos zu schließen, sehr schön. Doch ich muß zugeben, ich kann mir nicht ganz vorstellen, daß sie sich hier niederlassen will. Das gilt auch für Onkel Howard.“

„Also wird Emory Schloßherr? Ist doch merkwürdig, was“, sagte Rob langsam, „daß James das alles wegen lumpiger zwanzig oder dreißig Minuten verliert? Muß 'n blödes Gefühl sein, wenn man Zwilling ist.“

„So ziemlich, denk' ich mir. Aber ich weiß nicht, ob James das als ‚verlieren‘ betrachtet. Es ist kein Geld da, Rob. Es ist ein wunderschöner Besitz, doch sehr bald wird eine Zeit kommen, wo niemand ihn erhalten kann.“

„Schätze auch. Aber sollte man nicht glauben, daß die Behörde für Landschafts- und Denkmalschutz oder sonst jemand ihn übernehmen würde? Ich mein', ein Ding wie dieses, über das Historiker und so Knaben ganz aus dem Häuschen geraten . . .?“

„Die Behörde übernimmt keinen Besitz, sofern er nicht mit ausreichenden Mitteln versehen ist, und wie sollten wir das zuwege bringen? Ich weiß, daß Daddy es mit allem und bei allen versucht hat. Auf lange Sicht glaub' ich ja, daß jemand – eine Körperschaft wie der Pilgrim-Trust oder sogar das Umweltministerium – eingreifen wird, um das Schloß zu erhalten, aber ich bezweifle, daß die sich je die Gärten oder die Gründe aufhalsen würden. Die müssen eines Tages weg. Geschichte hin, Geschichte her.“

„Na schön“, sagte er, „versteh mich nicht falsch, aber

es sieht mir fast so aus, als würdest du später mal noch dankbar sein, daß du dir darüber nicht den Kopf zerbrechen mußt."

„Da hast du sicherlich recht. Fürs erste hat Mr. Emerson das Kopfzerbrechen, der Arme. Er muß die juristischen Knoten entwirren – das, was er die Hand des toten Mannes nennt."

„Hand des toten Mannes?" Rob sah gelinde erschüttert aus, und ich hielt überrascht inne; dann wurde mir klar, daß er die Worte des Anwalts offenbar auf die Hand meines Vaters bezog.

„Ich hab' nur das Treugut gemeint . . . Du schienst doch zu wissen, wie verwickelt die Dinge liegen? Damit meint er meinen xten Urgroßvater – den, der die Familienstiftung schuf und uns so noch aus dem Grab eine harte Nuß zu knacken gibt."

„Oh, na klar, jetzt komm' ich mit. Dein Vater hat mal davon gesprochen. Ihr müßt alle zustimmen, bevor irgendwas verkauft werden darf, ist's nicht so?" Er überlegte eine Minute lang. „Könnt' eine harte Nuß sein, ja, aber er hat's gut gemeint, und mir will scheinen, daß deine Lage dadurch ein wenig sicherer ist, wie die Dinge nun liegen. So können sie dein kleines Haus nämlich nicht über deinen Kopf hinweg verkaufen, selbst wenn sie das wollen."

„Das könnten sie sowieso nicht", erklärte ich ihm. „Das ganze Stück, das ‚Streifen am Haus' genannt wird – der alte Obstgarten und der Landstreifen südlich des Teichs bis an die Straße nach One Ash –, zählt nicht zum Treugut. Das ist alles, was Daddy mir hinterlassen konnte, aber es gehört mir."

Er sah sehr nachdenklich drein. „Und wenn sie nun wirklich das Treugut auflösen und verkaufen wollen, was noch da ist, würdest du einwilligen?"

„Käm' darauf an. Wir könnten gezwungen sein, die Grundstücke zu verkaufen, um das Schloß mit den nötigen Mitteln auszustatten. Ich weiß, daß Daddy das im Sinn hatte. Aber ich bin mir nicht ganz sicher, was das für dich bedeuten würde, zum Beispiel, oder für die Hendersons. So weit haben wir's nie besprochen." Ich sah ihn an. „Falls die Stiftung aufgelöst würde, Rob, was wär' dann mit dir? Wärst du in der Lage, dir dieses Haus zu kaufen?"

„Glaub' ich kaum, aber dann hätt' ich vielleicht gar keine Lust, noch zu bleiben. Damit brauchst du dich nicht zu belasten. Du hast selber genug zu denken." Er richtete sich in seinem Sessel auf. „Jedenfalls ist das auch nicht der richtige Morgen, um über die Zukunft zu reden. Ich hätt' dich nicht nach deinen Plänen fragen sollen, verzeih. Aber weißt du, wenn das alles, dein Vater und alles andere – wenn das alles erst mal ein bißchen in den Hintergrund getreten ist und wenn du herausgefunden hast, was du nach seinem Willen rausfinden sollst, dann regelt sich alles von selber. Es kommt schon hin, glaub mir. Ja, wirklich. Nur mußt du den Dingen eben ihre Zeit lassen."

Ich nickte und leerte meine Teetasse, besänftigt von seiner ruhigen, besonnenen Art. Zeit. Auf dem Lande hatte man immer Zeit. Man überließ die Dinge sich selbst, und sie wuchsen, reiften und wurden abgemäht, alles zur richtigen Jahreszeit. Jetzt, so schien's, ließ man das Feld am besten brachliegen. „Ach", sagte ich, „wir lassen's an uns herankommen. Ich bin ganz sicher nicht in der richtigen Verfassung, Entscheidungen zu fällen. Erst muß ich sehen, daß all der komplizierte rechtliche Kram erledigt wird, und sobald die Mühlen Gottes alle juristischen Tatbestände pulverisiert haben, werd' ich auch wissen, was ich will – oder vielleicht fällen andere die Entscheidung für mich. Aber etwas gibt's, was ich gleich jetzt tun kann. Ich kann mich nach dem Papier umsehen, von dem mein Vater gesprochen hat, und herauszufinden versuchen, was er meinte; ob's etwas gibt, was er mir auftragen wollte. Um das zu tun, muß ich ins Schloß. Ich hab' zwar meinen eigenen Schlüssel zur Osttür, aber ich nehm' an, daß alle Räume im öffentlich zugänglichen Teil abgeschlossen sind, oder? Den Underhills mag ich mich aber noch nicht erklären. Du hast wohl keine Idee, wer die Hauptschlüssel hat?"

„Doch", sagte Rob. „Ich."

Einfach so.

„*Du* hast sie?“

Er nickte. „Dein Vater hat sie mir gegeben, bevor er nach Deutschland fuhr. Wußtest du das nicht? Mr. Underhill hat den anderen Satz, zu den Wohnräumen seiner Familie und zu den öffentlichen; die müssen sie für den Brandfall haben und wegen der Viertelpfünder“ – was so im stillen unser Name für die Touristen war, die fünfundzwanzig Pence pro Nase bezahlten –, „aber dein Vater sagte mir, er hätte die privaten Schlüssel aus diesem Satz Mr. Emerson gegeben. Und seinen Bund ließ er bei mir.“

„Ach!“ sagte ich mit Erleichterung. „So hat wenigstens *dieses* Rätsel ein Ende! Du kannst dir nicht vorstellen, welche wüsten Dinge Mr. Emerson und ich uns ausmalten! Ich hab' so das Gefühl, er hegte den Verdacht, die Schlüssel wären Daddy gestohlen worden, als er bewußtlos lag. Weißt du, ich darf sie auch behalten, ganz offiziell, bis all die Rechtssachen ausgestanden sind.“

„Dann geb' ich sie dir am besten gleich.“

Während ich sprach, hatte er eine Lade des Küchenschranks geöffnet; nun fischte er einen Schlüsselbund heraus, den ich wiedererkannte.

„Hier, bitte. Weißt du, welcher welcher ist? Die Reihenfolge geht so, von hier an: Das ist das Hauptportal, dann der Salon mit der Priesterkammer, die Ratsstube ...“ Er ließ die Schlüssel klappernd um den massiven Ring kreisen wie die Kügelchen an einem Rosenkranz. „Sie sind für die Führung aufgereiht. Gab's da einen Raum, auf den du besonderen Wert legst?“

„Ja, die Bibliothek.“

Er wählte einen Schlüssel aus. „Der ist's. Nein, laß diese Sachen in Ruhe. Mrs. Henderson macht das schon. Soll ich heut vormittag mit dir rübergehen?“

„Nein, glaub' ich nicht, danke. Ich hab' mir eben überlegt, Rob: Heut traben doch wieder Viertelpfünder durch das Schloß, nicht wahr? Wenn ich allein hingeh', mit Schlüsseln bewaffnet, wird mich sicher irgendwer sehen und Fragen stellen. Ich laß die Schlüssel einstweilen bei dir, und dann nehm' ich selbst mal an der Führung teil und seh' mich oberflächlich um; später stell' ich mich bei den Underhills vor und frag' sie, ob ich kommen und gehen kann, wie's mir beliebt. Wann ist die erste Führung?"

„Um halb elf." Er warf die Schlüssel in die Lade zurück, die er schloß. Keine Frage, keine Bemerkung. „Bleib so lang hier, wenn du magst. Oder möchtest du heut vormittag in dein Haus runtergehen?"

„Ja, will ich tun."

„Und das muß jetzt Mrs. Henderson an der Hintertür sein. Sie wird ein Wörtchen mit dir reden wollen, würd' ich sagen. Bis später." Er lächelte und ging hinaus.

Mrs. Henderson war klein, lebhaft und um die Sechzig, mit ergrauendem Haar, das von „unserer Eileen", der Dorffriseurin, allwöchentlich so unnachgiebig und abwechslungslos wie ein Stahlhelm „gemacht" wurde. Sie hatte muntere blaue Augen und auf jeder Wange einen kräftigen Farbfleck, und sie war so tüchtig, so flink und etwa so leise wie ein Computer auf vollem Programm.

„Schön, nein, Miß Bryony, ist ja so nett, Sie wieder bei uns zu haben, obwohl's mir so leid tut, das mit Ihrem Vater, letzte Woche erst hab' ich zum Herrn Pfarrer gesagt, weswegen auch immer Mr. Ashley nach Deutschland in dieses Krankenhaus fahren mußte, er sah mir ganz und gar nicht so krank aus, und merken Sie sich meine Worte, hab' ich gesagt, er wird früher wieder hier bei uns sein, als er denkt, aber Sie müssen mir glauben, Miß Bryony, ich hätt' mir nicht träumen lassen, daß meine Worte auf diese Weise ins Wahre gehen könnten, und genausowenig hab' ich dran gezweifelt, daß nun alles weitergehen würde, als ich Sie wieder in unsrer Mitte wußte. Und wenn ich ‚weitergehen' sage, so wissen Sie doch genau, daß ich's nicht so meine, wie man das vielleicht falsch verstehen könnte, nein; ich mein' ja bloß, daß inzwischen schon jeder weiß, daß das Schloß und alles nun an Mr. Howard gehen muß, obwohl die Leute sich alle schon fragen, und ich bin sicher, Sie werden das nicht in die falsche Kehle kriegen, Miß Bryony, na, sich eben fragen, ob Mr. Howards Frau Gemahlin sich hier zurechtfinden wird, ich meine, ich bin doch die letzte, die überhaupt irgendwelche Vorurteile hat, und heutzutage traut man sich ja nicht mal mehr, ‚niggerbraun' zu sagen, na, ist doch wahr, aber farbig ist nun mal farbig, und sie wird doch ganz anders erzogen worden sein als wir hier, um die Religion gar nicht erst zu erwähnen, und das ist ja auch so eine Sache, denn wenn man bedenkt, woher sie stammt, so wird sie gewiß katholisch sein, und ob nun Mr. Howard schon übergetreten ist oder nicht, die Kinder werden's sicher tun, nicht wahr, und was soll der Herr Pfarrer dann mit der Kirche anfangen und dem gesellschaftlichen Verkehr und allem? Würd' doch auch sehr komisch aussehen, was, wenn die nächsten Ashleys immer den weiten Weg zur katholischen Kirche in Hangman's End laufen müßten?"

Während sie sprach, hatte sie ihre Schürze vom Haken genommen und angelegt, mir geholfen, das Frühstücksgeschirr fertig abzuräumen, heißes Wasser ins Spülbecken laufen lassen und mit dem Abwasch begonnen. Ich fand das Geschirrtuch und trocknete ab, wobei ich den Monolog über mich ergehen ließ wie immer, wenn ich mit Mrs. Henderson zusammentraf, denn auch nach einer Trennung von weniger als vierundzwanzig Stunden war sie um Gesprächsstoff nie verlegen. Früher oder später mußte sie eine winzige Pause einlegen, um Atem zu schöpfen, und in diesem Augenblick verstand ich es dank langer Übung stets meisterlich, ein Thema herauszupikken, das zu erörtern ich geneigt war – oder vielmehr das runde Dutzend der Themen, die ich meiden wollte, unter den Teppich zu kehren. Der Pfarrer und Rob Granger gingen mir durch den Kopf; wie wurden die beiden damit fertig, Tag für Tag? Dann wurde mir klar, daß ich die Antwort schon gesehen hatte: Der Pfarrer ging hinunter zu den Gewächshäusern, und Rob lächelte süßlich, wenn sie kam, und ging zur anderen Tür hinaus.

„Onkel Howards Frau ist keine Farbige", sagte ich, „sondern Spanierin. Und wenn Sie sich an das Porträt über der Treppe erinnern – wir hatten schon mal eine spanische Dame hier, und das schien zu funktionieren. Ich hab' mir sagen lassen, daß Mrs. Howard sehr gut aussieht, und wahrscheinlich ist sie römisch-katholisch, aber ich bezweifle sehr, daß sie und ihr Mann nach

Ashley ziehen werden. Haben Sie in letzter Zeit mal meinen Vetter Emory gesehen? Oder Francis?“

Doch Mrs. Henderson stand mir um nichts nach, wenn es darum ging, ein Thema festzunageln oder fortzuwischen. „Weil Sie eben davon sprechen, natürlich wußte ich das mit der spanischen Dame. Da gab's doch so ein Lied über sie, nicht wahr? Aber das war in den Zeiten, als sowieso jedermann katholisch war, und deshalb war's ganz egal. Der Herr Pfarrer hat's mir gesagt. Und jetzt, wo ich eben dran denke, fällt mir ein, daß es ja gar nicht ihre Kinder wären, die nach Ashley Court kämen, sondern Mr. Howards eigene. Und wenn ich ‚eigene‘ sag', dann mein' ich natürlich . . .“

„Ja, natürlich. Die Zwillinge und Francis. War einer von ihnen in letzter Zeit hier?“

„Und wenn Mr. Howard nicht zurückkommen will“, sagte Mrs. Henderson voll des Kummers, weil eine reiche Klatschquelle unter ihren Händen versiegte, „dann haben wir's selbstverständlich mit Mr. Emory und seiner Frau zu tun; die ist übrigens ein ausgesprochen nettes Mädchen, und alle sagen das, wenn sie auch noch ein bißchen jung dafür ist und . . .“

„Welche Frau?“

„Nicht für die Ehe, mein' ich, denn heutzutage sind die Dinger ja flügge und zu allem bereit, eh' sie fünfzehn geworden sind, wenn ich für meine Person auch nicht sagen kann, daß man von Ehe und Familie mehr hat als Berge von Hausarbeit und Kocherei, aber sie tun's eben, und ich glaub' auch gar nicht, daß Mutter Natur es anders will . . .“

„*Welche Frau?*“

„Wie bitte, Miß Bryony?“

„Welche Frau? wollt' ich wissen. Mr. Emory und seine Frau, haben Sie gesagt. Ist er verheiratet?“

Endlich war's ihr gelungen, meine ganze Aufmerksamkeit auf sich zu vereinigen. Sie warf mir einen triumphierenden Blick zu, drehte den Heißwasserhahn auf und hielt einen Krug darunter, um ihn auszuspülen, wobei sie sich mächtig Zeit ließ. „Nun ja, noch nicht ganz, aber Sie können mir glauben, es ist nur eine Frage der Zeit. Es ist diese Miß Underhill; Cathy heißt sie. Hat Rob nichts davon gesagt?"

„Nein."

„Na, wenn das nicht typisch Mann ist! Die merken doch kein Krümelchen davon, was direkt unter ihren Nasen ausgebrütet wird, interessieren sich mehr fürs Fußballtoto und für die Tomaten dort unten in den Glashäusern als für die Dinge, die hier mitten in unsrem Dorf vorgehen. So, das Geschirr hätten wir. Machen Sie sich keine Mühe mehr, ich räum's schon fort. Sie wissen ja nicht, wo alles hingehört."

„Natürlich weiß ich das. Ich mach's schon. Also ist mein Cousin Emory öfter mit dem Underhill-Mädchen ausgegangen? Sind die beiden wirklich verlobt?"

Sie wrang ihren Geschirrlappen aus und breitete ihn über den Rand des Abtropfbretts, langte sodann unter das Spülbecken, angelte einen roten Plastikeimer hervor und begann diesen mit heißem Wasser zu füllen. „Von wegen verlobt weiß ich eigentlich nichts, aber die jungen Leute nennen das ja nicht mehr so, oder? Die gehen mit einer, oder sie haben 'ne Ständige, oder sie haben da eine Sache laufen oder sich einfach was Nettes aus'm Heu gezogen, wenn ich das richtig mitgekriegt hab' . . ."

„Das glaub' ich weniger, aber machen Sie sich nichts draus; ich weiß, was Sie meinen. Wie lang geht das schon? Glauben Sie wirklich, daß es was Ernstes ist?"

„Wo ich Mr. Emory doch kenne, würd' ich das schon sagen." Sie drehte die Wasserhähne zu, ließ die Arbeit zum erstenmal sein, stand da und sah mich an, die hellen blauen Augen schlau und ganz ernst auf mich gerichtet. „Sie kennen ihn ja, er war immer einer, der seinen eigenen Kopf hatte und kerzengerade drauf losging, wenn er was haben wollte, und Gott gnade allem, was ihm dabei im Weg stand. Furchtbar nett dabei, o ja, sicher; schließlich ist er ein Ashley. Aber er kriegt immer, was er will."

Der Lächler mit dem Messer unter dem Mantel. Ja, er konnte einen gewaltig übers Ohr hauen und dabei mit ausgesuchtem Liebreiz lächeln. Es war eine nützliche Begabung. Immerhin hatte sie die Ashleys dahin gebracht, wo sie waren, und etliche hundert Jahre dort bewahrt.

Ich sagte: „Ist sie hübsch? Erzählen Sie mir was von ihr.“

Das tat sie nur zu gern, aber ich hörte nicht hin; ich würde Cathy Underhill bald genug begegnen. Ich dachte über meinen Vetter Emory nach, jenen zielstrebigen und klugen Mann. Was er auch angehen wollte, er hatte Erfolg damit. Und jetzt, so sah es aus, wollte er die kleine Underhill. Wenn er sie für die richtige Frau hielt und es ernst mit ihr meinte, mußte er ihren Reichtum schlicht nur als Draufgabe werten, nichts weiter; er besaß selbst genug, wenngleich die Firma in Bristol – der Emory sich seit Jahren mit Hingabe widmete – ihn schwerlich in die betuchten Gefilde der Underhills erhob. „Heirate niemals Geld; halt dich lieber ran, wo welches nachkommt.“ Es entsprach Emorys nüchterner Vernunft – und dem stahlharten Streben der Ashleys nach Beständigkeit –, einen Aktivposten zu heiraten; und wenn er sie auch noch gern hatte, so war es die Zuneigung und nicht die Mitgift, die als Draufgabe betrachtet wurde.

Ich dachte auch über meinen Geliebten nach. Was bedeutete das für uns? Und warum, um Himmels willen, konnte er mit mir nicht so offen sein wie ich mit ihm? Nicht mehr lang, dachte ich, und ich werd' von Rätseln die Nase mehr als voll haben.

Hab' Vertrauen zu mir. Es kam plötzlich, klar und nah.

Oh, du hast mich gelesen, wie? Na, dann weißt du ja, was ich von dir halte. Wo bist du?

Nicht weit. Es wurde schwächer. *Nicht weit.*

Aber wo denn? Hier auf Ashley?

Ein eben noch fühlbares Flirren von Belustigung drang zu mir durch, ein bißchen Schadenfreude, aber mit einem Anflug von Trost, versöhnlich wie ein Schulterklopfen, das einem sagen will, man solle es nicht so schwernehmen, bald werde alles gut sein ...

„... Heut vormittag gehn Sie runter in Ihr Häuschen?“ hörte ich Mrs. Henderson fragen.

„Ja. Rob sagte mir, Sie hätten die Läden und Fenster schon aufgemacht. Das ist wunderbar, Mrs. Henderson. Meinen Sie, daß ich schon richtig einziehen kann?“

„O ja, das können Sie mit Haut und Haar. Ist alles gelüftet und sauber, und wenn's um Vorräte geht, um die nötigen Fressalien und so – ich hab' bereitgelegt, was Sie fürs erste wohl brauchen werden, und auf'm Küchentisch liegt eine Liste, und Sie können mir's bezahlen, wann immer Ihnen danach ist. Und wenn ich heut vormittag runter ins Dorf geh', was ich ja muß, wo mir doch der Herr Pfarrer ohne Butter und mehr oder weniger auf eigenen Beinen dasteht; ich schau auf'm Bauernhof vorbei und laß die Milch kommen, und wenn ich dann noch Miß Marget im Postamt Bescheid sag', sind Sie im Handumdrehn sicher und warm und haben's nett wie immer. Und das Fleisch kommt immer dienstags und freitags, wenn Sie das im Auge behalten wollen. Ich kann alle Ihre Bestellungen auch oben im Pfarrhaus übernehmen und Ihnen die Sachen schnell runterbringen, wenn sie geliefert werden ..."

Etwas später ging ich, überwältigt von Freundlichkeit und der Versicherung, daß mir alle Hilfe unter der Sonne zuteil werden würde, und steuerte meinem kleinen Haus zu.

Der Pfarrer war im Obstgarten und besprühte die Bäume inbrünstig und mit verschwenderischer Hand. Ich hörte ihn geschäftig reden, doch dann sah ich Robs dunklen Kopf in einiger Entfernung hinter einer Hecke auftauchen und merkte, daß er kein Wort vernehmen konnte. Das sollte er auch gar nicht; der Pfarrer sprach mit den Apfelbäumen. Neben ihm lag Robs Hund, den Kopf erhoben, die Ohren gespitzt, sehr interessiert, doch als er mich erblickte, stand er auf und kam schwanzwedelnd auf mich zu. Weder der Pfarrer noch Rob schienen mich zu bemerken, als ich den Obstgarten durchquerte und die kleine Pforte aufstieß, die in den Garten des Hauses führte.

Was mir als erstes auffiel, war die Ordnung. Der Gedanke war mir nie gekommen, aber ich hätte wohl erwartet, der Garten meines Hauses werde zwangsläufig ebenso verwahrlost sein wie die abgelegenen Teile der

Schloßgärten. Doch dieser Garten war ein Schmuckkästchen. Die beiden Pflaumenbäume waren gestutzt, wohlgeformt und trieben reichlich Knospen; die Fribourg-Kletterrosen um das Fenster waren sorgfältig zurückgeschnitten worden, und die Klematis war eine blühende Wolke, deren Höhe das Dach erreichte; die Himbeeren standen in Reih und Glied wie Gardesoldaten, die Erdbeeren waren schon frisch belaubt, und die Beete zu beiden Seiten des Weges umgestochen, geharkt und bis auf Fingerbreite an den Rand bepflanzt. Der Weg, auf dem ich stand, war von Unkraut befreit und üppig mit Schnittlauch und Petersilie eingesäumt worden. Die randvolle Regentonne unter der Dachtraufe war mit demselben neuen Grün gestrichen wie die Gartenpforte und trug einen neuen Metallring. Die Stufe vor der Haustür war sauber, die Tür selbst stand offen.

Innen war's nicht anders: Mrs. Henderson hatte emsig nach dem Rechten gesehen, und es war heimelig und nett. Ein Topf rosaroter Geranien stand im Fenster; überall schwebte der frische Geruch von Bohnerwachs. Die Schachtel mit den Lebensmitteln stand auf dem Küchentisch. Auch im oberen Stockwerk, das wußte ich, würde alles für mich bereit sein. Ich brauchte nur meine Rechnung im „Hog and Oak" zu bezahlen, meine Sachen hierherbringen zu lassen und mir's gemütlich zu machen.

Was keineswegs der Grund sein konnte, weshalb ich, als ich meine Ellenbogen auf das Sims des Dachfensters stützte, das vom Schlafzimmer über die Apfelbäume blickte, zum erstenmal seit dem Tod meines Vaters weinte, hilflos und verloren, als gäbe es keine Liebe und keine Hoffnung mehr auf der Welt.

Ashley, 1835

Mein Gott, dachte er. Ich hab' die Liste vergessen. Mein Vater tat recht daran, mich als verworfenen Wüstling zu verdammen. Es hatte einst so amüsant geschienen, eine Liste von ihnen anzulegen, wie es die Stutbücher waren: körperliche Merkmale, Aufzucht, Erziehung, Leistung, Ausdauer . . .

Und auch ihr Name darauf.

Ich werde die Liste verbrennen. Und vorher nicht einmal mehr lesen. Auch die Bücher will ich verbrennen, alle. Keine leichten Mädchen mehr, keine wohlfeilen Lichter der Liebe. Sie ist die letzte, das verspreche ich. Nur, laßt sie heute nacht noch kommen.

Aber etwas in ihm erinnerte sich, warf einen verweilenden Blick zurück auf die vergangene Zeit, und er fühlte sich beladen und voll tiefer Bangigkeit, als sende er verzweifelte Signale durch eine Wüste wehender Dunkelheit, doch winkten seine Hände vergebens.

7. KAPITEL

Gut, ich komm' mit. Nicht um das Schauspiels Freuden:
An andrer Pracht will ich allein mich weiden.
„*Romeo und Julia*", I/2

Zwei Busladungen Viertelpfünder reihten sich bereits auf, als ich ans Tor kam. Ein Schragentisch war auf der anderen Seite der Brücke aufgestellt worden, im Torhaus, und dahinter saß eine junge Frau, die das Geld in Empfang nahm. Ich hatte sie noch nie gesehen, und sie erkannte mich offensichtlich nicht. Sie schenkte mir nicht einmal einen Blick, als ich meine Karte löste, den Kauf einer Farbbroschüre über Ashley Court dankend ablehnte und hinaus in den Sonnenschein des Schloßhofs schlenderte, um mich der Gruppe anzuschließen, die vor dem Hauptportal wartete.

Das Mädchen aus dem Torhaus führte uns herum. Sie hatte sich angelesen, was es zu lesen gab, und tat ihr Bestes, den alten Mauern etwas Leben einzuhauchen.

„Dies ist der Große Saal. Er stammt aus der Zeit Heinrichs VIII., aber es ist nicht belegt, daß der König je hier weilte. Sehen Sie die kleine Wendeltreppe dort drüben . . .? Sie führt zur Galerie. Kardinal Wolsey lebte als junger Priester eine Zeitlang hier; er war der Familienkaplan und mußte den Ashleys während der Mahlzeiten laut vorlesen. Ich nehme an, man gab ihm erst nachher zu essen . . . Beachten Sie die Schnitzarbeit am Geländer der Galerie. Sie ist original. Aber der Schild in der Mitte mit dem Wappenspruch wurde erst später hinzugefügt, im neunzehnten Jahrhundert, als die Familie das Motto „Rühr nicht die Katze an, vergissest du den Handschuh" aus ihrer schottischen Verwandtschaft übernahm. Sie können dieses Motto nochmals sehen, meine Damen und Herren, eingemeißelt in den steinernen Schild über dem Kamin. Es war William Ashley, der Schriftsteller, der das alte Tudor-Kaminsims entfernen und dieses gotische einsetzen ließ. Es wurde sehr bewundert. Thomas Lovell Beddoes, Dichter des Makabren und Übernatürlichen, erwähnt diesen Raum in einem seiner Epen. Sie finden es in der Broschüre zitiert. Nun hierhin, bitte."

Wir trotteten hinter ihr her. Es war eine umfassende Führung, ihr Geld durchaus wert. Wir sahen alles. Den Tudor-Salon, wo die Priesterkammer sich unseren Blikken darbot; die Ratsstube mit ihrer geschnitzten Decke, den Wappenbildern und dem Täfelwerk, das wie Seide glänzte; das Speisezimmer mit der Decke im Stil der Zeit Queen Annes, wo der Widerschein des Wassers im Burggraben sich auf dem Walnußholz wiegte und verspielte Wellen warf, wenn unten die Schwäne vorbeizogen; das lange Gesellschaftszimmer mit seiner Terrasse schmalen Rasens und der rosenumrankten Brustwehr, von der aus man senkrecht in den Abgrund des Burggrabens blickte. Wir sahen die Speisekammern und die Hausbrennerei, die Kellergewölbe, die Küchen mit den Bratspießen und den riesigen rauchgeschwärzten Feuerstellen. (Wir allerdings hatten uns stets damit begnügt, in einer der ehemaligen Speisekammern zu kochen.) Dann ging's nach oben, in die Schlafzimmer, auf die Galerie und – endlich – in die Bibliothek.

Sie erstreckte sich über die volle Länge des Nordflügels. Hoch war dieser Raum mit seiner klobig überwächteten Decke und den korinthischen Säulen, die Türen und Fenster flankierten. Die Wände waren zur Gänze von Regalen überzogen, und in gewissen Abständen ragten Bücherborde rechtwinkelig aus der Wand, um Nischen zu schaffen; jede dieser Nischen war ein in sich geschlossener Raum mit einem Tisch und schweren, mit Saffianleder bezogenen Lehnstühlen. Hier und dort standen verglaste Schautische für wertvollere Bände. In früheren Zeiten hatte zu beiden Seiten des Kamins je ein antiker Erd- und Himmelsglobus gestanden. Der offene Kamin stand im Einklang mit dem Raum, breit und massiv, wie er war, mit einem hübsch gearbeiteten Aufsatz aus Marmor, dessen oberste Platte von Herren mit leidenden Mienen getragen wurde, die Atlas glichen, dem Titanen; sein Querbalken war mit unbekümmerten und ziemlich reizvollen Engelsfiguren geschmückt. Der riesige Metallkorb darunter, ursprünglich für dicke Holzscheite gedacht, war leer, und davor, in dem hohen Kaminvorsatz mit dem Ledersitz, stand die unheilige Vorrichtung, die Heizkörper und Luftbefeuchter in einem war. Die Bibliothek war einmal mein Liebling unter allen Räumen auf Ashley Court gewesen; ich konnte mich an den Feuerschein auf dem behaglichen Leder der Bücher erinnern, an die Wärme des großen Teppichs vor dem flackernden Kamin, wenn ich an einem der großen Globen hatte drehen dürfen, während mein Vater mir von den Ländern erzählte, die unter meinen Kinderhänden so schnell vorbeizogen.

Nun lag ihre einzige Schönheit im Ebenmaß; sie war das traurige Gespenst eines schönen Raumes. Das kühle Licht aus dem Norden fiel auf die leeren Regale oder, trauriger noch, auf jene Fächer, wo zwei oder drei wertlose und unbeachtet preisgegebene Bände die Breite von zwanzig einnahmen und umgefallen auf ihren Plätzen lagen. Unter dem Glas der Schautische wies der verblaßte Samt dunklere Flecken auf, wo einst regelrechte Schätze gelegen hatten. Auch die beiden Globen waren längst unter den Hammer geraten. In der Nische am Ende des Raumes befand sich die „geschlossene Abteilung", drei Regalwände hinter vergoldeten Gittern. Jener Abschnitt, der wertvolle Bücher enthalten hatte, war ebenso leer wie die Schautische; die beiden anderen waren noch gefüllt mit den Büchern, die lesen zu dürfen Emory sich vergebens abgerackert hatte – die persönlichen Sammlungen Williams des Gelehrten und seines Sohnes Nicholas Ashley.

Die Führerin sagte eben etwas über Nick Ashley, und die Leute lächelten. Ein paar von ihnen schlenderten hinüber, um einen Blick auf die Titel hinter den Gittern zu werfen, und ich schloß mich ihnen an.

Die obersten Regale in Williams Reich waren mit

einem buntgemischten Eintopf von Literatur gefüllt: einem Kräuterbuch, ein paar Büchern über Vogelkunde, einigen Grafschafts-Chroniken und einem Band mit Landkarten der Grafschaft, Büchern über Jagd und Hege, einer Geschichte des Clans Chattan und einigen nachgedruckten Werken über lokale Ereignisse. Auch ein paar verirrte Bände aus dem „Journal" der Emma Ashley lagen da. Doch in den bequemer erreichbaren Fächern dominierte Shakespeare. Seine „Gesammelten Werke" in einer gediegenen, illustrierten Ausgabe umfaßten zehn dicke Bände, und ich sah mindestens drei weitere Ausgaben, gesäumt von Kommentaren und Essays, nicht zu vergessen etliche Einzelausgaben verschiedener Stücke. Besonders ins Auge fielen drei verschiedene Exemplare von „Romeo und Julia" und, gleich daneben, jener Band, der dieses Interesse erklärte, ein Buch mit dem Titel „Ein neuer Romeo an seine Julia"; es enthielt, wie ich wußte, Williams Gedichte an seine Frau Julia McCombie, deren Emblem er so verschwenderisch über das ganze Gebäude ausgestreut hatte. Es war schon ein Wunder, fand ich, daß er nicht die italienischen Engelsfiguren entfernt und Julias Emblem an ihre Stelle gesetzt hatte; denn in jedem anderen Raum des Schlosses tauchte es auf. Es hing als steinerner Schnörkel über dem Tor und war nicht nur in die Vertäfelung des Treppenhauses geschnitzt, sondern auch in zwei Betschemel vor dem Altarplatz der Kirche. Es fand sich auch – mit einem ländlichen Hang zur Einfachheit allerdings – in dem Pavillon, der im Mittelpunkt des Labyrinths stand. Selbst über die Jahrhunderte hinweg betrachtet, war eine solche Hingebung überwältigend; und Williams Zeitgenossen, möglicherweise auch seine Julia selbst, müssen sie als greulich, um nicht zu sagen als erstickend empfunden haben. Nach ihrem Tod im Alter von sechsundzwanzig Jahren hatte ihr Witwer, vor Gram halb wahnsinnig, sich hinter seinen Büchern und seiner Schriftstellerei verschanzt, von der Welt völlig abgesondert und so gut wie keinen Umgang mehr mit dem Sohn gepflogen, welcher der toten Frau allzusehr glich.

Gerade erzählte die Fremdenführerin die Geschichte.

Wir standen unter einem Porträt, das über dem Kaminsims hing und Nicholas mit achtzehn Jahren darstellte.

„Ja, er war erst sieben, als sie starb, und er wurde mehr oder weniger sich selbst überlassen, wie man annehmen darf, bis auf eine Reihe von Hauslehrern, von denen keiner es lange aushielt. Er wuchs wild heran, und er wurde noch wilder, je älter er wurde. Ich fürchte, das klingt heute sehr zickig und überdramatisch, weil es als Erzählung etwas überdehnt wurde, aber selbstverständlich ist diese Geschichte wahr, und sie hatte wirklich ein sehr dramatisches Ende."

Dramatisch war die Geschichte in der Tat, und wahrscheinlich stimmte sie größtenteils. Was wir über das Leben und Sterben „Nicks des Gottlosen" wußten, entstammte hauptsächlich den Tagebüchern der Frau seines Nachfolgers, einer Dame, die beinah so wortreich, aber mindestens ebenso tugendhaft war wie Königin Viktoria. Der arme Nicholas kam gar nicht gut weg, und das Mädchen – das letzte seiner Mädchen – war der Vergessenheit anheimgefallen. Doch die wichtigsten Fakten standen in Emma Ashleys Tagebüchern und waren, nebenbei bemerkt, das einzig Interessante an ihnen.

Nicholas, der an seiner sanften Mutter sehr gehangen hatte, fand sich nach deren Tod von seinem Vater fast völlig unbeachtet. In der Folge unterdrückten, verzögerten oder förderten einander rasch abwechselnde Hauslehrer seine wachsende Eigenwilligkeit. Was als normale, gesunde Fröhlichkeit begonnen haben mußte, verkehrte sich unter dieser falschen Behandlung in Zügellosigkeit; und eine (wie man zwischen Emma Ashleys mißbilligenden Zeilen lesen konnte) anfangs zärtliche Natur, nun ausgehungert und abgewiesen, wurde abgründig und halsstarrig. Im wahrsten Sinne des Wortes verdorben, hatte Nick Ashley schon sehr früh Neigungen entwickelt, die seine Tante Emma schlicht als „entartet" bezeichnete, wenngleich den verschleierten Anspielungen der Tagebücher kaum zu entnehmen war, ob es sich dabei um die abgrundtiefen Laster eines Gillies de Rais oder lediglich um die sexuellen Experimente handelte, die damals für einen jungen Herrn von Stand völlig normal waren.

Als Nicholas wenige Monate vor seinem zweiundzwanzigsten Geburtstag stand, erkrankte sein Vater, und alsbald munkelten die Leute, William Ashley liege im Sterben; doch der Einundsechzigjährige war seiner Sinne noch hinreichend mächtig, um sich Gedanken darüber zu machen, wer seine Nachfolge antreten solle. In größter Eile wurde ein Ehevertrag zwischen Nicholas und Lady Helen Colwall aufgesetzt, der jüngeren Tochter jener Familie, die damals auf Ledworth Castle lebte. Es ist nicht bekannt, was das verlobte Paar voneinander hielt, doch schon die bloße Abfassung des Vertrages muß ein Wunderwerk der Diplomatie gewesen sein, denn Nicholas vergeudete keine Zeit, als er seinen Vater ans Bett gefesselt wußte; wie die keusche Emma Ashley nicht müde wird zu berichten, ergab er sich fortan nächtlichen „Orgien" verbotener Liebe.

„Es gibt eine Überlieferung", sagte die Fremdenführerin, „daß er die Mädchen in dem Pavillon am Mittelpunkt des Labyrinths zu empfangen pflegte. Wie sie den Weg dorthin fanden, weiß ich nicht; angeblich hat sein Kammerdiener sie hineingeführt, wie die Konkubinen dem türkischen Sultan zugeführt wurden. Sein Vater muß etwas davon gewußt haben, und es gab manchen erbitterten Streit, so wird erzählt, weil William diesen Pavillon dem Andenken seiner Julia geweiht und die meisten seiner Gedichte dort geschrieben hatte. Aber Nicholas trennte sich nicht mehr davon. Es gibt alte Stiche, die den Pavillon zu einem Liebesnest umgestaltet zeigen, mit einem gewaltigen Bett und einem großen Spiegel darüber, der in die Decke eingelassen war, mit Unmengen von Seidenvorhängen und schummrigen Leuchtern – aber das halte ich eher für eine Fabel; es scheint kaum denkbar, daß Nick den Pavillon so herrichten lassen konnte, während William noch lebte . . . Wie dem auch sei, just einen Monat bevor Nicholas mit Lady Helen vermählt werden sollte, starb William Ashley. Nick war mit einem Mädchen aus einem der umliegenden Dörfer zusammen, und diesmal hatte er seine Kühnheit ein bißchen übertrieben, denn einer der Brüder des Mädchens war der Wildhüter von Schloß Ashley. In dieser Nacht nun – der

Nacht nach Williams Tod – war der Mann hinter einem Wilddieb her und hatte seinen Bruder als Begleiter mitgenommen. Als die beiden ihre Schwester aus dem Irrgarten kommen sahen, wußten sie nur zu gut, was das zu bedeuten hatte. Sie warteten draußen, bis Nick Ashley herauskam. Niemand weiß, was dann geschah, ob sie mit ihm stritten oder ihm einfach auflauerten und ihn kaltblütig niederschossen; aber Nick Ashley wurde tödlich getroffen. Die zwei Brüder wurden nie gefaßt. Sie bestiegen in Bristol ein Schiff und entkamen unbehelligt. Der Besitz der Ashleys ging an Nicks Onkel – den Bruder seines Vaters. Das war jener Charles Ashley, dessen Frau die Tagebücher schrieb." Sie lächelte. „Und das ist die einzige Geschichte, die ich Ihnen zu bieten habe; es ist leider die einzige Tragödie, die sich auf Ashley Court nachweisen läßt. So alt diese Stätte auch ist, sie genießt einen seltsamen Ruf der Friedlichkeit. Auch nicht die leiseste Spur von einem Gespenst gibt's hier."

„Nicht einmal im Pavillon?" fragte jemand.

„Davon ist nichts bekannt. Aber ich hab' gehört, daß seit damals niemand mehr dort gewesen ist, von der Familie abgesehen und natürlich von Gärtnern und so weiter. Und so sucht der traurige Geist des gottlosen Nick das Labyrinth vielleicht bis zum heutigen Tage heim, aber niemand begegnet ihm, und die Familie schweigt ihn tot."

Taten wir das? Ich konnte mich nicht erinnern, je etwas anderes denn Mitleid für den armen Nick Ashley empfunden zu haben, dessen kurzes Leben in der Reihe unserer Ahnen sozusagen eingeklammert war zwischen dem melancholischen William und dem pharisäerhaft tugendsamen Zweigespann von Onkel und Tante, das Ashley Court nach seinem Tod geerbt hatte. Das junge Gesicht auf dem Bild verriet eher Schwäche denn Gottlosigkeit und Niedertracht; überdies offenbarte es einen gewissen Charme. Und schon in den breiten grauen Augen des Achtzehnjährigen hatte der Maler einen Ausdruck tiefverwurzelter Unglückseligkeit eingefangen. Was diese Augen erzählten, ließ die Legenden um das Labyrinth und seine „Orgien", den leicht gekippten

Liebesspiegel und jene pornographische Sammlung, die später in der Schloßbibliothek hinter Gittern verwahrt wurde, in einem wesentlich freundlicheren Licht erscheinen.

„Das Porträt ist von Stevens", sagte die Führerin, „aber es wurde verkauft, und dies ist eine Kopie. Nun zu der Uhr, die Sie gleich darunter sehen können . . ."

Nick Ashley wurde in die Vergangenheit entlassen, und alles blickte gehorsam auf die französische Malergolduhr, die unter seinem Porträt stand und deren innere Organe in behäbigem Pendelschlag durch das Glas blinkten. Im Vorbeigehen merkte ich, daß sie immer noch gute zehn Minuten hinter der Wirklichkeit nachhinkte, doch dann konzentrierte meine Aufmerksamkeit sich abrupt auf eine Stelle neben der Uhr, etwa einen halben Meter rechts davon. Als ich zuletzt in diesem Raum gewesen war, hatte dort ein kleines Pferd aus der Zeit der T'ang-Dynastie gestanden, das zwar beschädigt war, aber jederzeit einen Marktwert von fünf- bis sechshundert Pfund hatte. Doch auf den Markt konnte es nicht kommen, nicht mehr. Es war nicht da.

Nirgendwo sonst in der Bibliothek konnte es stehen, bestenfalls in der Sicherheit eines der Schautische. Mit aufflackernder Besorgnis blickte ich auf die Stelle, wo es gewesen war. Wenn die Underhills Gefallen daran gefunden und es in einen ihrer gemieteten Wohnräume gebracht hatten, so waren sie dafür haftbar, und vielleicht hatten sie keine Vorstellung von seinem Wert.

Die Gruppe begann die Bibliothek zu verlassen. Während ich den Viertelpfündern folgte, verweilte ich gelegentlich, um in die Schautische zu blicken; es war ja möglich, daß eine umsichtige Hand das Pferdchen der Geborgenheit von Samt und Glas anvertraut hatte. Aber nein. Und nun, da ich mit einer gewissen Aufmerksamkeit nachsah, fielen mir auf dem Samt unter den verbliebenen Kunstgegenständen ungebleichte Stellen auf. Auch hier fehlten Dinge. Ein kleines Oval – das war doch sicher eine Miniatur gewesen? Und dieser unregelmäßige dunkelgrüne Fleck hatte ein chinesisches Jadesiegel beherbergt, in das ein Löwenhund eingeschnitten war.

„Bitte?“ sagte die Fremdenführerin. Ich blickte erschrocken hoch. Sie stand an der offenen Tür und wartete auf mich. Alle anderen waren fort. Ich hörte sie im Treppenhaus nach unten gehen, schnatternd wie eine Schulklasse nach dem Unterricht. „Ich muß zuschließen“, sagte das Mädchen.

„Es tut mir sehr leid“, sagte ich, „Sie aufgehalten zu haben. Mich interessierte nur, ob . . . Übrigens machen Sie das ausgezeichnet; alles wird wieder lebendig. Es hat mir wirklich gefallen. Haben Sie eben ‚zuschließen‘ gesagt? Das bedeutet, daß Sie die Räume jedesmal hinter sich abschließen, wenn Sie gehen?“

„Ja, klar. Es ist ein so großes, verwinkeltes Bauwerk, und immer noch liegen hier viele wertvolle Dinge. Wir müssen sehr vorsichtig sein. Alle Räume sind versperrt – außer denen, die bewohnt werden. Wir öffnen und schließen sie, wenn wir durchgehen.“

„Die Schlüssel, die Sie dazu benützen, wo werden die für gewöhnlich aufbewahrt?“

Sie blickte einigermaßen erstaunt, antwortete mir aber sehr bereitwillig. „Ich muß sie den Leuten zurückgeben, die hier wohnen. Es sind Mieter; die Besitzerfamilie ist zur Zeit im Ausland.“

„Oh. Na, vielen Dank“, sagte ich und ging nachdenklich hinaus, hinter den anderen her.

Ashley, 1835

Endlich war sie hier.

Der leichte Schritt auf der Veranda, die Hand an der Tür, die zierliche Gestalt im schäbigen Mantel, die rasch in den Raum schlüpfte und sodann die Tür sorgsam hinter sich schloß, auf daß auch nicht die kleinste Ritze den Lichtschein verrate. Der Mantel, achtlos beiseite geworfen, fiel über das Schreibpult, wo sein Vater einsam gesessen hatte, Jahr für Jahr, um jene hohlen Verse an die Dame seines Herzens zu schreiben.

„Mein Herz.“

Ihr Haar, von der Kapuze befreit, fiel wie Regen, gerade und dunkel, doch von der Kerze verschwenderisch mit Regenbogenlichtern übersprüht. Das Kleid glitt an ihren Knien zu Tal. Sie stieg heraus, und ihre Hände wanderten zu den Bändern an ihrer Brust.

Draußen, wie auf Befehl, begann eine Nachtigall zu singen.

Seine Gedanken gingen im Kreis. Das Licht, die Nacht, die Nachtigall. *Ach! wie sie die Fackeln lehrt, so hell zu brennen.* Ihre Brüste waren nun nackt, auch ihre Taille. Der Unterrock folgte ihrem Kleid auf den Boden.

Der Raum widerhallte vom Gesang der Nachtigall. Dieser verdammte Wildhüter, entsann er sich, hatte gedroht, den Vogel zu erschießen ... Verdammter Hüter, wirklich. Ihr Bruder. Der Hüter meines Vaters ... Er wurde allmählich unbesonnen.

„Worüber lachst du, Geliebter?"

„Ich will's dir später sagen. Hier, mein süßestes Mädchen, komm her zu mir."

8. KAPITEL

. . . auf die Wildgansjagd.
„*Romeo und Julia*“, II/4

„Sind Sie nicht Miß Ashley?“

Die Stimme, eine weibliche mit amerikanischer Färbung, holte mich mit einem Plumps aus meinen Gedanken und in den Sonnenschein des Schloßhofes zurück, wo ich nun einen schweren amerikanischen Wagen erblickte, der auf der anderen Seite des Hofs im Schatten geparkt war. Ein Mann verschwand gerade in der Seitentür, einen Koffer in der Hand; der Schnitt seines Anzugs ließ mich vermuten, es sei Mr. Underhill. Ich wandte mich um und begrüßte die Frau, die mich angesprochen hatte. „Ja, bin ich. Und Sie sind doch Mrs. Underhill?“

Sie war etwa Mitte der Vierzig und verströmte jenen gepflegten Hochglanz, den amerikanische Frauen einer Kombination von Fachkenntnis, schierer harter Arbeit und der geschickten Anwendung von Handwerkszeug und Kosmetik verdanken. Sie war eher klein, und ohne die harte Arbeit wäre sie vielleicht untersetzt gewesen, aber so wirkte sie zierlich in ihrem faltenlosen cremefarbenen Hosenanzug, der seinen Preiszettel aus der Fifth Avenue genausogut an der Außenseite hätte tragen können. Ein seidener Rollkragenpullover verbarg ihren Hals, und ihr Gesicht trug jene verblaßte Sonnenbräune, unter der Kalifornier zu leiden haben, wenn sie sich zu lange in tristerem Klima aufhalten. Ihre Haut war trocken, wies um Augen und Mund feine Fältchen auf und legte Zeugnis einer sorgsamen Pflege ab. Ihr blondes Haar wurde von den braunen Wimpern Lügen gestraft.

„Ich freu' mich ja so, Sie kennenzulernen." Sie reichte mir die Hand. „Aber Jeff und ich sind wirklich betrübt, daß es aus diesem Grund geschehen muß. Es war schrecklich, das mit Ihrem Vater zu erfahren; es tut mir so leid. Wir haben beide sehr mit Ihnen gelitten. Alle sprechen davon, was für ein edler Mensch er war."

Sie sprach noch ein bißchen über Daddy, fragte mich, wo ich meine Zelte aufgeschlagen hätte, und schien erfreut, als ich ihr sagte, ich hätte die Absicht, für eine Weile in dem kleinen Haus am See zu wohnen. Sie hatte eine angenehme Stimme, und ihre ganze Art vertrug sich mit ihrer Erscheinung, die mich an Meißner Porzellan erinnerte; offenbar empfand sie echte Trauer über den Tod meines Vaters und wirkliche Teilnahme für mich.

„Wie haben Sie mich erkannt?" fragte ich. „Hat Mr. Emerson Ihnen gesagt, daß ich komme?"

„Nein. Aber ich hab' Sie nach dem Bild in unserem Schlafzimmer erkannt."

Im Zimmer meiner Eltern, natürlich. Ich sagte: „Ist es denn so ähnlich? Es ist kein sehr gutes Bild, und es wurde vor Jahren gemalt."

Sie lachte. „Ach, ich seh' schon, daß Sie nicht mehr siebzehn sind, aber *so* viel älter sind Sie doch nicht, oder?"

„Ich spür's langsam. Ich bin zweiundzwanzig."

„Wissen Sie, was? Wozu stehen wir eigentlich hier draußen? Kommen Sie doch mit rein; Jeff brennt darauf, Sie kennenzulernen, ich weiß das. Er kam gerade von Houston rübergeflogen und bleibt jetzt ein paar Tage daheim. Ist das nicht wunderbar? Es mag zwar ein bißchen merkwürdig sein, Sie in Ihr eigenes Haus einzuladen, aber kommen Sie doch mit rein."

Die Underhills benützten eine Seitentür, wie auch wir es immer getan hatten. Wir gingen zusammen hinein. Ich sagte: „Ich bin eigentlich gar nicht hergekommen, um Sie zu besuchen; das wollt' ich heut nachmittag tun. Ich war unten im Gärtnerhaus, um nachzusehen, was dort noch fehlte, und dann kam ich hierher, und –", ich lachte, als müßte ich mich dafür entschuldigen, „nun ja, dann hab' ich an einer Schloßführung teilgenommen. Es klingt vielleicht dumm, aber ich war ziemlich neugierig, wie so was gemacht wird."

„Eine Führung mitgemacht? Na, so was!" Ihre Augen tanzten. „Also brauch' ich gar kein schlechtes Gewissen zu haben, Sie in Ihr eigenes Haus einzuladen, wenn Sie fünfundzwanzig Cents berappen mußten, um sich drin umsehen zu dürfen . . . Und ich muß Ihnen sagen, auch Cathy und ich haben zweimal dran teilgenommen. Es war auf diese Art leichter, die ganze Geschichte kennenzulernen, und Junge, ihr habt hier allerhand Geschichte gehabt! Manches davon zwar ganz schön unbehaglich, aber sehr interessant, und wenn man alles hier an Ort und Stelle sieht, stellt das die Schulbücher mächtig in den Schatten . . ." An einer Ecke hielt sie an. „Wir haben uns im sogenannten kleinen Salon niedergelassen; ich brauch' Ihnen nicht zu sagen, wo's langgeht. Sie bleiben doch zum Essen, nicht wahr? Nein, nein" – als ich den rituellen Protest einlegte –, „ein Kopfschütteln nehm' ich nicht als Antwort. Wir essen mittags immer ganz leicht, Salat und so, einfacher geht's gar nicht. Jedenfalls haben wir ohnedies schon einen Gast, und so können wir's mit Leichtigkeit strecken." Sie lächelte, als hielte sie ein Geheimnis parat, von dem sie wußte, es werde mich in helle Begeisterung versetzen. „Erraten Sie, wer's ist . . .? Ihr leiblicher Vetter."

Sofern ich Begeisterung empfand, wurde sie gewiß durch Fragen und ungute Erinnerungen an die gestrige Nacht im Kirchhof gedämpft, nicht zuletzt auch durch den Klatsch, den Mrs. Henderson mir weitergereicht hatte. Ich sagte: „Sie meinen Emory? Wie schön!" Das sollte nach ungetrübter Freude klingen, doch als Mrs. Underhill die Salontür öffnete und mich an sich vorbeiwinkte, sah ich, wie sie mich ihrerseits grübelnd ins Auge faßte, mit einem etwas wachsamen Blick, der den Umständen angemessen war, wenn man diese bedachte. Ein Hoch auf Mrs. Henderson und den Dorftratsch, dachte ich; denn just mit einem solchen Blick mochte die demnächst-so-gut-wie-enteignete Miß Ashley bedacht werden, deren Freikarte für die Rückfahrt ins Schloß sich Miß Underhill unter den Nagel gerissen hatte.

„Ja“, sagte sie, „Emory.“

„Na, wenn das nicht nett ist!“ sagte ich fröhlich. „Ich hab’ ihn seit Ewigkeiten nicht mehr gesehen. Und natürlich würd’ ich auch gern Ihre Tochter kennenlernen. Vielen Dank, ich bleibe sehr gern, wirklich.“

Der „kleine Salon“ schloß an den längeren Gesellschaftsraum an, von dem er sich durch zwei hohe Türen trennen ließ. Diese waren nun geschlossen und bildeten einen Raum von etwa neun mal sechs Meter, dessen drei breite Fenster auf den Rasenstreifen und die Rosenbeete blickten, welche die Terrasse über dem Burggraben bedeckten. Der Widerschein des Wassers zog hübsche Kringel über die Decke. Der Raum war kaum verändert worden, wie ich sah, und Schalen mit Tulpen und Glockenblumen standen umher, während Kirschblütensträuße die Alkoven hübsch erhellten, zweifellos von Mrs. Underhill persönlich an ihren Platz gestellt.

„Wollen wir uns nicht setzen?“ fragte sie.

Im offenen Kamin brannten klobige Scheite. Davor stand ein großes Sofa, und sie forderte mich mit einer Handbewegung auf, in der einen Ecke Platz zu nehmen, nah am Feuer, worauf sie sich in die andere setzte.

„Ich nehme an“, sagte ich, „daß Sie meinen Cousin recht gut kennen?“

„Ja. Er und Cathy – Cathy ist meine Tochter – trafen sich vor einer Weile, und als sie miteinander bekannt wurden, stießen die beiden auf diesen Zusammenhang: daß sie auf Ashley Court wohnte. Ein reiner Zufall, könnte man sagen. Nun, selbstverständlich lud sie ihn ein, und er hat uns ein paarmal besucht. Er ist ein zauberhafter Mensch, finden Sie nicht auch?“

„Ja, immer schon“, pflichtete ich ihr bei. „Und sein Zwillingsbruder nicht minder. Kennen Sie James? Und Francis, den jüngsten Bruder? Nein, wohl kaum, er war in den letzten paar Monaten viel im Ausland. Die drei haben früher hier bei uns gewohnt, die meiste Zeit, als wir Kinder waren; ich denk’ mir, Emory hat Ihnen davon schon erzählt.“ Ich zögerte ganz kurz, ehe ich den Ball ins freie Feld schlug. „Sie wissen doch, daß das Schloß nun Emorys Familie gehören wird?“

Sie wirkte verlegen, und sie machte eine kleine Zeremonie daraus, eine Schachtel Zigaretten zur Hand zu nehmen, mir eine anzubieten, dann selbst eine zu nehmen und anzustecken. „Er hat uns einmal davon erzählt, wie diese Dinge geordnet sind, aber damals schien das noch in ferner Zukunft zu liegen. Ihr Vater war doch noch in den besten Jahren, wie man so sagt, und kein Mensch dachte je an eine Tragödie wie diese." Es sah aus, als wollte sie noch etwas dazu sagen, doch dann ließ sie es sein. „Da gab's also einen Ihrer Vorfahren, der das Ganze hier so verknotet hat, daß der Erbe unter allen Umständen ein Mann sein mußte. Mir fallen da ein paar Damen ein, die allein dagegen schon wutentbrannt zu Felde ziehen würden ..." Sie lächelte, beugte sich zur Seite, um die Asche von ihrer Zigarette zu stippen, hob dann den Kopf und blickte mich offen an. „Ich muß schon sagen, Miß Ashley, mir erscheint das alles sehr hart. Läßt sich denn wirklich nichts dagegen tun?"

Es klang, als meinte sie es ernst. Eine Spannung, die ich bis jetzt kaum gefühlt hatte, flaute in mir ab.

„Das bezweifle ich. Ganz gewiß läßt sich nichts gegen die Bestimmung unternehmen, daß es nur männliche Erben geben darf; sie ist so alt wie Ashley Court selbst. Der wirklich unangenehme ‚Knoten', den der alte Mann knüpfte, ist die Stiftung, die selbst den Erben daran hindert, auch nur den kleinsten Teil des Besitzes zu verkaufen, sofern nicht die gesamte Familie damit einverstanden ist. Glücklicherweise hat's darüber bislang kaum Streit gegeben." Ich lächelte. „Und ich könnte mir nicht vorstellen, weshalb wir jetzt damit anfangen sollten. Emory kommt damit schon zurecht, denk' ich mir; er schafft es meistens."

„Es macht Ihnen also überhaupt nichts aus?"

„Nein, gar nichts, glaub' ich. Leute wie die Ashleys haben schließlich nie was geschenkt gekriegt."

Sie stand auf, um eines der Scheite im Kamin zurechtzurücken, und ich wechselte das Thema mit einem Kompliment über die Blumen. Unser Gespräch glitt an dieser handlichen Tangente zum Garten, zu dem Gegensatz zwischen Kalifornien und dem kühlgemäßigten

Klima, das wir in England zum täglichen Anlaß der Nörgelei nehmen, das aber die herrlichsten Gärten der Welt hervorbringt . . . Ich hörte nur mit halbem Ohr hin. Ich ließ meine Blicke durch den Raum schweifen, wobei ich mich bemühte, es nicht zu auffällig zu tun; denn ich wollte wissen, ob das T'ang-Pferdchen hier war, das Siegel oder irgendwas anderes, was in den versperrten Teil des Schlosses gehörte. Ich sah keines dieser Dinge, wußte aber, daß ich ihr bald – und je früher, um so besser für sie und auch für mich – von den fehlenden Gegenständen würde erzählen müssen. Ein bißchen ratlos fragte ich mich, wie in der Welt man ein solches Thema aufs Tapet brachte. Es war nicht einfach für einen Mittagsgast, selbst wenn er einigermaßen zum Mobiliar zählte, die Gastgeberin plötzlich zu fragen, wo die Wertsachen steckten und wer die Schlüssel zu den Räumen aufbewahrte, aus denen sie entfernt worden waren . . . Es zählte zu den Dingen, die selbst Tante Edna vom Leserbriefkasten knifflig gefunden hätte. Na schön, dachte ich, aber es ist auch nichts, was durch lange Lagerung besser wird. Wenn man was zu fragen hat, soll man fragen.

„Mrs. Underhill? Da gibt's etwas, worüber ich mir Gedanken gemacht habe. Vielleicht können Sie mir helfen. Die Fremdenführerin von vorhin erzählte mir, daß die Räume im öffentlichen Teil des Hauses – jene, die Sie nicht bewohnen – ständig abgeschlossen werden und daß sie die Schlüssel anschließend wieder Ihnen und Ihrem Mann zur sicheren Verwahrung übergibt. Was ist, wenn sie ausgegangen oder verreist sind?"

„Dieser nette Rob Granger kriegt sie dann. Er hat den anderen Bund, und er behält immer alles im Auge, wenn wir nicht hier sind. Er ist ja fast nie fort, doch wenn das der Fall ist, läßt er die Schlüssel im Pfarrhaus. Weshalb fragen Sie? Haben Sie denn keine eigenen Schlüssel?"

„Das ist es nicht; ich kann Robs Schlüssel haben, wenn ich sie brauche. Es ist nur . . . Mrs. Underhill, ich hab' heute vormittag was bemerkt, was mich beunruhigt – oder mich verwirrt, sollte ich vielleicht sagen, weil ich ganz sicher bin, daß es eine ganz einfache Erklärung dafür geben wird." Ich zögerte; dann wagte ich den Kopfsprung. „Ein paar Kleinigkeiten, die früher immer in der Bibliothek waren, sind nicht mehr dort. Ich dachte mir, Sie wüßten vielleicht, wohin sie gebracht worden sind."

Sie blickte bestürzt, und ihre Hand mit der Zigarette erstarrte auf halbem Wege zu ihrem Mund. „Miß Ashley, meines Wissens wurde hier nichts irgendwohin gebracht. Was soll das gewesen sein?"

„Kleine Dinge, Ziergegenstände. Es wär' auch möglich, daß sie in die alte Schatzkammer gebracht wurden, um sie in Sicherheit zu wissen."

Sie schüttelte den Kopf. Mir fiel nun auf, wie scharf der Lippenstift ihren Mund umriß, der sich blaurot von der stumpfen farblosen Haut abhob. „Meinen Sie damit wirklich wertvolle Dinge?"

„Ach, da gibt's ein kleines chinesisches Pferd aus unglasiertem Steingut oder so, etwa keksfarben, mit einem reparierten Bein. Es sieht nicht weiß Gott wie aus, aber . . ."

„Ein chinesisches Pferd? Unglasiertes Biskuitporzellan? Um Himmels willen, doch kein T'ang-Pferdchen?" Sie sah so entsetzt drein, daß ich zu vermuten begann, sie wisse weit mehr über den Wert fernöstlicher Keramik als ich; und zumal sie von der amerikanischen Westküste kam, leuchtete dies ein.

Hastig sagte ich: „Ja, aber kein sehr gutes; es war klein und außerdem beschädigt. Bitte schauen Sie nicht so besorgt! Ich hab' nur bemerkt, daß es vom Kaminsims in der Bibliothek verschwunden ist. Und aus einer der Vitrinen fehlt eine Miniatur, nur ein kleines viktorianisches Ding, und ein Stück Jade, ein Siegel mit einem Löwenhund darauf. Sie haben diese Sachen auch nirgendwo sonst gesehen, oder doch?"

„Nein, hab' ich nicht. In diesem Teil des Hauses sind sie nicht, das steht fest. Miß Ashley, das ist einfach furchtbar!"

Ich sah mit Gewissensbissen, daß sie nun auch die letzten Reste ihrer Farbe verloren hatte. Ihre Lippen hatten sich unter der Schminke zu feinen, trockenen Falten zusammengezogen. Ich begann mich ein bißchen wie ein Henker zu fühlen. „Hören Sie mal, bitte machen

Sie sich nicht solche Sorgen; ich hab' ja nur gefragt. Es ist ziemlich wahrscheinlich, daß Mr. Emerson die Dinge in die alte Schatzkammer getan hat. Er mag gefunden haben, daß sie zu leicht fortzuschaffen sind, wenn man die vielen Menschen bedenkt, die täglich durch die Räume gehen. Ich kann ihn anrufen und fragen. Das hätt' ich tun sollen, bevor ich Sie belästigte. Bitte verzeihen Sie mir."

„Ach ja, natürlich, aber – doch da ist Jeff. Vielleicht weiß er etwas darüber . . . Jeff, das ist Miß Ashley. Sie ist für eine Weile nach Hause gekommen, und sie wird in dem Haus am See wohnen. Ist das nicht wunderbar? Und sie bleibt auch noch ein bißchen, um mit uns zu essen. Miß Ashley, das ist Jeff, mein Mann."

Wir begrüßten uns und schüttelten einander die Hand. Mit jener beneidenswerten amerikanischen Wärme und Ungezwungenheit fand er, wie seine Frau, die richtigen Worte über meinen Vater. Mr. Underhill war groß, breit in den Schultern und stämmig gebaut, und wie sie bot er ein Bild körperlicher Gesundheit, an der beständig hart gearbeitet wurde, um sie auf Konzertlautstärke zu halten. Seine dunklen Haare begannen langsam zu ergrauen, und sein großflächiges Gesicht hatte ein bißchen abgeplattete Züge, die mir seltsam vertraut vorkamen, ohne daß ich sie im Augenblick einordnen konnte. Die Wangenknochen lagen weit auseinander, was ihm ein leicht slawisches Aussehen verlieh, und die Augen waren dunkel und sehr scharfsinnig. Der breite Mund verriet nichts. Er sah schlicht danach aus, was er war: ein reicher, kluger, wendiger Mann, ein Bluthund während der Bürostunden und in seiner Freizeit die Güte selbst.

Ehe ich sie daran hindern konnte, hatte seine Frau ihm von den fehlenden Gegenständen berichtet, und ich konnte jene Verwandlung Dr. Jekylls in Dr. Hyde erleben, die ich vorhin nur vermutet hatte. Das gewinnende Lächeln verschwand, die schwarzen Brauen rückten blitzartig zusammen, und harte dunkle Augen blickten kerzengerade durch mein Gehirn, um über die Rückwand meines Schädels zu scharren; zumindest fühlte es sich so an. Das Scherzwort „bezaubernder Geldsack" traf nur für den Privatmann zu; in den

Dschungeln der Geschäftswelt zählte Jeffry Underhill zu den größeren der fleischfressenden Tiere.

Er vergeudete keine Zeit mit Entschuldigungen oder Besorgnis; er stellte zwei oder drei Fragen, so ruhig und glatt, daß man die Widerhaken daran kaum bemerkte, und sagte dann: „Als erstes muß der Rechtsanwalt angerufen werden. Ich mach' das gleich. Es sieht mir sehr wahrscheinlich aus, daß er einige der kleinen Sachen in sicheren Gewahrsam genommen hat." Er warf einen Blick auf die Uhr, die auf dem Kaminsims tickte. „Cathy ist doch Emory abholen gefahren, wie? Sind die beiden noch nicht da?"

„Nein", sagte seine Frau. „Emory hat angerufen; er könnte erst mit dem späteren Zug kommen, sagte er."

Er nickte und nahm Kurs auf die Tür, blieb dort aber mit dem Rücken zu uns stehen, den Kopf zur Seite geneigt, als dächte er über etwas nach. Dann wandte er sich zu mir um. Er besaß noch immer den Lackglanz der Gelassenheit, den Politiker und hochgestellte Geschäftsleute so zärtlich hegen, aber seine nächste Frage kam um das gewisse Quentchen zu plötzlich. „Sie haben nur in der Bibliothek bemerkt, daß Dinge fehlen, ist das richtig?"

„Ja, stimmt. Allerdings hab' ich die Augen erst richtig aufgemacht, als ich merkte, daß das T'ang-Pferdchen fehlte. Aber, Mr. Underhill, ich bitte Sie – ich wollt' doch nicht so einen Aufruhr vom Zaun brechen. Das ist mir furchtbar peinlich. Es gibt vermutlich eine ganz simple Erklärung dafür, und ich . . ."

„Sicher gibt's die. Aber je früher wir sie kennen, um so besser. Ich ruf' diesen Anwalt auf der Stelle an, auch wenn's ihm seine Mittagspause ruiniert. Aber was ich sagen wollte: Haben Sie nicht Lust, sich auf eigene Faust nochmals umzusehen und alles zu prüfen? Sie könnten die Dinge an anderen Orten auffinden oder vielleicht auch feststellen, daß noch mehr fehlt. Wie's auch kommt, je früher wir genau Bescheid wissen, um so besser. Es ist erst Viertel nach zwölf. Ich glaube kaum, daß meine Tochter und Ihr Cousin vor eins hier sein werden. Was halten Sie davon?"

„Ja, will ich gern tun. Danke."

„Fein. Nun, Stephanie sagt, Sie hätten die Schloßführung mitgemacht; das bedeutet, daß Sie keine eigenen Schlüssel haben? Alles klar." Er ging quer durch den Salon zu einem alten Schreibtisch, der zwischen zwei Fenstern stand, entnahm seiner Westentasche einen kleinen Schlüssel, mit dem er ihn aufsperrte, zog eine Lade heraus und hielt alsbald das große Bündel der Schlüssel von Ashley Court in der Hand. Nein – ich konnte Mr. Underhill keineswegs mangelnde Sorgfalt vorwerfen. Er reichte mir die Schlüssel, sagte zu seiner Frau: „Mach mir einen Martini zurecht, sei so gut", und ging hinaus. Man bekam den Eindruck, daß der Staub sich zu setzen begann, sobald die Tür sich hinter ihm schloß.

Meine Suche, die fruchtlos blieb, endete nach einiger Zeit im großen Schulraum, der sich in jenem Flügel des Schlosses befand, der einmal die Kinderzimmer beherbergt hatte.

Ich weiß nicht recht, weshalb ich dorthin ging; gewiß erwartete ich dort keinen Hinweis auf die fehlenden Gegenstände zu finden, und ich kann mich nicht daran erinnern, wie ich die hallende, mit Linoleum ausgelegte Treppe zum dritten Stock hochging. Es mag sein, daß ich noch ein bißchen atemlos war, etwas verwirrt, weil die Underhills auf meine Erkundigungen so rasch reagiert hatten; möglicherweise war dies nun mal Jeffrey Underhills Art, aber ich kam mir vor, als hätte ich eine ausgewachsene kriminalistische Nachforschung ausgelöst, noch ehe ich genau wußte, ob wirklich etwas abhanden gekommen war. Ich wollte etwas Zeit zum Nachdenken haben, ehe ich wieder zu den Underhills ging. Ich blickte auf meine Armbanduhr. Es war noch nicht einmal halb eins. Ich schloß die Tür des Schulzimmers hinter mir, ging auf die breite Fensterbank zu und setzte mich hin. Dann blickte ich hinunter auf die Wipfel der hohen Buchen, die bis an den Teich standen.

Sonnenschein ergoß sich in den schäbigen Raum. Staubflocken wimmelten in der Luft wie ein Gazefilter, der einer Kamera als Weichzeichner dient, um aus der Wirklichkeit eine verschwommene Traumwelt zu machen. Die Sonne war so hell wie die Sonnen, deren man sich immer aus der Kinderzeit entsinnt. Der staubige, etwas muffige Geruch des unbenützten Schulzimmers war immer noch gleich wie damals, vor zehn, zwölf, vierzehn Jahren. Neben mir, auf den sonnengebleichten Pölstern der Fensterbank, saßen drei alte Freunde, schmierig und grau vom vielen Liebhaben: die Nilpferdfamilie Hippo, Pot und Amus, deren Namen von Francis ausgesucht worden waren und die wir als Kinder umwerfend komisch gefunden hatten. Das alte scheckige Schaukelpferd stand verlassen und sammelte Staub; ich hatte es Dawn getauft, was meine Cousins eklig mädchenhaft fanden, weshalb sie sich standhaft weigerten, es anders als Rocky zu nennen. Dort waren die Pulte mit ihren ausgetrockneten und verkrusteten Tintenfässern, wo James und Emory, später auch Francis und ich gesessen hatten, um lesen und schreiben und rechnen zu lernen, ehe wir zur Schule gingen. Auf einem weißlackierten Regal standen noch die Geschichtenbücher, Bände von Andrew Lang, Arthur Ransome und C. S. Lewis; jeder dieser übel zugerichteten Buchdeckel umschloß eine helle, selbständige Welt, jene magischen Königreiche, in die man nur als Kind eingelassen wird und die man sein ganzes Leben lang besitzt.

Unter diesen Fächern stand der niedrige Schrank, in welchem ich – angeregt durch Leslie Oker, meinen Buchhändlerfreund in Ashbury – vor meiner Reise ins Ausland einige unserer Kinderschätze untergebracht hatte, die sich zuvor in den offenen Regalen befanden. Die Nachfrage nach den Werken von Illustratoren wie Arthur Rackham, Edmund Dulac und Kay Nielsen, hatte er mir erzählt, werde ständig größer; und auch ich hatte beim Durchblättern von Christie-Katalogen entdeckt, daß die selteneren Bände häufig Preise erzielten, die in die Hunderte gingen. So kam es, daß ich die Bücher weggeschlossen und den Schlüssel versteckt hatte. Kleine Fische vielleicht, verglichen mit T'ang-Pferden und Jade, doch auch der Liebhaberwert war zu berücksichtigen.

T'ang-Pferde und Jade. Wertvolle Bücher? Nun träumte ich nicht mehr; ich war wieder bei meinem Problem gelandet. Ich ging hinüber an den Schrank und zog an der Tür. Sie war nicht versperrt. In einem Aufwallen plötzlicher Besorgnis öffnete ich die Tür zur Gänze.

Die Bücher standen alle noch da, wie ich sie verlassen hatte.

Während ich mich beruhigte, wurde mir klar, wie grundlos ich mich erregt hatte: Um so wertvoll zu sein wie die Bände, die ich in den Katalogen von Christie gesehen hatte, hätte es sich dabei um die „Luxusauflagen" handeln müssen, die vom jeweiligen Künstler signiert und auf wenige hundert Exemplare beschränkt waren – und nicht um die Kinderzimmer-Ausgaben, die wir gelesen und zerlesen hatten, bis die Seiten mürb und die Einbände schmutzig und ausgefranst waren. Sie besaßen keinen Wert außer der Liebe, die Kinderherzen ihnen geschenkt hatten.

Ich zog das erstbeste hervor. Es waren Grimms Märchen, und die Zeichnungen waren mir so vertraut, daß meine geistige Vorstellung der Erzählungen kaum mehr war als eine Ausschmückung dieser Bilder. Da war die Gänseliesel mit dem armen Falada, über den ich als Kind Tränen vergossen hatte; Hänsel und Gretel mit der schrecklichen alten Hexe; die Prinzessin, die auf ihrem Felsen inmitten der schäumenden Wellen träumte, während der lange Schädel des Drachen auf ihrem Schoß lag . . .

„Die Prinzessin und der Drache." Ich schwang herum, als hätte dieses Maul mit dem vorstehenden Unterkiefer mich gebissen, und starrte zur Wand des Schulzimmers hoch. Dort waren, dunkel auf der verblaßten Tapete, zwei leere Rechtecke zu sehen. Zwei Bilder hatten einmal dort gehangen, Originalillustrationen von Rackham, die eine aus Charles Lambs Shakespeare-Nacherzählungen und die andere aus ebendiesem Märchen der Gebrüder Grimm, „Die Prinzessin und der Drache". Eine meiner Großtanten hatte die beiden Bilder für ein paar Pfund erstanden, als sie zum erstenmal ausgestellt wurden, und mir geschenkt, als ich noch ein Kind war. Ich hatte sie von der Wand genommen und mit den Büchern eingeschlossen, um sie vor Staub und Beschädigung zu schützen. Doch sie waren nicht nur von der Wand verschwunden, sondern auch aus dem Schrank. Und diesmal war meine Rechnung nicht am Kern der Sache vorbeigegangen. Diese Bilder waren echt, unersetzliche Originale – und Summen wert, die zu verlieren sich nur wenige Menschen leisten konnten. Ich ganz gewiß nicht.

Ich kann mich noch erinnern, wie der Ärger in mir hochschoß. Ich knallte die Schranktür zu, stand auf und ging ans Fenster zurück. Ich stieß es auf und lehnte mich hinaus; in diesem Augenblick war mir, als hörte ich ein Auto in die Auffahrt einbiegen. Das waren Emory und Cathy, nahm ich an, aber ich machte keine Anstalten hinunterzugehen. Ich mußte noch ein bißchen allein sein, bevor ich ihnen allen vor die Augen trat und vernahm, was Mr. Underhill mir zu sagen hatte. Schon jetzt, als hätte er mir's bereits gesagt, war mir klar, daß Mr. Emerson nichts über die fehlenden Kunstgegenstände wissen würde.

Die Sonne loderte kraftvoll aus dem Süden. Ich schloß die Augen, und der Duft des Gartens schwebte zu mir empor, süß und besänftigend wie Sonnenlicht auf dem Wasser. Ich öffnete sie wieder und betrachtete jenes andere Wasser unter mir. Die Teichbinsen standen bewegungslos, untrennbar von ihren Spiegelbildern; die Weiden ließen ihr Haar im Wasser treiben; die Schwertlilien standen in Knospe, begannen hier und dort schon aufzublühen. Die Schwänin schlief in ihrem Nest, den Kopf unter einem Flügel, die Schwanenküken neben sich. Das Männchen schwamm in der Nähe, die Schwingen trotzig gebauscht, in voller Schönheit.

Geliebter?

Ich bin da. Was ist?

Ich wußte kaum, daß ich ihm einen Ruf gesandt hatte. Doch die Antwort ließ es mich erkennen, als sie kam, rasch und wärmend wie eine Hand, wenn sie eine andere umschließt, die sich blindlings nach Tröstung ausgestreckt hat. Ruf und Antwort, so klar und einfach, als wären sie in Worte gefaßt – klarer noch, denn Worte verwirren ebenso oft, wie sie erklären. In der Zweisamkeit eines langvertrauten Liebespaares bedarf die Sprache des Körpers nicht der Rede; und unser beider Seelen hatten so lange vertraut miteinander gelebt, daß der Austausch unserer Gedanken so vielsagend und flink war wie der Blick, den zwei innige Freunde einander durch einen Raum voller Menschen zuwerfen.

Doch um's zu beschreiben, müssen Worte genügen.

Was ist?

Dinge wurden gestohlen. Das Pferd ist aus der Bibliothek verschwunden.

Das was? Diesmal kam es mit einem Hauch von Verblüffung. *Hast du nicht eben gesagt, ein Pferd sei aus der Bibliothek verschwunden?*

Ja. Ich sandte ihm ein Bild, so klar ich konnte, und fühlte, wie er es empfing.

Oh, dieses. Ja. Es ist fort?

Ja, und andere Dinge auch. Und jetzt seh' ich, daß Bilder aus dem Schulzimmer weg sind, wertvolle ...

Er hatte es bereits verstanden, bevor ich noch wußte, daß ich es formuliert hatte. *Und du glaubst, sie wurden gestohlen. Ruft er den Rechtsanwalt an?*

Das wußtest du? Woher?

Na, von dir. Du bist so durchsichtig wie ein Maimorgen, wenn du aus der Fassung gerätst.

Wirklich? Warum bist du dann nicht gekommen, als ich unten im Haus war?

Weil's an der Zeit für dich war, alles aus dir herauszuweinen, und das sollte man allein tun. Ich hab' dich nicht gestört. Doch du hättest wissen müssen, daß ich dort war.

Ja. Es klang verzichtend, beinah schal. *Ich hätt's wissen sollen. Aber näher wärst du mir lieber gewesen.*

Bryony ...

Ja?

Süße Bryony. Die Gedankenströme drangen leichthin und sanft zu mir, so warm, als berührten zarte Hände meine Wagen.

O Gott. Mit all der Sehnsucht meiner Einsamkeit ging es hinaus. *Ich brauch' dich so.*

Der Hauch der Berührung wurde anders, nicht minder zärtlich zwar, doch nun elektrisch, schwirrend wie ein Draht unter Strom. Etwas, so stark und betäubend wie der erste Donnerschlag eines Gewitters, barst rasend schnell, nahm an Intensität zu wie wachsender Schmerz, wie ein Ton, der bis zur äußersten Grenze des Erträglichen anschwillt.

Dann brach es jäh ab, mit einem Schlag. Die Tür ging auf und mein Cousin stand auf der Schwelle.

Ashley, 1835

„Ich fürchtete schon, du hättest den Weg nicht gefunden."

„O nein, es ist ganz leicht – jetzt, wo ich den Schlüssel hab'."

„Ich dachte, du würdest sagen: ‚Ich fände immer den Weg zu dir, mein Geliebter.' "

„Ich fänd' ihn auch; ja, wirklich. Heut nacht hab' ich den Schlüssel gar nicht gebraucht. Ich hab' mir jede Biegung gemerkt, genau wie du sie mir in der Karte aufgezeichnet hast."

„Du sträubst dich wieder? Schön, ich will es für dich sagen: Und wenn du im Mittelpunkt des dunkelsten und undurchdringlichsten Waldes der Welt verborgen wärst, ich fände dich."

„Wie der Prinz im Märchen?"

„Oder wie der Liebhaber in jenem Schauspiel. ‚Dort ist mein Norden, und dorthin zeigt meine Nadel.' "

„Eh, jetzt machst du dich lustig über mich. Das ist doch sicher schmutzig gemeint, wie?"

„Allerdings. Störst du dich dran?"

„Weshalb in aller Welt? Es gibt nicht Schmutz noch Sauberkeit zwischen dir und mir – nur das, was wahr ist, und was könnte daran unrecht sein?"

„Nichts. Nichts war das je, und jetzt, warum jetzt . . ."

9. KAPITEL

Was habt Ihr, Vetter?

„*Romeo und Julia*“, I/5

„Guten Tag, Bryony.“

„Ach nein, Emory, wie schön!“ Zu meiner eigenen Überraschung klang meine Stimme ganz normal, als ich ihn begrüßte. „Ich konnt's kaum glauben, als ich hörte, daß du heute mittag herkommst! Und dich hier zu treffen, ausgerechnet hier, einfach so, aus heiterem Himmel . . . Ist das nicht schon Ewigkeiten her?“

„Wenn du wüßtest, was für ein schlechtes Gewissen wir alle wegen diesem *hier* haben“, sagte mein Vetter. Er lächelte mich an. „Du siehst prächtig aus. Ich hab' mit Bill Emerson gesprochen, und er sagte, du hättest dich wunderbar tapfer gehalten. Wie geht's dir denn wirklich?“

„Oh, mir geht's gut. Alle waren so schrecklich nett zu mir, und es war leichter, als ich's je für möglich gehalten hätte. Und daß mir keiner von euch über schlechtes Gewissen redet! Das ist einfach dumm. Wir wußten schließlich immer schon, was geschehen würde, wenn . . .“

Ich brach ab. Er war in den Raum getreten und kam auf mich zu, schlängelte sich durch die Reihen der Schreibpulte, die bei seiner Größe sehr niedrig aussahen; seine Fingerspitzen streiften sie gerade noch. Es brachte die Vergangenheit in die Erinnerung. Er sah meinen Blick und hielt inne. „Was ist?“

Unsicher sagte ich: „James? Du *bist* doch James, oder?“

Ich geriet ins Stammeln und sprach nicht weiter, als ich die Belustigung in seinen Augen sah. Verwirrt durch den jüngsten Gedankenaustausch mit meinem Geliebten, ein bißchen aus der Bahn geworfen durch die geistigen Stürme, die dem Eintreten meines Cousins vorausgegangen waren, fühlte ich, wie mein Gesicht sich färbte, als ich zu ihm hochstarrte, unerklärlicherweise verlegen.

Nur eines wußte ich mit Sicherheit von diesem Mann: Er war einer meiner Vettern. Er war hochgewachsen, feingliedrig, und er hatte jene blasse Haut, die sich, selbst unter der spanischen Sonne, niemals intensiver färbte denn gelblich. Blondes, ungelocktes Haar, ein schmaler Nasenrücken, graue Augen. Sein Hemd und seine Krawatte waren in einander ergänzenden Grautönen gehalten, die entweder zufällig oder absichtlich – und bei ihm, das wußte ich, konnte es nur Absicht sein – genau zu seinen Augen paßten. Aber jeder Eindruck modischer Überbetonung oder kraftloser Anpassung wurde fortgewischt, sobald man in diese Augen blickte und den Schnitt des Mundes sah. Sein Mund war der einzige Zug an ihm, der aus der Art der Ashleys schlug: ein schmaler, verschlossener Mund, langlippig, an den Ecken gefältelt, als neigte er dazu, Geheimnisse und Selbstbeherrschung zu bewahren. Er verlieh ihm einen zurückgezogenen, wachsamen Ausdruck, der im Widerstreit stand mit jenem Teil von ihm, der Ashley war. Ich entsann mich seiner Mutter; die Erinnerung an das, was meine Kinderaugen gesehen hatten, war alles, was ich von ihr besaß, doch ich sah sie noch lebhaft vor mir als eine etwas despotische Frau, die schweigsam zu Werke ging und ihre ehrgeizigen Wünsche unbeirrbar durchzusetzen verstand. Wenn sie die Triebkraft ihres Wesens ihren Söhnen vererbt hatte, mochte dies ein gutes Vorzeichen für die Zukunft von Ashley Court bedeuten. In diesem klugen und wachsamen Mann, der vor mir stand, dachte ich, lag mehr Charakterstärke, als mein sanftmütiger Vater je besessen hatte. Aus diesem Grund vielleicht würden diese Ashleys sich hier besser bewähren, als es uns gelungen war.

Auch sein Lächeln brachte jene lange Zeit in die

Erinnerung zurück; es atmete ein sehr vertrautes Funkeln verspielter Boshaftigkeit.

„Du willst mir doch nicht weismachen, daß du nachgelassen hast, Bryony, Liebling! Dich konnten wir doch nie für dumm verkaufen. Nein, ich bin Emory. Hast du einen anderen erwartet? Bin ich dir nicht gut genug?"

„Ja, schon; natürlich, aber . . ."

„Hat man dir nicht gesagt, daß ich heute mit Cathy aus Worcester rüberkomm'?"

„Doch, das hat man, aber . . . Oh, na schön, ich hab' wohl wirklich nachgelassen." Ich erwiderte das Lächeln. „Nun gut, welcher von beiden du auch bist, es liegt an mir, dich auf Schloß Ashley willkommen zu heißen. Und es ist ein ehrliches Willkommen. Der Spruch vom schlechten Gewissen ist Unsinn, und Daddy wär' der erste gewesen, der das gesagt hätte. Ich will nichts mehr davon hören, bitte."

Ich entwand mich der Fensterbank, stand auf und streckte ihm beide Hände entgegen. Er machte zwei rasche Schritte nach vorn, und seine Hände schlossen sich um die meinen. Er zog mich in seine Arme und küßte mich – der Kuß eines Vetters – auf die Wange.

Abrupt entzog ich mich ihm; es war eine instinktive Bewegung, die er aufhalten wollte, doch dann ließ er mich los. Er lachte. Ich holte Luft, um zu sprechen, aber ehe ich etwas sagen konnte, hob er die Hände zu einer Geste der Kapitulation.

„Schon gut, schon gut. Sag's niemandem. Ich geb's zu. Ich hätt' wissen sollen, daß wir dich noch immer nicht an der Nase herumführen können."

„Warum hast du's dann versucht?" Aus irgendeinem Grund hielt ich mich nicht damit auf, darüber nachzudenken; ich war verärgert.

„Aus Spaß", sagte er leichthin und wartete ab, als wollte er mich herausfordern, noch etwas zu sagen. Ich schwieg. Dies war einfach nicht der richtige Augenblick, ihm zu erklären, daß ich – selbst wenn es mir schwergefallen wäre, James und Emory auseinanderzuhalten – eine Berührung nicht verwechseln konnte, noch viel weniger einen Kuß. In der Sekunde, da er meine Hände ergriff, hatte ich gewußt, wer er war. Das diesige Sonnenlicht schwebte träg zwischen uns; es blendete. Durch das Flimmern sah ich seine Augen immer noch lächeln, grau und – dessen war ich sicher – wissend.

Doch er begann über meinen Vater zu sprechen. Ich hörte zu, dankte ihm und gab ihm irgendeine Antwort, so gut ich das angesichts der Gedanken fertigbrachte, die auf mich eindrangen und in diesem Augenblick alles andere überdeckten. Plötzlich merkte ich, daß ich ihm nicht in die Augen sehen konnte, und wandte mich ab, um mich wieder auf die Fensterbank zu setzen.

Die kühle, angenehme Stimme hielt inne. Als er weitersprach, hatte sie sich verändert, kaum fühlbar. „Bryony. Versuch doch, nicht allzu traurig zu sein. Wir lassen dich schon nicht im Stich.“ Er zögerte; dann, als wollte er auf etwas antworten, was ihm unangenehm war, wie mir schien, setzte er hinzu: „Es ist noch nicht die Zeit, darüber zu sprechen, aber mach dir keine Sorgen, wir kriegen das schon hin.“

Diese Worte wurden leise gesprochen, dröhnten in meinen Ohren aber endlos fort. Ich sagte etwas, weiß aber nicht mehr genau, was; dann fragte ich schnell: „Wie geht's Onkel Howard?“

Er setzte sich halb auf eines der Pulte. Er schien völlig ruhig und entspannt. „Es geht ihm ein bißchen besser. Jedenfalls ist er aus dem Schlimmsten raus, wie man hört, aber er ist immer noch sehr krank. Er wird sich ins Privatleben zurückziehen müssen, hast du das gewußt? Alles war so ein bißchen schwierig in diesen Tagen . . . Er wird wohl lange Zeit nicht hier rüberkommen können, das ist ziemlich ausgeschlossen. Wann wolltest du eigentlich einen Gedenkgottesdienst für Onkel Jon abhalten lassen?“

„Ich hab' mit dem Pfarrer noch nicht darüber gesprochen. Ich stell' mir vor, das kann warten, bis Onkel Howard wieder reisen kann. So wär's doch besser, nicht wahr?“

„Ich weiß, daß er gern dabei wär'.“

„Emory ist wohl bei ihm in Jerez“, fragte ich, „zumal du ja hier bist?“

„Nein; allerdings ist er zweimal hingefahren, um Vater zu besuchen, aber er war die meiste Zeit hier – in Bristol, heißt das, oder in London. Daß Vater nun in den Ruhestand tritt, macht alles ziemlich hektisch."

„Und du? Wann bist du aus Spanien gekommen?"

„In der letzten Aprilwoche. Miguel sah für uns in Jerez nach dem Rechten, und so konnte ich Zwilling hier unter die Arme greifen. Hat uns ganz schön zu schaffen gemacht, nicht zur Einäscherung rüberzufahren, aber es ließ sich einfach nicht machen. Das tut mir sehr leid."

„Ist schon gut, ich kann's verstehen. Hast du schon was von Francis gehört?"

„Kein Wort", sagte er. „Und du doch auch nicht, oder? Er muß immer noch in Derbyshire stecken, *incommunicado*, fernab von Draht und Briefkasten. Mit wem ist er denn unterwegs, weißt du das?"

„Keine Ahnung. Aber wie ich Francis kenne, wird er wohl allein sein."

Er hob eine Schulter. „Vermutlich. Na, zweifellos wird er bald auftauchen."

„James . . ."

„Ja?"

„James, gestern abend – warst du das in der Sakristei?"

Verblüfft richtete er sich auf. Ich sah, wie die Pupillen in der großen grauen Iris sich verengten. Dann wurden seine Augen für den Bruchteil einer Sekunde ausdruckslos, als müßte er eine blitzschnelle Kopfrechnung machen. Dann sagte er, ebenso ausdruckslos: „Sakristei?"

„Ja, Sakristei. Du warst's nicht?"

„Nein. Weshalb, zum Teufel, hätt' ich in der Sakristei sein sollen?"

„Ich hab' keine Ahnung. Gestern ging ich spätabends in die Kirche, und da hab' ich jemanden in der Sakristei gesehen. Er ging eben raus, als ich hineinkam. Dann machte er sich über die Kirchhofmauer davon und ging in den ummauerten Garten. Er sah mich, blieb aber nicht da, um mit mir zu sprechen."

„Klingt verrückt. Aber wie kannst du denn glauben, ich würd' vor dir davonlaufen, ausgerechnet vor dir?"

„Ich weiß nicht. Könnt' es Emory gewesen sein?"

„Für ihn gilt dasselbe, würd' ich sagen." Er sah mich an. „Was hätt' er dort verloren, und warum, um alles in der Welt, sollte er nicht stehenbleiben und mit dir sprechen? Wieso glaubst du eigentlich, daß es einer von uns war?"

„Es machte mir so den Eindruck. Nur undeutlich – aber ich dachte, es sei einer von euch."

„Tja, hast du denn nicht mal versucht, mit demjenigen zu reden?"

Er wartete auf meine Antwort, die Augen nun groß und völlig arglos auf mich gerichtet. Ich kannte diesen Blick. ‚Ich war nicht mal in der *Nähe* vom Obstgarten', sagte dieser Blick eines Knaben, dem die Äpfel nur so aus den Hosentaschen purzelten. Ich lächelte in mich hinein, ließ ihn das Lächeln dann auch sehen, erblickte das Flackern in seinen Augen und war ganz sicher. Ich wandte mich ab, dem Fenster zu, langte nach Pot und setzte ihn auf mein Knie.

„Nein. Ach, na schön, vergiß es. Was hätte dich auch dorthin ziehen sollen? Ich hab' mir nur gedacht, es wär' einer von euch, und ich hatte so ein bißchen den Eindruck, daß du es warst. Und weil wir gerade von Emory reden – was ist da eigentlich dran, von wegen ihm und Cathy Underhill? Haben die wirklich was miteinander?"

„Ja. Sie trafen sich ganz zufällig auf irgendeiner Fete in der Stadt, und als die beiden ins Gespräch kamen, fanden sie den drolligen Zusammenhang mit Ashley. Dann führte eins zum anderen, und – ja, man könnte sagen, daß sie was miteinander haben."

„Was Ernstes?"

„Ich bin nicht sicher. Das heißt – nicht sicher, was Zwillings Gefühle betrifft."

„Bei Cathy weißt du's also genau?" fragte ich.

„Soweit man das beurteilen kann – ja und nochmals ja."

„Emory und du habt doch nie Geheimnisse voreinander gehabt."

„Aber nun sind wir doch große Jungen."

„Noch nicht zu groß offenbar“, sagte ich ziemlich scharf, „um immer noch an diesem ‚Zwilling‘-Unfug Gefallen zu finden, der schon damals allen auf die Nerven fiel.“

„Es ist bequem“, sagte er, die Augenbrauen schalkhaft verzogen, was er gar nicht zu erklären versuchte. Das brauchte er auch nicht. Ich wußte genau, wann es „bequem“ gewesen war: wenn er und Emory einander vertreten hatten, um Spaß zu haben oder Verwirrung zu stiften – oder sogar für Geld. Ein Zwilling, der dringend anderswo zu tun hatte oder dicker Luft aus dem Weg gehen wollte, pflegte den anderen zu beschwatzen, zu erpressen oder einfach zu bezahlen, damit er für ihn einsprang. Es war bezeichnend, daß meistens James es war, der durch Erpressung gezwungen wurde, für Emory in den Ring zu steigen. Die enervierende Gewohnheit der beiden, einander „Zwilling“ zu nennen, machte es fast aussichtslos schwer, den Richtigen zu fassen zu kriegen, wenn sie ihre Spuren verwischen wollten. Selbst als sie kleine Jungen waren, hatte man sich vor meinen Cousins in acht nehmen müssen.

„Meinst du damit“, sagte ich langsam, „daß du heut’ gar nicht mit Emory und Cathy hierhergekommen bist? Daß *du* mit Cathy hergefahren bist; und daß *sie* glaubt, du wärst Emory?“

Er sah mich von der Seite an, halb amüsiert, halb argwöhnisch. „Du klingst sehr grimmig.“

„Verdammt noch mal, es ist ja auch nicht egal. Warum hast du’s getan, James?“

„Oh, nicht der Rede wert. Es ist nur so, daß er sie schon mal versetzen mußte, und das wollt’ er nicht wieder tun. Außerdem wollt’ ich dich sehen.“

„Du hättest doch gewiß auch so kommen können, oder?“ fragte ich. Pause. „Wer hat dir gesagt, daß ich hier bin?“

Die Brauen hoben sich ganz wenig. „Na, Emerson selbstverständlich. Woher hätt’ ich’s sonst gewußt?“

Ich blickte hastig auf, doch er sah aus dem Fenster, über meinen Kopf hinweg. „Bist du auch schon früher für Emory eingesprungen – bei Cathy, will das heißen?“

„Nur einmal."

„Und jetzt hier, heute, vor ihren Eltern. Erwartest du wirklich, daß ich dein Spiel mitmache?"

„Das hast du immer getan."

„Diesmal könnt's anders sein. Ich kenn' das Mädchen noch nicht, aber die ganze Situation scheint mir keine dummen Mätzchen zu vertragen. Wenn sie ernste Gefühle für ihn empfindet, könnt' ihr das weh tun."

„Wie soll's ihr weh tun, wenn sie's gar nicht weiß? Es würde ihr weh tun, wenn sie wüßte, daß sie wieder versetzt worden ist."

„Ach, na schön", sagte ich resigniert. „Aber zum Teufel, James, du hast kein Recht, mich in eine solche Lage zu bringen. Wir sind keine Kinder mehr. Allerdings ist's jetzt schon ein bißchen spät, die Wahrheit zu sagen; ich will also versuchen, dich nicht zu verraten."

„Mein braves Mädchen." In seinem Tonfall lag nichts als jenes lässige Lob, das er mir immer spendete, wenn ich ihm geholfen hatte. Ich lächelte und zog an Pots Ohren; dabei dachte ich daran, wie wenig mein Vetter sich verändert hatte – und doch wie sehr.

„Einen Penny für deine Gedanken", sagte er.

„Ich dachte eben, daß wir in Wirklichkeit vielleicht nie getrennt waren."

„Und das bedeutet?"

Ich umging die Frage. „Oh, nur daß es mir wie gestern vorkommt, als du und Emory eure Spielchen getrieben habt. Ich hab' ernst gemeint, was ich vorhin sagte, James. Noch einmal brauchst du mich nicht erst darum zu bitten, denn ich tu's nicht wieder."

Doch er hörte mir nicht zu. Er blickte aus dem Fenster, über meinen Kopf hinweg, und ich sah, wie seine Augen sich verengten.

„Wußtest du, daß eine der Buchen futsch ist?"

„Ja. Rob hat mir erzählt, sie wär' bei einem Sturm im Februar umgestürzt. Ist furchtbar schade, denn jetzt haben wir dort eine häßliche Lücke."

„Ja, aber hast du bemerkt, was man durch die Lücke sehen kann?"

Ich wandte den Kopf. „Nein. Was?"

Er wies mit dem Kinn nach unten. „Man kann jetzt den Pavillon sehen und fast den ganzen Grundriß des Labyrinths. Nichts davon konnte man früher vom Schloß aus . . . Bryony! . . .“

„Was ist? Du erschreckst mich ganz schön.“

„Ich seh’ es zum erstenmal! Warum haben wir bloß nie daran gedacht? Es ist das Wappen!“

„Wo ist hier ein Wappen? Wovon sprichst du eigentlich?“

„Sieh doch“, sagte er ungeduldig. „Die ganze Anordnung. Der Grundriß des Irrgartens. Ich weiß, er ist überwachsen und stellenweise völlig verwischt, aber es ist das Muster – du kennst doch das komische geometrische Muster, das in die Kamine eingemeißelt ist, rund um den Wappenspruch ‚Rühr nicht die Katze an‘? Na, und das ist es doch?“

Ich starrte hinunter auf die einander überschneidenden Linien des Labyrinths. So verwildert und überwachsen es war, die Sonne umriß das Muster deutlich genug mit Schatten, um meinem Cousin recht zu geben. „Gütiger Himmel, genau, das ist es! Ach ja . . . Der Irrgarten war doch William Ashley so sehr ans Herz gewachsen, sein Lieblingsplätzchen, wenn er allein sein wollte, nicht wahr? Ich konnte mir nie erklären, weshalb er dieses seltsame quadratische Muster hinter Julias Emblem setzte. Er benützte es auch als Exlibris in seinen persönlichen Büchern, kann ich mich erinnern. Und wenn wir von Büchern sprechen . . .“ Ich blickte zu ihm auf. „James, es sieht so aus, als wären aus der Bibliothek ein paar Sachen verschwunden.“

Er schien kaum hinzuhören, so versunken blickte er auf das von Sonnenlicht erfüllte Labyrinth hinunter. „Ah, ja.“ Er sagte es abwesend. „Das Pferd und das Siegel mit dem Löwenhund. Geht dir auch noch was anderes ab?“

Ich antwortete nicht. Nicht hörbar jedenfalls. *Also hast du’s gewußt, nicht wahr, Ashley?*

Mit einem Ruck schien er zu sich zu kommen; er wandte sich um. „Ganz, ganz komisch, dieser Irrgarten. Man muß sich fragen, ob . . . Entschuldige bitte, was hast du eben gesagt? Irgendwas über das T'ang-Pferdchen und das Jadesiegel, die abhanden gekommen sind?"

„Ich hab' die beiden nicht erwähnt. Das warst du."

Er nickte. „Die Underhills erzählten mir davon. Du wolltest dich umsehen, sagten sie, ob auch noch andere Sachen verschwunden sind. Hast du nachgeschaut?"

„So gut ich das ohne Inventarliste konnte. Die Sachen aus der Bibliothek konnt' ich nicht finden, aber die kann ja Mr. Emerson irgendwo weggesperrt haben."

„Nein. Underhill telefonierte eben mit Emerson, als wir hier ankamen. Der wußte nichts über die Sachen. Das Ganze ist wirklich sehr merkwürdig. Und sonst? Hast du gesehen, ob noch irgendwas fehlt?"

„Die Bilder, die Großtante Sophie mir geschenkt hat. Sie hingen dort." Ich deutete auf die Wand.

Er runzelte die Stirn. „Die? Ach komm, wer auf der Welt wird denn zwei Gehschulbilder haben wollen?"

„Diese ‚Gehschulbilder', wie du sie nennst, sind Originale, die mittlerweile ganz schön wertvoll geworden sind, wenn sie auch schwer zu verkaufen wären. Ich meine, man könnte nicht gut durch eine Annonce einen Käufer suchen; es gibt sie nur ein einziges Mal. Was, um alles in der Welt, kann mit ihnen bloß geschehen sein, James?"

„Das weiß der liebe Gott. Bist du ganz sicher, daß sie fort sind? Sie könnten doch auch woanders verstaut worden sein. Laß dir von mir was sagen – du wirst sie in einem Schrank oder so schon finden."

„Ich hab' sie sogar eigenhändig woanders verstaut, in diesem Schrank dort, und der war abgeschlossen. Jetzt ist er nicht mehr abgeschlossen, und die Bilder sind fort. Der Schluß liegt auf der Hand, daß sie denselben Weg gegangen sind wie das T'ang-Pferdchen und das Siegel."

Das Stirnrunzeln vertiefte sich. „Da könntest du recht haben." Er zögerte. „Sieh mal, Bryony, ich versteh' ja, daß dir das Kummer bereitet, nach allem, was dich ohnehin bedrückt, aber quäl dich doch nicht damit. Kannst du das nicht einfach Zwilling und mir überlassen und dem lieben Emerson? Wir gehen der Sache nach, glaub mir. Es wird eine ganz harmlose Erklärung dafür geben, da bin ich sicher. Wer sollte so was denn klauen?

Das Schulzimmer liegt ja nicht mal im öffentlichen Teil des Schlosses.“

„Das ist es ja gerade – oder?“

Er stutzte. Betreten sah er mich an. Seine Brauen zuckten hoch. „Du meinst doch nicht die Underhills?“

„Nein, natürlich nicht. Ich weiß nichts über sie, außer daß ich sie mag, und so sicher wie das Amen im Gebet wurden sie gründlich unter die Lupe genommen, bevor Emerson sie ins Haus nahm. Aber die Frage lautet, welchen Grund solche Leute haben könnten, derlei Dinge zu stehlen – oder überhaupt irgendwas?“

„Ach komm, laß es, mein Schatz.“ Er zögerte. „Faß das bitte nicht falsch auf, aber darüber brauchst du dir wirklich keine grauen Haare wachsen zu lassen. Das ist unsere Sache.“ Er hielt inne, ehe er einen sanften Blick auf mich herabsenkte. „Macht's dir was aus?“

„Gib mir Zeit. Ich weiß es nicht.“ Langsam erhob ich mich von der Fensterbank. „Haben sie dich raufgeschickt, damit du mich zum Essen holst? Dann gehen wir wohl am besten.“

„Bryony.“ Sein Arm fiel leicht über meine Schultern.

Ich sank auf die Bank zurück und saß ganz still. Wie fremd diese Berührung war – und war mir dennoch so vertraut.

„Ich muß mit dir reden. Wann können wir miteinander reden? Ich hab' läuten hören, daß du ins Gärtnerhaus ziehen willst. Ist das wahr?“

„Ja. Ich war heut vormittag schon dort. Rob und Mrs. Henderson haben alles hergerichtet, und so werd' ich heut wohl einziehen, denk' ich mir. Ich – auch ich würd' gern mit dir sprechen, James. Es gibt so viel zu sagen ... Nach dem Mittagessen vielleicht? Oder muß der sogenannte Emory *seine* Cathy ein bißchen ausführen?“

„Nein. Aber nach dem Essen muß er ein kleines Gespräch mit Jeff Underhill führen, wegen seines Mietvertrags. Vielleicht kann ich anschließend zum Gärtnerhaus runtergehen. Übernachtest du schon dort?“

„Ja.“

„Ich besuch' dich dann. Komm, wir gehen nach unten. Nein, nicht so hastig; wir haben keine Eile. Stephanie hat gesagt, wir sollten uns Zeit lassen; sie wußte, daß wir einander viel zu sagen haben."

„Was wurde in bezug auf den Mietvertrag beschlossen?"

„Anständigerweise müßten wir die Underhills im Schloß wohnen lassen, bis der Vertrag ausläuft. Das ist im November. Weder Emory noch ich sehen einen Grund, weshalb sie nicht bleiben sollten. Du?"

„Spielt das eine Rolle?" fragte ich.

Der Arm bewegte sich leicht auf meinen Schultern. „Also macht's dir doch was aus."

„Ich sag' dir ja, ich weiß es nicht." Schnell befreite ich mich von seinem Arm, stand auf und nahm Kurs auf die Tür. „Komm, wir wollen runter."

„Und deinen alten Bettgenossen nimmst du mit?"

„Meinen *was?*" Dann bemerkte ich, daß ich Pot im Arm hielt. Ich warf ihn zurück auf die Fensterbank, sagte: „Zum Teufel, James", aber diesmal nicht so laut. Dann ging ich wieder zur Tür.

Er folgte mir. „Als du in der Bibliothek warst – konntest du da sehen, ob die Bücher in den verschlossenen Regalen noch vollzählig sind?"

„Auch dort würd' ich ohne das Verzeichnis nichts merken. Ich hab' jedenfalls keine klaffenden Lücken gesehen."

Wir klapperten über die Treppe, die vom Schulzimmer nach unten führte. „Vielleicht überläßt du diese Aufgabe am besten uns, hm?" schlug er vor.

„Worauf du dich verlassen kannst. Ich bin großjährig, und wahrscheinlich sind die saftigsten Schmöker sowieso schon dahin. Vergiß nicht, daß Emma Ashley ein paar davon verbrannt hat."

„Oma Savonarola. Ja, hat sie fertiggebracht. Schade", sagte er aufgekratzt. „Nun, dann bist du wärmstens eingeladen, dir William Ashleys Sammlung zu Gemüte zu führen. All seine bezaubernden Verslein an seine Julia und seine persönlichen Ausgaben der einfacheren Shakespeare-Dramen."

„Gibt's überhaupt einfache darunter?"

„Ich würde sagen, daß ‚Romeo und Julia' und ‚Julius

Cäsar‘ wohl weniger Probleme aufwerfen als, sagen wir, ‚Maß für Maß‘ oder ‚Timon von Athen‘.“

„Würdest du? Du könntest recht haben.“ Das sagte ich etwas zerstreut. Ich fragte mich, ob ich ihm schon jetzt von meines Vaters letzten Worten an mich und von dem Interesse erzählen sollte, das ich William Ashleys Büchern entgegenbrachte. Doch wir hatten das große Stiegenhaus bereits zur Hälfte hinter uns gebracht. Ein Porträt hing dort, ein dunkles Mädchen, ziemlich verkrampft gemalt, doch von einer Schönheit, die selbst aus dem stilisierten Gesicht, sattsam bekannt von den schlechten „Gesellschafts“-Porträts jener Zeit, hervorsprang. Sie stand neben der Sonnenuhr im alten Rosengarten, einen Arm auf die Säule, den anderen um einen Korb voller Rosen gelegt. Sie blickte steif und unbehaglich aus dem grauen Satin und den gestärkten Spitzen des siebzehnten Jahrhunderts: Bess Ashley, das Zigeunermädchen, das mit einem unsichtbaren Liebhaber Gespräche geführt hatte und dafür auf den Scheiterhaufen mußte. Hinter ihr, auf der vergilbenden Leinwand kaum mehr zu sehen, stand eine schwarze Katze, die Vertraute der Hexen.

Ich blieb stehen. „James, hast du jemals Träume?“

„Träume? Natürlich. Jeder hat welche. Meinst du irgendwelche besonderen?“

„Na ja, über die Zukunft. Von Leuten, denen du begegnest, und dann begegnest du ihnen wirklich. Solche Dinge.“

„Vorahnungen, meinst du?“

Ich zögerte, ehe ich weitersprach, nun absichtlich vieldeutig. „Würd’ ich nicht sagen – nein, das eigentlich nicht. Einfach etwas, was ein bißchen mehr als zufälliges Zusammentreffen ist . . . Du träumst von wem, und du – und du sprichst mit ihm, mit jemandem, den du eigentlich nicht kennst; und dann hörst du fast augenblicklich von demjenigen, oder du siehst ihn. Oft sogar schon am nächsten Tag.“

Eine kleine Pause trat ein. Ganz unvermittelt schien er zu bemerken, daß wir vor Bess Ashleys Porträt standen. Er warf mir einen raschen Blick zu, zögerte und öffnete den Mund zu einer Antwort, doch in diesem Augenblick kam Mrs. Underhill aus dem Salon an den Treppenabsatz und sagte irgendwas, und der Augenblick verstrich. Ich lief hinunter, eine Entschuldigung auf den Lippen, doch Stephanie Underhill wischte sie beiseite und begann zu sprechen, in einem Tonfall, als wollte sie mir signalisieren: Verzeihen Sie mir, aber ich wollte Sie bitten, sagen Sie kein Wort . . . Dann hielt sie mit einem Lächeln inne, das die Ängstlichkeit in ihren Augen keineswegs milderte; ein Mädchen trat aus einer Tür auf der anderen Seite des Flurs und kam angerannt, nahm James zärtlich an der Hand und sagte:

„Emory! Du warst eine Ewigkeit fort! Wo wart ihr beide denn, um Himmels willen? In der Mitte des Labyrinths?“

Es war das Mädchen aus dem Jaguar E. Ich erkannte sie auf der Stelle wieder. Das Aussehen ihres Vaters, seltsam umgesetzt in lange, dunkelblonde Haare, Nerzwimpern und einen breiten, ungeschminkten Mund, der gestern so verdrießlich gewesen, jetzt aber voller Lachen und Liebreiz war. Sie war größer als ihre Mutter, aber nicht um vieles, und zum Umfallen dünn, in engen Blue jeans mit grobstichig aufgenähten Taschen und ihrem weiten Pullover, der ihr wie eine Tunika bis über die Hüften reichte. Der Pullover hätte weiß sein sollen, war's aber nicht mehr und begann überdies an einem Ärmelende aus den Nähten zu gehen, wie ich sah. Doch die kultische Verwilderung ging offenbar nicht tiefer als bis zu den Kleidern; sie glühte vor Fröhlichkeit und Wohlbehagen, und das Glühen, wie deutlich zu sehen war, begann und endete mit meinem Vetter. Ihre Finger verknoteten sich mit den seinen und ließen sie nicht mehr los, und der Blick, den sie ihm schenkte, hätte Granit zum Schmelzen gebracht.

„Cathy . . .“ hob ihre Mutter an, doch James entflocht seine Finger schon aus ihrer Hand und sagte:

„Du hast meine Cousine noch nicht kennengelernt. Das ist Bryony. Bryony – Cat Underhill, manchmal auch Kätzchen genannt.“

„*Hi,* Bryony. Nett, Sie endlich zu sehen. Ich hätt' Sie

überall erkannt.“ Sie reichte mir eine Hand, die ich ergriff.

„Das hat auch Ihre Mutter gesagt. Das Porträt muß besser sein, als wir dachten.“

„Oh, das liegt nicht nur an diesem Bild. Wenn man hier ’ne Weile gewohnt hat, weiß man haargenau, was ein Ashley-Gesicht ist und was nicht.“ Wieder sandte sie einen schweifenden Blick zu James empor, sah mich dann ernst an und fügte hinzu: „Es tut mir leid. Ich glaub’, das hätt ich gleich als erstes sagen sollen; es tut mir so leid wegen Ihres Vaters. Es war schrecklich.“

„Danke. Hab’ ich Sie nicht gestern in Worcester gesehen? Sie hielten vor einem Zebrastreifen, um mich und eine schwarze Katze rüberzulassen.“

„Au weia, klar. Daran kann ich mich erinnern. Zumindest erinner’ ich mich an die Katze; Sie hab’ ich leider nicht bemerkt. Die hatte vielleicht Nerven, was? Um ein Haar hätt’ ich sie überfahren. Und eine schwarze Katze noch dazu! Grad jetzt, wo ich alles Glück brauchen kann, das ich zu fassen krieg’.“

„Oh? Warum denn so besonders?“

Sie nahm mich am Arm, während ihre Mutter uns allmählich mit sanfter Gewalt zum Salon bugsierte. „Gar nicht besonders. Nur brauch’ ich anscheinend immer viel mehr Glück, als für mich vorgesehen ist. Wer braucht das nicht? Kommen Sie mit rein und schnappen Sie sich was zu trinken. Pappi telefoniert immer noch irgendwo mit irgendwem. Was trinken Sie? Emory wird uns was eingießen. Sind Sie und die Katze heil davongekommen?“

„Die war noch schneller als ich. Und ich hab’ eben ein Rätsel gelöst, als wir einander kennenlernten.“

Die Augen über ihrem Martini weiteten sich ein bißchen. Sie waren dunkel wie die ihres Vaters. Die Nerzwimpern ließen sie riesengroß aussehen, so nach Bambi-Art. „Ein Rätsel?“

„Ja. Ich war gerade aus dem Anwaltsbüro gekommen. Es liegt gleich an dieser Kreuzung, das wissen Sie doch? Ich sah, daß auch Mr. Emerson Ihnen nachblickte; er deutete auf Sie, und ich dachte, er hätte zugleich ‚Katze‘ gerufen, was ich mir nicht erklären konnte. Ich mein’, wenn er die schwarze Katze im Sinn gehabt hätte, denn die sah ich ja ohnedies . . . Jetzt weiß ich Bescheid. Wir hatten über das Schloß und Ihre Familie gesprochen, und nun hab' ich eben gehört, wie mein Cousin Sie Cat nannte . . ."

„Und manchmal auch Kätzchen", fiel sie mir ins Wort.

„. . . weshalb ich jetzt weiß, daß der Anwalt Sie gemeint haben muß", sagte ich lächelnd. „Und damit geht eines der Geheimnisse zu Ende."

„Eines der Geheimnisse?" fragte sie. „Gibt's denn noch mehr?"

„Das will ich gewiß hoffen", sagte Mrs. Underhill nervös. Ich warf ihr einen überraschten Blick zu, doch sie fuhr eilig fort: „All die Zeit in diesen alten Gemäuern, komplett mit Burggraben rundherum, wie schnurstracks aus einem Wälzer von Tennyson gezaubert – und nicht mal schnuppern tut man einen Geist oder einen geheimen Gang oder irgendwas von dem Zeugs, das man wohl erwarten darf! Miß Ashley, wissen Sie, Cathy und ich haben uns richtig danach gesehnt, daß Sie kommen und uns die geheimen Dinge rund ums Schloß erzählen, die nicht in den Büchern stehen. Die Fremdenführerinnen sind ja ziemlich sattelfest, was die Geschichte angeht, aber alles können sie freilich nicht wissen."

Also wollte sie vor ihrer Tochter nicht über die fehlenden Kunstgegenstände sprechen. Mir sollte es recht sein. Ich lachte. „Tur mir leid, wenn Ihre Erwartungen nicht erfüllt wurden. Viel gibt's ja nicht, aber mit einer geheimen Treppe können wir aufwarten; nicht gerade aufregend, aber zu ihrer Zeit mag sie sehr wohl nützlich gewesen sein. Gewissermaßen ist sie ein Geheimnis *im* Geheimnis – sie führt von der Priesterkammer zu den Weinkellern runter."

Während ich gesprochen hatte, war Mr. Underhill in den kleinen Salon zurückgekehrt. Er trug wieder seinen Raubtierblick zur Schau. Sein Gespräch mit Mr. Emerson mußte beendet gewesen sein, ehe James hinauf ins Schulzimmer gekommen war; also hatte er in all der Zwischenzeit vielleicht mit Geschäftsfreunden telefoniert. Doch der Blick erschlaffte alsbald, und er sagte umgänglich: „Ich hab' ja gewußt, daß all die Geschichten über Priester wahr sind."

„Würden Sie uns diese Treppe zeigen, liebste Bryony?"

Cathy klang ganz versessen darauf – und zwar aufrichtig, dachte ich, trotz des übereifrigen Untertons, der bedeuten mochte, daß sie entweder befangen war von der „echten" Ashley, der all dies einmal gehört hatte, oder aber das Mädchen versöhnen wollte, dessen Platz sie demnächst einzunehmen hoffte. „Gleich nach dem Essen, ja?"

„Sehr gern, wenn Sie das wollen."

„Hör mal, meine Kleine", schaltete ihre Mutter sich ein, „vielleicht ist Miß Ashley gar nicht in der Stimmung, das gleich jetzt zu tun."

„Oh, heiliger Strohsack! Verzeihen Sie mir bitte." Die höfliche Zerknirschung, nicht anders als die eifrige Neugier vorhin, war ein bißchen zu eindringlich. „Ich hab' wohl ganz und gar darauf vergessen. Was müssen Sie nur von mir denken?"

„Ist schon gut", sagte ich. „Es ist rührend von Ihnen, aber machen Sie sich keine Gedanken über mich. Es wird mir ein Vergnügen sein, Ihnen nach dem Essen die Treppe zu zeigen."

„Zumal wir gerade vom Essen reden", sagte Jeffrey Underhill, „wo bleibt's denn?"

Für den Augenblick wurden somit alle Geheimnisse beiseite gelegt, und wir schlenderten durch die Doppeltüren, die uns vom großen Salon trennten.

Ashley, 1835

Er lag auf dem Rücken und starrte empor zu dem dunklen Quadrat des Spiegels an der Decke. Neben ihm schlummerte sie, tief und ruhig wie ein Kind.

Als erstes, wie immer, hatten sie miteinander geschlafen, ohne die Kerze zu löschen. Er entsann sich, wie sie sich anfangs gegen das Licht gesträubt hatte, doch er hatte darauf bestanden. Alles, ja alles, was er wollte, das mußte er haben.

Eigenartig, daß alles, was bei diesen Romanzen beinah die Regel gewesen, diesmal so ganz anders gekommen war, von ihrer Stimme, von ihrer Hand verwandelt. Eigenartig, daß diese stille Ergebung, ja sogar Unterwürfigkeit ihn nicht – wie bei den anderen – erst Langeweile und dann Ekel gelehrt hatte, sondern Dankbarkeit und, schließlich, Liebe.

Die Kerze war weit niedergebrannt. Bald schon, wenn es nicht mehr zu anstrengend war, seinen Arm nach dem Leuchter auszustrecken, würde er die Flamme ausblasen. Der Raum roch nach brennendem Wachs und dem Lavendelwasser, das sie jeden Sommer bereitete und mit dem sie ihre Haare zu spülen pflegte. Er würde das Fenster öffnen, um die Morgendämmerung hereinzulassen – aber noch nicht jetzt. Der Morgen dämmerte stets zu früh.

10. KAPITEL

... Wenn Ihr sie wolltet bei der Nase herumführen, sozusagen, das wäre eine unartige Aufführung, sozusagen. Denn seht! das Fräulein ist jung; und also, wenn Ihr doppelzüngig gegen sie zu Werke gingt, das würde sich gar nicht gegen ein Fräulein schicken und wäre ein nichtsnutziger Handel.

„*Romeo und Julia*", II/4

Das Mittagessen war eine sehr amerikanische Angelegenheit und bestand in der Hauptsache aus salatgefüllten Tellern, begleitet von kaltem Brathuhn, Käse und Obst und knusprigen Brötchen. Das alles wurde in einem Aufwaschen serviert, und als Aperitif gab's Kaffee. Von diesem abgesehen, weil ich Kaffee unter allen Umständen erst nachher mag, war es köstlich und wie geschaffen für die Mitte eines schönen, warmen Tages. Überdies war das Wasser eisgekühlt, ein Luxus für Schloß Ashley. Während ich diesen Berg von Eis im Kristallkrug staunend beäugte, fragte ich mich, ob die Underhills im Interesse amerikanischen Seelenheils eine eigene Gefriertruhe installiert hatten. Unser alter Kühlschrank hatte in seinem ganzen langen, langen Leben nie mehr als zwölf bescheidene Würfelchen in einem Arbeitsgang zustande gebracht.

Während des Essens bewegte das Gespräch sich in unverbindlichen Bahnen, und ich glaubte zu fühlen, daß Mr. und Mrs. Underhill sich redlich mühten, es dort zu halten. Doch nachher, als wir wieder im kleinen Salon waren, wo abermals Kaffee gereicht wurde, kehrte Cathy unverweilt zu dem Thema zurück, das die beiden so offensichtlich meiden wollten.

„Als Sie vorhin von Geheimnissen sprachen, Bryony, was haben Sie damit gemeint? Doch nicht die alte Treppe; die würd' Ihnen doch nie geheimnisvoll vorkommen."

Jeffrey Underhills Kopf fuhr herum, und seine Frau

biß sich auf die Unterlippe, aber ich hatte Zeit zum Nachdenken gehabt. Gutgeölt sagte ich: „Ach nein, die nicht; es ging um etwas, was mein Cousin und ich im Schulzimmer entdeckt haben."

Cathy blickte zu James, dann rasch wieder zu mir. „Im Schulzimmer?"

„Ja. Waren Sie dort schon mal?"

„Nein, war ich nie! Außer unserer Wohnung kenn' ich im Schloß nur die Räume, mit denen hier die große Schau abgezogen wird. Was hätt' ich denn im Schulzimmer verloren? Was gibt's denn da oben?"

„Ein paar Erinnerungen an vergangene Zeiten, das ist alles", sagte James. „Eine Nilpferdfamilie aus grauem Baumwollsamt und vier arg ramponierte Schreibpulte mit leeren Tintenfässern. Überaus symbolträchtig, ja, aber . . ."

„Das kann ich mir denken", sagte Cathy ungeduldig. „Aber wo steckt das Geheimnis?"

„Welche Nilpferde?" fragte ihre Mutter. „Wovon redet ihr da überhaupt?"

Ich lachte. „Nicht vom Schulzimmer selbst. Was ich meine, ist nicht drin, sondern draußen. Wir haben aus dem Fenster gesehen und eine neue Aussicht genossen, einen Blick auf das Labyrinth."

„Oh, das Labyrinth!" Cathy kam mit strahlenden Augen auf mich zu und warf aufgeregte Blicke. „Wenn Sie wüßten, wie oft ich mir den Kopf über diesen Irrgarten zerbrochen hab'! Und das niedliche kleine Dach, das man sehen kann . . . So eine Art Sommerhaus ist das, wie? Ich bin wie eine Verrückte außen um diese verfluchten Hecken rumgegangen, um den Weg hinein zu finden, und dann ging ich sogar durch zwei von den Einlässen, kam aber einfach durch diesen ganzen Wirrwarr nicht durch; aber ich hab' sowieso gewußt, wenn ich reinkäm', dann käm' ich nie wieder raus. Holla, ich denk' mir doch, daß Sie wissen, wie man hineinkommt? Glauben Sie, daß Sie einfach reingehen können, bis zum Sommerhaus mittendrin, und dann wieder raus, ohne sich zu verirren?"

„Allerdings. Mein Vetter kann das auch, sofern er nicht

vergessen hat, wo's langgeht. Hast du's vergessen, Zwilling?"

Das Aufleuchten in James' Augen blieb mir nicht verborgen. Er wußte ganz gut, daß ich's nicht fertigbrachte, ihn ungefiltert als „Emory" anzusprechen. Das war mir nie gelungen; also hatte ich beizeiten gelernt, wenn nötig die aufreizende Eselsbrücke zu benützen, die die beiden Rangen sich gebastelt hatten.

„Ich weiß nicht", sagte er. „Ich würd's nur ungern ausprobieren, wenn du nicht dabei wärst, um mir den Weg zu zeigen. Aber das wollten wir ihnen doch erzählen, nicht? Wir haben jetzt einen Lageplan, eine richtige Landkarte."

„Eine Landkarte?" fragte Cathy. Die Aufregung, die sie zeigte, echt oder nicht, sorgte für eine zusätzliche Betonung, so daß das Wort „Landkarte" in meinem Bewußtsein widerhallte. *Die Katze, es ist die Katze auf den blanken Steinen da unten. Die Landkarte. Der Brief. In dem Bach.* Für den Augenblick schob ich es beiseite. James erklärte.

„Ja, eine Landkarte. Das war das Geheimnis, das wir vorhin im Schulraum aufgeklärt haben. Als wir dort oben waren, merkten wir, daß einer der alten Bäume am Seeufer umgestürzt war, und wir konnten durch die entstandene Lücke wunderbar auf das Labyrinth blicken. Und aus dieser Höhe, im dritten Stock nämlich, ist der Grundriß fast vollständig zu sehen. Ein bißchen verwischt zwar, wo das Gestrüpp darübergewachsen ist, und gar nicht leicht zu verfolgen, falls man anhand dieser Sicht eine Landkarte zeichnen würde – aber daraus wurde uns klar, daß es diese Landkarten überall im Schloß gibt."

Er hielt inne, der Wirkung halber. Die beiden Frauen äugten erstaunt, doch Jeffrey Underhills Brauen vereinten sich nicht länger als drei Sekunden unter der in Falten gelegten Stirn, und schon sagte er: „Das Wappen. Das gab mir schon öfter zu denken."

„Guter Gott, sind Sie aber flink", sagte mein Vetter bewundernd. „Ja, diese Form ist doch ziemlich ungewöhnlich für ein Wappen – jetzt, wo man's weiß, nicht wahr?" Er machte eine Kopfbewegung zu dem Kamin mit seiner hübschen Steinmetzarbeit. „Dort, Cat, siehst du's? Dieses einfallslose Muster, das unseren rätselhaften Wappenspruch umgibt. Das ist eine Landkarte des Irrgartens."

„Holla, das gibt's doch gar nicht!" Cathy sprang von ihrem Sessel auf und rannte hin, um eine nähere Untersuchung vorzunehmen.

„Wollt ihr beide mir weismachen", polterte Mrs. Underhill ungläubig, „daß ihr das nicht gewußt habt, weder Sie noch Sie, bis heute mittag nicht?"

„Wir hatten keine Ahnung", sagte ich. „Es gab ja nie eine Stelle, von der aus man das Labyrinth von oben sehen konnte; man hätte bestenfalls auf das Dach des Pavillons klettern können, und das wär' schon vor etlichen Jahren eine halsbrecherische Sache gewesen, altersschwach, wie das Häuschen ist . . . Und vom Garten aus kann man das Muster überhaupt nicht sehen."

„Eine Luftaufnahme?" warf Mr. Underhill ein. „So was könnte interessant sein, wenn nur die Hälfte von dem stimmt, was ich über die Geschichte dieser Gegend gehört habe. Ist sie denn nie kartographisch festgehalten worden?"

Obwohl seine Stimme interessiert klang, hatte ich den deutlichen Eindruck, daß er nur halb bei der Sache war. Er hatte seine Gedanken anderswo, weit fort von uns. So, stellte ich mir vor, mußte eines Finanzlöwen äußere Reaktion auf seichtes Geplauder stets aussehen: glatt und verbindlich durch lange Übung und klug, weil er ohnehin nicht anders konnte, aber das Brennglas seiner vollen Aufmerksamkeit auf einen Punkt gerichtet, der mindestens ein Lichtjahr entfernt war von diesem hübschen Raum und den Nebensächlichkeiten, die wir über den Irrgarten zu sagen wußten.

„Die staatliche Landvermessung muß wohl Fotos gemacht haben", sagte James, „und natürlich ist die Gegend kartographisch erfaßt. Wir haben diese Karten, aber aus ihnen geht der Grundriß des Irrgartens nicht hervor, und ein Foto hab' ich nie gesehen."

„Jedenfalls", sagte ich, „ist alles schon schrecklich überwuchert; stellenweise lehnen die Hecken sich aneinander. Aus der Luft, glaub' ich, würde das Ganze bloß wie ein riesiges Dickicht aussehen. Nein, man braucht eigentlich nur einen rein geometrischen Lageplan wie den auf dem Wappen – und eine Machete. Mr. Underhill, ich wollte Sie etwas ..."

Er blickte von seiner Kaffeetasse auf. Ich hatte mich getäuscht. Seine Aufmerksamkeit, und zwar die ganze, war hier in diesem Raum. Sie traf auf mich, fühlbar, und brachte mich zum Schweigen.

„Ja, Miß Underhill?"

„Ich wollte Sie etwas fragen. Bin ich irgendwem im Weg, wenn ich ein paar Stunden in der Bibliothek zubringe? Ich möchte die Familienbücher in den vergitterten Regalen durchgehen. Die müßten nämlich recht bald durchgeforstet und sortiert werden ... wenn Sie damit einverstanden sind?"

„Aber natürlich", sagte Jeffrey Underhill. „Das Schloß gehört Ihrer Familie, das wissen Sie. Sie brauchen meine Erlaubnis nicht, um Ihren Teil des Gebäudes zu betreten – für *diesen* Teil übrigens auch nicht. Hat Emory Ihnen gesagt, daß wir später über die Dauer unseres Mietverhältnisses sprechen wollen?"

„Ja."

„Dann vergessen Sie bitte einstweilen ganz, daß wir überhaupt im Haus sind. Bewegen Sie sich völlig frei. Und wie steht's mit den Schlüsseln? Wollen Sie meinen Bund behalten?"

„Nein, vielen Dank." Ich fischte den Bund aus meiner Handtasche. „Ich kann Robs Schlüssel haben."

„Schön. Dann gibt's keine Probleme mit den Führungen." Er nahm mir die Schlüssel ab und legte sie vor sich auf den Kaffeetisch. „Stephanie, gibst du die heut' nachmittag wieder der Fremdenführerin, bitte?"

„Du kannst dich auf mich verlassen, Schatz", versprach sie und begann mir erneut zu sagen, daß mir alles und jedes zur Verfügung stehe, was das Schloß mir noch bieten könne. Sie wurde von Cathy unterbrochen, die drüben am Kamin stand und geschäftig den Grundriß des Labyrinths erforschte, einen Finger an den gefurchten Stein gelegt.

„‚Rühr nicht die Katze an ...‘ So 'n komisches Motto, was? Emory sagte mal, es wär' rätselhaft. Ich sag' ganz einfach, es ist unverschämt arrogant. Was bedeutet es überhaupt? Und was soll die Katze da, die man mitten in den Irrgarten gestellt hat? Das Vieh sieht eher aus wie ein Tiger!“

„Damit liegst du gar nicht so falsch“, sagte James. „Es ist eine schottische Wildkatze. Über diese Tiere werden allerlei Geschichten erzählt, aber eins ist sicher: Man kann sie nicht zähmen, selbst wenn man sie ihrer Mutter wegnimmt, wenn sie noch blind sind und gesäugt werden. Eine solche Katze rührt man nicht mal zum Spaß an, Handschuh hin oder her.“

„Du lieber Himmel!“ rief Mrs. Underhill.

„Hier vielleicht ein bißchen fehl am Platz, hm?“ bemerkte ihr Mann. „Schließlich hört man, daß die Handschuhe in dieser Gegend lange Zeit hindurch aus Samt waren.“

„Ja“, sagte Cathy. „Wie kommt eine schottische Wildkatze überhaupt hier runter, mitten nach England? Und was heißt ‚vergissest du den Handschuh‘?“

„Ach, das ist einfach die alte Sprache“, sagte ich. „Heißt soviel wie, na, ‚ohne Handschuh‘ eben. ‚Rühr nicht die Katze an, vergissest du den Handschuh.‘ Das war der Wappenspruch – und ist es wohl auch noch – des schottischen Chattan-Clans. Einer der Ashleys heiratete ein Mädchen namens Julia McCombie, das diesem Clan entstammte. Sie war ein schönes Mädchen, und er vergötterte sie. Für sie veränderte er alles hier, ließ das Schloß toll ausgestalten, baute den Pavillon im Irrgarten ... Der Irrgarten selbst war schon da; irgendwo gibt's einen alten Stich, der ihn zeigt, als er eben erst angelegt und bepflanzt worden war, irgendwann im achtzehnten Jahrhundert, mit einer hübschen klassischen Spielerei in der Mitte, einem nachgebauten altrömischen Tempel. Diesen kleinen Tempel ließ William Ashley niederreißen und an seiner Stelle den Pavillon errichten, der heut noch dort steht; der muß wunderschön gewesen sein, als er neu war. Er baute ihn als eine Art Sommerhaus für seine Julia, etwas erhöht, damit sie dort sitzen und die

Aussicht genießen konnte, über die Hecken des Labyrinths hinweg.“

„Deswegen glaub' ich, hat er auf dem Wappen die schottische Katze mitten in den Irrgarten gesetzt“, sagte Cathy.

„Und ihr Familienmotto übernahm er auch?“ sagte Mrs. Underhill. „Wie romantisch! Aber hatte der Rest der Familie denn nichts dagegen? Die Ashleys hatten doch sicher schon einen Wappenspruch?“

„Oh, den hatten sie. Aber das Seltsame dran ist, daß es fast der gleiche war. Er hieß ‚Rühr mich an, wer's wagt‘, und das Wappenbild war so was Ähnliches wie ein Leopard; also fand der arme William wohl gar nichts dabei, diesen Zufall zu nutzen und statt dessen überall Julias Emblem einzusetzen.“

„Wieso ‚der arme William‘?“ fragte Cathy. „Was war los mit ihm?“

„Die beiden hatten nicht viel Zeit“, sagte ich. „Seine Julia starb, bald nachdem er den Pavillon fertig hatte. Er wurde darauf ganz sonderlich, pflegte sich im Pavillon einzuschließen, ließ etliche Wege des Irrgartens verbauen und gab sich völlig seiner Schriftstellerei und seinen Studien hin. Auch an sie schrieb er Gedichte. Ein kleiner Band davon befindet sich im vergitterten Teil der Bibliothek; er trägt den Titel ‚Ein neuer Romeo an seine Julia‘. William ließ sie auch als veronesische Julia malen – es ist das Bild über dem großen Treppenabsatz; hinter Julia ist das Labyrinth zu sehen.“

„Das ist aber wirklich romantisch!“ sagte Mrs. Underhill mit weicher Stimme. „Und das ist auch mein Lieblingsporträt. Nun, das macht's erst recht interessant, diesen Pavillon zu sehen, falls Sie wirklich sicher sind, sich im Irrgarten zurechtzufinden . . .“

„O ja!“ schrie Cathy. „Los, so sagen Sie doch, daß Sie uns dort reinführen, bitte, Bryony!“

„Natürlich, gern. Wir gehen gleich los, wenn Sie wollen. Aber wenn wir durch diesen Irrgarten gehen, Cathy, sollten Sie sich was anziehen, was kaputtgehen darf. Denn was man dort auch anhat, man kommt meistens als Vogelscheuche zurück.“

Sie grinste. „Ihr Engländer seid wirklich die höflichsten Leute. Als ob mir nicht längst klarwär', was Sie von diesem Pullover halten. Tun Sie nicht so, als wüßten Sie nicht, daß das meine allertollsten Klamotten sind – die Flicken ein besonderes Extra aus dem Hause Bonwit Teller, Los Angeles."

„Sie tun uns allen einen Gefallen", sagte ihr Vater spitz, während er sich erhob, „wenn Sie dafür sorgen, daß dieser Pullover so sehr in die Binsen geht, daß nicht mal Cathy ihn noch tragen will."

„Ich will mein Bestes tun", sagte ich.

Cathy lachte und wandte sich an meinen Vetter. „Du kommst doch mit, Emory?"

„Ein andermal", sagte mein Cousin. „Dein Vater und ich haben was zu besprechen."

„Okay. Ich zieh' mir nur schnell andere Schuhe an, Bryony." Sie rannte aus dem Salon.

Mrs. Underhill sah mich ihren cremefarbenen Hosenanzug beäugen und schüttelte den Kopf. „Ein andermal sehr gern. Aber im Augenblick, wenn's Ihnen nichts ausmacht, hab' ich ein paar Kleinigkeiten zu tun."

„Wenn das Geschirrspülen zu diesen Kleinigkeiten zählt, will ich Ihnen gern helfen, bevor wir gehen."

„Nein, das werden Sie nicht. Wozu haben wir denn die Maschine? Und sehen Sie mal, wieviel Geschirr da rumsteht. Das dauert anderthalb Minuten und keine Sekunde länger. Nein, ziehen Sie nur los mit Cat und vergessen Sie's. Und gehen Sie nicht fort, ohne nochmals vorbeizuschauen. Es war mir ein wirkliches Vergnügen. Cat soll Sie zum Tee mitbringen, ja?"

Sie ging, und James schob den Servierwagen hinter ihr her. Jeffrey Underhill nickte mir freundlich zu und folgte den beiden. Ich wartete auf Cathy, blickte in das Flackern des Holzfeuers, das im Sonnenlicht bleich aussah, und dachte über das Echo von Herrn Gothards Stimme nach, über „Williams Bach", der vielleicht „Williams Buch" war oder auch nicht, und über die Katze, die vielleicht Cathy Underhill war – oder auch nicht.

Um jetzt noch vom Pavillon Aussicht genießen zu können, hätte er auf Stelzen errichtet sein müssen wie ein Wasserturm. Die Eibenhecken des Irrgartens, undurchdringlich wie Mauern, waren zweieinhalb Meter hoch und hatten die Baumschere seit sechs oder sieben Jahren nicht mehr zu spüren bekommen. Kopflastig beugten sie sich einander zu und machten den Pfad stellenweise zu einem schwarzgrünen Tunnel. Zu ihren Füßen war das Unkraut unbeirrbar zu einer breiten, blassen Bahn aus sonnenhungrigem Gras und Kreuzkraut gesprossen, allzu verschwenderisch mit Brennesseln durchsetzt. Im Sommer wäre das Labyrinth unpassierbar gewesen, bedingt durch das verfilzte Unkraut und den Staub, der das erstickte Immergrün erfüllte; nun aber waren offenbar die nistenden Vögel das größte Hindernis. Die Hecken waren voll von ihnen, und während wir uns einen Weg durch das Dickicht bahnten, flatterten sie berstend nach allen Richtungen auseinander. Der Geruch, den die Eiben verströmten, wenn wir sie mit den Händen teilten, war dick wie Rauch. Hier und dort ließ eine schmale Lücke einen Sonnenstrahl hindurch, der die winzigen grünen Zapfen entlang der gefiederten Äste vergoldete. Licht des Friedens. Oder galt dies für die Früchte? Mußte ich auf den Herbst und die schönen grün-rosigen Eckern warten, um die dunklen Zweige glühen zu sehen?

Geliebter? Geliebter, bist du bei mir?

Die einzige Antwort kam von Cathy, die tapfer hinter mir einherschritt wie König Wenzels Page. „Wozu hat man eigentlich je Irrgärten angelegt? Nur so zum Spaß?“

„Als dieser hier gepflanzt wurde, war's wohl zum Spaß. Damals war's sehr in Mode, sich im Garten Spielereien wie ein Labyrinth, eine Grotte oder einen griechischen Tempel zu halten. Doch die Idee stammt doch aus der Antike, nicht? Da gab's das Labyrinth auf Kreta. Ich weiß aber nicht, ob dies das erste war; die Sage erzählt, Dädalus hätte es für König Minos erdacht, um den Minotaurus darin zu verstecken.“

„Oh, ach ja, das hab' ich gewußt. Ich hab' gerade dieses ungeheure Buch von Mary Renault gelesen . . . Eigentlich war's ja so eine Art Lagerhaus, blöd ausgedrückt. Glauben Sie“, fragte die Tochter des bezaubernden Geldsacks, „daß es eine Art primitiver Safe war? Wissen Sie – sag' mal, könnten wir uns nicht duzen, wär' doch viel einfacher – der Schatz mittendrin verstaut, sicher und warm, und selbst wenn Diebe eindringen konnten, war das ziemlich egal, weil die nie wieder rausfanden und verhungern mußten, ja?“

Ich lachte. „Das ist eine Idee. Aber du hättest in der Mitte wohl eher ein Grabmal gefunden als einen Schatz. Ich hab' irgendwo gelesen, daß ein Labyrinth als Weg für die Toten gedacht war, auf dem sie in das Reich der Seelen wanderten. Warst du dann im Herzen des Labyrinths angelangt, konnte nichts dich je wieder berühren; du hattest einen Ort außerhalb der Welt erreicht, einen Ort ohne Bezugspunkte und Richtung.“

„Mit anderen Worten, du warst gestorben?“

„Ja. Wie die Schiffe, die sich in den magischen Nebeln verirrten und bei den wundersamen Inseln landeten. Man sagt, daß Kompasse in einem Labyrinth nicht funktionieren.“

„Du liebe Güte! Hast du's schon mal ausprobiert?“

„Kann ich nicht behaupten.“

„Und du warst schon in der Mitte und hast wieder rausgefunden?“

„Ungezählte Male.“

„Dann riskier' ich's“, sagte Cathy überschäumend. „Oh, sieh doch, da ist ein Tor. Wohin führt's denn?“

Hier und dort erhob sich in den dichten Hecken ein schmales Tor, mehr als kopfhoch. Ich versuchte eines zu öffnen; es war versperrt. Irgendwo flatterte ein Zaunkönig auf, kam angeflogen und setzte sich auf das Tor, wo er wütend zwitscherte. „Die wurden eigentlich eingesetzt, damit's die Gärtner leichter hatten“, sagte ich, „aber dann wurden sie benutzt, wenn die Leute sich verirrt hatten und nicht mehr rausfanden.“

„Sind die *alle* versperrt?“

„O ja, und die Schlüssel sind seit Jahren verschollen.“

„Bist du *sicher*, daß du dich hier noch auskennst?“ fragte sie mit leisem Zweifel.

Ich lachte sie an. „Ziemlich sicher. Aber wir können ja

immer noch aufs Dach des Pavillons klettern und schreien."

„Falls wir je dorthin kommen."

„Falls wir je dorthin kommen", pflichtete ich bei. „Nein, hier – hier geht's lang."

„Doch wir steuern wieder genau aufs Schloß zu! Ich kann die Schornsteine sehen!"

„Ich weiß, aber wir sind richtig, glaub mir. Du kannst unseren Weg heut' abend am Kamin verfolgen."

„Falls ich den Kamin je wiederseh'. Okay, ich muß dir wohl vertrauen, was? Ist ja so ähnlich wie ‚Alice im Wunderland', eben noch kehrt man dem Pavillon den Rücken zu, und schon marschiert man munter seine Treppe hoch . . . Oh!"

Ein Stück weiter, genau vor uns, unter der letzten leicht gekrümmten Wand immergrüner und dennoch schwarzer Eiben, lag ein greller Fleck Sonnenlicht auf den blühenden Gräsern, und aus den Blumen erhoben sich die anmutigen Stufen, die zu William Ashleys Pavillon führten.

Der Pavillon war so überwuchert von Unkraut und Flechten und ebenso heruntergekommen wie der Irrgarten, aber immer noch bezaubernd. Er war aus Holz gebaut und hatte ein steiles Schindeldach, das mit der Zeit silbrig geworden war. Der Dachfirst war mit glasierten Tonziegeln in Muschelform verstärkt, und an den Ecken warteten zierlich gekrümmte Delphine darauf, das Regenwasser in die Traufrohre zu speien, deren Blech arg verbogen war und in klaffenden Löchern eine bemerkenswerte Vielfalt blühenden Unkrauts beherbergte. Eine Veranda, von einer Balustrade umgeben und durch das überhängende Dach geschützt, säumte den Pavillon auf allen vier Seiten. Den Eingang zierten geschnitzte Türfüllungen und ein reizvoller Türklopfer, ein Leopardenkopf mit einem Ring im Maul. Zu beiden Seiten der Tür befanden sich hohe Fenster mit Lattenjalousien, die darüber angebracht waren. Geißblatt, Klematis und eine Unmenge anderer Kletterpflanzen hatten sich an den hölzernen Pfeilern hochgerankt, wuchsen die Balustrade entlang und streckten sich bereits, um Tür und Fenster zu versiegeln. Wir schoben sie beiseite und betraten die Stufen.

„Rühr nicht die Katze an“, sagte Cathy und langte an meiner Schulter vorbei. Sie ergriff den Ring des Türklopfers und hämmerte dröhnend gegen die Tür.

Wenige Geräusche klingen so tot und hohl wie das Klopfen an der Tür eines leeren Hauses. Ich fühlte, wie der Gänsekiel des Aberglaubens über meine Haut strich, und ich muß wohl instinktiv eine abwehrende Bewegung gemacht haben. Cathy, ungerührt, schenkte mir ein Lächeln.

„Nur um Ashley den Gottlosen aufzuwecken“, sagte sie. „Was ist los?“

„Nichts. Mir lief's nur eiskalt übern Rücken. Weißt du, schlafende Dinge und Zeiten weckt man besser nicht auf.“

„Hast du nicht gesagt, es gäb' keine Geister?“

„Ich bin keinem begegnet“, sagte ich. „Aber falls es auf Ashley Court welche gibt, dann hier.“

„Na schön, ob wach oder nicht – er kommt nicht an die Tür, um uns zu öffnen“, sagte Cathy. „Was dagegen, wenn ich mal die Klinke probier'?“

„Überhaupt nichts, aber du wirst die Tür versperrt finden.“

„Du hast recht. So was! Also kommen wir überhaupt nicht rein?“

„Wir können durch eins von den Seitenfenstern klettern. Komm, hier geht's rum.“

Es gab einen kleinen Kniff, die Jalousien an der Südseite des Pavillons zu öffnen; alsbald waren wir drin und stießen die knarrenden Fensterflügel auf, um Licht und Luft hereinzulassen.

Der Pavillon war geräumiger, als solche Häuschen es für gewöhnlich sind. Einst natürlich war er erlesen eingerichtet gewesen, doch alle diese Dinge waren verschwunden. Nur ein paar Gartenmöbel vergleichsweise jüngeren Datums, ein hochbeiniges Sofa, ein Tisch und zwei Rohrstühle standen darin.

„Also, das wär's“, sagte ich. „Damit findet die Romantik wohl ein eher staubiges Ende, fürchte ich.“

„Ob das der Tisch ist, an dem er seine Gedichte schrieb?“

„Das bezweifle ich. Der ist spätviktorianisch. Die originalen Dinger sind leider alle futsch.“

Cathy heftete ihren Blick an den einzigen Teil des Bauwerks, der eindrucksvoll geblieben war – die Decke, die aus einem riesenhaften Spiegel bestand, der mit einem vergoldeten Rahmen eingefaßt und in die kunstvoll gearbeitete Deckenumrandung eingelassen war. Seine unansehnliche, von zahllosen Fliegen beschmutzte Fläche war leicht geneigt, und sein Rahmen aus verdreckten Goldschnörkeln wurde, so schien es, von Vögeln, Girlanden und Rosenbüscheln festgehalten. Das Glas fing den Sonnenschein ein, der durch das geöffnete Fenster drang, und warf ein Rhomboid aus sandigem Licht über das Fußende des Sofas und den Boden.

„Aber der ist doch gewiß noch original?“ fragte sie und wies nach oben. „Was für 'ne hübsche Idee, so eine Spiegeldecke zu haben. Wenn an diesen Klammern in der Wand mal Leuchter befestigt waren, muß der ganze Schuppen nur so in Kerzenlicht gebadet haben. Ist das auf einem der alten Bilder zu sehen?“

„Ja, ist es wohl, leider.“

„Wieso ‚leider‘?“

„Da gibt's eine Serie ziemlich unanständiger Holzschnitte“, erzählte ich ihr. „In Wirklichkeit ist dieser Spiegel nämlich kein bißchen romantisch, fürchte ich. Na klar, er ist gewiß alt, aber ich glaub', er wurde erst von unserem gottlosen Ashley eingebaut, dem Sohn Williams und Julias. Und so denkt man bei diesem Spiegel eher an die wilden Feste, die er hier feierte, und an die Liebchen, die er hierherbrachte, bis ihn der Bruder der letzten erschoß. Die Holzschnitte zeigen das ziemlich phantasievoll, sehr einfallsreich, und der Spiegel hat sicher allerhand zu sehen gekriegt – dort drüben, wo das Bett mal stand.“

„Oh, ich werd' schwach! Ach, *dafür* war der gedacht? Weißt du“, sagte Cathy, während sie auf dem Absatz herumschwang und sich in dem leicht gekippten Spiegel betrachtete, „ich kann mir gar nicht vorstellen, daß es

Spaß bringt, sich selber zuzusehen, wenn man Sex macht. Und du?"

„Wär' eindeutig ablenkend, würd' ich sagen."

Sie wandte sich wieder auf dem Absatz um, langsam, und ihr Blick schweifte traurig durch den schmierigen, hallenden Raum. „Wenn das keine staubige Dutzendantwort ist", sagte sie.

„Verzeih mir."

„Oh, du brauchst dich nicht zu entschuldigen. Ich weiß nicht, warum die Vergangenheit immer viel trauriger ist, wenn sie einen Hauch Schönheit an sich hat. Und dieser Pavillon war ganz gewiß schön."

„John Keats sagte das über die Melancholie." Ich sprach es für sie nach:

„Sie weilt mit Schönheit, Schönheit immer nah dem Tode,
Und Freude, deren Hand stets an den Lippen liegt
Zum Abschiedsgruß."

„O ja, ich erinner' mich daran. Er hatte auch recht damit." Cathys Blick verweilte sekundenlang auf mir, und etwas lag darin, was ich nicht ausloten konnte. Dann blickte sie an mir vorbei. „Ach, sieh mal, ein bißchen was von Julia ist ja trotz allem noch hier."

Über dem Sofa, an jener Wand, wo Nick Ashleys großes Bett vermutlich einst gestanden hatte, war ein Stuckrelief zu sehen, das aussah, als hätte man das Kopfende des Lagers direkt an die Wand gefügt. An seinem Scheitel befand sich das vertraute Familienwappen, dick verschmutzt und grau, mit seinem Motto und seiner drohend aufgerichteten Wildkatze. Es schien sich dabei um den Abguß eines der kunstvoll gemeißelten Wappenbilder im Schloß zu handeln; es ließ die körnige Struktur des Steins und sogar ein paar Splitter erkennen. Spuren von Mauerfarbe hafteten noch daran, doch die Zeit hatte ihm übel mitgespielt: es war abgeschabt und schuppig, stellenweise nur in Konturen erhalten.

Cathy lehnte sich über das hohe Sofa, um das Relief zu betrachten. „Na ja", sagte sie, „kaum zu glauben, aber hier ist die Landkarte wieder. Einfach um sicherzugehen, daß man hier wieder rausfand, auch wenn man vergessen hatte, wie man reingekommen war.“ Sie befeuchtete einen Finger an ihrer Zunge und fuhr über den schmutzigen Gips. „Hast du’s gesehn? Hier hat doch wer den Weg eingezeichnet? Ja, das ist genau die Stelle, bevor wie hier ankamen, als wir schnurstracks wieder dem Schloß zusteuerten.“

Ich folgte ihr, kniete mich auf das Sofa und spähte auf das verschmierte Relief. „Du hast, glaub’ ich, recht. Ich hätt’ das nie bemerkt.“

Sie rieb fester. „Im Schloß sehen die Dinger ’n bißchen anders aus; ich hab’ schließlich nachgesehn.“ Sie lachte. „Ich glaub’, Nick Ashley hat’s eingezeichnet, damit seine Freundinnen sich nach Hause stehlen konnten zu ihren Männern, während er hier noch ein friedliches Nickerchen machte. Holla, dieser Gips blättert ganz schön ab, den laß ich besser in Ruh’.“ Sie richtete sich auf und wischte ihre Hand an den Jeans mit den Flicken ab. „Dieser Schuppen könnte wirklich ’n bißchen Malertünche vertragen, was? Ich will nur hoffen, daß der Spiegel sicher hängt. Aussehen tut er ja nicht danach. Weißt du, schön saubergemacht, mit einem Teppich und paar Möbeln, wär’ das immer noch ’ne tolle Bleibe, findest du das auch? Würd’ ein nettes Gästehaus abgeben, wenn man wieder ein Bett und noch paar so Sachen reinstellt.“

„Für Leute, die man nicht mag? Man zeigt ihnen das Gästehaus und vergißt darauf, ihnen den Weg nach draußen zu zeigen?“

Sie lachte. „Immerhin ’ne Idee. Aber was würdet ihr denn mit einem Gästehaus anfangen, wo das Schloß doch so riesengroß ist? Nein, hier ist’s auch so faszinierend genug.“

Ich fragte mich, ob der Blick, den sie vorhin durch den Pavillon hatte schweifen lassen, mehr als nur müßig war. Meine nächste Frage entsprang dieser Überlegung, klang aber ziemlich ungezwungen. „Wie lange kennst du Emory schon?“

„Nicht lang. Wir haben uns erst letzten Monat kennengelernt, aber mir kommt’s länger vor. Ich mein’, man wird schnell warm mit ihm, oder siehst du das anders?“

„Nein, gar nicht. Und James?“

„Den hab' ich bald danach kennengelernt, aber nur zweimal gesehn. Die zwei sehen sich vielleicht ähnlich, was?"

„Trallalli und Trallalla", pflichtete ich bei. „Könntest du die beiden mal verwechseln, glaubst du?"

Sie lachte. „Ich hoff' nicht. Und du?"

„Schwerlich. Als kleines Mädchen hab' ich's jedenfalls nie getan, aber das ist schon lang her, und jetzt treffen wir einander nicht mehr so oft. Ich muß zugeben, als ich ihn heut im Schloß sah, war ich nicht ganz sicher, wer von beiden es war, ehe er's mir sagte."

Plaudernd waren wir hinausgegangen, ich drückte die langen Fenster zu und machte die Jalousien davor fest. Die Geißblattranken senkten ihren Wandteppich hinter uns zu Boden, und wieder einmal versank der Pavillon in seiner Einsamkeit, seinem Staub und seinem Schweigen.

„Ich denk' mir", sagte Cathy treuherzig, „ich könnt' die beiden schon noch verwechseln, wenn sie mich an der Nase rumführen wollten, aber dazu sind sie zu nett. Übrigens ist Emory ..." Sie zögerte. „Sag mal, was ist das für 'n Duft? Ich seh' keine Blumen außer Gänseblümchen und den gelben Dingern dort."

„Maiglöckchen. Dort unter der Hecke, im Schatten, geraten die immer ganz außer Rand und Band. Man sieht die Blüten nicht – diese steifen grünen Blätter, siehst du die? Wir wollen ein paar für deine Mutter pflücken, ja?" Ich bückte mich und schob die Blätter zur Seite, auf der Suche nach den wächsernen Kelchen. Sie kniete neben mir nieder und tat das gleiche.

Ich sagte: „Und Emory, wolltest du sagen ...?"

„Ach, nichts."

Ich ließ ihr eine Minute Zeit. „Emory ist ein außergewöhnlicher Mensch, nicht wahr?"

„Außergewöhnlich? Na klar, und wie! Bryony, ich bin einfach verrückt nach ihm!" Mit strahlenden Augen lachte sie zu mir hoch. Sie meinte jedes ihrer Worte ernst, das lag auf der Hand; aber sie kamen einen Gedanken so leichtflüssig, als hätte sie dergleichen schon mal gesagt und würde es auch wieder sagen. Paradoxerweise fand ich diese Überschwenglichkeit beruhigend; sie verlieh ihrem

Bekenntnis den Beigeschmack einer Schminktischplauderei kleiner Mädchen, der zwanglosen Euphorie eines Tanzabends. „Glaubst *du* denn nicht, daß er einfach Spitze ist? Ich würd' *alles* für ihn tun!"

Sie hielt inne; es schien, als hätte sie in ihrer eigenen Stimme einen Widerhall entdeckt, der ihr peinlich war. Sie biß sich auf die Unterlippe und nahm Farbe an, wandte sich hastig von mir ab, geschäftig auf der Suche nach Maiglöckchen. Das lange Haar fiel herab und verbarg ihr Gesicht.

„Bryony, das mit Emory, bist du mir böse?"

„Böse?" Verblüfft setzte ich mich auf meine Fersen und betrachtete ihren abgewandten Kopf. Dann antwortete ich ebenso, wie sie gesprochen hatte, direkt und arglos: „Nein, bin ich nicht. Natürlich nicht. Es gibt keinen Grund, weshalb ich's sein könnte."

Daraufhin setzte auch sie sich zurück und wandte mir wieder ihr Gesicht zu. Die Röte hatte nachgelassen; sie sah mich mit einem umwölkten, lächelnden Blick an, der immer noch, etwas verschwommen zwar, ein bißchen bekümmert wirkte. Sie hob zu sprechen an, setzte ab, bedachte etwas anderes und ließ dann auch dies fallen. Als sie so neben mir kniete, von den Rhinozerosfalten ihres ungeheuren Pullovers umwallt, Brauen und Schultern wie immer unter ihren langen Haaren verborgen, sah sie sehr klein und noch viel jünger aus als achtzehn.

Locker und sanft sagte ich: „Mich wundert's nicht, daß du dich in ihn verknallt hast. In deinem Alter war ich hingerissen von ihm. Allerdings war ich auch von den anderen hingerissen." Ich lächelte sie an. „Sag mir mal, wo liegt denn der Unterschied zwischen ‚außergewöhnlich' und nicht? Warum nicht James?"

„Nun ja, erstens mal hab' ich ihn doch gar nicht so oft gesehn, und zweitens . . ."

„Ja?"

Die unglaublichen Nerzwimpern senkten sich plötzlich und warfen lange Schatten über ihre Wangen. Sie beugte sich wieder zu den Blumen hinunter. „Er hat schon ein Mädchen."

„Woher willst du das wissen?"

Die Frage klang viel schärfer, als ich sie hatte stellen wollen, doch offenbar merkte sie nichts davon. „Weil er's gesagt hat", sagte sie schlicht.

„Oh." Ich beugte mich, um eine weitere Blume zu den Blütenzweigen in meiner Hand zu tun. „Hast du sie mal gesehen? Hat er gesagt, wer's ist?"

„Nein. So, das wär's." Sie richtete sich auf. „Mammi wird begeistert von den Dingern sein. Wollen wir zurück?"

„Klar. Wir nehmen den Weg am Überlauf entlang."

Strahlender Sonnenschein umgab uns, als wir aus dem Labyrinth kamen und die kleine Brücke überquerten. Schlüsselblumen blühten an den Rändern des Bachs und nickten in der Strömung des glucksenden Wassers.

„Wieso nennt ihr ihn Überlauf?" fragte sie, als wir den bemoosten Pfad an seinem Ufer entlanggingen.

„Weil er genau das ist. Er sorgt für gleichmäßigen Wasserstand im Burggraben. Es gibt zwei Schleusen: die Hochschleuse auf der anderen Seite des Schlosses, die das Wasser aus dem Fluß in den Burggraben läßt, und diese hier, durch die es in den Teich abfließt. Ursprünglich war der Überlauf nicht viel mehr als ein Graben, der Hochwasser ableiten sollte; doch vor ein paar Jahren brach während eines Gewitters die Hochschleuse, und die untere Schleuse wurde mit der Überschwemmung nicht fertig, weshalb das Schloß teilweise beschädigt wurde. Eine neue Hochschleuse wurde gebaut, und als Sicherheit wurde dieser Kanal zum Teich tiefer gegraben."

„Sieh mal an! Ich hätt' mir nie gedacht, daß das auch gefährlich sein kann, wenn man von einem dicken Burggraben umgeben ist."

„Ist es eigentlich auch nicht. Und wär's auch nie gewesen, wenn man die Schleuse ordentlich gepflegt hätte. Im Grunde nämlich" – ich lachte – „ist der Burggraben ganz schön nützlich. Sein Hauptzweck liegt darin, die Feuerversicherungsprämien herabzusetzen."

„Ach, und das war wieder so eine staubige Antwort", sagte Cathy seufzend. „Da denk' ich mir die ganze Zeit, daß ein altes Gemäuer mit Burggraben das romantischste Ding aller Zeiten ist, und dann . . . Oh!"

„Was ist los?“ fragte ich.

Sie war stehengeblieben und hatte eine Hand ausgestreckt. Ich war hinter ihr gegangen. Ich holte sie ein und blickte über ihre Schulter.

Zwischen dem Burggraben und dem kleinen See darunter, eingeschnitten in eine scharfe Biegung der grasbewachsenen Böschung, befand sich eine der hübschesten Anlagen der Schloßgärten, ein stufenförmiger Wasserfall mit einer angelnden Katze. In der Kuppe der Böschung ruhte das wuchtige Schleusentor, das so gut wie immer geschlossen war und zu dessen beiden Seiten der normale Abfluß des Burggrabens hervorquoll. Alsbald in einer gemeinsamen Rinne vereint, plätscherte das Wasser von Stufe zu Stufe in den Teich hinunter. Diese Wasserstufen, eine natürlich aussehende Kaskade aus großen Steinen, dicht mit Farnen und Kriechpflanzen bewachsen, leiteten den Abfluß in eine Ecke des Teichs, von wo das Wasser zwischen mächtigeren Felsen, die grün waren vom Moos vieler Jahre, in das tief eingeschnittene Bett des Überlaufs abfloß. Auf einem dieser Felsen, dort, wo das Wasser auf die erste Steilstufe des Überlaufs zuplätscherte, saß eine steinerne Katze, deren ausgestreckte Pfote in das strömende Wasser reichte, vorn anmutig abgewinkelt, als wollte sie einen Fisch auf ihre Krallen spießen.

Besser gesagt, die Katze war dort gewesen. Nun war dort nichts mehr als das Schleusentor und die Felsen darunter, über die das Wasser perlend schoß; aus dem Stein, auf dem die Katze gesessen hatte, standen die häßlichen Bandeisen hervor, morsch vor Rost und durch den Sturz der Statue abenteuerlich verbogen. Die Katze lag in der ausgewaschenen Mulde, unter Wasser, und die Fische schwammen gelassen über sie hinweg, hin und her, unter der gebrochenen Pfote hindurch.

Ashley, 1835

Von der Tür kam ein Geräusch und schreckte ihn aus seichtem Schlaf. Jemand war da; draußen auf der Veranda.

Er war sofort hellwach, richtete sich auf, stützte sich

auf einen Ellenbogen. Vielleicht war Fletcher gekommen: War etwas schiefgegangen? Sein Onkel eingetroffen, ehe er erwartet wurde? Diese kleine Welt des Friedens und der Liebe war vor ihrer Zeit zerbrochen worden; die allzu kurze Nacht war vorüber.

Doch alles war Stille und Schweigen. Er beruhigte sich wieder und sah, wie ihre Augen, die so dunkel schimmerten, ihn aufmerksam betrachteten.

„Was ist, Geliebter?“

„Nichts. Etwas hat mich aufgeweckt. Sieh nur, der Mond ist beinah untergegangen. Eine kleine Weile noch, und es wird hell. Nein, geh jetzt noch nicht. Ich hab’ dir was zu sagen, aber das kann warten. Es kann noch ein bißchen länger warten.“

11. KAPITEL

Und nichts, was mein, soll dir zugute kommen.
Bedenk dich!

„Romeo und Julia“, III/5

Wie versprochen, blieb ich zum Tee bei Cathy und ihrer Mutter. Dann trollte ich mich zu meinem Haus, um nachzusehen, ob Rob mein Gepäck aus Worcester gebracht hatte.

Er hatte; sogar nach oben hatte er es für mich getragen und auf den winzigen Treppenabsatz plumpsen lassen.

Ehe ich auspackte, ging ich ans Telefon und wählte die Nummer des Buchantiquariats in Ashbury.

„Ist Mr. Oker im Haus, bitte? Oh, Leslie, Sie sind's ja selbst! Hier ist Bryony, Bryony Ashley. Ja, ich bin vor zwei Tagen zurückgekommen; bin wieder im Gärtnerhaus . . . Wie geht's Ihnen? Gut. Wie läuft denn alles so . . .?“

Mit Leslie zu sprechen hatte stets etwas – wie ich mir das vorstellte – vom Ritual orientalischen Feilschens an sich; erst mußte man die Routine von Frage und Antwort durchlaufen, wobei die Antwort die kürzere der beiden Leibesübungen war. Mr. Oker redete schrecklich gern, und es war gänzlich ausgeschlossen, ihn zur Eile zu bewegen. Nach und nach erst kam man zur Sache; an der Erörterung von Gesundheit, Wetter, geschäftlichen Aussichten, neuesten Neuigkeiten und erzählenswerten Rosinen aus dem Kuchen der örtlichen Klatschtanten führte kein Weg vorbei. Diese Schablone, nehme ich an, hatte sich ursprünglich aus dem Bestreben entwickelt, die gegnerischen Fronten aufzuweichen; harmloses Geplänkel vor dem beinharten Verkaufsgespräch. In nüchternen

Worten gesagt, Leslie ging kaum aus sich heraus, doch der Eindruck eines aufgekratzten und impulsiven Schwätzers, den er seinem Gegenüber im Plauderton vermittelte, kam ihm prächtig zustatten: Kunden, die ihn noch nicht kannten und sich von seinem überschwenglichen und ziemlich hausbackenen Benehmen dazu verleiten ließen, auf einen leichten, günstigen Handel zu hoffen, sahen sich aus heiterem Himmel – und zu ihrem Nachteil – einem ausgesprochen kenntnisreichen und gefinkelten Geschäftsmann gegenüber. Leslie Oker war etwa so sprunghaft wie ein doppelzehiges Faultier und spürbar weniger unmännlich als ein Kater. Die Herzlichkeit aber war echt.

Dieser war's auch zu danken, wenn die Präliminarien heute knapp blieben. Schon nach drei Minuten, von denen mindestens zwei meinem Wohlergehen und einer Lobrede auf meinen Vater gewidmet worden waren, hielt Leslie inne und sagte sodann ohne Umschweife: „Aber Sie haben mich doch nicht angerufen, bloß um mir zu sagen, daß Sie wieder zu Hause sind, meine Liebe. Was kann ich für Sie tun?"

„Ach, da ist was aufgetaucht, und ich wollt' gern wissen, ob Sie mir helfen können, bitte. Nur eine rasche Auskunft, wenn's Ihnen nichts ausmacht. Erinnern Sie sich noch, als Sie mir voriges Jahr diese begrenzte Auflage des ‚Rip van Winkle' gezeigt haben, die eine, die von Arthur Rackham illustriert wurde? In welcher Preislage werden seine Arbeiten heute gehandelt? Und zwar nicht die Bücher, sondern die Originalillustrationen?"

„Tja, so was liegt zwar nicht hundertprozentig auf meiner Linie, wie Sie wissen, aber ich würd' sagen, Sie haben Schwein gehabt, wenn Sie überhaupt eine unter die Finger kriegen. Ist das eine bestimmte Zeichnung, die Sie kaufen wollen?"

Ich lachte. „Dazu kennen Sie mich doch zu gut. Ich will auch keine *ver*kaufen. Ich möchte nur ungefähr über die Preise Bescheid wissen. Nur so eine Idee."

„Die letzte, die ich in einem Katalog angeführt sah", sagte Leslie munter, „war eine Aquarellzeichnung aus Miltons ‚Comus' und kostete achthundert Pfund."

„Oh. Na schön. Vielen Dank. Und, Leslie ...“

„Ja?“

„Falls Sie zufällig irgendwas von Rackham-Zeichnungen läuten hören, die zum Verkauf angeboten werden – erzählen Sie dann bitte niemandem davon, sondern rufen Sie mich augenblicklich an, ja? Geht das?“

„Selbstverständlich. Aber das klingt ja richtig spannend.“ Die geschmeidige Stimme verriet geringes, aber freundliches und teilnehmendes Interesse. „Und nach dem Grund, will mir scheinen, darf man wohl nicht fragen?“

„Zur Zeit noch nicht. Aber ich komm' vorbei, sobald ich kann, und erzähl' Ihnen alles darüber.“

„Das *ist* aber aufregend“, sagte Leslie gemütlich. „Selbstverständlich, teuerste Bryony. Zählen Sie auf mich. Und vielleicht darf ich mal ganz, *ganz* zart auf den Busch kopfen? Aber sagen Sie mir's bald, ja, bevor ich vor Neugier *sterbe?*“

„Nicht früher und nicht später“, sagte ich.

Er lachte und hängte ein.

James kam nach dem Abendessen herunter in mein kleines Haus, als ich eben die letzten Teller spülte. Er war so nett, meine geleerten Koffer unter den Dachstuhl zu hieven, sagte ja, als ich ihm eine Tasse Kaffee anbot, und folgte mir anschließend zu der Bank unter dem mächtigen Fliederstrauch, von wo man auf den Teich blicken konnte. Die Dämmerung senkte sich hernieder, und kein Lüftchen regte sich. Die Wasserfläche des Teichs lag still und schimmernd, kräuselte sich nur hier und dort zu sanften Kreisen, wenn Fische auftauchten, um nach den abendlichen Mücken zu haschen. Ein Reiher angelte noch im Schilf des jenseitigen Ufers. Die Saatkrähen betteten sich zur Nacht und machten ein großes Aufhebens davon. Wie Wolken hinter dem Dach des Hauses ragten die Bäume des Obstgartens empor, blaß und blütenüberschäumt, und wie der Springbrunnen eines höfischen Wassergartens reckte der größte von ihnen, der Birnbaum, sein Gefieder aus Frühlingsschnee in den Himmel.

Eine Drossel sang darin, allein, so frisch und leidenschaftlich, als wäre ihr Lied das erste, das die Welt vernahm. Aus mittlerer Entfernung, irgendwo in der Nähe des Schlosses, drang das Geräusch von Hammerschlägen.

„Rob macht offenbar Überstunden", sagte mein Vetter.

„Ob er wohl die fischende Katze repariert?"

„Fischende Katze?"

„Ja, die an der Schleuse, wo der Überlauf den Burggraben verläßt. Sie ist zerbrochen. Ich hab's heut nachmittag gesehen, als ich mit Cathy aus dem Labyrinth zurückkam."

„Oh? Das ist schade. War ein hübsches Tierchen. Hast du ihn gebeten, es zu flicken?"

„Nein, ich hab' ihn heut' abend nicht getroffen."

„Ach was", sagte James, „wozu sollte er sich auch die Mühe antun? Ich glaub' eher, daß er eines der wackligen Tore pfählt, ein Dach flickt oder ein paar Büsche niederhackt. Verschwendet seine Zeit, was immer er tut. Hier fällt ja doch alles auseinander, und es würd' mehr brauchen als einen Rob Granger, um das aufzuhalten."

Er sagte das ohne Bitternis und ganz ohne die Absicht, mich zu verletzen, aber mit einem eigentümlichen Ernst in der Stimme, weshalb ich ihn forschend ansah. Düster erwiderte er meinen Blick, nahm mir sodann die leere Tasse aus der Hand und stellte sie mit der seinen auf die Steinplatten unter der Bank. Dann, wie früher im Schulzimmer, legte er seinen Arm sanft um meine Schultern und zog mich näher. Ich fühlte sein Herz schlagen, eine Spur zu schnell vielleicht.

„Bryony, mein Schatz, war ja auch Zeit, daß wir mal miteinander reden, du und ich."

Ich wartete ab, während ich fühlte, wie mein Herzschlag sich unmerklich beschleunigte, sich dem seinen anglich. Die Schönheit des Abends drang kraftvoll auf mich ein, der Duft des Flieders, das Lied der Drossel und die herrlichen langen Spiegelflächen des Lichtscheins auf dem kleinen See vor uns.

Mein Cousin räusperte sich. „Du wirst vielleicht wütend sein, und ich glaub' eigentlich, daß du mit

Sicherheit wütend sein wirst; aber wenn du ein bißchen Vernunft besitzt, so hörst du dir an, was ich zu sagen hab', und letzten Endes, hoff' ich, wirst du mir auch helfen." Seine Finger, die mein Schultergelenk umschlossen, strafften sich ein wenig. „Du mußt auf meiner Seite sein. Das weißt du. Du mußt hinter mir stehen. So liegen die Dinge nun mal."

Die Drossel hörte zu singen auf, so unvermittelt wie ein zugedrehter Wasserhahn. Auch der Fischreiher hatte beschlossen, sein Tagewerk zu beenden. Er mußte gute Arbeit geleistet haben, fand ich; der Abflug bereitete ihm Schwierigkeiten. Ich sah ihm schweigend zu, wie er sich schwerfällig in die Lüfte erhob und mit mattem Flügelschlag davonflatterte.

„Bryony?"

„Ja, ich hör' dir zu. Sprich weiter."

Eine kleine Pause trat ein, und ich fühlte, wie er mich ansah. Ich hörte ihn Atem holen. „Ich will ganz von vorn beginnen. Und ich kann ebensogut damit anfangen, die brutale Wahrheit einzugestehen. Mein Vater – das heißt, wir, wir alle, wir stecken in der Klemme. Es ist eine richtige Zwickmühle. Wir brauchen verzweifelt Bargeld, und wir müssen es irgendwie auftreiben, und zwar schnell auftreiben."

Das war alles andere, als ich erwartet hatte. Ich war verblüfft und zeigte das auch. „Was sagst du da? Ich dachte immer, Onkel Howard und euch – eurer ganzen Familie – ging's so prächtig. Ich mein', verglichen mit uns . . . Und ich dachte, ihr wärt gar nicht mehr zu bremsen – mit dem Firmenbüro in Jerez, das so gut lief, und mit dem Rückhalt der Pereiras. Daddy fand das auch, ich weiß es. Was ist schiefgegangen?"

„Das blöde ist, daß alles schiefgegangen ist, und zwar alles auf einmal." Er machte eine nervöse Handbewegung. „Mein Gott, das ist wohl das wahrste Sprichwort, das wir haben: ‚Ein Unglück kommt selten allein.' All diese Forderungen, die wir erfüllen hätten können, wenn sie einzeln gekommen wären und zur richtigen Zeit – die kamen dann plötzlich alle zugleich . . . Ich hab' dir schon gesagt, daß mein Vater wohl gezwungen sein wird, in den

Ruhestand zu treten. Wenn er's tut, haben wir kaum die Gewähr, daß die Pereiras uns weiterhin den Rücken stärken; welchen Grund hätten sie auch dazu? Und die Büros in Bristol sind schwerlich ein Aktivposten; da liegen dicke Hypotheken drauf. Wenn wir bloß Zeit hätten . . . Aber das ist es ja – die haben wir eben nicht. Vaters Krankheit hat uns die Pistole an den Kopf gesetzt."

Und jetzt, dachte ich, ist auch *das* dazugekommen. Mit dem Tod meines Vaters ist auch diese riesige Belastung, diese Verbindlichkeit namens Ashley Court, auf sie gefallen.

„Aber ich dachte, Juanita hätt' selber Geld in Fülle, ein eigenes Vermögen? Könnte sie euch nicht mit einem kurzfristigen Darlehen über die Runden bringen und euch so die Zeit geben, die ihr braucht?"

„Das ist ja der Witz –" Doch seine Stimme verriet weder Witz noch Selbstironie, sondern nur das ziemlich schale Mißvergnügen, überhaupt darüber reden zu müssen. „Der Hauptteil ihres Geldes ist in einem Treuhandvermögen gebunden und entzieht sich jeglichem Zugriff. Diese Treugüter", sagte James und ließ es dabei bewenden.

Ich sagte nichts. Der Abend war still und leer. Der Lichtschein war vom See verschwunden. Der Duft des Flieders hatte sich verflüchtigt, als die Luft kühler wurde.

„So kam es", sagte mein Cousin, „daß mein Vater sich an den deinen wandte, um zu sehen, ob der uns helfen könnte."

Diesmal war meine Verblüffung nachhaltiger. Ich setzte mich auf. „Das kann doch nicht dein Ernst sein, James! Ihr mußtet doch wissen, daß wir ganz und gar am Ende waren."

„O ja, das wußten wir. Aber ihr hattet Ashley."

„*Ashley?* Doch was in der Welt nützt einem Ashley, wenn man damit eine Hypothek auffangen will? Das ist doch die größte Verbindlichkeit außer der Staatsschuld!"

„Stimmt, wie die Dinge ums Schloß nun mal liegen. Es kommt mit knapper Not für seine Instandhaltung auf, sonst nichts. Das wissen wir." Seine Stimme wurde breit.

„Aber davon sprech' ich nicht; ich sprech' von der Ashley-Stiftung."

„Ich versteh'. Du meinst, deswegen habt ihr euch an Daddy gewandt? Um das Treugut aufzulösen?"

„Ja."

„Wann war das?"

„Zum erstenmal war's im November vorigen Jahres", sagte er. „Ich hab' seine Antwort auf den Brief meines Vaters nie gesehen, aber die muß dem Ganzen etwas Ellbogenfreiheit gelassen haben, da mein Vater immer noch zu hoffen schien, Onkel Jon werde einwilligen."

„Zum erstenmal? Ihr habt ihn öfter als einmal gefragt?"

Er nickte. „Vater hat ihm kürzlich nochmals geschrieben, und er führte zwei Telefongespräche mit ihm. Zu dieser Zeit war Onkel Jon allerdings schon in Bad Tölz. Mein Vater wollte ihn nicht drängen, weil er wußte, daß Onkel Jon Ruhe und Erholung brauchte, aber – nun ja, die Lage wurde allmählich verzweifelt. Beim letztenmal sagte Onkel Jon, er denke nicht im entferntesten daran, auf unsere Wünsche einzugehen." Den Kopf zur Seite gelegt, schwieg er einen Augenblick lang. „Ich hab' über diesen Willensumschwung nachgedacht, aber ich kann ihn eigentlich nicht verstehen. Wie du weißt, wurden in früheren Zeiten allerhand Dinge verkauft, und niemand fand ein Haar in der Suppe. Ich denk' mir, er fühlte sich um so vieles besser, daß er sich mit dem Gedanken trug, hierher zurückzukehren; und solang er Ashley Court einigermaßen auf dem Damm halten konnte, wollte er dies auch tun. Schließlich war es dein Zuhause."

„Und seines. Er liebte es. Aber diesmal sprichst du doch nicht bloß von *Dingen*, James? Ich hab' das Gefühl, du sprichst vom Besitz selbst. Von den Grundstücken, dem Land."

„Ja." Er blickte mich sanft an. „Hast du denn davon nichts gewußt?"

„Nicht die Bohne. Aber natürlich hätte Daddy auch mich ins Vertrauen ziehen müssen, falls daran gedacht wurde, das Treugut aufzulösen. Denn auch ich müßte damit einverstanden sein, das weißt du ja." Ich überlegte kurz. „Und keiner von euch ist auf die Idee gekommen, nicht unseres, sondern Juanitas Treugut brechen zu wollen? Schließlich ist sie Onkel Howards Frau."

„Ach, natürlich dachten wir dran. Aber es ist völlig ausgeschlossen, an dieses Treuhandvermögen heranzukommen. Es fällt an ihre Kinder; bleibt sie kinderlos, kann es aufgelöst werden, sobald sie vierzig ist."

„Und bis dahin dauert's noch ganz schön."

„Um Ewigkeiten zu lang. Auch wenn's nur sechs Monate wären, wär's zu lang für uns."

„Und jetzt", sagte ich, „wo Daddy tot ist, kommt ihr zu mir und bittet mich, unseres aufzulösen."

Er schwieg.

„Darauf wolltest du doch hinaus, oder? Das ist es doch, was ihr wollt?"

„Ja, das wollen wir", sagte er.

Eine Pause. Unvermittelt sagte ich: „Hat Daddy einen Grund genannt, weshalb er so unbeirrbar dagegen war?"

„Nein. Er wollte nicht mal darüber reden. Hat er's dir gegenüber wirklich überhaupt nie erwähnt, nicht mal indirekt?"

Ich hatte kaum den Kopf geschüttelt, als mir in einem Augenblick plötzlicher Erkenntnis auch schon klarwurde, daß er's doch getan hatte. *Treu. Gut. Vertrauen. Das Richtige tun.* Es hatte zu den Dingen gezählt, die auf seinem Bewußtsein lasteten. Ehe ich auch die anderen kannte, durfte ich nicht handeln.

Ich nahm Zuflucht zu einer Halbwahrheit. „Nein, könnt' ich nicht sagen. Er mag gedacht haben, daß eure Geldschwierigkeiten nur euch allein was angingen und nicht ausgeplaudert werden sollten, nicht mal bis zu mir. Aber selbstverständlich sprach er ein- oder zweimal über die Familienstiftung, ganz allgemein. Ich kann mich erinnern, daß er sagte, Onkel Howard habe offenbar in Spanien Wurzeln geschlagen und bringe Ashley Court wahrscheinlich nicht die Gefühle entgegen, die ihn eines Tages heimkehren und hier nach dem Rechten sehen lassen könnten. Er meinte das nicht als Kritik, warum auch? Man könne eben nicht damit rechnen, sagte er, und das sei schade. So ähnlich jedenfalls. Aber ich weiß, daß er die Hoffnung hegte, ihr beide, Emory oder du, könntet anders darüber denken. Immerhin hattet ihr hier gelebt, bei uns. Also, wie ist das?"

„Heißt das, daß ich für Emory sprechen soll?"

„Wenn du kannst. Ich weiß, du hast gesagt, du könntest nicht für ihn sprechen, als ich dich nach seinen Gefühlen für Cathy Underhill fragte – aber du mußt wissen, was er über Ashley denkt." Ich sah ihn tiefgründig an. „Und es will mir so scheinen, als wären die beiden Fragen fast gleich. Ich mein', wenn er so ein bißchen daran denkt, Cathy zu heiraten . . ."

„Dann könnt' er sich's leisten, Ashley Court so zu erhalten, wie sich's gehört? Ja, das wird wohl sein", sagte James, „aber die nüchterne Tatsache besteht darin, daß er's überhaupt nicht *be*halten will."

Jenseits der Lindenbäume schlug die Kirchenuhr die halbe Stunde. Es klang so fern und so gleichgültig. Der Schrei einer Eule erzählte von einem Geheimnis und der nahen Nacht.

„Und du?" fragte ich ihn. „Nein, James, es ist schon gut. Ich kann das verstehen. Aber ich muß die Wahrheit wissen. Du hast gesagt, ich müsse auf deiner Seite sein, und das ist wahr. Ich bin's ja auch; das weißt du. Wir sprechen jetzt nicht mehr über die Familie oder andere Leute, sondern nur über Ziegel und Mörtel und Bäume, die dem einen vielleicht viel bedeuten, einem anderen aber nicht unbedingt. Also sag mir, wie's ist. Willst *du* denn Ashley haben, oder auch nur einen Teil davon?"

Er ließ sich Zeit. Als er schließlich sprach, war seine Stimme ruhig, aber ich fühlte seine Spannung in dem Arm, der um mich lag. „Ich glaub', du kennst die Antwort schon, nicht wahr? Als wir vor einer Weile über die angelnde Katze redeten, hab' ich gesagt, das Ganze hier wär' vergammelt, und das stimmt. Auch du weißt das. Seit Jahren schon fällt alles auseinander, Stück für Stück. Es ist eine schwere Bürde für die Lebenden, selbst wenn du einrechnest, daß man diesem Besitz die Stange hält, um den Toten Ehre zu erweisen. Doch so kann man nicht mehr leben, wenn die Toten die Lebenden nicht länger mit den Mitteln versehen können, diese ihre

Denkmäler zu erhalten." Als er tief Atem holte, klang's wie ein Seufzen. „Es tut mir leid, Schatz, das ist nicht die richtige Zeit, mit dir so zu reden, aber du hast's nicht anders gewollt. Ich glaub' zwar nicht, daß du seit Onkel Jons Tod dazu gekommen bist, über derlei Dinge nachzudenken; aber du kannst wohl nicht ernsthaft erwarten, daß einer von uns beiden, Emory oder ich, sich diesen Krempel an den Hals hängen will – die Denkmalbehörde wollt' ihn nicht mal geschenkt haben. Nein, nein; auch wenn wir das Geld dazu hätten. Geld braucht man für andere Dinge, Bryony. Wir jedenfalls."

„Kann ich mir denken."

„Na schön, soll Onkel Jon also ruhig gedacht haben, wir hätten Lust, hier weiterzumachen. Aber du bist eine andere Generation; du weißt, was gespielt wird. Wir leben in den siebziger Jahren, und die Welt ist nicht hinter den Gartenmauern von Ashley Court zu Ende. Wenn wir nicht die Möglichkeit haben, es zu retten, muß es eben weg. Da dürfen wir uns nichts vormachen."

„Ich mach' mir nichts vor, James."

Sein Arm spannte sich, und er hielt mich eng umschlungen. Seine Wange berührte mein Haar, aber er versuchte keine Liebkosung. „Na schön, was ich dir versprochen hab', das hab' ich jetzt gesagt, und dabei soll's bleiben. Aber du wirst darüber nachdenken, ja?"

„Natürlich. Aber Daddy ist erst vor einer Woche gestorben, vergiß das nicht, und ehe ich nicht weiß, was er wollte, das siehst du doch ein, und . . ."

„Ich weiß, mein Schatz, ich weiß. Verzeih mir. Ist auch eine verrückte Zeit, dir damit zu kommen, Treugüter zu knacken und Ashley zu verlassen, aber als wir daran zu denken begannen, konnten wir ja nicht ahnen, was deinem Vater zustoßen würde. Und jetzt ist auch mein Vater krank, ganz außer sich vor Kummer und Sorgen, und wir stehen unter höllischem Druck, und – nun ja, verflucht, jetzt sind wir soweit."

Wieder eine dieser schweigenden Pausen. Das Hämmern hatte aufgehört. Ich dachte an die fischende Katze, die zerbrochen unter Wasser lag, aus irgendeinem Grund auch an den Pavillon mit seinem Geißblattdickicht, an die

Eibenwände, die sich unter ihrem eigenen Gewicht bogen, und an Cathys Stimme, als sie fragte: „Ob das der Tisch ist, an dem er seine Gedichte schrieb?"

„Francis", sagte ich plötzlich. „Wie denkt Francis über das alles? Er liebt Ashley Court doch, hab' ich mir immer gedacht."

„Tut er auch", sagte James. „Lebt in himmlisch vergangenen Zeiten, dieser Francis. Der würd' doch gar nichts davon merken, wenn rund um ihn alles in Trümmer fällt, solang er nur à la William Ashley im Irrgarten hocken und Verse schmieden kann. Was hab' ich denn jetzt bloß gesagt? Du bist ja richtig gehüpft."

„Ach, nichts Besonderes. Du hast nur meine Gedanken gelesen. Machst du das öfter?"

Sein Schweigen dauerte vier beschleunigte Herzschläge lang. Dann sagte er, ganz ungezwungen: „Zwilling und ich machen das schon seit Ewigkeiten. Kleine Anflüge von Bess Ashley, der Zigeunerin, wußtest du das nicht?"

„Spart euch sicher eine Menge Telefongebühren", sagte ich leichthin.

Er lachte. „Das kann man wohl sagen. Aber du hast vorhin von Francis gesprochen. Ich glaub' nicht, daß er sich weigern würde, zur Auflösung der Stiftung beizutragen. Denn letzten Endes ist's ja so: Selbst wenn wir das Treugut wirklich knacken, wissen wir noch lange nicht, was wir mit dem Schloß als solchem anfangen sollen. Das ist nicht an den Mann zu bringen; also könnt' man aus der Not eine Tugend machen und es getrost als einen Winkel des alten England auf seiner engen alten Insel stehen lassen. Die Grundstücke sind's, die anders genutzt werden müßten."

„Als was?"

„Als was sie das meiste Geld bringen."

„Was drauf zu bauen bringt das meiste."

Er beantwortete, was ich gar nicht gesagt hatte. „Na schön, warum denn nicht? Schließlich brauchen alle Leute Häuser, um drin zu wohnen. Und wenn die neue Autobahn dann über die Ebene von Penny's Flats vorgezogen wird, sind wir im Einzugsgebiet von Birmingham." Er muß etwas in meinem Schweigen gefühlt haben, denn er setzte ziemlich gereizt hinzu: „Jetzt hör mal, Bryony, du wolltest doch realistisch sein. Wenn wir als Kinder hier gespielt haben, so heißt das noch lang nicht, daß unsere Kinder je die Gelegenheit dazu haben werden oder, mein Gott, diese Gelegenheit überhaupt haben *wollen*."

„Das ist's ja nicht. Ich hab' an die anderen Leute gedacht, die davon betroffen wären. Das muß es auch gewesen sein, was Daddy zu denken gab, als er sich's überlegte. Nimm nur mal den Pfarrer, zum Beispiel. Was wird aus dem Pfarrhaus? Ach, dem wird keiner was anhaben wollen, glaub' ich, wenngleich ich mir Mr. Brynston nicht von Reihenhäusern umzingelt vorstellen kann und ohne den Garten. Aber da gibt's auch die Hendersons und Rob Granger. Würdest du ihre Häuser verkaufen?"

„Warum nicht? Sie hätten das erste Vorkaufsrecht, die Dinger selber zu erstehen."

„Die Hendersons vielleicht, aber ich bin sicher, daß Rob sich das nicht leisten kann."

„Sollte er sich aber. Immerhin hatte er den Bauernhof. Wenn er's dort nicht geschafft hat, zu was zu kommen, so seh' ich keinen Grund, weshalb wir dafür verantwortlich sein sollten, daß er . . ."

„Sei doch fair. Sein Vater vertrank jeden Penny, der ins Haus kam, und jeden Samstag verprügelte er seine Frau und Rob, um das Maß voll zu machen. Er hinterließ den beiden Schulden bis zum Hals, und du kannst Rob keinen Vorwurf machen, wenn er sich nicht das Geld für ein Haus hat ersparen können, seit das alte Scheusal tot ist. Und überhaupt – wär' Rob nicht gewesen, wär' das Ganze hier verdammt viel früher in die Binsen gegangen."

„Schon gut, schon gut", sagte er mit einem halben Lachen. „Was hab' ich gesagt? Verzeih, hab's nicht so gemeint. Ich konnte Rob immer gut leiden, und ich weiß, was er für dich und deinen Vater getan hat. Ach, jetzt hab' ich dich wütend gemacht, wenn ich gerade will, daß du zuhörst."

„Ich bin nicht wütend. Und glaub nicht, ich wär' nicht

auf deiner Seite, James. Ich bin's. Und ich hab' zugehört. Du hast über das Einzugsgebiet von Birmingham gesprochen und über die Leute, die hier wohnen würden, um dort zu arbeiten. Also gut, in Ordnung; wie die Dinge liegen, könnte es eines Tages so kommen. Aber hast du das auch zu Ende gedacht? Ashley Court hat keine Verbindung, keine Ausfahrt nach Penny's Flats rüber."

Sein Kopf schwang ruckartig herum. Er starrte mich an. Seine Augen sahen in der tiefen Dämmerung so dunkel aus – dunkle, zigeunerhafte Ashley-Augen. Ich fühlte ein seltsames kleines Prickeln über mein Rückgrat laufen und wandte meinen Blick.

Schneidend sagte er: „Natürlich hat es die. Darin besteht sein ganzer Wert. Dieser Streifen entlang des Teichs führt durch den Obstgarten kerzengerade zur Straße."

„Ja, schon. Aber der gehört nicht zur Ashley-Stiftung. Er gehört mir."

„Oh, verstehe." Es klang belustigt. „Hältst die Stellung, wie?"

„Zur Zeit ja. Ich muß ein Dach überm Kopf haben, und ich will hier bleiben, bis . . ."

„Bis?"

„Na ja, ein Weilchen eben", sagte ich, um die Frage zu umgehen. „James, ich glaub', wir lassen das jetzt mal fürs erste, ja?"

„Natürlich, wenn du's so haben willst. Aber . . ."

„Ja? Aber?"

„Da ist noch was. Weißt du, ich bin nämlich", sagte er ziemlich abrupt, „noch gar nicht zum harten Kern vorgestoßen. Hör mal, hättest du gern . . . Soll ich noch Kaffee holen?"

„Nein, nicht für mich, laß nur. Sprich doch weiter. Was ist der harte Kern?"

„Tja, ich wollt' sagen . . . Nachdem dein Vater sich plötzlich geweigert hatte, das Treugut noch in Erwägung zu ziehen, bat mein Vater Emory und mich, uns dahinterzuklemmen und zu tun, was wir konnten – so schnell wie möglich. Emory und ich redeten darüber, und wir kamen überein, nach Bayern zu fahren und mit deinem Vater zu sprechen. Es lag auf der Hand, daß seine Entscheidung Gründe hatte, über die er am Telefon nicht sprechen wollte und die vielleicht zu verwickelt waren, um sie uns brieflich mitzuteilen. Doch zuvor schien's uns nur vernünftig, erst mal – nun ja, Schloß Ashley selbst ins Auge zu fassen."

„Und also?"

„Ich wollt' sagen, alles mal unter dem Gesichtspunkt des Verkäuflichen ins Auge zu fassen", sagte er gespreizt, ehe er sich räusperte. „Jedenfalls wollten wir mal ins Schloß, um als Grundlage für das Gespräch mit deinem Vater erst mal festzustellen, was da auf der Linie rasch verfügbarer Vermögenswerte vorhanden war. Diesbezüglich traten wir an deinen Vater allerdings nicht heran ... Ach, verdammt noch mal, unter den Umständen damals war es ein bißchen schwierig. Er war krank, und sicher hätt' er gedacht, wir wären denn doch ganz schön voreilig – er mit einem Fuß im Grab, so sah's doch aus. Oh, verzeih."

Ich sagte nichts.

Ich fühlte, wie die Spannung seinen Arm durchlief. Hastig sagte er dann: „Auch mit den Underhills setzten wir uns nicht in Verbindung; das war ja nicht nötig. Ich hab' dir davon erzählt. Aus purem Zufall – es war wirklich purer Zufall – wurde Emory auf einer Party mit Cathy bekannt, und sie lud ihn hierher ein."

„Wie praktisch."

Ich fühlte seinen Blick. „Du klingst ein bißchen rauh. Magst du sie nicht?"

„Soweit ich sie bis jetzt kennengelernt hab', mag ich sie sehr. Ich mag's allerdings nicht sehr, wenn sie von Emory benützt wird."

„Hab' ich gesagt, daß er sie benützt?"

„Tut er das etwa nicht?"

„So kann man das nicht nennen." Aber in seiner Stimme, fand ich, klang Unbehagen.

„Wär' auch viel gesünder, wenn man's nicht könnte. Jeff Underhill ist genau das, was man einen harten Brocken zu nennen pflegt, und er himmelt seine Tochter an; ich glaub' mich da nicht zu täuschen. Wenn sie sich in

Emory verknallt hat – und das hat sie sich wohl auch, schwer noch dazu –, dann sollte Emory das lieber nicht auf die leichte Schulter nehmen."

„Tut er auch nicht. Ich hab' nur gesagt, daß er nicht vorhat, mit ihrem Geld auf Schloß Ashley zu leben." Nun klang er ganz und gar vergrätzt. „Verdammt, mußt du unbedingt annehmen, daß er ihr auf irgendeine Art weh tun wird? Wenn *so* ein Mädchen sich in einen verknallt, muß man schon ein teuflisch bescheuerter Gipsheiliger sein, um sich so was nicht zweimal zu überlegen."

„In der Tat."

Irgendwann hatte seine Hand sich von meiner Schulter gelöst, und nun lag sein Arm unverfänglich auf der Rücklehne der Bank. „Es ist die kleine Verwechslungskomödie von wegen James–Emory, die dir so wider den Strich geht, nicht wahr? Du kannst mir glauben, daß nichts vorgefallen ist, woran Cathy sich nicht gern erinnern würde, selbst wenn sie je dahinterkommt, daß wir das Ding mit ihr gespielt haben. Und das wird sie nicht." Er warf mir wieder einen Blick zu, doch ich machte keine Bemerkung. „Ich find' dran nämlich ebensowenig Spaß wie du . . . Ich wüßte mir was Besseres, als mit einer Achtzehnjährigen rumzuziehen, die in einen anderen verliebt ist. Ich glaub' nicht, daß Emory je damit angefangen hätt', aber Cathy hat uns gewissermaßen dazu gezwungen."

„Ich staune. Wie denn?"

„Ach, da hatten sie sich mal verabredet, und Emory konnte nicht kommen. Als er sie anrief, war sie so aus dem Häuschen, daß er fürchtete, sie könnte das Ganze abbrechen; das war gerade zu der Zeit, als wir um jeden Preis mal ins Schloß wollten, und wenn's mit Cathy einen Krach gegeben hätte, wär' uns das schwerlich gelungen, nicht mal durch Emerson. Also besänftigte Emory sie und schickte mich an seiner Stelle los. Sie ahnte nicht mal was. Es war so 'n ziemlich harmloses Rendezvous – sie und Zwilling kannten einander erst ein paar Tage, weshalb mir schummrige Lichter und heiße Musik erspart blieben . . . Und heute ging's eigentlich nur darum, mit Jeff Underhill zu reden – nicht, wie du vielleicht glaubst, mit Cathy in die Federn zu hüpfen. Glaub mir, ich hab' keine Ahnung, wie weit Zwilling das Boot schon rausgeschubst hat, und ich will's auch gar nicht wissen. Ich könnt' meine Hand nicht dafür ins Feuer legen, bei Cathy nicht doch mal schwach zu werden, und Gott sei uns allen gnädig, wenn das passiert." Ich fing den Schimmer eines seitlichen, lächelnden Blicks ein, und ein Finger kehrte von der Lehne zurück und berührte mein Schulterblatt, leicht wie eine Feder. „Wenn du willst, Schätzchen, versprech' ich dir hier und jetzt, daß ich's nie wieder tun will."

„Das kannst du halten, wie du willst." Die Worte waren gleichgültig, aber ich fühlte, wie meine Muskeln sich lockerten, und der Arm umschloß mich wieder. „Na, und dann", sagte ich, „konntet ihr also doch noch einen Blick auf die ‚verfügbaren Vermögenswerte' werfen, ihr zwei? Du großer heiliger Strohsack!" Ich setzte mich wieder auf, die Hand vor dem Mund, und sah ihn im Halbdunkel mit aufgerissenen Augen an. „Das T'ang-Pferdchen? Die Jade?"

„Leider ja." Er sprach leise, den Blick zu den beinah schon unsichtbaren Steinplatten unter seinen Füßen gesenkt. „Bryony, die Sachen gehörten uns. Ich schwör' dir, wir haben sie erst nach dem Tod deines Vaters genommen. Jetzt, diese Woche. Mein Ehrenwort. Wir brauchten dringend ein bißchen Bargeld, und Emory wußte einen Abnehmer, und so . . ."

Ich lauschte dem Tonfall mehr als den Worten. Ich kannte das so gut. James, von Emory zu etwas verleitet, seinem Zwillingsbruder treu ergeben, aber ständig von dem Wissen begleitet, daß das, was sie getan hatten, zweifelhaft war, um es schonend auszudrücken. Emory, das wußte ich, war mehr als fähig, unterhalb der Gürtellinie zuzuschlagen, und James, notgedrungen im selben Boot, hatte manchmal dafür büßen müssen. Doch Zwilling war immer im Recht gewesen.

Plötzlich wurde mir die Stille bewußt. Die Worte waren ihm ausgegangen. Mit einer harten Stimme, die der meinen gar nicht ähnelte, hörte ich mich fragen: „Aber mußtet ihr die Bilder aus dem Schulzimmer nehmen? Du könntest geltend machen, daß die anderen Dinge ohnehin bald eurer Familie gehört hätten – aber die Bilder waren mein Eigentum, und ich hab' sie sehr gern gehabt."

„Ich weiß. Es tut mir leid. Ich . . . Es war ein Irrtum. Sie wurden irrtümlich fortgenommen. Sie wurden auch nicht verkauft. Weißt du, wir wollten sie schon zurückbringen, aber heut gab's keine Gelegenheit dazu."

„Heute?"

„Ja, heute. Sie wurden erst gestern fortgenommen. Sobald ich davon wußte, sagte ich, sie müßten zurück, doch bis dahin warst du schon im Schloß gewesen und hattest gesehen, daß das T'ang-Pferd fehlte; nach den Schlüsseln hattest du dich auch erkundigt. Es . . . na ja, es war ungut."

„Das kann ich mir denken." Ich fühlte mich ein bißchen benommen. „Augenblick mal, James. Sie wurden erst gestern fortgenommen, sagst du. Wer hat sie denn genommen? Emory war doch nicht da, oder?"

„Nein. Cat hat sie für uns genommen."

„*Was?*" Gedanken wirbelten durch meinen Kopf, während ich das auszuloten versuchte. „Für *uns*? Du meinst wohl für Emory?"

„Wenn's beliebt."

„Es beliebt sogar sehr." Meine Stimme wurde scharf. „Das macht einen Unterschied."

„Also schön, dann eben für Emory. Sieh mal, mach dir keine Sorgen, du kriegst sie wieder. Es war ja nur . . ."

„Ich mach' mir keine Sorgen über Jade oder Bilder oder irgendwas sonst. Ich denke an Cathy Underhill. Ihr habt dieses Mädchen für euch stehlen geschickt."

„Das ist ein hartes Wort."

„Es ist eine harte Tatsache."

„Trägst du hier nicht ein bißchen zu dick auf? Die Sachen gehörten uns."

„Zu dick? Mag sein. Aber noch lang nicht so dick wie ihre Eltern, falls sie das zu Ohren kriegen, da bin ich ganz sicher. Ich dachte mir noch, sie regten sich allzusehr darüber auf – mehr, als der Anlaß rechtfertigte. Es gab mir zu denken."

„Ihre Eltern? Um Gottes willen, du willst doch keinen Volksaufstand daraus machen, das willst du doch nicht? Bryony ...“

„Wart mal eine Minute, James. Daran muß ich mich erst gewöhnen. Laß mich ein bißchen allein sein.“

Ich stand abrupt auf und entfernte mich von ihm, ging über den frisch gemähten Rasenstreifen an das Ufer des Teichs hinunter. Eine niedrige Mauer zog sich dort hin, uralte Steine und brüchiger Mörtel; man hatte dieses Stück einst stehenlassen, um den Garten zu begrenzen. Aus ihren Ritzen wuchsen Goldlack, Leinkraut und bläulich-grüne Kletterfarne, die im Halbdunkel silbern aussahen. Da stand ich nun, meinem Vetter den Rücken zugewandt, und starrte hinaus auf den düsteren Teich, sah aber weder diesen noch etwas anderes. Es war unrecht, so unrecht ... Und doch, weil James es war, konnte ich meiner ersten instinktiven Reaktion nicht nachgeben; weil James es war, mußte ich mich dazu zwingen, innezuhalten und nachzudenken ... Reiß dich zusammen, sagte ich mir, dieses erschrockene Zurückprallen hat gar nichts mit Instinkten zu tun, sondern ist eine anerzogene Reaktion darauf, was du Diebstahl zu nennen gelehrt wurdest.

Na schön, also denken. *War* es Diebstahl? Sobald die rechtlichen Formalitäten abgeschlossen waren, würden all diese Dinge Onkel Howard gehören – und somit auch seinen Söhnen. James hatte vorhin mit aller Berechtigung gesagt, die Zeiten seien vorbei, da die Toten den Lebenden helfen könnten, das Vermögen zu hüten, das sie angesammelt und weitergereicht hatten – in Dimensionen, mit denen das Heute nicht mehr fertig wurde. Und meine Vettern waren es, die damit fertig werden mußten, nicht ich. Die Tatsache, daß Jon Ashley nun zu den Toten zählte, durfte keinen Unterschied machen. Meine Reaktion war eine der Gefühle, nichts weiter. James wußte das; er hatte mir das alles ersparen wollen; doch meine Worte und Wege heute im Schloß hatten ihm die Hände gebunden, und so hatte er mir's jetzt sagen müssen, obwohl die Wunde noch nicht verheilt war, die meines Vaters Tod mir geschlagen hatte.

Sekundenlang dachte ich wieder an Rob und die fischende Katze ... Ja, auch damit hatte James recht: Dieser herrliche Ort und das Leben, das er verkörperte, alles fiel in Stücke. Selbst dieses Haus, mein idyllisches kleines Haus mit seinem Blick auf den See, seinen Obstbäumen, dem Geißblatt und der Fribourg-Rose litt unter Holzwürmern und feuchten Mauern, die zu bekämpfen ich mir nicht leisten konnte. Wenn ich etwas von dem Worcester-Porzellan meiner Mutter verkaufte, um Reparaturen wie diese bezahlen zu können, wäre das völlig einwandfrei. Warum sollten meine Vettern, die Besitzer von Ashley Court, nicht die Stücke verkaufen, die ihnen gehörten? Und was sprach dagegen, daß sie es auf diese Weise getan hatten, wenn sie unter Zeitdruck standen?

Es lief auf die einzige Antwort hinaus: Cathy. Und hier hatte ich noch weniger das Recht, ein Urteil zu fällen. Ich wußte nichts von der Stärke des Gefühls, das Emory für sie empfand; ich hatte mich auch nicht damit aufgehalten, die Umstände zu ergründen, unter welchen sie die fehlenden Stücke für meine Cousins „gestohlen" hatte. Will heißen, für Emory. Schon vor langer Zeit hatte mein Vater gesagt, Onkel Howard werde niemals Ashley Court oder einen Teil der Verantwortung dafür übernehmen; das alles lastete nun einzig auf Emorys Schultern, und wenn Emory es für richtig befunden hatte, dem Rechtsweg zuvorzukommen ... Ja, nur Emory hatte dafür einzustehen; nach wie vor glaubte ich nicht, daß James dabei mehr als ein Gefolgsmann war, der getreulich jeden Weg ging, den sein Zwillingsbruder wies.

Ich setzte mich auf die Mauer, immer noch dem See zugewandt, und zwang mich zur Ruhe. Ich schuldete meinen Cousins in der Tat Besseres als dieses entsetzte Zurückprallen. Wieder dachte ich an die stillen Nächte, die von der Gegenwart meines Geliebten erfüllt waren, an seinen Beistand, seine Wärme und Liebe, an die Kraft, die er mir gegeben hatte. Ich dachte auch an sein seltsames Zögern vor so kurzer Zeit, an das Mitschwingen von Schuld und Unsicherheit, das ich jetzt zu begreifen glaubte. Es hatte sich erst gezeigt, seit ich wieder in

England war; gestern abend hatte es begonnen, als ich in der Sakristei der alten Kirche auf James gestoßen war. Was hatte er dort getan? Auch dies begann ich nun zu erraten. Der Gegenstand, den er getragen hatte, war ziemlich groß, aber flach gewesen, etwa wie ein Buch oder eine Aktenmappe. Er mußte gerade die Rackham-Bilder aus irgendeinem Versteck geholt haben; die Sakristei selbst konnte es nicht sein – damit hätte er eine Entdeckung geradezu herausgefordert. Doch abgesehen von den wenigen Tagen, an denen die Kirche saubergemacht wurde, gab es hundert Möglichkeiten: unter den Sitzreihen der Seitenschiffe, unter der Kanzel, hinter den Betkissen, die unweit des Taufbeckens aufgestapelt lagen. Jedes dieser Plätzchen hätte ein geheimes Lager abgegeben, sicher und trocken, wo Cathy die Gegenstände verstecken konnte, die sie aus dem Schloß entfernt hatte.

Und so hatte James sich einen Meßrock von den Kleiderhaken der Chorsänger geschnappt, war vor mir durch das Mittelschiff geflohen, hatte den Hauptschalter umgelegt und, während ich auf meinem Weg durch die Kirche immer näher kam, mit hastigen Fingern den Schließbolzen der Sakristeitür aufgedrückt. Wer auch immer in die Kirche gekommen war, konnte nur die entschwindende Gestalt im Meßrock sehen und mußte zu dem gleichen Schluß gelangen wie ich ...

Ja, nun wußte ich's. Und ich verstand die Weigerung meines Geliebten, sich mir offen zu zeigen. Das mußte warten, bis die Angelegenheiten des Tageslichts geregelt waren. Ehe sich etwas zwischen uns vollenden konnte, mußten wir uns mit den realen Erfordernissen einer schwierigen Situation abfinden, mit der harten Wirklichkeit rund um das Wie und Wann unseres Lebens, rund um Ashley Court und Daddys Testament und den Diebstahl von Jade und Bildern – damit, was ich als die Tatsachen der Welt bei Tageslicht bezeichnete. Und die andere Welt, die des Sternenscheins, wo die Liebe so einfach war, weil sie wie ein Gedicht von einer Seele zur anderen floß, sie würde warten müssen. Nun wußte ich, was er mit seinem wiederholten „Noch nicht, noch nicht“ meinte; ich mußte mich erst darauf einstellen, wer und was er wirklich war – auf den äußeren Mann, nicht bloß auf jene andere Hälfte seines Wesens, die ich so gut kannte wie mich selbst. Wir hatten alle Regeln auf den Kopf gestellt, er und ich. Es hatte mir immer geschienen, daß die Liebe, die wir besaßen, leichter sein müsse als die meisten anderen, war sie doch erfüllter; nun sah ich, daß sie schwerer zu tragen war. Auch ihr Ausgang war ungewiß. Es würde davon abhängen, wie ich mit dieser bedrückenden und verwickelten Angelegenheit fertig wurde; und auch davon, ob ich erfahren würde, was mein Vater gemeint und was er gewollt hatte. Ich mußte meine Aufgabe als Jon Ashleys Vertreterin erfüllen – und dann erst, wenn die Dinge um Ashley Court ins reine gebracht worden waren, konnten mein Geliebter und ich einander von Angesicht zu Angesicht gegenübertreten. Er hatte all dies längst gesehen. Er kannte mich und wußte, daß ihn Umstände begleiteten, mit denen ich mich nicht so leicht abfinden mochte. Er konnte meiner nicht sicher sein, ehe ich die volle Wahrheit seines Daseins erfahren und mit Liebe und Verständnis aufgenommen hatte.

Ich glaube nicht, daß ich in diesem Augenblick auch nur die leisesten Zweifel über seine Identität empfand. Ich starrte auf das Wasser und öffnete mein Bewußtsein für ihn, während meine bange Frage in der Luft der scheidenden Dämmerung Gestalt annahm. *Das ist es also, weshalb wir warten müssen?*

Und seine Botschaft drang zu mir. *Ja, deswegen.*

Aber ich versteh' es jetzt, und ich nehm' alles hin. Ist das denn nicht genug? Du weißt, daß ich dich liebe, das weißt du. Ich muß es ja. Darauf kommt's doch an, nicht wahr? Und es ist mir gleich, was du auch getan haben magst. Und wer immer du bist.

Ein Flirren von Liebe überrieselte mich, wirklich und greifbar wie fallende Blütenblätter, und jener Hauch von Belustigung, den ich so gut kannte. *Ich will dich beim Wort nehmen.*

Und tatsächlich fielen Blütenblätter. Ein Klematiszweig, von der aufkommenden Abendbrise eingefangen, verstreute seine welkenden Blüten über das düstere Gras. Jetzt endlich blickte ich zu meinem Cousin, über die von

Dunkelheit erfüllte Entfernung hinweg. Er sah mich fest an, sagte nichts, sah nur zu mir her, geduldig und voll verhaltener Spannung. Dann lächelte er, und etwas in mir begann zu beben, als sei eine Leine zwischen uns beiden gezogen, die einen plötzlichen Ruck verspürt hatte. Blut dicker als Wasser, was immer das bedeuten mochte; oder Geschöpfe, die denselben Teich bewohnten, über denen dieselbe Welle brach. Worte schienen überflüssig zu sein. Dort waren diese Ashley-Augen, überschattet von der wachsenden Dunkelheit, die blonden Haare, die ungezwungene Haltung, unter deren Lässigkeit sich konzentriertes Denken verbarg. Der Anblick der realen Gestalt begann sich zu verwischen, beinah als legte sich das Phantasiebild meines Geliebten über die Wirklichkeit des Vetters, der unter dem Fliederstrauch saß und mich beständig ansah. Die Umrisse deckten sich nicht ganz. Noch nicht. Nicht, ehe ich ihn zur Gänze erkannt und in mich aufgenommen hatte, vermutete ich, ihn, mit dem Sternenschein und den Träumen und dem rauhen Licht der Tage, die „morgen" hießen.

Ein Schatten huschte das Seeufer entlang. Mit einem grellen Kreischen und einem Plätschern flog etwas aus dem Schilf auf. Robs Collie, der die Wiesen am Wasser durchstreifte, hatte ein Teichhuhn aus seinem Nest gescheucht. Als hätte es einen Zauber zerbrochen, begann ich zu sprechen, diesmal laut.

„Es ist alles gut, James. Bitte mach dir darüber keine Gedanken mehr. Kein Mensch kann euch verbieten, mit all dem Zeug im Schloß so zu verfahren, wie ihr's für richtig haltet . . . Es gehört schließlich euch, und wenn ihr's schon jetzt braucht und nicht erst später, so ist das desgleichen eure Angelegenheit. Ich glaub', wir müssen uns was einfallen lassen, was wir den Underhills sagen können – aber später mal; für heut' abend wollen wir das Thema begraben, ja?"

„Ich hab' mir darüber gar keine Gedanken gemacht", sagte er, „nicht im mindesten. Blut ist dicker als Wasser, was immer das bedeuten mag."

Ich hörte das Lächeln in seiner Stimme. Seine so selbstverständliche Annahme, ich sei ohnehin seine Komplizin – warum bloß kam mir dieses harte Wort in den Sinn? –, brachte mich erneut aus dem Gleichgewicht. Ich sagte nichts.

Dann das Aufleuchten eines Lächelns, und er stand auf. Er mußte mein Schweigen trotz allem falsch verstanden haben. Ehe ich richtig gewahr wurde, daß er ein paar Schritte gegangen war, hatte er den Rasen schon überquert, so leise wie eine Katze. Er streckte seine Hände aus, zog mich hoch und in seine Arme. Sein Mund fand den meinen, erst noch zart, dann mit rasch wachsender Erregung.

„Bryony. Bryony. Wir mußten so lang warten."

Eine Drossel brach zwischen den Fliederzweigen hervor und flog mit einem hellen Warnschrei über die Mauer des Obstgartens. Ich legte meine Hände an die Brust meines Cousins und stemmte mich etwas zurück.

„James. Aber ich dachte . . ."

Er küßte mich wieder und erstickte die Worte, die ich sagen wollte. Ich hörte seine Stimme an meinem Mund: „Du hast immer gewußt, daß ich es war, stimmt's?"

„Ich . . . ja. Ich war nicht sicher. Früher mal, da schien mir's viel zu einfach, aber – nein, so wart doch, bitte."

„Warum?" Er zog mich wieder an sich, und als ich meinen Kopf zurückwandte, begann er mein Haar zu küssen, meine Wangenknochen, meinen Hals.

„Nein, bitte mach's mir nicht noch schwerer. Ich hab' ja erst angefangen zu verstehen. Erst müssen wir doch all die schwierigen Dinge hinter uns bringen."

Er blieb noch eine kleine Weile hartnäckig, doch als seine Zärtlichkeiten nicht erwidert wurden, ließ er mich schließlich los und legte eine sanfte Hand an meine Wange. „Na schön, ist gut. Das ist nicht der richtige Augenblick. Aber wir wollen uns damit nicht zu lang Zeit lassen. Ich hab' solche Angst, daß du mir wieder entschwindest."

„Das werd' ich nicht, James. Wollen wir reingehen, ja? Kannst du bitte die Tassen mitnehmen?" Er bückte sich und hob sie auf; dann folgte er mir ins Haus. „Bleibst du heut' abend im Schloß?" fragte ich ihn.

„Nein. Ich fahr' nach Bristol zurück." Wieder dieses

Lächeln, das mir so ans Herz griff. „Das werd' ich wohl müssen, wenn du mich abweist."

„Um Himmels willen!" Ich bemühte mich, es fröhlich klingen zu lassen, doch es kam ziemlich schneidend aus meiner Kehle. „Hast du wirklich erwartet, ich würde dich bitten, hierzubleiben?"

„Tja nun, das wär' vielleicht ein kleines bißchen zu plötzlich gewesen. Ich bin ein geduldiger Mann." Keine Schwingung seiner Stimme deutete an, daß es eine andere Art des Zwiegesprächs zwischen uns beiden gegeben hatte. „Ich will heut abend Herrn Gothard anrufen, denk' ich, um zu hören, ob's was Neues gibt. Hast du seine Nummer bei der Hand?"

„Ja. Ich schreib' sie dir gleich auf, ja?"

Ich ging an den Sekretär und knipste die Lampe an. Ich fand was zu schreiben und einen gebrauchten Briefumschlag, kritzelte die Nummer hin und reichte ihm das Papier.

Er warf einen kurzen Blick darauf und steckte es ein. „Danke. Oh, wo hast du denn meinen Schreiber gefunden? Ich hatte ihn irgendwo verloren, und nun hab' ich schon überall nach ihm gesucht."

„Das ist deiner? Bist du sicher?"

„Na, klar bin ich sicher. Das ist schon meiner. Sieh dir nur die Initialen an. Wo hast du ihn bloß gefunden?"

„In . . . im Kirchhof. Neben dem Weg."

Ich dachte, er müsse mein Zögern bemerkt haben, doch offensichtlich war es ihm entgangen. „Oh. Ja. Ich dank' dir auch schön." Er steckte ihn ein, küßte mich nochmals und ging.

Lange Zeit stand ich neben der Lampe, dachte an nichts, hatte mein Bewußtsein geschlossen wie ein Tor, in plötzlicher Panik zugeknallt, um ihn von mir fernzuhalten.

Denn ich wußte nun etwas, was ich ihn nicht einmal ahnen zu lassen wagte. Als er und Emory nach Ashley Court gekommen waren, um „die verfügbaren Vermögenswerte ins Auge zu fassen", hatten die beiden nicht nur gewußt, daß mein Vater krank war; sie hatten gewußt, daß er nicht mehr lebte.

Der Stift, den ich aus dem Gewirr der Utensilien im Sekretär zur Hand genommen hatte, war der silberne Kugelschreiber mit den Initialen J. A. Er hatte dort unter den anderen persönlichen Gegenständen meines Vaters gelegen, die Herr Gothard mir ausgehändigt hatte. Ich hatte ihn nicht als Daddys Eigentum wiedererkannt, doch es hatte unzweifelhaft geschienen, daß er ihm gehörte. Er war, wie Herr Gothard mir berichtet hatte, neben meinem sterbenden Vater gefunden worden, ein paar Schritte unter jener einsamen Landstraße in Bayern.

Ich weiß nicht mehr, wie lange ich dort stand und vor mich hinstarrte, ohne etwas zu sehen, meinen Blick an die Lampe und an den großen grauen Nachtfalter geheftet, der taumelnd durch die offene Tür hinter mir hereingeflogen war und sich nun wie wahnsinnig an der Glühbirne zu Tode hämmerte. Und wie der Nachtfalter hämmerte und flatterte mein Verstand gegen eine Wahrheit, die so widrig und zerstörend war, daß ich sie trotz aller Tatsachenbeweise nicht fassen konnte, nicht fassen wollte.

Um nichts in der Welt auch wollte ich die Schlüsse ziehen, die daraus folgten, doch sie mußten gezogen werden. Der erste, der nun kaum noch zu zählen schien, ergab sich aus der Leichtigkeit, mit der ich meine Lüge, ich hätte den Kugelschreiber im Kirchhof gefunden, an den Mann gebracht hatte: Nun stand fest, daß James der Schnüffler in der Sakristei gewesen war. Die zweite Folgerung aber zählte über alle Maßen: Es mußte James gewesen sein – dort, neben dem leblosen Körper meines Vaters. Und er hatte dem Schwerverletzten weder geholfen, noch hatte er sich irgendwie bemerkbar gemacht.

Für mich ergab sich daraus nur ein einziger weiterer Schluß. James war der Fahrerflüchtige am Steuer des Wagens gewesen, der Daddy von der Straße gefegt hatte. James hatte meinen Vater getötet.

In dieser Nacht, als ich ruhelos in dem stillen kleinen Schlafzimmer lag, sah ich dem Mondlicht zu, das langsam über den Boden kroch, und ich nahm meine ganze Kraft zusammen, um die Tore zwischen mir und meinem Geliebten geschlossen zu halten. So beharrlich war hin und wieder seine Gegenwart, daß ich wie in jener Nacht auf Madeira hätte schwören mögen, sogar seinen Schatten über den Boden gleiten zu sehen. Offenbar jedoch erlahmten meine Kräfte bisweilen unter dem Gewicht von Leid und Einsamkeit, denn ich empfing seine Hinwendung klar wie ein Flüstern; es war nur mein Name, eindringlich und flehend. Dann wandte ich mich ab, sperrte ihn wieder aus und lauschte für den Rest der Nacht jener Glocke, die im Kirchturm schlug.

Ashley, 1835

Die Kerze verblutete in einem Tümpel aus Wachs. Das Mädchen regte sich neben ihm und murmelte etwas. Dann sank sie wieder in den Schlaf. Licht, vom Spiegel zurückgeworfen, ergoß sich über ihre nackte Schulter und die Rundung einer ihrer Brüste. Lichtes Mädchen, dachte er. Leichtes Mädchen? Es ist ein hübsches Wortspiel. Sie ist mein Licht der Liebe.

Er streckte eine Hand aus und ertränkte die kleine, flackernde Flamme.

12. KAPITEL

. . . ein heil'ger Mann, ein Beichtiger,
Ein Sündenlöser, mein erklärter Freund.
„Romeo und Julia", III/3

Am nächsten Morgen, so früh, wie ich eben konnte, suchte ich den Pfarrer auf.

Er kniete im größten der baufälligen Glashäuser und wühlte zufrieden in den jungen Tomatenpflanzen. Das Treibhaus stand vor der fast vier Meter hohen Mauer des alten Küchengartens, und viele seiner Scheiben waren zerbrochen; sie waren durch Sperrholzreste oder Plastikfolien ersetzt worden. Die Heizanlage, wie nicht anders zu erwarten, hatte ihren Geist längst aufgegeben. Auch die ursprünglichen Gerüste waren lang verfault. Rob hatte sie ins Freie gezerrt und verbrannt; aus alten Schragen und ein paar Brettern aus einem der herrenlosen Farmhäuser hatte er sodann Bänke gezimmert. Die Sonne strömte herein, wurde von der weißgetünchten Mauer warm zurückgeworfen, und das glanze Glashaus roch angenehm nach frisch gegossener Erde, die in der Wärme dampfte, und nach moschusduftenden Tomatenblättern.

„Grüß dich Gott, mein liebes Kind. Hast du die Nacht im Gärtnerhaus auch gut verbracht, hm?"

„Sehr gut, vielen Dank. Was treiben Sie denn?"

„Die Tomaten hochbinden. Letzte Woche hat Rob all diese Schilfrohre hier aufgespannt, und nun sind die Pflänzchen groß genug, um gezogen zu werden. Vortreffliche junge Pflanzen, nicht wahr? Ich weiß nicht, was an den Tomaten so faszinierend ist, aber es ist wirklich ergötzlich, mit ihnen zu arbeiten. So einfach, und so ein großes Erträgnis aus einer so bescheidenen Investition."

Ich lachte. „Das klingt viel zu weltlich, Herr Pfarrer. Sie sollten moralische Lehren daraus ziehen: ‚Aus winz'-gen Eicheln ries'ge Eichen werden, und alles Dingsda, Dingsda, Dings auf Erden.' "

„In der Tat, das sollte ich. Tja, sicher steckt da irgendwo eine Moral drin, das weiß ich wohl . . . Ach herrje, jetzt flöt' ich hier wie die Herzogin in ‚Alice hinter den Spiegeln'. Wolltest du was Besonderes von mir?"

„Ich hätt' eigentlich ganz gern mit Ihnen gesprochen", sagte ich. „Irgendwann mal, wenn's Ihnen paßt. Es drängt nicht."

Seine Hand, behutsam um die pelzigen Blätter gelegt, hielt inne. Seine Augen, durch die dicken Brillengläser so grotesk verzerrt, erforschten mein Gesicht. „Es paßt mir immer." Er ließ die Pflanze los und stand langsam auf. „Hier und jetzt, oder sollen wir raufgehen ins Pfarrhaus und uns ein Täßchen Kaffee zu Gemüte führen?"

„Hier und jetzt, wenn's Ihnen nichts ausmacht. Nein, bleiben Sie doch bei den Tomaten. Kann ich Ihnen nicht dabei helfen? Ich weiß, wie's geht."

Er machte keine Einwendung, weil er wohl wußte, um wie vieles leichter einem das Reden fällt, wenn die Hände beschäftigt sind. Er begann wieder zu arbeiten; ich ging auf die andere Seite der Reihe und tat es ihm nach. Durch eine zerbrochene Scheibe über unseren Köpfen flog das Rotkehlchen herein, das stets ein scharfes Auge auf jeden hatte, der im Garten werkte. Als es sah, daß nichts Aufregendes sich tat, schimpfte es ein Weilchen und flog davon. Nun war es still bis auf das Rascheln der Tomatenblätter, das Schnippeln der Schere, mit der Bindfaden abgeschnitten wurde, und das Glucksen eines tropfenden Wasserhahns über dem Schaff.

„Glauben Sie an Telepathie, Mr. Bryanston?"

„Dran glauben? Ich stelle ihre Existenz nicht in Frage; ich glaub' nicht, daß man das guten Gewissens kann. Es hat zu viele Fälle davon gegeben, gründlich belegt noch dazu; und jetzt, denk' ich mir, wird sie ernsthaft erforscht. Kannst du's ein bißchen genauer sagen? Ich nehm' an, du meinst Gedankenübertragung, aber die nimmt eine Vielzahl von Formen an."

„Ich mein' das im schlichten, direktesten Sinn: Verständigung zwischen Bewußtsein und Bewußtsein, unmittelbar und ungefiltert, auch ganz ohne körperliche Gegenwart."

„Ja, ich versteh'. Nun, meine Antwort steht. Man kann die Existenz eines solchen Phänomens nicht in Frage stellen. Ich darf wohl sagen, daß ich durch die Geschichte meiner Kirche daran gebunden bin, für wahr zu halten, daß solche Dinge sich zugetragen haben. Elisa zum Beispiel war telepathisch veranlagt – oder er konnte außergewöhnlich gut raten."

„Vielleicht wußte er nur die menschliche Natur so ausgezeichnet einzuschätzen?" warf ich ein. „Gehasi hatte ihn doch zuvor schon belogen? Denn Sie sprechen wohl von der Zeit, als Gehasi sich von Naëman bezahlen ließ, das Silber sodann versteckte und Elisa weismachte, er sei nicht mal in der Nähe Naëmans gewesen?"

Die Augen des Pfarrers blinzelten. „Das war eine prächtige Ausbildung, die du in der Sonntagsschule genossen hast, mein Kind."

„Ja, find' ich auch. Aber daran hatten Sie doch gedacht? Daß Elisa schon die ganze Zeit davon wußte, nicht wahr?"

„Ja, in der Tat. ‚Bin ich nicht im Geiste mit dir gegangen, als der Mann sich umwandte von seinem Wagen dir entgegen?' Ein schlimmer Augenblick für den Lügner Gehasi. Vielleicht, wie du sagst, kannte Elisa einfach seinen Pappenheimer; aber das Bibelwort schließt nicht aus, daß hier Kenntnis von Dingen vorlag, die in gewisser Entfernung vorgegangen waren, außer Sichtweite jedenfalls."

Kurze Zeit arbeiteten wir schweigend. Dann sagte ich: „Als ich glauben sagte, meinte ich eigentlich, ob Sie schon solche Erlebnisse hatten."

„Erlebnisse aus erster Hand, nein. Aus zweiter Hand schon eher. Wie jedermann hatte ich eine Tante, die Vorahnungen hatte, von denen mindestens dreißig Prozent zutrafen. Und wir alle sind schon Menschen begegnet, die da behaupten, Dinge vorhergesehen zu haben, und bei einigen wenigen ist das wahrscheinlich keine

Lüge. Nein, ich mach' keinen Spaß; ich seh' ja, daß dir das was bedeutet. Solche Fälle, wie ich sie persönlich kennengelernt hab', betrafen jedenfalls diese Art instinktiver Hellsichtigkeit, die einmal unter den Begriff der Weissagungen fiel und schon in grauer Vorzeit – du liebes bißchen, schon im fünften Buch Mose – unter Strafe gestellt wurde; zusammen mit Hexen und ähnlichen Geistern war das ein Greuel wider den Herrn." Die schönen Augen hinter den verzerrenden Linsen waren von stiller Fröhlichkeit. „Und das bist du nicht, mein liebes Kind, und könntest's auch nie sein. Darf ich dem Ganzen entnehmen, daß du Erlebnisse dieser Verständigung zwischen Bewußtsein und Bewußtsein hattest?"

„Ja, hab' ich. Allerdings keine bloßen Vorahnungen. Mitteilungen, gesprochene Worte sogar, die aus einem anderen Bewußtsein unmittelbar in meines eindringen. Was ich als Telepathie bezeichnen würde."

„Tja nun", sagte der Pfarrer, „schließlich bist du eine Ashley, oder nicht?"

Meine Hände zuckten; eng schlossen die Fingerspitzen sich um einen Schößling, so daß er brach. „Verzeihung", sagte ich mechanisch, ehe ich zu ihm aufblickte. „Das *wußten* Sie?"

„Ich kenn' die Geschichte eures Hauses. Und ich hab' all die Familienschriften gelesen, die in der Bibliothek aufbewahrt wurden, darunter auch einiges von dem ansonsten beklagenswerten Zeug in den vergitterten Regalen. Es gibt Aufzeichnungen über so Dinge, wie du sie erwähnst, und manche davon klingen durchaus authentisch. Und ich weiß, daß in eurer Familie die Geschichte auftaucht – eine Aufzeichnung, sollte ich sagen, zumal manches davon zweifellos aufgebauscht und verfälscht ist –, wonach von Zeit zu Zeit bei manchen Familienmitgliedern ungewöhnliche geistige Kräfte auftreten. Elizabeth Ashley, die Hexe, scheint wenig dazu getan zu haben, sich diesen Titel zu verdienen; sie wurde nur dabei belauscht, wie sie mit jemandem sprach, den keiner sehen konnte. Und in zwei Fällen gab sie Nachrichten weiter, die sie von ihrem geheimen Freund erhalten zu haben behauptete, wobei dieses Wissen sich nicht anderweitig erklären ließ. Wäre sie dem Scheiterhaufen entgangen, hätte ihr Mann sie mit ziemlicher Sicherheit verstoßen; abgesehen von seiner Furcht vor Hexenkünsten, verdächtigte er sie nämlich, sich mit Liebhabern abzugeben. Aber das weißt du ja alles."

„Ja."

Die gütigen Augen betrachteten mich sekundenlang, ehe sie sich wieder der Arbeit in seinen Händen zuwandten. „Es ist niemals leicht, anders zu sein. Aber ich muß wohl annehmen, daß du auch das nur zu gut weißt? Auch du hast einen geheimen Freund?"

„Ja."

Er schwieg. Diesmal sah er mich nicht an.

Ich hörte das Flehen in meiner Stimme, als ich sagte: „Bitte glauben Sie mir, Herr Pfarrer."

„Ich glaub' dir ja, mein Kind. Ich fürchte um dich."

„Mein Bewußtsein und mein Verstand sind *nicht* abnormal – zumindest nicht auf irgendeine andere Weise. Aber solang ich mich erinnern kann, war ich in der Lage, mit diesem . . . mit diesem Menschen zu reden."

„Nur mit diesem einen?"

„Ja."

„Mit einem Menschen aus Fleisch und Blut?"

Seine Stimme war sanft und forschend, doch die Frage erschreckte mich zutiefst. Ich richtete mich auf und starrte ihn an. Daran hatte ich noch nie gedacht. „Ach ja, sicher. Aber das . . . das kam mir noch nie in den Sinn . . . Meinen Sie, es könnte jemand sein, der . . . Oh, nein, Herr Pfarrer, er *ist* aus Fleisch und Blut. Es ist einer meiner Cousins."

„Verstehe." Sein bedrückter Blick vertiefte sich. „Ja, ich verstehe."

„Aber was vermuten *Sie* denn?" begehrte ich zu wissen. „Daß es irgendeine Phantasie sei, die ich mir als Kind ausgeträumt habe und nun nicht mehr loswerden kann? Ich mein', ich weiß ja, daß Kinder imaginäre Freunde erfinden, aber um Himmels willen, da wachsen sie doch raus – und bei mir ist's nichts dergleichen! Es ist eine Beziehung, eine richtige Verbindung, Herr Pfarrer, ich schwör's Ihnen!"

„Das hab' ich bereits eingeräumt." Ich hatte nicht gewußt, daß seine Stimme so scharf sein konnte. „Mein Kind, was hab' ich nur gesagt, um dich so aufbrausend zu machen? Wenn es nun mal wahr ist – und ich hab' schon gesagt, daß ich dir glaube –, dann zieh' ich's vor, zu glauben, daß du mit einer anderen lebendigen und realen Seele in Kontakt stehst. Ich nehm' doch an, daß du bloß nicht weißt, wer's ist?"

„Nein, noch nicht. Aber es muß ein Ashley sein, und er ist irgendwo hier, und wir können darüber sprechen – uns verständigen –, was vorgeht. Wir können auch über ziemliche Entfernungen in Verbindung bleiben. Als ich auf Madeira war, berichtete er mir von Daddys Unfall."

Und nun schien auch das Rätsel gelöst, weshalb er davon gewußt hatte. Die Botschaft, durch die pure Entfernung schwach und undeutlich geworden, mußte mich direkt vom Schauplatz des Unfalls erreicht haben.

Etwas, was der Pfarrer eben sagte, erreichte mich noch. „Und du bist sicher, daß es nicht dein Vater selbst war, der dir die Nachricht sandte?"

„Das wär' nicht gegangen. Wir besaßen diese Art der Verständigung nicht, nur ein – ach, ein Gefühl für Unannehmlichkeiten. Er wußte es, wenn ich krank war oder mir weh getan hatte, aber er selbst wär' schwerlich in der Lage gewesen, mir . . ." Ich hielt inne, schluckte und starrte. „Wollen Sie damit sagen, daß Sie davon *wußten?* Sie wußten's schon die ganze Zeit? Und auch, daß mein Vater diese Gabe hatte?"

„Bis zu einem gewissen Grad, ja."

Ich schwieg, während ich wieder an die Botschaft dachte, die Herr Gothard für mich niedergeschrieben hatte: *Meine kleine Bryony, sei auf der Hut. Gefahr. Das spüre ich ganz genau . . .*

„Hat er von meinem geheimen Freund gewußt?" Ich war dem Pfarrer dankbar für diesen Namen; denn laut wollte mir „Geliebter" noch nicht über die Lippen.

„Er hat nie davon gesprochen, auch nie einen Hinweis darauf gegeben, daß er um deine Begabung wußte. Seine eigene war, wie ich zu wissen glaube, viel kleiner; gelegentlich hatte er Augenblicke der Vorahnung oder, vielleicht, einer besonderen Klarsichtigkeit. Sie alle hatten mit dir zu tun, soviel ich weiß. Weit über Vermutungen hinaus schien er genau zu wissen, wenn mit dir was nicht stimmte oder du Hilfe brauchtest."

„Ja", sagte ich, „das wußte ich."

Mit großer Sorgfalt schnitt der Pfarrer etliche Stücke Bindfaden ab, fädelte sie durch ein Knopfloch, verschob sodann sein Kniekissen und wandte sich der nächsten Pflanzenreihe zu.

„Dein Freund sei ein Ashley, sagst du. Tja, das muß das Feld doch beträchtlich einengen, wie?"

„Ja."

Selbst in meinen eigenen Ohren klang die Silbe niedergeschlagen und gequält; es war schwerlich der Tonfall einer Freundin oder einer Geliebten. Und wieder bog sich ein Tomatenschößling in meinen Händen, bis er beinah brach. Ich entschuldigte mich dafür, überließ die Tomaten ihrem Schicksal, machte ein paar Schritte und setzte mich auf einen gebrechlichen Hocker neben dem Wasserschaff. Der Pfarrer hielt in seiner Arbeit nie inne, sondern rückte beständig an der Reihe entlang, mir halb abgewandt. Ich lehnte mich an die warme Mauer. Schimpfend flog das Rotkehlchen wieder herein, und ich sah, daß es hoch oben unter dem Dach ein Nest in einem Gewirr von Passionsblumen hatte, die in einer Ecke üppig gediehen. Der Vogel schaukelte auf einem sich biegenden Stengel, reckte den Kopf nach uns, um uns mit funkelnden Augen zu betrachten, hörte ganz plötzlich auf zu schelten und verschwand zwischen den Blättern. Der Frieden, der Sonnenschein, die Wärme und der beschauliche Rhythmus der Arbeit an den Pflanzen senkte sich über mich wie eine Windstille über aufgewühltes Wasser. Ohne mich bewußt dazu entschlossen zu haben, erzählte ich dem Pfarrer auf einmal alles über meinen Geliebten. Nichts über James; nichts über den gestrigen Abend; nur über die lange Zeit der Verständigung zwischen Bewußtsein und Bewußtsein, bis ich gestern nacht die Tore zugeknallt hatte.

Als ich zu Ende gesprochen hatte, trat wieder eine dieser schweigenden Pausen ein. Dann sagte er mit seiner feinen Ruhe, die sich durch nichts überraschen ließ: „Na, vielen Dank, daß du's mir erzählt hast. Das macht alles sehr klar. Nun aber, wenn ich das richtig seh', ist etwas vorgefallen, was dich in Sorge versetzt und dich von ihm fortgetrieben hat, zu mir?"

„Ja. Ich bin gekommen, weil ich nun zu wissen glaube, wer er ist, und ich glaub' auch, daß er was sehr Unrechtes getan hat, und ich würd' gern wissen, was ich tun soll. Eigentlich, wissen Sie, müßt' ich ja selber in der Lage sein, Recht von Unrecht zu unterscheiden, aber hier ist's ganz anders. Weil ich ihn nun mal auf diese besondere Art kenne – und weil ich nach all diesen Jahren sicher bin, daß wir einander mehr bedeuten als jedes andere Liebespaar, daß jeder von uns ein Teil des anderen ist, ob uns das nun behagt oder nicht . . . Verstehen Sie jetzt? Ihn zu verraten, selbst wenn er sehr falsch gehandelt hat, das wär', als würd' ich mich selbst verraten, oder noch schlimmer . . ."

Er richtete sich etwas auf, und seine Hände kamen zur Ruhe, aber er sah mich nicht an. So lange kniete er dort, den Blick auf die Tomatenpflanzen gesenkt, daß ich schon dachte, er hätte meine Gegenwart und meine Frage vergessen. Schließlich seufzte er. „Mein liebes Kind, ich bin dir keine Hilfe. Vielleicht, wenn ich mir Zeit nehme, um darüber nachzudenken . . . Ja, das muß ich tun. Und auch beten . . . Das entzieht sich gänzlich meiner Erfahrung, allen Geboten, allen Regeln. Es gab mal eine Zeit, da hätt' ich gesagt, daß Recht recht und Unrecht unrecht ist – gleichgültig, wie der einzelne darüber befindet; aber mit den Jahren beginnt man darüber anders zu denken. Gewissermaßen könnte man sagen, daß eine innige Beziehung von der Art, wie du sie beschrieben hast, der innigen Verbindung von Ehemann und Ehefrau gleicht. Und das Gesetz nimmt darauf Rücksicht; es wär' unerträglich, wenn ein Partner den anderen verraten dürfte. Ich glaub' – ja, ich glaube, wenn du wirklich den Schlüssel zu den verborgensten Gedanken eines Menschen besitzt, dann darfst du sie nicht verraten."

„Ja", sagte ich. „Das hab' auch ich mir gedacht. Wenn schon nicht gedacht, so doch gefühlt. Ich danke Ihnen."

„Wenn er etwas so sehr Unrechtes getan hat, wird es gewiß auch ohne dich ans Licht kommen. Aber ich glaub', wenn du ihn drauf und dran siehst, anderen weh zu tun oder noch mehr Schaden anzurichten, dann mußt du diese deine außerordentliche Beziehung dazu benützen, ihn davon abzubringen. Wenn nämlich diese Bindung zwischen euch so eng ist, daß ihr seid wie die beiden Seiten einer Münze, dann könnte deine Entscheidung für das Gute seinem Hang zu Missetaten entgegenwirken. Ja, vielleicht ist das die Antwort. Zumal du diese, äh, besondere Möglichkeit der Verständigung besitzt, mußt du dafür auf diese Weise bezahlen. In anderen Worten", schloß der Pfarrer, der da in seiner alten geflickten Jacke kniete, die Schere in der Hand, und aussah wie das Gesetz und alle Propheten in einer Person vereint, „in anderen Worten ist es deine Pflicht, als Stimme seines Gewissens zu wirken, wenn sein eigenes nicht kräftig genug ist."

„Gestrenge Tochter der Stimme Gottes", zitierte ich mit etwas trüber Stimme.

„Genau. Keine sehr anziehende Dame, die Pflicht. Eine der geistvolleren Beschreibungen des alten Wordsworth, finde ich. Klingt das denn so entmutigend, Kind?"

„Ein bißchen. Aber im Augenblick ist's wohl so ungefähr das einzige, was ich tun kann – wenn ich's überhaupt wage, mit ihm in Verbindung zu treten. Denn lauthals kann ich ihn ja doch nicht verraten. Keinem Außenstehenden, mein' ich."

Er hatte die letzten Pflanzen dieser einen Reihe noch im Sprechen hochgebunden, erhob sich nun steifbeinig und schritt hinüber zu einer Bank, die zum Umtopfen benutzt wurde, um sich ein neues Knäuel Bindfaden zu holen. Ohne mich anzusehen, begann er wieder zu sprechen. „Bryony."

„Ja?"

„Das ist keine sichere Bahn, auf der du dich bewegst."

„Darüber bin ich mir im klaren. Das ist auch einer der Gründe, weshalb ich mit Ihnen sprechen mußte. Bis jetzt, wissen Sie, war's so wunderbar und so vertraut . . . Ich war's schon so gewohnt . . . mit ihm über alles sprechen zu können, alles auszutauschen, als wär' er ein Teil von mir und ich von ihm. Ich empfand dabei nur Glück, war nie allein, hatte immer jemanden, an den ich mich wenden konnte ... Und auch in der Zukunft schien mir nichts als Freude zu liegen; wenn wir eines Tages dann real und körperlich zueinander fänden, meinte ich, würde es nur eine Fortsetzung dessen sein, was wir schon unser Leben lang getan hatten. Es war so still und problemlos." Ich blickte auf meine Hände hinunter. „Als Daddy gestorben war, dachte ich, ich bräuchte nicht mehr zu tun, als nur nach Ashley heimzukehren, und dann würde ich ihn finden können, meinen geheimen Freund. Doch er sagte nein; die Zeit sei noch nicht reif, wir müßten warten. Und nun glaub' ich eben zu wissen, warum er mich nicht in seine Nähe zu lassen wagte: Weil er seine Schuld empfand. Ich fühlte mich so unsagbar allein ... Und dann, als ich gerade dachte, ich hätte ihn gefunden, mußte ich entdecken, daß er etwas Schreckliches getan hatte, etwas wirklich Schreckliches – so furchtbar, daß er's fertigbrachte, es all die Zeit geheimzuhalten, selbst vor mir. Ich kam nur zufällig dahinter. Deshalb bin ich zu Ihnen gekommen, um Sie zu fragen, was ich tun soll."

„Du bist nur *zufällig* dahintergekommen? Bedeutet das, daß du einen seiner Gedanken gelesen hast, den er vor dir verbergen wollte?"

„Nein; denn das kann man nicht. Ich hab' Ihnen ja gesagt, man kann sein Bewußtsein schließen. Er kann zum Beispiel nicht wissen, was ich Ihnen jetzt gerade erzähle. Nein, das war was anderes – etwas aus der Welt des Tageslichts. Ich hab' etwas gesehen, wovon er nicht wußte, daß es ihn verraten würde."

„Also kannst du in *dieser* Sache getrost was unternehmen, ohne dein geheimes Leben zu verraten. Hier hast du einen Teil deiner Antwort, glaub' ich." Er sah mich an; dann nickte er mir aufmunternd zu. „Aber die ganze Antwort ist das noch nicht, wie? Du kannst dir nicht vorstellen, ihn zu verraten, was immer er auch tut – und dennoch kannst du mit seinen Taten nicht leben?"

„Ja. Ja, genau so ist es."

„Dann, mein Kind", sagte er gemessen, „mußt du eben ohne ihn leben."

Es war die Antwort, zu der ich auch selbst gelangt war, doch sie klang immer noch wie eine Totenglocke. Wie der Punkt hinter einem Satz. Wie das zugeknallte Tor.

„Ohne *ihn?*" sagte ich.

„Ja. Ohne dieses verborgene Leben, von dem du mittlerweile abhängig geworden bist. Du kannst nicht als einen Teil von dir bewahren, was allem zuwiderläuft, woran du glaubst, etwas, wovon du weißt, daß es unrecht ist. Die Alten nannten das Besessenheit. Ein gutes Wort für das Beherrschtwerden durch Widriges; für die langsame Abwendung vom eigenen geraden Weg."

„Ich weiß. Ich weiß. Ich hab' ihn auch schon ausgesperrt. Ich weiß, daß ich das mußte – und nicht nur weil ich befürchtete, er könnte herausfinden, was ich über ihn weiß. Deshalb begann ich mich zu fragen, ob das Ganze, diese Begabung, wie ich sie in Gedanken immer nannte, etwas Böses ist; doch das kann ich nicht glauben. Ich leb' schon mein ganzes Leben damit, seit Kindesbeinen. Es war angenehm und heiter und gut, und auch später noch, als es ernster wurde, schien es immer noch gut. Glauben Sie mir, Herr Pfarrer, das war's. Und ich weiß, daß auch *er* es war." Meine Hände umkrampften einander auf meinem Schoß. „Und das gräßliche daran ist, daß ich's nicht ertragen kann, ohne ihn zu sein. Es ist schlimmer als das Alleinsein; ich fühl' mich verstümmelt, als hätt' ich mein halbes Ich verloren, als könnt' ich nicht mehr richtig atmen oder so ähnlich. Wenn es so unrecht war, weshalb ist es dann ohne ihn noch schlimmer für mich?"

„Das kann ich dir nicht sagen. Ich kann nur sagen, daß es ein schwerer Fehler ist, sich Menschen oder Dingen auszuliefern, die einem über den Kopf wachsen können. Nicht eine Sekunde lang will ich so tun, als wär' deine Begabung nur Phantasie, aber man darf wohl vermuten, daß sie deren Vorzüge und Mängel teilt; sie birgt dieselbe Gefahr: daß eine Ernüchterung eintritt, sobald die Wirklichkeit herannaht."

Auch darüber hatte ich schon nachgedacht. „Wie bei den Leuten, meinen Sie, die fortwährend Geschichten über ideale Liebhaber und ideale Zweisamkeit lesen, weshalb dann kein realer Durchschnittsmann und keine normale Frau ihren Anforderungen gerecht werden können?“

„So auf dieser Linie. Jede Welt der Phantasie hat ihre Gefahren. Die Grenzen zwischen Licht und Halbdunkel sind undeutlich und neigen dazu, mehr und mehr zu verschwimmen, je länger man sie ansieht. Ach, weißt du, Bryony, du hast mir beinah zuviel zu denken gegeben. Bist du so nett und gibst mir ein bißchen Zeit, ehe du wieder mal kommst und mit mir sprichst? Ich möchte gern mit meinen Gedanken ins reine kommen. Tut mir leid, daß ich dir nicht besser helfen konnte.“

„O doch, Sie haben mir geholfen. Sie haben mir geglaubt, und das allein ist fast schon genug. Ich danke Ihnen dafür.“

„Mein liebes Kind“, sagte er. Dann, mit einem Lächeln: „Du hast mein Gewissen aber auch erleichtert. Du bewegst dich auf einer gefährlichen Bahn, hab' ich gesagt; ich bezweifle, daß meine Sorgen um dich gerechtfertigt waren. Für eine so junge Frau hast du einen sehr klaren Kopf, und du fürchtest dich nicht davor, die Dinge durchzudenken. Das ist nämlich nicht so einfach, wie's klingt, und überhaupt nicht verbreitet. Gab's noch irgendwas, worüber du mit mir sprechen wolltest? Ich seh' Rob Granger auf der anderen Seite des Gartens, und er will offenbar hierherkommen.“

Ich wandte mich um und blickte durch die Scheiben. Rob stand zwischen den Gemüsebeeten, und ich entnahm seinen Handbewegungen, daß er Jim Makepiece etwas erklärte, dem Jungen aus dem Dorf, der ihm öfter half. Jim nickte und langte nach seinem Spaten, während Rob Kurs auf das Gewächshaus nahm. Ich wandte mich wieder dem Pfarrer zu und fragte rasch: „Haben Sie vielleicht schon rausgefunden, was dieser Eindringling in der Sakristei rumzuschnüffeln hatte?“

„O ja, mein Kind. Eine ganz seltsame Angelegenheit, das alles! Aber ich bin froh, sagen zu können, daß ich mit meiner Vermutung recht behielt, keine Seele aus diesen Pfarrgemeinden werde sich an den Safe heranmachen. Er war nicht berührt worden.“

„Nein? Das heißt also, daß gar nichts fehlte?“

„Nichts von Wert – keiner der Wertgegenstände, heißt das, dafür aber etwas, was auf seine Weise viel wertvoller und ganz und gar unersetzlich ist. Eins der Kirchenbücher."

„Eines der Kirchenbücher? Ein Trauungs- und Taufregister?"

Die von Ashley, das wußte ich, reichten lückenlos bis ins sechzehnte Jahrhundert zurück. Es war ein empfindlicher Verlust, doch für den Augenblick reichte es bei mir nur zu bestürztem Staunen und einem hastigen Überdenken dessen, was ich wußte. Was in der Welt konnte James mit einem der Kirchenbücher im Sinn gehabt haben? Ich konnte mir nichts vorstellen, was einem „verfügbaren Vermögenswert" weniger entsprach.

„Aber haben Sie denn nicht gesagt, daß niemand den Safe geöffnet hat?"

„Oh, es war keines der Register von Ashley, sondern eins von denen, die in der Sakristei auf dem Tisch lagen, aus One Ash. Unglücklicherweise ist es eins von den älteren, das nun fehlt, der zweite Band, von 1780 bis 1837, in welchem Jahr, wie du zweifellos weißt, das vollständige Verfahren der Registrierung eingeführt wurde, wie wir's heute kennen. Vor diesem Zeitpunkt ging's nur um die Unterschriften – oder eigentlich bloß Handzeichen – der betreffenden Personen. In den Kirchenbüchern vor 1754, als das Hardwick-Gesetz in Kraft trat, findet sich lediglich eine Eintragung über die Tatsache der Eheschließung; darüber hinaus war nichts vonnöten . . ."

„Aber gewiß ist es nicht . . ." Ich dachte angestrengt nach. Wenn James die Bilder im Dunkeln auf den Sakristeitisch gelegt hatte, während er nach dem Hauptschalter tappte, mochte er das Kirchenbuch versehentlich aufgelesen und fortgetragen haben. Das schien nicht wahrscheinlich, aber ich nahm mir vor, ihn anzurufen, sobald ich konnte. Es war deutlich zu sehen, daß der Pfarrer sich sehr beunruhigte; das Buch mußte unverzüglich zurückgebracht werden. „Aber gewiß wurde es nicht gestohlen, Herr Pfarrer. Wer würde so was denn haben wollen? Es taucht bald wieder auf, Sie werden sehen."

„Ach ja, sicher. Ich tröste mich mit diesem Gedanken. Ich bin auch nicht ernsthaft besorgt", sagte der Pfarrer, der fürwahr sehr besorgt aussah. „Es scheint ziemlich klar, daß jemand darin nachschlagen wollte und sich's einfach ausgeborgt hat, als er's dort liegen sah. Gewiß haben wir das Ding bald wieder. Die Schuld liegt bei mir ganz allein. Als ich die Bände in der Sakristei ließ, kam's mir nie in den Sinn, daß jemand außer mir genug Interesse dafür empfinden könnte, um einen davon mitgehen zu lassen. Allerdings kann ich mich immer noch getäuscht haben; morgen nachmittag komm' ich ohnehin nach One Ash, und dann will ich mich vergewissern, ob . . . Ah, Rob, guten Morgen. Wolltest du zu mir?"

„Guten Morgen, Herr Pfarrer. Mrs. Henderson läßt ihnen bestellen, daß ein junges Paar aus Hangman's End auf Sie wartet; 's geht um eine Heiratserlaubnis."

„Ach herrje", sagte der Pfarrer, „und dabei wollt' ich heut vormittag mit den Pflanzen fertig werden."

„Ich mach' für Sie weiter", sagte ich. „Das heißt, falls Sie mir noch vertrauen, nachdem ich vorhin diesen Schößling abgebrochen hab'."

„Natürlich, aber du hast doch selbst genug zu tun."

„Ich mach's aber gern zu Ende", sagte ich. „Guten Morgen, Rob."

„Guten Morgen."

„Sind die Underhills heut zu Hause?" fragte ich ihn.

„Die fahren später irgendwo hin. Aber Mrs. Underhill meinte, wenn ich dich seh', soll ich dir sagen, daß du im Schloß jederzeit willkommen bist. Sie wollt' dich heut früh anrufen, aber du warst nicht im Haus."

„Oh, danke. Ich will nämlich einen Blick in die Bibliothek werfen, Herr Pfarrer. Ich dachte, ich seh' mir mal die Familienabteilung an."

„Hm, ja. Wenn du mich irgendwann brauchst, du weißt ja immer, wo du mich finden kannst. Was hast du denn mit deiner Hand gemacht, Rob?"

„Nichts. Die hat eins mit'm Hammer abgekriegt, das ist alles."

„Warst du das, der gestern abend die angelnde Katze repariert hat?" fragte ich ihn.

„Angelnde Katze?“

„Die Katzenstatue am Überlauf. Sie ist runtergebrochen. Hast du's nicht gesehen?“

„Ach ja, das schon. Die Eisen waren verrostet. Ich hab's gelassen, wie's war. Hat wenig Sinn, seine Zeit für so Zeugs zu verschwenden.“ Es war ein Echo dessen, was mein Vetter gestern abend gesagt hatte, aber ohne die Verbitterung; Rob sprach mit einer Teilnahmslosigkeit, die an Grobheit grenzte. Er steuerte schon auf die Tür zu. „Ich hab' die Schleusentore zugekeilt – das war's wohl, was du gehört hast. Sahen so aus, als hätt' wer dran rumgefummelt, aber der ganze Krempel ist sowieso schon mürb.“

„Und nicht mehr sicher?“

„O doch, sicher genug. Die Hochschleuse wird mit allem fertig, was der Fluß runterschicken könnt', und der Überlauf kümmert sich um den gleichmäßigen Wasserstand im Burggraben.“

Er war schon an der Tür und öffnete sie. Rasch sprang ich auf die Beine. „Ich geh' wieder ins Schloß rüber. Kann ich jetzt bitte deine Schlüssel haben, Rob?“

„Du weißt ja, wo sie liegen. Bedien dich.“ Die Tür des Treibhauses schloß sich hinter ihm.

„Seine Hand muß stärker schmerzen, als er zugeben will“, sagte der Pfarrer. „Er ist selten so rüpelhaft. Ich hoff', es ist nichts Ernstes. Tja nun, ich muß wohl gehen. Wenn du wirklich die Tomaten für mich zu Ende binden willst . . .?“

„Natürlich tu' ich das.“

Nun im Gewächshaus allein, wandte ich mich wieder den Pflanzen zu. Die Stille des Glashauses, die dunstige Trägheit der Luft und die Eintönigkeit meiner Arbeit waren irgendwie beruhigend. Weiß Gott, ich hatte genug nachzudenken, aber ich dachte an nichts davon, jetzt wenigstens nicht. Ich sonderte mich davon ab, wie mich das Glas von der Luft da draußen absonderte, und ich war's zufrieden, mein Bewußtsein geschlossen und unbeschrieben zu lassen und wie automatisch entlang der Pflanzenreihen zu arbeiten.

Auf welche Weise der Name mir in den Sinn kam, weiß

ich nicht, aber ganz plötzlich war er da, so klar wie in gesprochenen Worten ... Nein, nicht wie gesprochen; so klar, als stände er zwischen mir und dem Garten geschrieben, auf das beschlagene Glas gekritzelt.

William Ashley, 1774–1835.

Es mochte purer Zufall sein, daß ein Kirchenbuch aus der Zeit William Ashleys verschwunden war, doch es *mußte* kein Zufall sein. Und alles, was mit William Ashley zu tun hatte, war von Interesse für mich – zumindest bis es mir gelungen war, die vieldeutigen Worte meines Vaters zu enträtseln.

Ich werkte an der letzten Reihe der jungen Tomatenpflanzen. Ich machte meine Arbeit zu Ende, so schnell ich konnte, ging sodann hinaus ins Freie und eilte zum Schloß.

Ashley, 1835

„Du hast den Schlüssel sicher und warm, ja?"

„Aber ja. Hier, siehst du? Aber ich werd' ihn nicht brauchen."

„Wiege dich nie in Sicherheit. Weißt du, was die Leute über ein Labyrinth erzählen?"

„Nein. Was denn?"

„Daß ein Kompaß da den Dienst versagt. Solange wir hier sind, weilen wir in einer Welt ohne Anhaltspunkte und Richtungen. Selbst wenn du den Wetterhahn sehen könntest, er wär' dir keine Hilfe. Wir sind außerhalb der Welt."

„Aber das klingt doch, als wären wir tot, wie?"

„Pst! Oh, sag das nicht. Es bedeutet nur, daß niemand uns etwas anhaben kann, wenn wir hier sind, im Mittelpunkt des Irrgartens."

„Bis wir wieder hinausgehen."

„Auch dann nicht. Von nun an kann uns nichts und niemand mehr was anhaben."

13. KAPITEL

> Was dunkel in dem holden Buch geblieben,
> Das find geschrieben . . .
>
> „*Romeo und Julia*", I/3

Kein Geist war je in der Bibliothek von Schloß Ashley umgegangen, doch nun, als ich leise in den schweigenden, weitläufigen Raum trat, wirkte er ein bißchen gespenstisch – wahrscheinlich allerdings nur durch die gebrechlichen Pergamentgeister der Bücher, die aus den Regalen verschwunden waren. Es war so leer hier, daß meine Schritte widerhallten. Irgendwie, fand ich, sah eine leere Bibliothek trauriger aus als ein gewöhnliches Zimmer, das seiner Möbel beraubt ist. Die Bücher waren das Gehirn dieses Raumes gewesen, seine Seele, seine raison d'être. Leise schloß ich die Tür hinter mir, und dann, wobei ich mich dieser Eingebung noch schämte, als ich ihr schon nachgab, drehte ich den Schlüssel um. Auch meinerseits so samtpfotig wie ein Geist, durchwanderte ich die Länge des Raumes bis zu den versperrten Fächern, die William Ashleys Bücher und die traurige kleine Sammlung seines Sohnes Nicholas beherbergten. Ich schob die Bibliotheksleiter heran, kletterte hinauf und schloß das Gitter auf.

Nun würde sich erweisen, ob Williams *brook* (Bach) nicht vielmehr Williams *book* (Buch) zu bedeuten hatte. Aber welches von Williams Büchern? Es konnte nicht verkehrt sein, mit den eigenen Versen Ashleys des Gelehrten zu beginnen. Ich nahm „Ein neuer Romeo an seine Julia" aus dem Regal, setzte mich auf die oberste Sprosse der Leiter und schlug das Buch auf.

Da war das Exlibris mit dem Labyrinth, die zornig

aufgerichtete Wildkatze mit ihrem grimmigen Wappenspruch – wie berührbar wohl Julia Ashley gewesen sein mochte, fragte ich mich kurz –; gegenüber davon fand sich der Zueignungsbrief mit seiner verkrampften Überschwenglichkeit, die in diesem einen Fall – und auf ergreifende Weise – nicht anders denn wahr klang.

„Der unvergleichlichen und wunderschönen Edeldame Julia Ashley gewidmet, meiner Gemahlin . . ."

Ich las ihn durch. Er entsprach so ziemlich den meisten dieser Briefe, für unsere Ohren zu weitschweifig und unmäßig überladen, doch er atmete sehr deutlich die Vergötterung, mit der William seine Frau umhegt hatte. Die Zeilen am Schluß waren reines Pathos.

„Mögen wir dieses Ende nie erreichen, doch ist es uns beschieden, so laß uns dabei vereint sein, auf daß wir nie wieder aus unserem Palast der blassen Nacht aufbrechen müssen.

Dein Romeo"

Langsam blätterte ich die Seiten um. Das Werk war ein Privatdruck und ungemein hübsch ausgestaltet; es war zweifelhaft, ob William Ashley jemals mehr denn örtliche Unsterblichkeit erlangt hätte, aber für mich, eine Ashley, war das Buch faszinierend. Eine Vielzahl der Gedichte befaßte sich mit dem Schloß. Einige der kürzeren kannte ich schon; sie waren auch anderweitig gedruckt worden, und als Kinder hatte man uns mit sanfter Gewalt dazu gebracht, sie auswendig zu lernen. Die Gedichte trugen als Titel- und Schlußvignette kleine und rechtschaffen hübsche Kupferstiche, und auch die fand ich faszinierend. Da gab's ein Bild der steinernen Brücke über den Burggraben, mehr oder weniger genau so, wie sie auch heute noch war; einen fernen Blick auf das Schloß, dem damals noch die viktorianischen Giebel und ein paar Schornsteine fehlten; eine Ansicht des Obstgartens, makellos gepflegt und mit einem völlig unwahrscheinlichen Reichtum an Früchten; eine des Irrgartens, ordentlich gestutzt, die Hecken kaum mehr als schulterhoch, komplett mit einer ausführlichen Zeichnung des Pavillons, der zur Bequemlichkeit des Künstlers auf eine hohe

Plattform gehievt schien, die es dort gewiß nie gegeben hatte.

„Das Labyrinth", so hieß das Gedicht unter diesem Bild:

> In diesem kretischen, so wundersamen Labyrinth
> Kein Theseus nach dem Mittelpunkt zu suchen sinnt;
> Dies sanftre Ungeheuer hatte lauernd dort gelegen
> Zur Zeit schon, als Römer kamen auf geheimen Wegen.
> Kein Kreterstier bewacht der Liebe Schrein, den süßen,
> Doch wo die milden Fluten kräuselnd sich erregen,
> Seht! des Dionysos Geschöpf liegt uns zu Füßen,
> Um unsren ungläubig entzückten Blick zu grüßen . . .

Und so weiter. Es war ein schlechtes Gedicht – so schlecht und ausdruckslos, daß ich schon zum Gegenteil neigte und dachte, gerade darin müsse Bedeutung liegen. Für gewöhnlich waren William Ashleys Verse so durchsichtig wie Glas, seine Einfälle und Gedankenspiele mehr als simpel, nur mangelhafte Nachahmungen jener prunkvolleren Zeitalter, die er bewunderte. „Auf geheimen Wegen", dachte ich. Wahrscheinlich war das nur die alltägliche, etwas gezwungene Anspielung auf ein Labyrinth, auf den altgriechischen Mythos von Theseus und dem Ariadnefaden. Aber weshalb dann „Römer"? Ach, das spielte wohl kaum eine Rolle. Aber das Labyrinth war William Ashleys privates Refugium gewesen, und der Pavillon war für seine, für Romeos Julia erbaut worden. Und am Labyrinth floß der Überlauf vorbei. Ich las weiter.

Langsam verstrich die Zeit. Irgendwie bedrückte und störte mich die Stille der Bibliothek, die eigentlich hätte meine Konzentration fördern sollen. Das helle Licht aus dem Norden, das die halbleeren Regale so unbarmherzig hervortreten ließ, der muffige Geruch eines ständig abgeschlossenen Raumes, das verharrende Echo der

Leere – dies alles schien das Vakuum in meiner Seele zu versinnbildlichen, das zugeworfene Tor, das Fehlen jener Gegenwart ... Sosehr ich mich auch dagegen wehrte, das Gleichnis von dem Schrein und den Fluten des Hauses kehrte immer wieder zu mir zurück. „Besessenheit“ war in jedem Zusammenhang ein eindrucksvolles, um nicht zu sagen erschreckendes Wort.

So beharrlich drängte dieser Gedanke sich zwischen mich und das Buch, daß mir bald klarwurde, ich könnte hier nicht weiterlesen. Ich beschloß, die Bücher in mein Haus mitzunehmen, mir ein kleines Mittagessen zurechtzumachen und sodann Herrn Gothard anzurufen, um zu erfahren, was James gestern abend zu ihm gesagt hatte. Danach würde ich mich wieder meiner Lektüre widmen. Ich trug den Gedichtband und den „Neuen Romeo“ über die Sprossen nach unten, legte die Bände auf einen Tisch und kletterte wieder hoch, um das Gitter zu versperren.

Ein Titel in einem der Shakespeare-Regale sprang mir ins Auge, auch der Name „Julia“ in goldenen Lettern auf geprägtem gelbbraunem Leder. Hier war es, das Werk des Meisters. Jeder Vergleich mit den leidenschaftlichen Entgleisungen Ashleys des Gelehrten wäre unfair bis zum Extrem gewesen, doch irgendeine Eingebung – bedingt vielleicht durch den Gedanken an das Liebespaar, dem die Sterne so wenig gewogen waren, und an mein eigenes geteiltes Haus – ließ mich den kleinen Band herausnehmen. Dann schloß ich das Gitter ab, verließ die Bibliothek und verschloß auch diese hinter mir.

Am Telefon ging's überraschend reibungslos.

Herr Gothard war zu Hause. Ja, Herr Gothard könne mit mir sprechen ...

„Bryony? Wie geht's Ihnen?“

„Mir geht's gut, danke, Herr Gothard. Können Sie mich auch gut hören?“

„Ausgezeichnet. Also, wie kann ich Ihnen helfen?“

„Es tut mir schrecklich leid, Sie schon wieder zu behelligen“, sagte ich, „aber es gibt ein paar Dinge, die ich Sie fragen wollte. Ich . . . äh . . . ich nehm' an, mein Vetter James wollte Sie gestern abend mal anrufen?"

„So ist es. Er hat mich angerufen. Ach, hat er sich mit Ihnen darüber nicht verständigt?"

„Ich war den ganzen Tag außer Haus. Ich wollt' gern wissen, was Sie ihm Neues sagen konnten."

„Ah." Seine Stimme verriet gelinde Überraschung darüber, daß ich zu diesem Zweck nicht mit Bristol, sondern mit Deutschland telefonierte, doch er sprach mit gewohnt sanfter Höflichkeit weiter. „Leider, fürchte ich, hat es hier nicht viel Fortschritt gegeben. Man hat noch keine Spur des Wagens, der an dem Unfall schuld war, aber die Polizei stellt noch immer Nachforschungen an."

„Ja, ich verstehe. Danke. Hat er – hat mein Cousin Sie auch nach was anderem gefragt?"

„Nein, er erkundigte sich nur über den Unfall – ob das Auto gefunden worden sei, ob es irgendwelche kleinen Hinweise darauf gebe, wer am Steuer gesessen habe, alles die gleichen Fragen. Es tut mir aufrichtig leid, auch Ihnen nicht mehr sagen zu können. Und Sie? Ihnen geht's also gut?"

„O ja, prächtig, vielen Dank. Aber ich wollt' Sie noch was fragen. Können Sie sich unter Daddys Sachen, die Sie mir gegeben haben, an einen silbernen Kugelschreiber erinnern?"

„J-ja . . . Ach ja, natürlich erinner' ich mich! Er trug seine Initialen, nicht doch?"

„Genau den mein' ich. Wo wurde er gefunden? Wissen Sie das?"

„Neben Ihrem Vater, an der Straße."

„Das steht fest, nicht wahr? Er wurde nicht in einer seiner Taschen gefunden?"

„Nein. Das weiß ich noch genau. Er wurde später gefunden, als die Polizei dorthin zurückkehrte, um alles abzusuchen."

„Herr Gothard", fragte ich, „haben Sie auch mal gesehen, daß Daddy diesen Kugelschreiber benutzte? Erinnern Sie sich dran?"

Er schwieg, während er nachdachte. „Nein. Das kann ich nicht behaupten. Wieso? Ist das wichtig?"

„Ich weiß nicht genau“, sagte ich. „Hören Sie mal, Herr Gothard, hier hat sich so was ergeben ... Wenn ich Ihnen ein Foto schicke, könnten Sie's dann bitte der Polizei vorlegen, damit herumgefragt wird, ob irgendwer in Wackersberg oder in Bad Tölz sich dran erinnern kann, einen solchen Mann gesehen zu haben? Und gewiß könnte auch festgestellt werden, ob er ein Auto gemietet hat oder dergleichen, nicht wahr?“

„Gewiß.“ Ich hörte, wie plötzliches Interesse, vielleicht sogar mitdenkende Erkenntnis, seine Stimme beseelte. Offenbar hatte der gute Walther erraten, weshalb ich ihn in Deutschland und nicht James in Bristol angerufen hatte. „Wie kommt das, Bryony? Bedeutet das, daß Sie Ihrerseits auf Beweismittel gestoßen sind, die auf jemanden hindeuten? Wie klar sind diese Hinweise?“

„Ich weiß es nicht. Etwas ist gestern geschehen, und ich begann zu überlegen, ob ... Ich kann jetzt nicht mehr sagen. Aber, Herr Gothard ...“

„Ja?“

„Bitte sprechen Sie darüber mit niemandem als der Polizei, wollen Sie so gut sein? Ich meine, falls Sie von anderen, äh, Leuten aus England angerufen werden ...“

„Mir ist alles klar.“ Und nun war ich sicher, daß er verstanden hatte. Seine Stimme klang umwölkt, beinah grimmig über die langen Leitungen. „Sie können mir vertrauen. Ich werde nichts sagen, ehe die Zeit dazu gekommen ist.“

„Ich danke Ihnen. Ich schick' das Foto augenblicklich los.“

„Tun Sie das bitte. Ich werde machen, was ich nur kann.“

„Vielen Dank“, sagte ich. „Auf Wiedersehen.“

Ich legte den Hörer auf. Dann fuhr ich erschrocken auf meinem Sessel herum; ich vernahm Schritte auf den Steinplatten des Weges, gleich vorm Haus.

„*Hi*, Bryony“, sagte mein Cousin Emory.

Ich fühlte, wie ich weiß wurde. Er stutzte, blieb vor der Türschwelle stehen und sagte reumütig: „Verzeih mir.

Hab' ich dich erschreckt? Ich dachte, du müßtest mich kommen hören."

„Nein, keinen Ton." Ich zwang mich zu einem Lächeln. „Na, grüß dich. Ist schön, dich zu sehen."

„Wirklich? Du hast eben ausgesehen, als ständ' ein Gespenst vor dir, eins von der garstigeren Sorte."

„Oh, was, wirklich so schlimm?" Mit einer einladenden Handbewegung stand ich auf. „So komm doch rein, Emory."

Er zog seinen Kopf unter dem Türrahmen ein und kam in das kleine Zimmer; er nahm meine Hände und küßte mich, wie James mich im Schulraum des Schlosses geküßt hatte.

„Weißt du, es ist ja auch ein bißchen so, als würd' man ein Gespenst sehen", sagte ich entschuldigend. „Ich bin dich und James wohl nicht mehr gewohnt. Und um Himmels willen, er trug das gleiche Hemd und die gleiche Krawatte, als er dich gestern hier vertrat; ja, könnt' ich schwören. Du willst mir doch nicht einreden, daß ihr jetzt auch noch die gleichen Kleider tragt? Damit treibt ihr's aber wirklich zu weit!"

Ich sprach vielleicht einen Hauch zu schnell, während ich fieberhaft meine Gedanken danach erforschte, was ich gerade am Telefon gesagt haben mochte, als er sich der Tür meines Hauses genähert hatte. Wieviel hatte er davon mitgehört? Was mochte er daraus geschlossen haben? Aber er schien ganz entspannt und natürlich, der alte bezaubernde Emory, wie ich ihn in Erinnerung hatte – ein Anblick, der auch jenes „Schimmern von hartem Stahl unter der Oberfläche" nicht litt, wie es in romantischen Romanen zu heißen pflegte; ich aber, die ihn seit seiner Knabenzeit nur allzu gut kannte, hatte dieses Flair gelegentlich als „blöde Anschmissigkeit eines Berufszwillings" bezeichnet.

Er lachte. „Ja, und du bist ihm in knappen zwei Sekunden auf die Schliche gekommen, wie ich hör'. Glaub aber ja nicht, daß er vor dir die komplette Schau abziehen wollte; das hat bei dir nie geklappt, und weder Zwilling noch ich haben unsere Zeit je für Dinge vergeudet, die nicht klappen ... Ach ja, tut gut, dich wiederzusehen. Ich wünsch' mir nur, es wär' eine fröhlichere Heimkehr für dich gewesen."

Ich geleitete ihn zu einem der Stühle am Kamin und setzte mich wieder dorthin, wo ich auch zuvor schon gesessen hatte, an den runden Tisch, auf dem William Ashleys Bücher lagen. Emory machte sich's im Lehnstuhl gemütlich, zog ein Zigarettenetui hervor und hielt es vor mich hin. Ich schüttelte den Kopf. Er steckte sich eine Zigarette an und blies eine Rauchwolke vor sich hin.

„James hat gestern abend Herrn Gothard angerufen", begann er.

„Ja, das hatte er vor." Ich ließ das so unverfänglich klingen, wie ich konnte. Er hatte mich natürlich telefonieren sehen, während er sich der Tür des Gärtnerhauses näherte. Ich wußte, daß ich gegen Ende des Gesprächs Walthers Namen ausgesprochen hatte. Wie nahe war Emory da schon gewesen? Und als ich das Foto erwähnte? Wenn er mich gehört hatte, mußte er es für seltsam halten, wenn ich ihm nicht gleich erzählte, daß auch ich Walther angerufen hatte. Um Zeit zu gewinnen, fragte ich ihn: „Möchtest du Kaffee? Oder vielleicht Tee?"

„Nein, danke." Seine Stimme ließ nichts ahnen, weder Überraschung noch Argwohn. „Er hätte dir ja selber davon erzählt, aber er kam mit seinem Anruf erst ziemlich spät durch, und so hat er bis heute morgen damit gewartet, dich an die Strippe zu kriegen. Du warst wohl nicht zu Hause?"

„Nein; ich mußte ziemlich früh raus." Ich versuchte es mit einem sicheren Geleise. „Konnte Herr Gothard ihm irgendwas von Bedeutung sagen?"

„Nichts, leider", sagte Emory. „Das heißt, er sagte, es hätte keine Fortschritte gegeben, und dann kam er mit den üblichen Beruhigungspillen – daß die Polizei der Sache noch nachgeht, und so weiter."

„Ja, nun, ich denk' mir wohl auch, daß ein Verkehrsunfall mit Fahrerflucht zu den Dingen zählt, die am schwierigsten aufzuklären sind, findest du nicht? Und in einem Fremdenverkehrsgebiet, in der Touristensaison – so ziemlich hoffnungslos."

Er nickte. Eine Pause trat ein, als er an seiner Zigarette zog und tief inhalierte. Ich merkte, wie meine Spannung abflaute. Ich war sicher, daß er nichts gehört hatte. Er sah ganz und gar aus wie immer, ruhig und entschlossen, und nur ein genau dosierter Hinweis in seinem Gesicht verriet Probleme. Mein Vetter Emory, das andere Ich meines geheimen Freundes, das ebenfalls zur Gänze wissen mußte, welche Schuld James auf sich geladen hatte.

„Ist dir eigentlich klar, Bryony", sagte er behutsam, „daß wir es vielleicht nie erfahren werden?"

Mein Blick traf den seinen – wie ich hoffte, mit der gleichen sanften Anteilnahme und ebenso ohne Hinterhältigkeit. Es kam mir eigenartig vor, meinen Cousin zu täuschen, wenn auch nur durch das Verschweigen kleiner Dinge. Es war so eigenartig, das wußte ich, weil er James so sehr glich . . . „Ach, natürlich. Um dir die Wahrheit zu sagen, ich bring's eigentlich nicht fertig, mich damit noch viel zu quälen." Unvermittelt schwenkte ich zur echten Wahrheit um. „Für mich zählt doch nur, daß mein Vater tot ist; und da ich mir nicht vorstellen kann, daß jemand sich mit dem Gedanken trug, ihn vorsätzlich umzubringen, seh' ich höchst wenig Sinn darin, hinter dem armen Narren herzukläffen, der einen Unfall verursacht hat." Ich sah ihn fest an. „Glaubst *du* denn, es könnte was anderes als ein Unfall gewesen sein?"

„Ich? Nein, nie; halt' ich für ausgeschlossen."

„Dann bist du also meiner Meinung?"

„Worüber?"

„Ich meine, findest du nicht, daß man's nicht so schwernehmen und wenigstens versuchen könnte, das Ganze zu vergessen, bis die Polizei in Bayern auch das letzte kleine Detail der Geschehnisse ergründet hat?"

Er blies einen Rauchring und lehnte den Kopf zurück, um den Kringel hochschweben zu sehen. Mit diesem neuen entsetzlichen Verdacht in mir, der seine Rattenzähne an meinen Gehirnwindungen wetzte, fragte ich mich, ob er meinen Blick nicht ertragen konnte. Er sprach zur Decke.

„Es mag schrecklich herzlos klingen, wenn ich das sag', aber wenn das lang braucht und womöglich viel Geld kostet, dann bin ich deiner Meinung." Jetzt sah er mir in die Augen. „Es mag nicht hübsch klingen, aber ich zolle dir das Kompliment der Wahrheit."

Und das war auch die Wahrheit, nicht mehr und nicht weniger, das wußte ich sehr gut. Ich wartete ab, sagte nichts und hielt einen ruhigen, beständigen Blick auf ihn gerichtet – der alte Kniff eines Interviewers, der sein Opfer überrumpeln will, mehr zu sagen, als es eigentlich wollte. Doch ein Emory war nicht leicht zu überrumpeln. Er lächelte mich an, während er sich vorbeugte, um die Asche von seiner Zigarette zu stippen.

„Das gilt auch für die Untersuchung des Unfalls. Was uns als Familie dadurch zugestoßen ist, wird nicht gemildert, indem mögliche Schuld geortet und zugemessen wird. Das ist eine Sache der Polizei, und nur die wird sie auch befriedigen. Für uns bewirkt das nichts, hält höchstens eine Wunde offen. Sowohl James als auch ich finden, daß man das Ganze am besten vergißt."

„Das kann ich euch nachfühlen." Ich hatte es schlicht und freundlich gesagt, doch ich sah seinen Blick zu mir schnellen. Ich wandte meine Augen fort und begann, vor mir auf dem Tisch aus William Ashleys Büchern einen ordentlichen kleinen Stapel zu bauen. „Nun ja, ich nehm' an, daß die Polizei munter weitersuchen wird, bis sie wirklich was findet; andernfalls werden die Beamten den Fall wohl zu den Akten legen müssen. Es hat keinen Sinn, wenn *wir* noch was unternehmen. Beim nächstenmal, wenn ich wieder in Verbindung mit Herrn Gothard oder Mr. Emerson bin, werd' ich den beiden das auch sagen."

Aber es ließ sich nicht sagen, ob Emory nun erleichtert war oder nicht. Er nickte bloß, während er an seiner Zigarette zog. Ich sah ihn nicht an, weil ich fürchtete, mein Blick könnte allzu gespannt und forschend sein. Es war erschreckend, wie rasch ich es geschafft hatte, mit Verdacht und Argwohn zu leben. Nur zwei kurze Tage zuvor wär' das undenkbar gewesen. Und jetzt . . . Es war auch erschreckend, wie leicht ich mich an die Täuschung anderer gewöhnt hatte. Ich lächelte und schlug mich elegant in die Büsche, indem ich von meiner Rückkehr nach Hause plauderte, von Madeira und Bad Tölz. Und

Emory folgte mir mit der gleichen Mühelosigkeit in diese Gefilde. Ich fragte mich, ob es noch Dinge gab, die er wissen wollte. Für mich war es einfach; ich blieb allem zweifelhaften Terrain fern und wartete ab, um zu sehen, ob er es betrat.

Das tat er denn auch, aber nicht gleich. Er sprach von den Underhills, und plötzlich hoffte ich, er werde mir das Thema seiner Verbindung mit Cathy ersparen; davon hatte ich fürs erste genug, es gab Dinge, die mir mehr zu schaffen machten. Doch ich hätte keine derartigen Befürchtungen zu hegen brauchen. James hatte Emory gewiß von meinen Reaktionen auf den „Diebstahl" der kleinen Schätze aus dem Schloß erzählt, weshalb Emory es für den Augenblick wohl vorzog, all dies ruhen zu lassen. Zwar flocht er in seine Worte über die Underhills eine verwaschene und harmlose Bemerkung über Cathy ein, die „ein süßes Mädchen" sei, in das man „sich sehr leicht verlieben" könne, doch als ich den Köder vorbeischwimmen ließ, ohne anzubeißen, sprach er über Jeff Underhills Geschäfte und über die Familie, die eines Tages aus dem Schloß ausziehen werde.

„Und was willst du anfangen, Bryony? James schien mir den Eindruck zu haben, daß du nicht hierbleiben willst – im Gärtnerhaus, heißt das."

„Wie kommt er darauf?" sagte ich schärfer als beabsichtigt. „Soweit ich mich erinnern kann, hab' ich ihm gar nicht gesagt, was ich vorhabe."

„Und da komm' ich nun angetanzt", sagte Emory mit einem Lächeln, das auf seinem Gesicht nicht minder entwaffnend war als auf dem seines Bruders, „keine vierundzwanzig Stunden später, und fall' dir mit Fragen über deine Zukunft ins Haus. Und du weißt auch, warum, nicht wahr? Cousinchen Bryony, liebste süße Cousine Bryony – hattest du schon Zeit, ein bißchen weiter darüber nachzudenken, dieses dreimal verfluchte Treugut zu knacken, damit deine armen und unredlichen Verwandten sich mit ein paar müden Pfunden aus'm Schlamassel ziehen können?"

Ich mußte lachen. „Na ja, wenn du's so ausdrückst . . ."

„Ich drück' es in der Tat so aus. Karten auf den Tisch, liebstes Cousinchen. Bei einer Ashley konnte man zu allen Zeiten darauf bauen, daß sie den Anliegen anderer Ashleys mit größtmöglicher Aufopferung unter die Arme griff."

„Und genau das", sagte ich gutgeölt, „tu' ich ja auch."

Eine winzige Falte zwischen seinen Brauen. „Und was genau bedeutet das?"

„Das bedeutet nein. Ich werde das Treugut nicht brechen."

Er schleuderte seine Zigarette in den Kamin. „Um Gottes süßen Himmels willen, Bryony . . ."

„Nicht mal darum. Nein. Noch nicht."

„Aber hast du auch bedacht . . ." setzte er an.

„*Gebt mir Zeit.*"

Ich wüßte nicht zu sagen, welchen Ausdruck meine Stimme und mein Gesicht offenbarten, doch er verbiß sich, was er sagen wollte, und lehnte sich in seinem Stuhl zurück. Er sah mich lang an. Es war ein bauernschlauer Blick – einer, den ich unter den herrschenden Umständen gar nicht zu schätzen wußte.

Ziemlich hastig sagte ich: „Emory, wollt ihr beide mir bitte einen Gefallen tun, du und James?"

„Und das wär'?" Ich verstand, weshalb seine Stimme so vorsichtig klang.

„Versteh mich jetzt nicht falsch, aber könntet ihr beide für ein paar Tage damit aussetzen, mir auf den Pelz zu rücken? Euch einfach mal von Ashley Court fernhalten, bis ich Zeit gefunden hab', mich ein bißchen zu fassen? Ich sag' ja nicht, daß ich mich standhaft und auf immerdar weigere, die Familienstiftung aufzulösen. Ich seh' nicht ein, daß ihr diesen Besitz, wie er nun mal dasteht, für immer um den Hals haben sollt wie einen Mühlstein, aber was hat diese mörderische Eile zu bedeuten? So dringlich kann's doch nicht sein? Du liebes bißchen, ihr habt mich doch noch nicht mal mit Mr. Emerson reden lassen! Das muß ich aber; gewiß verstehst du das, oder? Noch eine Woche – bloß eine Woche, dann hab' ich Zeit, mir alles durch den Kopf gehen zu lassen . . ." Ich hielt inne, ehe ich trocken hinzufügte:

„Und ihr könnt doch sicher eine Woche von dem Geld leben, das ihr für das T'ang-Pferdchen und das Jadesiegel mit dem Fu-Löwen bekommen habt?"

Er sah verblüfft drein; dann lachte er schallend. „Und gar keine Polizei, Cousinschen Bryony?"

„Keine Polizei. Aber laß die Finger davon, Cousin Emory, oder ich könnt' dir dran noch zu knabbern geben. Und laß Cathy Underhill aus dem Spiel, sonst *geb'* ich dir was zu knabbern, das kannst du dir hinter die Ohren schreiben." Ich stand auf. „Ich mach' jetzt Tee. Bleibst du und trinkst ein Täßchen mit?"

Ich hatte halb erwartet, er werde ablehnen, doch da hatte ich ihn unterschätzt. Gemütlich zurückgelehnt, immer noch lächelnd, sagte er: „Mit dem größten Vergnügen; danke." Es lag auf der Hand, daß er die Situation genoß. Ja, dachte ich, als ich hinaus in die Küche ging, das war mein Vetter Emory; nicht den Schatten eines Bedauerns oder Schuldgefühls über irgendwas, was er getan hatte. Das war der lässige Hochmut der Ashleys – wo aber, so mochte man fragen, schied diese Haltung sich von krimineller Mentalität? Ein Blick zurück in den Familienannalen konnte einen zum Staunen bringen: Dabei waren jene Zeiten auf so manche Weise nicht minder zügellos und blutig gewesen als die Tage der normannischen Plünderer mit ihrer Gewaltherrschaft oder die Tage ihrer „sittsamen" Gegenstücke, der schillernden Duellanten und der Mohocks des achtzehnten Jahrhunderts, dieser berüchtigten Londoner Straßenräuber. Die Erinnerung an James und seine schuldbewußte Zerknirschung verschwamm dadurch zu wohltuender Erleichterung. Ich hatte doch recht, dachte ich, ich hatte recht. Welches Unrecht auch immer Cathy – oder, mehr noch, meinem Vater – angetan worden war, es mußte Emory gewesen sein, der als treibender Teil gehandelt hatte. Es konnte, es durfte nicht James sein. Gewiß beschränkte James' Anteil an diesen Taten sich darauf, anschließend davon gehört zu haben und sich verpflichtet zu fühlen, zu den Handlungen seines Zwillingsbruders zu stehen.

Und der Kugelschreiber mit den Initialen J. A.?

Selbst darauf mußte es eine Antwort geben. Emory mochte sich den Stift seines Bruders ausgeborgt und an der Wackersberger Straße liegengelassen haben, wo er ihm vielleicht aus der Tasche gerutscht war. Es war sogar sehr gut möglich, daß James das Ding gar nicht vermißt und ehrlich geglaubt hatte, es im Kirchhof verloren zu haben.

Als ich mit dem Tablett ins Wohnzimmer zurückkehrte, stand mein Cousin am Tisch, eines von William Ashleys Bücher in der Hand.

„Was ist das?"

„Ich hab' ein bißchen die vergitterte Abteilung durchgesehen", sagte ich. „Nein, nicht die Pornos – du kannst's also getrost wieder zurück auf den Stapel legen. Ist ja nur Shakespeare. Ich hab' mir bloß gedacht, es könnt' interessant sein, wieder mal ‚Romeo und Julia' zu lesen – und daneben William Ashleys heißes Mühen, sich als Romeo aufzuspielen."

„Himmel, warum denn das?"

„Nur so 'n Einfall. Nimmst du immer noch drei Stück Zucker?"

„Ja, bitte." Er drehte den Band um und blickte auf den Rücken. „‚Die tragische Geschichte von Romeus und Julia'. Hm, ja . . . Ist ein Epos oder 'n Gedicht, gar kein Drama. Hast du nicht gesagt, das wär' Shakespeare? Hör dir das mal an:

> Barfuß der Mönch, den schmalen Leib gar eng umgürtet,
> Vom Orden des Franziskus sprach er, als ich ihn bewirtet.
> Nicht wie die meisten nur ein karger, ungelehrter Narr,
> Ein Doktor der Theologerei er in der Schul' geworden war.
> Auch der Natur geheime Mächt' und Wunder er wohl kannte;
> Die Zauberkraft ihm auf den bleichen Lippen brannte.

Mein Gott", sagte Emory, „diese Knaben haben sich ihr Geld damals leicht verdient, was? So was brächt' ich auch zusammen, besser womöglich."

„Was ist los? Was hast du denn? Laß mich mal sehen."

Er beachtete mich nicht. „Ein Prolog oder so was Ähnliches kann das doch nicht sein, oder? Nein, hab' ich mir auch gedacht. Das ist gar nicht dieses Drama, das alte Trauerspiel . . . Halt, warte mal, da heißt's ja nicht mal ‚Romeo'. Es ist ‚Romeus'. ‚Romeus und Julia', und überhaupt nicht von Shakespeare. Es ist von einem Burschen namens Brooke."

„*Brooke?*"

Es klang so ziemlich nach einem Kreischen. Überrascht blickte er auf. „Ja. Warum? Kennst du's?"

Aber ich hatte mich in der Hand. „Nein. Verzeih mir bitte, aber ich hab' 'n bißchen heißes Wasser auf meine Hand verschüttet. Ist aber nicht schlimm. Nimm dir 'n Keks. Du wolltest sagen . . .?"

„Das ist nicht das Drama von Shakespeare. Es ist ein Versepos namens ‚Romeus und Julia' von einem gewissen Arthur Brooke, und es scheint so ziemlich – he, hör mal, es trägt die Jahreszahl 1562!" Seine Stimme klang richtig aufgeregt. „Du, sag mal, ob das möglicherweise die Quelle ist, die Shakespeare für sein Stück benützt hat, oder so irgendwas? Ich kenn' die Daten nicht so, aber 1562 ist doch gewiß – zum Teufel, ja, das war doch lang bevor der alte William seins schrieb, nicht wahr? Wann kam Elisabeth I. auf den Thron, Cousinchen?"

Derlei Dinge wußten wir auf Schloß Ashley. „Im Jahre 1558", sagte ich widerwillig. „Das könnt' sein, aber mir leuchtet nicht ganz ein . . . Sieh mal, Emory, laß die Bücher doch, ja? Ich hatte noch keine Gelegenheit, sie mir anzusehen, und ich glaub', wir sollten sie ziemlich sorgfältig durchgehen und jemanden zu Rate ziehen, der Fachmann auf diesem Gebiet ist; sie könnten wertvoll sein. Warte doch, bis ich genau nachgesehen hab'; wir wollen's nicht riskieren, sie zu beschädigen . . ."

„Könnten wertvoll sein, in der Tat! Alles, was anno 1562 zum erstenmal gedruckt wurde, hat 'ne verdammt gute Chance, wertvoll zu sein, würd' ich sagen."

„Na, an deiner Stelle würde ich die Küken noch nicht zählen, ehe wir ein bißchen mehr darüber wissen. Ich will dir was sagen, Emory – gleich morgen früh schreib' ich einen Brief. Ich glaub', die von Hatchards wissen das, oder vielleicht auch jemand im Britischen Museum . . ."

„Wieso rufst du nicht einfach wen an, gleich jetzt, in dieser Minute? Hier, das ist schließlich deine ländliche Heimat. Gibt's denn keinen Einheimischen, der zumindest eine große Vorstellung haben könnte? Wie steht's mit diesem Dingsbums, wie heißt er gleich, mit diesem Leslie Oker, da drüben in Ashbury? Der hätt' doch gewiß eine Ahnung davon, was?"

„Ich glaub' eigentlich nicht, daß er . . ." Lustlos begann ich zu sprechen, doch er beachtete mich nicht.

„Zumindest wird der Knabe wissen, wo man so was nachschlagen kann. Weißt du seine Nummer?"

Und schon hatte er das Telefonbuch zur Hand genommen, weshalb es wenig sinnvoll war, ihn noch weiter hinzuhalten. Ich gab ihm die Nummer. Er zog das Telefon zu sich heran und begann zu wählen. Seine Bewegungen waren rasch, eckig, erregt und dennoch zielstrebig. Immerhin, dachte ich, während ich ihm gegenübersaß und meinen Tee schlürfte, würde ich das Ding noch lesen können, bevor ich es absenden mußte. Emory konnte schwerlich darauf bestehen, es mir wegzunehmen. Bedingt durch die Länge des Gedichts und die langweilige Weitschweifigkeit der Verse, war dies keine Aufgabe, auf die ich mich sonderlich freute, doch ich würde sie hinter mich bringen, selbst wenn ich die ganze Nacht aufbleiben mußte. Denn daß dies nun endlich „Williams Brooke" war, jener „Bach", den wir einem unvermeidlichen Hörfehler verdankten – dessen war ich ganz sicher.

Emory plapperte hastig ins Telefon. „. . . Ja, von Arthur Brooke, ‚The Tragicall History of Romeus and Juliet', zuvor in italienischer Sprache von Bandello verfaßt und nunmehr in der englischen von Arthur Brooke. Es ist mit 1562 datiert. Auf der Titelseite steht ganz unten: ‚In aedibus Richardi Tottelli cum privilegio.' Ja. Ja, ziemlich klein, etwa zehn mal zwanzig Zentimeter . . .

gelbbraunes Leder, das Papier braun geschnitten. Nein, keine Inschrift oder Widmung, nur das Exlibris des Besitzers, und auch das ist ganz schön historisch. Von William Ashley eingefügt; ja, sein eigenes Exlibris. Er starb im Jahre . . . Lassen Sie mich mal nachdenken . . .“

Er hob eine Augenbraue in meine Richtung, und ich sprang ein. „1835“, sagte ich.

„1835“, sagte Emory ins Telefon. „Ja, nun, ich kenn’ mich in solchen Dingen nicht so aus, aber ich würd’ sagen, es ist in ziemlich guter Verfassung, gut erhalten also. Nein, kein Wappenbild oder so was auf dem Einband. Oh, die Titelseite ist ein bißchen vergilbt und hat paar von diesen braunen Klecksen; sie ist . . .“

„Stockfleckig“, sagte ich hinter ihm.

„Meine Cousine sagt, man nennt das stockfleckig. Nicht sehr schlimm, nein, aber ich hab’ eben erst einen Blick darauf geworfen . . . Ja, bitte?“

Emory schwieg, während das Telefon redete. Es war ein lautes Telefon, und obwohl mein Cousin den Hörer fest ans Ohr preßte, konnte ich einiges aufschnappen, was Leslie sagte. Doch das wär’ gar nicht nötig gewesen; ich hätte die wesentlichen Dinge auch dem Gesicht meines Vetters ablesen können, auf dem wachsende Erregung mit Zweifel und Besorgnis kämpfte. Schließlich, nach einigen weiteren kurzen Fragen und, dann, Worten des Dankes, hängte er ein und wandte sich wieder an mich.

„Er kennt das Buch.“ Er sprach sehr ruhig, mit einer Gelassenheit, die von dem Flackern in seinen Augen Lügen gestraft wurde. „Das heißt, er weiß davon; er hat sein Leben lang kein Exemplar davon zu Gesicht gekriegt. Das aber aus einem sehr guten Grund: Von dieser einen Ausgabe sind nur drei Exemplare bekannt. Eins davon ist nicht makellos; es befindet sich in der Universität von Cambridge. Die anderen zwei sind alle beide in Oxford, eins in der Bodley-, das andere in der Duke-Humphrey-Bibliothek. Und wenn dies ein viertes ist . . .“ Ein kurzes, abgehacktes Lachen verriet seine Erregung. „Er sagt, er hätte keine Ahnung, wie wertvoll es sein könnte, aber eins steht todsicher fest: daß es ganz unwahrscheinlich wertvoll ist. Die Sache hat allerdings einen Haken; den mußte es ja wohl geben, wie immer. Das Buch könnte neu gebunden worden sein. Er konnte das nach meiner Beschreibung nicht sagen. Wenn das der Fall ist, wird sein Wert verringert – aber es würde immer noch 'ne Menge Geld bringen . . . Genug jedenfalls, um uns fürs erste aus dem Schneider zu befördern. Was ist los, Bryony? Du siehst aus, als wär' dir das so ziemlich egal."

Ich konnte ihm nicht sagen, daß ich nur einen einzigen überwältigenden Wunsch empfand: Er sollte gehen und mich mit dem Buch allein lassen, so daß ich es ungestört lesen konnte. Ich nahm es zur Hand und begann darin zu blättern. „Aber nein – natürlich freu' ich mich sehr! Das ist herrlich, Emory! Und ich seh' überhaupt keinen Grund, weshalb du's nicht verkaufen solltest. Wir dürfen aber um keinen Preis allzu hastig und kopfüber darangehen, und selbst wenn wir's zum Verkauf an Christie senden, könnte das Ewigkeiten dauern, das weißt du doch. Die Leute dort warten eine geeignete Buchauktion ab, und die könnte erst nach Monaten stattfinden."

„Ja, das versteh' ich schon. Aber sie könnten uns doch gewiß eine Vorstellung davon geben, was das Ding bringen könnte? Man kann sich auch aufgrund einer Anwartschaft Geld borgen, wie du weißt."

„Allerdings", sagte ich. „Aber das beste wär' es wohl, das Buch an einen Fachmann zu schicken, damit der sich's mal ansieht. Nein, Emory, bitte . . ." Denn schon wieder streckte er seine Hand danach aus. „Das wirst du mir überlassen müssen, ob du willst oder nicht. Ich versprech' dir, mich gleich morgen eingehend darum zu kümmern; aber zuerst möcht' ich Mr. Bryanston diesbezüglich fragen."

„Mr. Bryanston? Was will der davon wissen?"

„Allerhand, du würdest staunen. Und dann will ich Mr. Emerson anrufen, um rauszufinden, wie wir in dieser Sache eigentlich liegen."

Seine Brauen sanken rasch herab. „Der kann doch sicher nichts dagegen haben, oder?"

„Ich hab's auch nicht in bezug auf das Buch gemeint. Ich meinte das Treugut."

Es war eine kleine Erpressung, und sie klappte. Er zögerte, lächelte dann und nickte, worauf er zu meiner großen Erleichterung aufstand und sich zum Gehen wandte. Er wolle heute abend zurück nach Bristol, sagte er mir; und ja, er werde sein Versprechen halten und damit aufhören, mir fortwährend mit dem Treugut in den Ohren zu liegen.

„Aber sei um Himmels willen so gut und nimm die Sache mit dem Buch augenblicklich in die Hand, ja? Und wenn du mal ins Schloß rüber und nachsehen kannst, was ansonsten dort noch rumliegt . . .?"

„Ja. Sobald ich kann."

„Und du läßt es mich wissen?"

„Selbstverständlich", sagte ich. „Oder James, nicht?"

„Selbstverständlich." Das Echo atmete ein gewisses Staunen über meine Frage, als beantwortete diese sich selbst. Und das tat sie auch, wenn ich's recht überlegte. Ich hatte mich nicht getäuscht. Und was ergab sich daraus für mich – und für meinen Geliebten?

„Emory?"

Er stand schon in der Tür. Er wandte sich um. „Ja?"

„Wo steckt Francis? Hast du eine Ahnung?"

„Nicht die blasseste. Ich darf wohl sagen, daß er erst aufkreuzen wird, wenn ihm danach ist. Es liegt auf der Hand, daß er noch nichts von alledem erfahren hat. Wieso? Brauchst du irgendwas von ihm?"

„Es wär' doch nett", sagte ich vorsichtig, „wenn er hier wäre, findest du nicht auch?"

„Aber natürlich", sagte der Bruder, küßte mich wieder und ging fort.

Ich blickte ihm nach, bis er am Obstgarten, hinter dem Labyrinth und am Überlauf vorbei und schließlich außer Sichtweite war; dann ging ich nach oben und begab mich eilends auf die Suche nach einem Foto, das Walther der Polizei in Bad Tölz zeigen konnte.

Ashley, 1835

Er drehte seinen Kopf auf dem Kissen und suchte mit der Wange nach der kleinen Mulde, wo ihr Kopf gelegen hatte. Das Linnen war schon erkaltet, duftete aber immer noch ein bißchen nach Lavendel.

„Eh ..." – er sagte es laut, in ihrem Tonfall –, „eh, aber ich lieb' dich doch."

Der Mond war untergegangen, doch zarte Schatten regten sich mit der Brise, während die Kletterpflanzen vor den Mauern tänzelten. Der Laden vor dem Südfenster bewegte sich knarrend, wie von Geisterhand angestoßen. Einen halbgeträumten Augenblick lang vermeinte er sie abermals zu sehen, wie sie ihre Röcke raffte, um über das niedrige Sims zu klettern, worauf sie auf den Zehenspitzen stehenblieb, um ihr Spiegelbild an der Decke zu betrachten; und immer lachte sie dabei.

„Was ist?"

Dann fiel der Fensterladen krachend zu und rüttelte ihn vollends wach. Der Raum war leer.

14. KAPITEL

Tröste! rate! hilf!

„Romeo und Julia", III/5

Es war ein gutes Foto, damals aufgenommen, als die Zwillinge zuletzt gemeinsam auf Ashley Court gewesen waren; es zeigte die beiden mit Rob Granger am Ufer des Teichs. Die drei hatten Aale geangelt, und auf dem Bild kippte Rob eben den Eimer mit den sich schlängelnden Tieren auf das Gras, während die Zwillinge sich über ihn beugten. James lachte, und Emory, der seinen Blick auf eine Stelle im Bildmittelgrund gerichtet hatte, sah etwas düster drein. Beide waren ausgezeichnet zu erkennen, obwohl das Foto bereits vier Jahre alt war. Wenn einer der zwei in Bad Tölz gesehen worden war, konnte eine Identifizierung anhand dieser Aufnahme kaum schwerfallen.

Ich wickelte das Bild etwas ein und fand einen Briefumschlag dafür. Es war eine höchst alltägliche Verrichtung, aber ich kam mir dabei vor, als steckte ich eine ganze Kriegsflotte in Brand oder sei drauf und dran, das Delta des Rubikon zu überqueren. Dann setzte ich mich hin und schrieb mit entschlossener Hand Walthers Adresse auf den Briefumschlag. Ich hatte nur den Anflug einer Ahnung, wieviel das Luftpostporto nach Bad Tölz betragen mochte; die Briefmarken, die ich schließlich aufklebte, hätten mühelos gereicht, das Ding nach Suez zu befördern. Als dies geschehen war, sperrte ich Williams Bücher in eine Lade. Um mir keine Zeit zu geben, noch weiter darüber nachzudenken, machte ich mich sofort auf, den Brief zur Post zu geben.

Der Briefkasten war etwas weniger als einen Kilometer entfernt, dort, wo die Seitenstraße aus One Ash, die sich an der Kirche vorbeischlängelte, in die Hauptstraße mündete. Ich nahm die Abkürzung über den Hof der Gutsfarm.

In den alten Tagen, als die Farm noch üppig florierte, war dies der Hof des Strohlagers gewesen. Hier und jenseits der großen Scheune, die ihrerseits bis unters Dach voll Stroh war, das allerorts aus ihren dünnen Lattenwänden ragte, hatten große Strohhaufen gelegen, einer neben dem anderen. Die kühlen Höhlen der alten Wagenschuppen hatten sowohl das landwirtschaftliche Gerät als auch ganze Familien fröhlicher Hühner beherbergt, die unter unablässigem Gackern auf Kotflügeln und Deichseln nisteten und an den verschiedensten geheimen Orten gewaltige Berge von Eiern legten, die nur – wie Mrs. Granger immer gesagt hatte – von einem auf Eier spezialisierten Wünschelrutengänger entdeckt werden konnten. Jetzt rieselte die Nachmittagssonne durch die klaffenden Lücken im kaputten Scheunendach, strich über eine rostige Egge, die dort auf ihr sicheres Ende wartete, über die runzelige grüne Ölfarbe von Robs Grubber, über eine Reihe von Ölfässern und einen Haufen alter Ketten. Ein alter Pferdewagen mit gebrochener Deichsel stand da wie ein Schaustück aus einem schlechtgeführten Museum. Zwei der Schuppen waren mit Hürden umzäunt worden, und dort schnarchten nun Schweine im Sonnenlicht, das von den Hürden in Streifen geschnitten wurde. Im nächsten Schuppen stand Robs verbeulter Ford Cortina (aus fünfter Hand, so sah er aus), und aus der vierten Öffnung ragte ein Stapel Brennholz. Die Hühner waren geblieben, nur in ihrer Zahl, nicht aber in der Fröhlichkeit ihrer Kehlen geschmälert; sie gluckten, stolzierten und scharrten im herabgefallenen Stroh, ohne Robs Collie zu beachten, der eingerollt auf der Matte vor Robs Haus schlief. Als ich den Hof durchquerte, erwachte der Collie, lächelte mit heraushängender Zunge, klopfte mit dem Schwanz freundlich auf den Boden, rührte sich aber nicht von der Stelle. Flüchtig konnte ich Mrs. Henderson an Robs Fenster sehen; dann ging die Tür auf, und sie erschien auf der Schwelle, nicht ohne sich die Hände an der Schürze abzuwischen.

„Miß Bryony! Wollen Sie nicht schnell reinkommen und ein Täßchen Tee trinken? Der Kessel ist grad für Rob am Sieden, und ich hab' 'nen ganzen Berg Weizenmehlkuchen gebacken."

In einer ersten Anwandlung, genährt durch die Sendung für Walther Gothard, die so schwer in meiner Hand lag, wollte ich irgendeine Ausflucht gebrauchen und meinen Weg fortsetzen, doch etwas ließ mich innehalten. Der Geruch der frisch gebackenen Weizenkuchen kam schmelzend durch die Luft geweht, begleitet vom Duft brennenden Holzes und emsig gebohnerter Böden; auch der Geruch eines eben benützten Bügelbretts war dabei. Ich konnte die frisch gewaschenen Gewänder auf einer Leine in der Küche hängen sehen. Jede für sich, fielen die Einzelheiten kaum auf, doch zusammengenommen formten sie eine Welt tiefer Vergangenheit, die, wie das Echo auf einen Glockenschlag, auf die Bedrängnis in mir antwortete, deren ich mir fast noch nicht bewußt geworden und deren Leid gerade erst an meine Seele gedrungen war: James und mein toter Vater, die Beweiskraft des silbernen Kugelschreibers; die Zurückweisung, mit der ich meinem geheimen Freund begegnet war, und nun, in diesem Briefumschlag in meiner Hand, etwas, was den Verrat an ihm vollenden konnte. Bevor mir bewußt wurde, daß ich sprach, hatte ich schon „Ja, vielen Dank, sehr gern" gesagt und Kurs auf die Tür genommen.

„Ach, immer nur rein mit Ihnen, liebe Bryony", sagte Mrs. Henderson, „und ich mach' auch gleich Tee. Rob ist nämlich eben gekommen."

Sie verschwand in der Tür. Ich ging ihr nach.

Rob stand dort am Spülbecken, die Hemdsärmel aufgekrempelt, und wusch sich die Hände. Ich sah, daß er den Verband von seiner linken Hand abgenommen und den verletzten Daumen sorgfältig gereinigt hatte. Er grüßte mich ziemlich knapp, nicht anders als an diesem Vormittag; dann blieben seine Augen an meinem Gesicht hängen. Er richtete sich auf und sprach mit völlig veränderter Stimme. „Was ist denn? Stimmt was nicht?"

Automatisch öffnete ich den Mund, um zu betonen, daß alles in bester Ordnung sei, doch irgendwie brachte ich kein Wort heraus. Anstelle der spröden Verneinung „Gar nichts. Was sollte denn nicht stimmen?“ hörte ich mich plötzlich mit all der Kraft der Unglückseligkeit sagen: „Oh, Rob, es ist alles so entsetzlich.“ Und ich legte eine Hand vor meine Augen.

Seine Hand, noch feucht, ergriff mich sehr sanft am Ellenbogen und bugsierte mich zu einem Platz am Tisch. „Was du brauchst, ist erst mal 'ne Tasse Tee. Der ist so gut wie fertig. Also komm schön brav her und setz dich hin.“

Ich kann mich nicht erinnern, etwas gegessen zu haben, aber ich trank den starken, brennheißen Tee und sah zu, wie Rob und Mrs. Henderson Weizenmehlkuchen mit Brombeermarmelade aßen. Dann hörte ich schweigend zu, wie die beiden einander die Allgemeinplätze des Tages mitteilten – das Hemd, das sie zum Flicken mit nach Hause nehmen wollte, die Pastete, von ihr bereitet, die er zum Abendessen aufwärmen sollte, das Mauseloch, auf das sie gestoßen war, als sie das rückwärtige Schlafzimmer fegte. Hin und wieder warfen die beiden ein paar Bemerkungen in meine Richtung, doch es war nie etwas, worauf ich antworten mußte; mit dem instinktiven Feingefühl langer Zuneigung schwebte das Gespräch um mich und über mich hinweg. Sie umhätschelten mich mit Herzlichkeit, und ich wußte nun, weshalb der Sonnenschein im Hof der Strohscheuern, die Gerüche aus dem Haus und der Klang von Robs heimeliger Stimme mit ihrer ländlichen Rauheit mich so plötzlich und unerklärlich aus der Fassung gebracht hatten. Ich war hier schon so oft gewesen. Als kleines Mädchen war ich oft in das Haus der Grangers gekommen, manchmal um Trost und Zuflucht vor den Streichen der Jungen zu finden, manchmal nur zu einem „Besuch“ bei Mrs. Granger – an den Tagen, da Robs Vater in sicherer Entfernung auf dem Markt oder unten im „Bull“ bei den Zapfhähnen weilte. Damals hatte dieses Haus als Küche des Gutshofs in Verwendung gestanden, doch nicht anders ausgesehen: der sonnengebleichte Teppich, der alte Geschirrschrank mit den grünen und blauen Tellern, die braune Teekanne, die Gerüche von Bäckereien und frisch gebügelter Wäsche – und die Wärme und das Willkommen, zu dem all diese Dinge sich vereinten. Ich hatte diese Besuche geliebt, den Tee mit den „gekauften Kuchen“ – die ich als Kind für so vieles besser hielt als alles, was wir zu Hause hatten –, Sardinen auf Toast, Dosenobst und Kondensmilch, während Mrs. Granger Rob und mir zuhörte, wie wir uns damit brüsteten, was wir an diesem Schultag im Dorf alles getan und gewagt hatten. Ich hatte ihre leise Gereiztheit nie verstanden und ihre seltsame Art, stets die Ohren nach unwillkommenen Schritten zu spitzen; ich konnte mir auch nicht denken, weshalb von mir immer erwartet wurde, aufzuspringen und schnurstracks nach Hause zu gehen, wenn Mr. Granger zurückkam, solange ich noch da war. Und Robs häufige Verdrossenheit war nie anders bezeichnet worden als „Robbies Schmollwinkel“. Was vor sich ging, wenn Matt Granger abends nach Hause kam, war ein wohlgehütetes Geheimnis, vor dem die kleine Miß Bryony sorgsam bewahrt wurde. Ach, das war nun alles vorüber, und die vertraute Geborgenheit umhüllte mich, und von irgendwo strömte Trost und Seelenfrieden auf mich herab.

Als wir mit dem Tee fertig waren, half ich Mrs. Henderson abräumen und das Geschirr spülen, während Rob das Tischtuch zurückschob und seine Rechnungsbücher und Papiere ausbreitete und sich eifrig darübermachte. Die Zahlenkolonnen sahen ganz schön kompliziert aus. Rob aber war überraschend schnell und ordentlich, und lange bevor ich das Geschirr abgetrocknet und aufgestapelt hatte, klappte er die Bücher zu, legte die Papiere beiseite und nahm ein Bündel zur Hand, das nach vielfarbigen Katalogen oder Prospekten von Ferienreisen aussah. Er las sie mit Hingabe und schenkte den beiden Frauen, die um ihn herum werkten, keine Aufmerksamkeit. Er hätte ebensogut allein im Zimmer sein können. Das friedliche Bild wirkte merkwürdig beruhigend auf mich.

Mrs. Henderson nahm die Schürze ab und hängte sie hinter die Tür. „Na schön, damit hätten wir's für heute.

Du kriegst dein Hemd bis zum Wochenende, Rob. Soll ich für dich die Hühner füttern?"

„O ja, danke, das wäre wirklich nett von Ihnen."

Dann verabschiedete sie sich von mir, und ich dankte ihr für den Tee. Sie hatte offensichtlich angenommen, meine bedrückte Laune sei auf den Tod meines Vaters und auf die Einsamkeit der ersten Nacht nach meiner Heimkehr zurückzuführen. Sie besaß zuviel natürlichen Anstand, um direkt darauf Bezug zu nehmen, doch sie kam der Sache so nah, wie sie konnte. „Ist auch alles in Butter bei Ihnen im Gärtnerhaus, Miß Bryony? Gibt's noch irgendwas, was Sie gebrauchen könnten?"

„Nein, gar nichts; ich dank' Ihnen, Mrs. Henderson. Alles ist in bester Ordnung. Sie haben das wunderbar hingekriegt." Sie ging, und ich war allein mit Rob.

Er ließ die bunten Hefte sinken und schob sie beiseite. „Also, was liegt an? Kannst du mir's nicht sagen? Sieht so aus, als wär's ganz dicke Luft, wo du doch so aus'm Häuschen geraten bist."

„Ach, vielleicht." Ich setzte mich an die andere Seite des Tischs, ihm gegenüber. Er sah mich an und sagte nichts.

Es war ganz anders als das kürzliche Tête-à-tête mit Emory; keine Anspannung, keine vorsichtige Zurückhaltung, kein eifriges Bemühen, hinter einer scheinbaren Bedeutung die wirkliche zu erblicken. Anders auch als die Gespräche mit meinem Cousin James; da hatte es ebenfalls die brüchigen Obertöne der Gefühle gegeben, einer schwierigen Zuneigung, einer persönlichen Bedrängnis. Und in beiden Unterredungen hatte ich – doppelt, weil vereint – den Druck einer starken Persönlichkeit verspürt und eines berechnenden Strebens, mich zu Handlungen in bezug auf Ashley Court und das Treugut zu bewegen.

Hier gab es nichts von alledem. Die dunklen Augen, die mich ruhig betrachteten, waren keine Ashley-Augen, hatten nichts von deren selbstbewußter Überheblichkeit und Versunkenheit in sich selbst. Rob hatte bei mir kein Eisen zu schmieden, nichts zu gewinnen, wollte nichts von mir. Er war nicht einmal, wie der Pfarrer, an starre

Regeln gebunden, die mich zu Handlungen zwingen konnten, die mir widerstrebten – wie diesem Verrat, den ich nun im Sinn trug. Er war nur ein alter Freund, jemand, der zum Schloß gehörte, der dieses und mich und Jon Ashley schon sein Leben lang kannte; ein lebendiger, wirklicher Mensch, warmherzig und unkompliziert, der mir zuhörte und nur ein Urteil abgab, wenn ich ihn darum bat – um mir schließlich mit schlichter und unparteiischer Vernunft zu antworten. Ich nahm an, er liebte Ashley Court; ich wußte es nicht; aber er kannte es, und er kannte mich. Weder Furcht noch Zuneigung ... Er hatte niemals etwas gefürchtet, dieser Rob Granger, außer als Kind vielleicht seinen brutalen Vater. Und er hatte keinen Grund, nun, da mein Vater nicht mehr lebte, einem von uns mehr Zuneigung zu zeigen als anderen Menschen; nur Ashley Court selbst war er zugetan. So dachte ich zumindest.

„Rob“, sagte ich, „es ist was Entsetzliches, und ich sollt’ es dir gar nicht erzählen, aber irgendwem muß ich’s sagen, und ich hab’ sonst niemanden.“

Zu meiner Überraschung sagte er nicht: „Versuch’s mal mit deiner Familie“ oder sogar: „Wie wär’s denn mit dem Pfarrer?“ Er nickte nur leicht, als fände er meine Worte durchaus vernünftig, und wartete weiter ab.

Ich schluckte. „Ich glaub’, es war James, der Daddy niedergefahren hat. Ich glaub’, daß er dort war, in Bad Tölz. Ein silberner Kugelschreiber mit den Initialen J.A. wurde genau an der Stelle gefunden, wo der Unfall sich ereignete. Als man mir Daddys Sachen gab, nahm ich an, der Kugelschreiber hätte ihm gehört, obwohl ich das Ding noch nie gesehen hatte. Und gestern – gestern sah James, wie ich damit schrieb, und sagte, es sei sein Eigentum. Er wüßte nicht, wo er’s verloren hätte, sagte er, aber es gehöre ihm ...“

Er hatte zugehört, ohne sich zu bewegen. Nun regte er sich und fragte, verglichen mit seiner sonstigen Art, ziemlich scharf: „Hast du ihm gesagt, woher der Kugelschreiber kam?“

„Nein. O nein. Ich sagte ihm, ich hätt’ ihn vorgestern abend im Kirchhof gefunden.“

„Gab er sich damit zufrieden?"

„Ja. Er schien nicht mal überrascht."

„Das bedeutet, daß er auch der Knabe ist, der an diesem Abend in der Sakristei war – oder jedenfalls auf dem Kirchhof."

„Ja, das könnte man sagen", sagte ich. „Oh, er hat's natürlich bestritten, als ich ihn zuvor schon mal fragte, aber ich kenn' James doch; ich war in diesem Augenblick ganz sicher, daß er log, und er wußte auch, daß ich so und nicht anders darüber dachte. Er nahm's als Scherz. Gestern abend machte er sich nicht mal mehr die Mühe, weiter so zu tun, als ob. Ich weiß auch, was er dort zu schaffen hatte – obwohl ich das Ganze eigentlich nicht versteh'. Aber verglichen *damit*, spielt's sowieso keine Rolle."

„Was aber eine Rolle spielt", sagte Rob unverblümt, „ist das: Er darf nicht wissen, daß du irgendeinen Grund hast, ihn zu verdächtigen, in Bad Tölz gewesen zu sein."

„Ich bin sicher, daß er's nicht weiß. Das ging alles ganz beiläufig und schnell. Er steckte den Schreiber bloß ein und ging raus."

„Wart mal 'ne Minute." Rob runzelte die Stirn. „An welchem Tag wurde dein Vater niedergefahren? Das war doch am dreißigsten April, was? Also, da war James hier – so um die Zeit jedenfalls."

Ich setzte mich ruckartig auf. „Weißt du das genau?"

„Klar, ganz genau. Ich hab' ihn gesehen. Er kam hier vorbei, um die kleine Underhill abzuholen."

„Rob, bist du sicher, daß es nicht Emory war?"

„Also . . . nein; er hätt' es sein können, glaub' ich. Ich hab' mit ihm nicht geredet – ich hatte ja zu tun, arbeitete an der Auffahrt. Aber die Underhills sagten nachher, es wär' James gewesen. Ich kann mich dran erinnern, weil ich natürlich dachte, nur Emory könnt' das Mädchen begleiten; du weißt doch wohl, daß die beiden aufeinander stehen, was?"

„Ja." Nachdenklich fügte ich hinzu: „Also war er an diesem Tag gar nicht für seinen Zwillingsbruder eingesprungen? Warum wohl, frag' ich mich . . ."

Ich hatte leise gesprochen, eigentlich nur für mich, aber

Rob hatte es nicht nur gehört; er hatte meine Gedanken mit beinah elektronischer Geschwindigkeit nachvollzogen. „Also haben die beiden einander schon öfter vertreten, nicht wahr? Dann darf ich wohl annehmen, daß das gar nicht Emory war – gestern, hier?"

„Nein, es war James. Aber heute war's Emory." Ich sah ihn an, über den Tisch hinweg. „Verstehst du nicht Rob? An jenem Tag, mit Cathy, das war mutmaßlich Emory. Was bedeutet, daß James derjenige in Bad Tölz war."

„Wär's nicht völlig egal, welcher von den beiden in Bad Tölz war", sagte Rob mit Nachdruck, „wenn er am Steuer dieses Wagens saß?"

Ich antwortete nicht. Ich blickte hinunter auf meine Hände, die ich vor mir flach auf den Tisch gelegt hielt, wo sie den Brief bedeckten, als wollten sie ihn verbergen. Dann hob ich meinen Blick zu Rob. Ich wußte, daß all die Last und die Ungewißheit, ja, und auch die Sehnsucht, nackt und bloß, in meinem Gesicht und meinen Augen zu sehen waren. Es war mir gleich. Ich sah ihn alles mit einem raschen, zusammenfassenden Blick in sich aufnehmen; dann sagte er mit einer Stimme, die sorgsam von allem Mitgefühl befreit worden war: „Ja, ich versteh' schon, daß es dir nicht egal wär'. Aber es hilft nichts, wenn du dir das so zu Herzen nimmst, eh' du ein bißchen mehr weißt."

Seine Worte gaben mir Halt, wie sie es auch beabsichtigt hatten. Ich lehnte mich auf meinem Sessel zurück und ließ die Hände in den Schoß fallen. „Verzeih mir. Dir alles so einfach an die Ohren zu schmeißen. Aber du bist selbst dran schuld, weißt du, weil man mit dir so leicht reden kann."

„Vielleicht, weil ich nun mal zum Inventar gehör'. Mein Platz ist im Garten, so in derselben Lade wie die Bäume." Aber seine Stimme hatte nichts Bitteres an sich, als er das sagte. Er lächelte. „Ist schon gut, alles klar. Du kannst mir alles sagen – 's ist ohnehin wahrscheinlich, daß ich's schon weiß, wo ich doch an den meisten Tagen meine Ohren an der Erde hab'."

„Um das Gras wachsen zu hören?"

„Wird wohl so sein“, sagte er gemütlich. Er streckte seinen Körper, stand dann auf und lehnte sich mit den Schultern an das Kaminsims. Sein Blick war wieder ernst, ein bißchen düster sogar. „Also schön, du hast's mir erzählt. Ganz gleich, weshalb – aber du möchtest nicht, daß James es war. Aber dabei kannst du's nicht bewenden lassen, denk doch. Du wirst es rausfinden müssen. Welcher von den zweien es auch war, selbst wenn du die Antwort gar nicht wissen willst, du mußt weitermachen und dahinterkommen. Das stimmt doch, oder?“

„Ja, ich glaub' es. Aber . . .“

„Und noch was gibt's, worüber du dir im klaren sein mußt.“ Er zögerte kurz, ehe er schnell zu Ende sprach. „Soweit ich mich zurückerinnern kann, Bryony – woran der eine von ihnen sich auch immer die Pfoten schmutzig gemacht hatte, der andere steckte immer genauso tief mit drin.“

„James nicht.“ Es war bedeutungslos und bloß abwehrend gesagt, doch er antwortete nicht auf die Worte, sondern auf den tieferen Sinn, der mitschwang.

„Vielleicht nicht. Aber nach vollendeter Missetat, wie die Leute sagen, war er immer zur Stelle. Na egal, wir müssen's sowieso rausfinden, nicht? Kannst du dem ins Auge sehn?“

Es fiel mir plötzlich schwer, Rob ins Auge zu sehen. Ich blickte hinunter auf meine Hände. „Das muß ich wohl können, oder? Du hast's eben gesagt.“

„Ja.“

Das klang hart und unversöhnlich. Ein so unerschütterliches Urteil, dachte ich mit leichtem Staunen, wie das des Pfarrers. Ich konnte ihn noch immer nicht ansehen, weshalb ich meinen Kopf dem Fenster zuwandte, wo die Vorhänge sich in einer plötzlich aufkommenden Brise blähten und zu wehen begannen. Auf dem Sims stand ein Blumentopf mit rosafarbenen Geranien, der Zwillingsbruder des einen in meinem kleinen Haus. Der leichte Wind strich über eine welkende Dolde, und ein Schauer von Blütenblättern rieselte in das Zimmer hinunter. Eines davon, das neben mir zu Boden taumelte, rief eine Erinnerung in mir wach: an die Blütenblätter, die gestern abend von der Klematis gerieselt waren. Gestern abend; bevor ich gewußt hatte, was ich jetzt wußte. Als mein ganzer Kummer aus dem „Diebstahl“ einiger Kleinigkeiten aus dem Schloß bestanden hatte. Das schien nun schon ein ganzes Leben her.

Bryony. Bryony, mein liebes Mädchen.

Ich muß einen richtigen Satz in meinem Sessel gemacht haben. Ich fühlte, wie meine Nerven sich strafften wie ein Netz, das von einem Fischer eingezogen wird. Irgendwie, in diesem unwachsamen Augenblick der Erinnerung, war es ihm gelungen, mich zu erreichen. Es kam mit der lauen Brise, süß wie die Luft des Sommers; es umgab mich wie die fallenden Blütenblätter – Tröstung, Liebe, Sehnsucht, so stark wie ein Schmerz. So stark, daß ich für einen gräßlichen, würgenden Augenblick schon dachte, er könnte durch mein Bewußtsein in das Innere jenes Briefumschlags blicken, der vor mir auf dem Tisch lag.

Verschwinde! Hörst du mich? Laß mich allein. Du weißt, warum.

Ja, ich weiß, warum. Bryony . . .

Na schön. Hast du's getan?

Keine Antwort. Nur diese Sehnsucht und diese Liebe, ohne Hoffnung und zurückweichend.

Hast du's getan? Warst du dabei, als er starb?

Keine Antwort. Er war fort. Über mir sagte Robs Stimme, die ihrer Wärme so umsichtig entkleidet worden war: „Du brauchst nicht so trüb in die Gegend zu schauen, Bryony. Wer nun diesen Wagen auch gefahren hat, du kannst doch gewiß nicht annehmen, daß es etwas anderes als ein Unfall war; und deshalb . . .“

„Ja, natürlich war's ein Unfall! Aber was soll diese Geheimnistuerei, dieses Verwischen der Spuren? Warum konnte er nicht bleiben und – und ihm helfen? Er war noch nicht tot.“

„Hätte es ihm das Leben gerettet, wenn sie geblieben wären?“

„Nein. Das nicht, sagte Herr Gothard. Aber es hätte dadurch verlängert werden können. Vielleicht hätt' er noch gelebt, bis ich dort sein konnte . . .“ Diese letzten Worte nahmen mir den Atem; dann gelang es mir, mit etwas ruhigerer Stimme hinzuzufügen: „Das ist nicht wahr, nein. Dr. Gothard sagte, das hätte keinen Unterschied gemacht. Aber man kann sich des Gefühls nicht erwehren, daß . . .“

„Nein, *du* kannst das nicht“, sagte Rob, „aber du kannst auch denken, und das wird helfen. Na los, denk mal darüber nach. Sagen wir, einer deiner Cousins hat deinen Daddy niedergefahren. Also schön. Was hätte er in Bad Tölz überhaupt zu suchen gehabt?“

„Ich – ich nehm' an, er muß dorthin gefahren sein, um Daddy zu besuchen.“

„Gut. Muß er also. Na, und wozu? Worum ging's denn?“

Auch darauf gab es nur eine Antwort. „Um Ashley Court; um die Auflösung des Treuguts. Sie brauchen Geld. James sagt, daß sie's sehr verzweifelt brauchen.“

„Wer nicht?“ sagte Rob trocken. „Der Unterschied liegt wohl nur darin, was einer anstellt, um an den Zaster ranzukommen. Ja, ich weiß, aber du brauchst wirklich nicht so dreinzusehen, meine Kleine . . .“ Der ländliche Kosename kam ihm so natürlich und bedeutungslos über die Lippen, ganz so, wie die einheimischen Ladenbesitzer oder Busschaffner ihn gebrauchten. „. . . Denn wir betrachten's doch als einen Unfall, oder nicht? Na schön, denk ruhig weiter. Dein Vetter – wir wollen ihn Emory nennen, wenn dich das erleichtert; und er könnt' sich ohne weiteres den Kugelschreiber seines Bruders ausgeliehen und dann gar nicht vermißt haben, als er ihn verlor. Emory also geht deinen Vater besuchen, um ihn zu irgendwas zu überreden; wozu, das zählt gar nicht, aber jedenfalls war's dringend, sonst hätt' er sich die Mühe ja nicht angetan. Also nun, zumal dein befreundeter Arzt ihn nie zu Gesicht bekam, muß Emory auf dem Weg gewesen sein, rauf zu diesem Sanatorium, als er deinen Vater auf der Straße überholte. Hat ihn im Dunkeln nicht erkannt, wollen wir sagen . . .“

„*Natürlich* hat er ihn nicht erkannt! Du kannst doch nie und nimmer glauben, daß . . .“

„He, nur mal schön sachte; du darfst dich wieder beruhigen. Wir betrachten's als Unfall, hab' ich gesagt, und nicht nur das, sondern auch als *Zu*fall. Na schön, er fuhr ihn im Dunkeln nieder. Und anschließend geriet er in Panik, fuhr davon und sagte kein Sterbenswörtchen. So was kommt vor. Ist eben menschlich. Das ist der Grund für alle Fälle von Fahrerflucht, die's gibt."

„Damit würd' ich mich gern abfinden. Aber es paßt doch nicht, oder? Er muß ihn doch *nach* dem Unfall erkannt haben. Vergiß nicht, daß derjenige, der Daddy niederfuhr, anschließend ausstieg und ihn vom Straßenrand fortzog; und wenn J – . . . Emory sich lange genug über ihn beugte, so daß ihm dieser Kugelschreiber aus der Tasche rutschen konnte, dann muß er auch erkannt haben, wer's war. Die Scheinwerfer des Wagens waren wohl mit Sicherheit eingeschaltet."

Rob nickte. „Er hat Leine gezogen, *weil* er erkannte, wer's war. Verstehst du denn nicht? Dein Cousin fuhr dorthin, um deinen Daddy zu irgendwas zu überreden. Er fuhr hin, weil er verzweifelt Geld brauchte und weil sein eigener Vater den deinen nicht dazu gekriegt hatte, sich von etwas zu trennen oder der Auflösung dieses Treuguts zuzustimmen. Durch Zufall fährt er dann deinen Vater auf der Straße nieder und verletzt ihn schwer; er muß gewußt haben, wie schwer. Immerhin wußte er auch von seinem Herzleiden . . . Na also, versetz dich mal an seine Stelle. Wie muß das aussehen, wenn ausgerechnet er in einen solchen Unfall verwickelt ist und dein Vater daraufhin stirbt? Die Leute, die was davon haben, sind er und seine Familie. Sie sind die einzigen Leute auf der Welt, die sich wünschen könnten, deinen Vater tot zu wissen. Nein", sagte er rasch, um mir zuvorzukommen, „ich sag' ja nicht, daß sie diesen Wunsch tatsächlich hatten. Aber die Polizei, mein' ich, hätt' das gesagt, sobald sie den Fall so einigermaßen ans Licht kriegte."

„Ja. Ja, das seh' ich ein. Aber selbst wenn sie's nicht wagten, ihn von der Straße aufzuheben und ihm Hilfe zu bringen, hätten sie doch sicher – hätte Emory doch von irgendwo telefonieren und irgendwem *sagen* können, wo Daddy liegt, damit ihm jemand Hilfe schickte?"

„Und was für ein Deutsch sprechen die beiden?"

„O ja, das hätt' sie verraten. Natürlich. Aber, Rob – ihn einfach dort so liegenzulassen ..."

„Ich weiß, dazu braucht man allerhand Magen. Aber ich kenn' deine Vettern genauso lang wie du, vergiß nicht, und ich würd' sagen, sie sind Realisten. Du hast mir selber gesagt, es hätt' deinem Vater nichts genützt, wenn sie bei ihm geblieben wären." Er verließ den Kamin und setzte sich wieder an seinen alten Platz, legte seine verschränkten Arme auf den Tisch und senkte sein Kinn darauf. „Und damit hat sich das. Ich denk' mir, du wirst herausfinden, daß sie nur vorhatten, ihr eigenes Schäfchen ins trockene zu bringen. Aber das ging schief, und nun hast du davon erfahren, und genau das ist eingetreten, was sie um jeden Preis vermeiden wollten, und wenn's jeden einen Augenzahn gekostet hätt': Du bist nun gegen sie eingenommen."

Ich sagte nichts. Alles fügte sich ein, nur zu gut. Welcher der Zwillinge auch neben meinem Vater gestanden und den Kugelschreiber verloren hatte – der andere mußte zweifellos dazu beigetragen haben, durch Verwechslung ein Alibi zu schaffen, entweder in Bristol oder in Spanien. Das war der Grund, weshalb keiner der beiden zur Einäscherung gekommen oder in Bad Tölz aufgetaucht war, um mich nach Hause zu begleiten. Ich hätte ihn erkannt, und hätte es später Fragen gegeben, wäre dadurch jedes Alibi zusammengebrochen, das die zwei gemeinsam ausgeheckt hatten. Jeder der beiden konnte aus England angerufen haben; Walther war mit ihren Stimmen nicht vertraut, und vielleicht war es bezeichnend, daß der Anrufer nicht nach mir verlangt hatte. Ich begann mich zu fragen, allerdings schon mit der Trägheit emotioneller Erschöpfung, ob auch Onkel Howard in die Sache verwickelt war. Falls keiner der Zwillinge zum Zeitpunkt des Unfalls in Spanien war, würde deren Vater das auch eingestehen? War er nicht überhaupt zu krank, um davon zu wissen? Aber England, Spanien und Bayern lagen schließlich nur ein paar Flugstunden auseinander, und so wäre es den Zwillingen nicht schwergefallen, sich ein unabhängiges Alibi zurechtzuzimmern.

Und Francis . . . Der Gedanke kam plötzlich, ungebeten und unwillkommen. Wer die drei kannte, war nicht dazu angetan, ihn für einen seiner Brüder zu halten – aber an einer Grenze, mit einem Reisepaß, der einem der Zwillinge gehörte . . .

Ich knallte die Tür vor dieser Anwandlung zu; nicht einmal denken wollte ich so was. Zusammengesunken saß ich auf meinem Sessel und starrte den Briefumschlag an, während meine Gedanken in das Reich erschöpfter Verwirrung abschweiften.

„Wie lang stehst du denn schon auf ihn?“

Meine Augen schnellten hoch und trafen auf Robs forschenden Blick, doch ich war eigentlich weder erschrocken noch überrascht. Die Frage schien völlig normal und naheliegend. Seltsam war nur, daß ich jetzt ins Stocken geriet. Die alte, unverblümte Redewendung vom Lande paßte nicht zu meinen Empfindungen: jenem halben Schuldgefühl; den entgegengesetzten Richtungen, in die mich die Zuneigung zerrte, die ich für meinen Cousin fühlte, und im Widerspruch dazu die willenlose Auslieferung an die Besitzergreifung durch meinen geheimen Freund.

„Ich – es ist so schwer zu sagen. Von den drei Brüdern, glaub' ich, war's immer James. Aber in den letzten paar Jahren . . . Und jetzt, seit ich wieder zu Hause bin . . . In ihn verliebt? Ich weiß es einfach nicht.“

Kein Mensch hätte diese Antwort in einen logischen Zusammenhang stellen können, doch er nickte, und sein ziemlich umwölkter Blick hellte sich auf, als er lächelte. „Na, da hast du dich also in einen seltenen Schlamassel manövriert, meine Kleine, aber 's hilft wohl kaum, wenn die zwei Knaben abwechselnd auf deiner Türschwelle hocken und dich breitschlagen wollen, Dinge zu tun, die du nun mal nicht tun willst.“ Das Lächeln vertiefte sich, als er meinen erstaunten Blick sah. „Ich hab' dir ja gesagt, daß ich einfach 'n Teil der Landschaft bin. Du wärst überrascht, was ich alles weiß. Aber das war sowieso klar. Es wird Monate dauern, bis das Testament deines Vaters eröffnet und alles ins reine gebracht ist – aber wenn du versprechen würdest, das Treugut zu brechen und den

Landbesitz sausen zu lassen, dann könnten die beiden sich augenblicklich Geld leihen, schon auf dein Versprechen hin." Ein kleines Schweigen, unterbrochen durch das ungleichmäßige Ticken der Weckeruhr. „Wieviel liegt dir eigentlich wirklich an Ashley Court, an allem hier? Würdest du bleiben?"

Ziemlich überdrüssig sagte ich: „Alle fragen mich das pausenlos, und ich sag' pausenlos, daß ich's noch nicht weiß. Wie soll ich wissen, was ich mit meinem ganzen weiteren Leben anfangen will? Und wie soll ich wissen – hör mal, sprichst du über James?"

„Nein. Das haben wir alles schon durchgekaut. Ob du auf ihn stehst oder nicht, du wirst rausfinden müssen, was wirklich geschehen ist; ansonsten kommst du mit keinem von beiden je wieder zurecht. Ist doch so? Nein, ich hab' von deinem Haus gesprochen und so. Was der Pfarrer ‚Naboths Weinberg' nennt."

„*Wie* nennt er das?"

„Naboths Weinberg. Ich hab' ihn gefragt, was er damit meint, und er erzählte mir was vom polnischen Korridor. Redet manchmal ziemlich verschwommenes Zeug, der Mr. Bryanston."

„Ich glaub', ich weiß, was er meint", sagte ich. „Mein Haus und der Obstgarten bilden die einzige Wegverbindung von Ashley Court nach der Ebene von Penny's Flats. Ohne Zugang zur Hauptstraße wären die Gärten für einen Bauunternehmer nicht viel wert."

„Ach, na klar, das ist's." Es war deutlich zu sehen, daß auch Rob haargenau wußte, was Mr. Bryanston gemeint hatte. „Jetzt siehst du also, wie sehr's den beiden darauf ankommen muß, bei dir lieb Kind zu sein. Und du siehst, weshalb's darauf ankommt, sie nicht mal raten zu lassen, wo du den silbernen Schreiber wirklich gefunden hast."

Ich muß große Augen gemacht haben. Ich wußte sehr wohl, glaub' ich, daß er recht hatte, aber etwas in mir wollte sich nicht damit abfinden.

„Na denn schön", sagte er, wobei seine Stimme wieder den alten, unversöhnlichen Tonfall annahm, „also mal ganz deutlich. Es wird dir nicht behagen, ich weiß, aber ich muß dir das flüstern. Es geht mir schon durch den

Kopf, seit du mir erzählt hast, was dein Daddy sagte. Du solltest die Möglichkeit nicht ausschließen, daß es vielleicht gar kein Unfall war."

„Aber das muß es doch gewesen sein! Du kannst doch nicht ernsthaft annehmen, daß James – oder auch nur Emory . . ."

„Ich nehm' gar nichts an. Ich sag' dir nur, daß du dich rüsten mußt, alle zu allem für fähig zu halten. Dein Daddy hat von Gefahr gesprochen – ist doch so? – und dich ermahnt, auf der Hut zu sein, ja? Über keinem Ashley hängt ein Zauberspruch, der dir sagt, daß sie keinen Menschen umbringen können, oder?"

„Nein. Mein Gott, viele von ihnen haben's auch getan . . . Aber doch heute nicht mehr! Einer meiner Cousins meinen Vater töten, aus materiellen Gründen? Nein."

„Schön, ich bin deiner Meinung. Ich sag' ja nur, daß es geschehen könnt'. Keiner von uns weiß, wozu ein Kerl fähig ist, und nicht mal, wozu wir selber fähig sind. In den letzten paar Jahren, hätt' ich mir gedacht, müßte das so ziemlich jeder kapiert haben." Er langte über den Tisch und berührte sanft meine Hand. „Ich bitte dich ja nur, das zu tun, was dein Daddy gesagt hat, und vorsichtig zu sein. Halt dir vor Augen, daß sogar deine Cousins unangenehm werden könnten, selbst dir gegenüber. Hier gibt's so vieles, was wir nicht verstehen, und bis wir soweit sind . . ."

Er ließ es schweben.

In der Stille, die folgte, drehte ich den Briefumschlag um und zeigte Rob die Adresse, ohne ihn anzusehen.

„Ach so." Seine Stimme barg Befriedigung und etwas anderes, dem ich keinen Namen zu geben wußte. „Du meinst also, ich hab' meinen Atem verschwendet? Du hattest die Entscheidung schon selber getroffen, die ganze Zeit?"

„So ein bißchen, ja. Aber du hast deinen Atem nicht verschwendet, Rob. Ich weiß nicht genau, ob ich den Brief je aufgegeben hätt', aber jetzt will ich's tun."

„Was ist denn drin?"

„Ein Foto. Erinnerst du dich an das eine von den

Zwillingen und dir – an dem Tag, als ihr diese vielen Aale gefangen hattet? Als du sie dann gleich am Ufer ausgekippt hast?"

„Ach ja, und die halben flitzten schnurstracks zurück in den Teich." Er lachte. „Und Emory nannte mich einen . . . Emory war fuchsteufelswild."

„Kein Grund, zimperlich zu sein. Ich kann mich ganz gut erinnern, was Emory dich nannte. Er war mit Recht fuchsteufelswild. Sie hatten Stunden gebraucht, um die Aale zu fangen, und sie brauchten das Geld."

Sie brauchten immer das Geld. Keiner von uns beiden sagte es laut, doch die Fröhlichkeit erstarb ganz plötzlich. Er streckte mir eine Hand entgegen.

„Soll ich den für dich zur Post bringen?"

„Vielen Dank, aber laß nur. Ich geh' sowieso hin."

„Mir wär' lieber, du gäbst ihn mir mit."

„Befürchtest du, ich könnt' ihn nicht aufgeben?"

„Sei nicht blöd", sagte Rob, aber es klang nett. Er stand auf und dehnte seinen Körper; dann schenkte er mir wieder dieses entwaffnende Lächeln. „Also, vielleicht darf ich dich bis an die Ecke begleiten, und wir können einander auf die Finger sehen, wenn wir ihn aufgeben, ja? Los, komm."

Der Collie stand auf, um ihm zu folgen. Ich auch.

Ashley, 1835

Eine Erinnerung plagte ihn, verbannte den Schlaf.

„Nick?"

„Mein Herz?"

„Er wird nicht plaudern? Weißt du genau, daß er uns nicht verraten wird?"

„Nie und nimmer. Er weiß, was seine Pflicht ist oder, besser gesagt, wo sein Braten und sein volles Glas herkommen."

„Aber dein Vater? Oh, Nick . . ."

„Zur Hölle mit meinem Vater."

Und das hatte er ernst gemeint. Er schloß die Augen.

15. KAPITEL

> Ich gebe heut ein Fest, von alters hergebracht,
> Und lud darauf der Gäste viel zur Nacht,
> Was meine Freunde sind: Ihr, die dazu gehöret,
> Sollt hoch willkommen sein, wenn Ihr die Zahl
> vermehret.
>
> „*Romeo und Julia*“, I/2

Als ich zu meinem Haus zurückkam, saß jemand auf der Bank im Schatten des großen Fliederstrauchs. Mein Herz zuckte schmerzhaft zusammen, einmal nur; dann kehrte es zu seinem gleichmäßigen Schlag zurück, als Jeffrey Underhill sich erhob und in den weichen Sonnenschein des Rasens trat.

Wir begrüßten einander. Das Raubtiergehabe sprang nach wie vor ins Auge, wurde aber durch das Bühnenbild des Teichs, des Himmels und der riesigen Bäume jenseits des Obstgartens etwas gemildert. Vielleicht brauchte ein Mann wie Jeffrey Underhill geschlossene Räume und Gesellschaft um sich, das Bühnenbild seines ganz persönlichen Dschungels. Dann sah ich, daß ich mich getäuscht hatte. Vor mir stand noch immer dieselbe hochoktanige Persönlichkeit, doch die Maske geballter Kraft wurde sozusagen wohlüberlegt vor einen ganz gewöhnlichen, etwas ängstlichen Vater gehalten. Sein Benehmen war so geschmeidig, so angenehm, so knapp wie zuvor und ließ nicht einen Hauch von Sorge erkennen; doch der siebente Sinn der Ashleys, durch mein Wissen noch beflügelt, entlarvte es sofort als das Benehmen eines Generaldirektors, der sich anschickt, seinem Aufsichtsrat einen mißlichen Bericht vorzulegen. ‚Cathy‘, dachte ich, während mein Herz seinen Schlag nur ganz wenig beschleunigte. ‚Er will mit mir über Cathy sprechen.‘ Überrascht entdeckte ich, daß ich meinen Blick von ihm abwandte, als wäre ich es, die vom Pfad der Tugend abgekommen war, und nicht meine Vettern und die Tochter dieses Mannes. Während ich Mr. Underhill in mein Haus geleitete, empfand ich eine bizarre Belustigung bei dem Gedanken, daß dieser Generaldirektor fürwahr über eine ausgefeilte Technik verfügte. In diesem Fall war sie ihm gar nicht einmal bewußt geworden; ich konnte ihn wohl von dem Vorwurf freisprechen, sie vorsätzlich auf mich angewandt zu haben.

Er ließ sich in einen der Lehnstühle nieder, als besäße er alle Zeit – und das ruhigste Gewissen – der Welt, lehnte den angebotenen Tee ab, fächelte meine Entschuldigungen beiseite, als ich bedauerte, keinen Gin im Haus zu haben, und eröffnete ohne Umschweife die Sitzung.

„Ich mußte hierherkommen, um mit Ihnen zu sprechen, Miß Ashley. Meine Tochter hat mir etwas mitgeteilt, was mich ungemein aus der Fassung gebracht hat."

Ich gab einen zustimmenden Ton von mir und wartete mit einem Gesichtsausdruck, der milden Wissensdurst verheißen sollte, doch die klugen Augen sondierten die meinen eine Millisekunde lang, und dann zuckten die Brauen zu Tal: Mr. Underhill hatte wahrgetan, daß ich bereits wußte, was er mir erzählen wollte.

Er erzählte mir's trotzdem. Es war Cathys Version der Geschichte, die ich von James vernommen hatte. Emory – und James, der unerkannt als Emory auftrat – hatten das Mädchen davon überzeugt, daß das Inventar des Schlosses rechtmäßig ihnen gehöre und daß „Cousinchen Bryony", wenn sie davon erführe, sich nicht daran stören würde, ein paar kleine Gegenstände entfernt und kurzfristig nutzbar gemacht zu sehen, weil auch sie den langatmigen Ritt des Amtsschimmels mißbillige. Cathy hatte augenscheinlich nicht die geringste Ahnung, daß der gesamte Besitz bis zur offiziellen Schätzung unversehrt bleiben mußte; und die Zwillinge hatten ihr gesagt, ich sei zwar möglicherweise mit James noch nicht hundertprozentig verlobt, aber in jedem Fall die Seine, sobald er nur mit dem kleinen Finger winke – und daher mit im Bunde, am zügigen Fortgang des Unternehmens durchaus interessiert. Also hatte sie das T'ang-Pferdchen und die anderen kleinen Kunstwerke aus der Bibliothek entwendet, zu guter Letzt – diesmal aus Eigeninitiative – auch noch die Bilder Rackhams aus dem Schulzimmer. Die Kirche, die nie abgeschlossen wurde, hatte als Versteck und Abhollager gedient.

Mr. Underhill erzählte mir die ganze Geschichte so klipp, klar und ohne Ausflüchte, als hätte er mir einen Geschäftsbericht zur Kenntnis gebracht. Fakten, nichts als Fakten. Den Rest konnte ich selbst einsetzen. Offenbar ahnte er immer noch nicht, daß die Zwillinge mit ihrer Identität jongliert hatten; er sprach unentwegt von „Emory", ohne daß ein fühlbarer Verdacht zutage trat, der Mann sei zeitweilig James gewesen. Ich sah ihm nicht ins Gesicht, behielt meine Gedanken für mich und machte mir ein vollständiges Bild, während er sprach.

Er war bei meiner Rückkehr aus Bayern angelangt. An dem Abend, als ich ohne mein Zutun „Emory" in der Kirche begegnet war, sagte Jeff Underhill, hätte dieser die Bilder abgeholt, die Cathy habe mitgehen lassen. Sie wären in der alten Kleidernische versteckt gewesen, die nun durch die Garderobe der Chorsänger vor oberflächlichen Blicken geschützt würde. Der nächste Tag habe meine Entdeckung des Diebstahls und meine bohrenden Fragen gebracht.

„Meine Frau und ich hegten sofort die Vermutung, daß Cathy damit was zu tun haben könnte; aber selbstverständlich mußten wir erst mit Cathy sprechen, ehe wir Ihnen etwas davon sagen konnten."

„Natürlich." Ich sah wohl ziemlich überrascht aus. „Aber wie kamen Sie auf diese Vermutung? Hatte sie irgendwas davon erzählt?"

Er lehnte sich in seinem Stuhl zurück, die Augen auf den Anblick der Blätter und des Himmels vor dem Fenster des Gärtnerhauses gerichtet. Er hätte ebensogut das Wetter erforschen oder die Aussichten für den morgigen Angeltag abschätzen mögen. Doch dann wandte er den Kopf, und die Augen, die in die meinen blickten, waren jene eines tief bestürzten Mannes.

„Ich muß aufrichtig zu Ihnen sein, Miß Ashley. Wir vermuteten, es könnte unsere Tochter sein, weil wir dieses Problem schon mal gehabt haben."

Ich fühlte, wie meine Augen sich rundeten. Allerdings hatte etwas in mir – vielleicht wieder dieser siebente Sinn der Ashleys – es beinah kommen sehen. Mir fiel nichts ein, was ich darauf sagen konnte. Aber er wartete nicht darauf. Wenn es gesagt werden mußte, würde er es sagen, und damit hatte sich's.

„Es fing an, als sie an der höheren Schule war. Wir lebten damals in Kalifornien, ein Stückchen außerhalb Los Angeles, und – na ja, es ist vielleicht nicht gerade die einfachste Stadt, wo ein kleiner Junge oder ein kleines Mädchen aufwachsen kann, und Cathy kam alsbald in Schwierigkeiten. Sie ist" – eine Pause, so kurz, daß man die Mühe kaum wahrnahm, die sie verbarg – „ein sehr liebevolles und warmherziges Mädchen, und sie folgt ihren Impulsen, ohne immer zu sehen, wohin diese sie bringen oder was sie kosten werden. Sie gerät", fügte Jeffrey Underhill ganz unnötigerweise hinzu, „mehr nach ihrer lieben Mutter als nach mir."

Ich sagte etwas, was sowohl tröstend als auch unverfänglich klingen sollte, und wurde durch das plötzliche Aufleuchten von Humor in seinem Gesicht belohnt. Dann kehrte er zu seinem alten Stil zurück und fuhr fort: „Ich bin weder großherzig noch impulsiv, Miß Ashley. Ich bin auch nicht leicht zu lenken. Aber meine Frau und meine Tochter sind ganz und gar bessere Menschen, als ich's je sein kann. So gutmütig. Als meine kleine Cat dann eben in schlechte Gesellschaft geriet, steckte sie im Handumdrehn auch schon kopfüber in einem ausgewachsenen klassischen Problem der Pubertätsjahre – und glauben Sie mir, sie hätte überall enden können. Sie war da in so einer richtig verlotterten Bande. Sie stahlen – Dinge zwar, die nicht ins Gewicht fielen, aber Diebstahl war's ja doch –, zerstörten mutwillig allerhand Kram, fuhren mit anderer Leute Autos davon . . . Spaß zu haben, so nannten sie das, sich einen Nervenkitzel zu verschaffen. Da gab's diesen Jungen, nach dem sie verrückt war, und solange das anging . . . Ach, ich erspar' Ihnen den Rest. Schließlich konnte sie sich von alledem befreien. Es brauchte eine lange Zeit, aber – zumal sie im Grunde ja lieb und gut ist wie die meisten dieser dummen

Kinder, wenn man sie nur läßt – sie konnte sich davon losmachen, mit Gottes und unserer Hilfe.“

Er sprach mit entlaubender Schlichtheit. Wieder fiel mir nichts ein, was ich darauf sagen konnte. Aber er schien nicht mit einer Antwort zu rechnen. Er fuhr fort.

„Dies war einer der Gründe, weshalb wir beschlossen, für ein paar Jahre von zu Hause fortzuziehen. Sie werden verstehen, daß es für mich nur von minderer Bedeutung ist, wo ich gerade wohne, solange ich täglich zur Arbeit nach Houston in Texas und nach New York fahren kann.“ Wieder schimmerte ein Lächeln auf. „Nun, ich kann wohl schwerlich sagen, daß Ashley Court im Einzugsgebiet von New York liegt oder zu den näheren Vorstädten der anderen Häfen zählt, die ich gegenwärtig anlaufen muß; aber wie Sie wissen, haben die Mädchen – meine Frau und Cathy – ihr Herz drangehängt, und alles schien ganz wunderbar zu klappen. Dann, wie Sie wissen, geschah dies. Als Sie uns sagten, wertvolle Dinge seien abhanden gekommen, hatten wir schreckliche Angst, daß es wieder losginge. Als Cathy zuvor mit ihrer Clique allerlei Zeug gestohlen hatte, war das so eine Art verrückter Entgleisung gewesen, keine richtige Krankheit; doch nun fürchteten wir, sie sei wirklich krank. Diese Kleptomanie fällt ja schon unter die Geistesstörungen, das wissen Sie; nicht bloß eine Teenagermarotte, die mehr oder weniger von selbst vergeht. Also haben Stephanie und ich fast die ganze letzte Nacht darüber gesprochen, auch heute morgen wieder, und dann nahmen wir uns Cathy vor. Sie hat uns alles erzählt. Es hatte sie schon belastet, seit Sie angekommen waren, und sie . . . ich glaube, sie war froh, es uns erzählen zu können.“

Mein Verstand wand und krümmte sich wie ein kleines Reptil, das nach einem Weg ans Licht sucht. Es war schlimmer, viel schlimmer, als ich gedacht hatte. Selbst diese unbedeutende Affäre um die „verfügbaren Vermögenswerte“ barg mögliche Wurzeln der Tragödie in sich. Noch etwas, wofür Zwilling sich rechtfertigen mußte . . . Es fiel mir kaum auf, daß ich mich diesmal auf keinen der beiden festgelegt hatte.

„Aber Mr. Underhill, das ist ja schrecklich!“

Er mißverstand mich. „Ich weiß, Miß Ashley, daß es eine ganz böse Sache ist, und es mag durchaus sein, daß diese Handlung aus Ihrer augenblicklichen Warte nach dem Galgen schreit; aber ich muß Ihnen sagen, daß Cathy uns auch von all diesem rechtlichen Kleinkram erzählt hat, von Treugütern und verfügbaren Vermögenswerten, die Emory im Grunde schon gehörten und so weiter – und da waren wir so erleichtert, daß unsere Tochter den Eindruck bekommen haben muß, ihre Handlung sei ganz in Ordnung gewesen. Was sie", fügte er mit unnachgiebiger Spröde hinzu, „mitnichten war."

„Mr. Underhill . . ."

Er hob eine seiner Hände ungefähr zwei Zentimeter von der Armstütze seines Sessels, und ich hielt inne. „Nein, lassen Sie mich's zuerst sagen. Ich bin nicht oft um Worte verlegen, aber ich finde diese Situation sehr, sehr schwierig. Wir schulden Ihnen Abbitte, das versteht sich von selbst, und die lege ich Ihnen zu Füßen, Miß Ashley. Doch auch das muß ich sagen: Wenn wir etwas tun können, um die Sache für Sie wieder in Ordnung zu bringen, so genügt ein Wort. Das ist das geringste, was ich Ihnen zusichern muß. Ich werde diese Gegenstände zurückholen und wieder an ihren Platz stellen, als wär' dies nie geschehen – und wenn es mich alles kosten sollte, was ich besitze."

Aus dem Munde eines Mannes wie Jeffrey Underhill war das ein ziemlich unerhörtes Angebot, aber irgendwie erschien es nicht im entferntesten abwegig. Und er meinte jedes Wort davon ernst. Was die „Abbitte" anging, so war es sinnlos, sich ihr entziehen zu wollen, wenn auch nur aus Gründen des Rituals; denn dieses eine Mal war meine ehrliche Meinung vermutlich genau das, was zu hören ihn trösten würde. Doch ehe ich sprechen konnte, sagte er mit einem weiteren dieser sondierenden Blicke, die offenbar durch die Augen ins Gehirn eindrangen: „Was ich Ihnen erzählt hab', konnte Sie anscheinend nicht sonderlich überraschen. Sie wußten, wie die Dinge entwendet wurden."

„Ja. Mein Vetter hat's mir gestern abend erzählt."

„Und es bedrückt Sie ganz ungemein; das sehe ich."

„Eigentlich nicht. Andere Dinge bedrücken mich, aber das nicht. Ehrlich. Ich will Ihnen genau sagen, was ich darüber denke, Mr. Underhill. Als mein Vetter mir davon erzählte, war ich erschüttert. Es war unrecht, wenn vielleicht auch nicht ganz so schändlich, wie es schien. Was mich aber wirklich wütend machte, war die Tatsache, daß die beiden Cathy dazu benützt hatten. Die Gründe dafür brauch' ich Ihnen wohl nicht erst zu schildern – und ich wußte auch noch nicht, was Sie mir eben über ihr Problem erzählt haben, sonst wär' ich noch wütender gewesen –, aber ich fand das ganz entsetzlich, und ich sagte das auch. Mein Cousin wollte die Schuld auf seinen Bruder schieben. Was das Pferdchen und die anderen Dinge betrifft – bitte vergessen Sie sie. Nein, das ist mein voller Ernst. Offiziell werden sie über kurz oder lang Emorys Familie gehören, und wenn wir jetzt nach ihnen zu suchen anfangen, um sie zurückzukaufen, dann müßte all dies vielleicht ans Licht, und damit wär' keinem gedient. Es könnte uns sogar mit dem Gesetz in Konflikt bringen." Mir fiel etwas ein. „Mr. Underhill, hat Cathy irgendwas von einem Kirchenbuch gesagt?"

„Von einem was?" Er klang ratlos.

„Einem der Trauungs- und Taufregister, die in der Kirche aufgewahrt werden. Es ist abhanden gekommen."

„Davon hat sie gewiß nichts gesagt. Ich will sie fragen. Aber was sollte jemand mit so einem Ding im Sinn haben? Ist es wertvoll?"

„Nicht aufregend. Es ist sehr alt und wohl auch interessant, aber nur für Leute aus dieser Gegend."

„Vielleicht hat jemand sich's ausgeliehen, um seine Vorfahren nachzuschlagen, und vergessen, es zurückzubringen."

„Wahrscheinlich. Ich hab' nur gefragt, weil – als ich . . . äh, meinen Cousin in dieser Nacht in der Kirche sah, da kam's mir so vor, als hätte er so was wie ein großes Buch in der Hand, aber das waren wohl die Rackham-Bilder."

„Ja nun, diese Bilder. Die haben doch mit dem anderen Kram nichts zu tun, wie? Gehören sie nicht Ihnen?"

Ich nickte. „Und es sind Unikate, als solche leicht

wiederzuerkennen, fürchte ich. Wenn Sie mir die zurückbringen könnten, Mr. Underhill, wär' ich Ihnen schrecklich dankbar. Es wird auch keine Peinlichkeiten geben, das versprech' ich Ihnen; ich werd' sagen, ich hätt' sie selber zum Verkauf freigegeben, wär' aber nun davon abgekommen. Damit fällt wohl auf keinen von uns ein Schatten."

„Sie sind sehr edelmütig."

Hier widersprach ich nun wirklich, doch er bestand darauf, mir zu danken. Was ich halb erwartet hatte, sagte er mir anschließend: daß er und seine Frau beschlossen hatten, ihren Aufenthalt in Schloß Ashley vorzeitig abzubrechen. Wegen meines Vaters Tod und der rechtlichen Prozeduren, die sich daran knüpften, versicherte er mir beruhigend, hätten sie ohnehin erwogen, schon etliche Zeit vor dem November auszuziehen. Nun wollten sie sofort nach London übersiedeln, wo sie nur so lange bleiben wollten, bis Mr. Underhills Makler ein Haus in Paris aufgetrieben habe, wo er sich einmieten könne. Abgereist werde, sagte er mit einem schnellen Blick auf mich, schon morgen. Er habe mit Mr. Emerson gesprochen, und alles sei geregelt. Die Miete für das Schloß sei für die gesamte Vertragsdauer bezahlt worden . . . Und so weiter und so fort. Alles, nur nicht den wahren Grund für die plötzliche Abreise.

Er hatte zu Ende gesprochen. Und jetzt, weil es Jeffrey Underhill war und weil ich ihn achtete, brachte ich ohne Umschweife zur Sprache, was er aus Feinfühligkeit nicht gesagt hatte.

„Sie entfernen Cathy von Emory."

Diese Pause war deutlich zu spüren. Dann sagte er stumpf: „Ja. Ich glaub', es ist das beste. Tut mir leid."

„Das braucht Ihnen nicht leid zu tun." Ich sagte das gleichermaßen stumpf. „Ich respektiere Ihre Gründe – und mehr noch, ich finde, Sie haben völlig recht. Was aber wird Cathy sagen?"

„Das kann ich nicht abschätzen." Er sprach etwas bedächtig. „Seit ihrem vierzehnten Jahr verliebt sie sich und verkracht sie sich, wie diese Kinder das heute eben auffassen; also wollen wir hoffen, daß es diesmal nicht ernster ist. Im Augenblick scheint sie nur eins im Kopf zu haben: daß wir in Paris leben werden. Ich hab' Ihnen schon gesagt, daß es für mich keinen Unterschied macht, wo wir wohnen, und es wird sicher praktischer sein, in Paris zu wohnen als in Dorf Ashley. Zumindest hab' ich das als Grund genannt, und ich hoffe nur, daß die Natur den Rest besorgt."

Ich lachte. „Sie sind ein kluger Mann, und Cathy ist zu beneiden. Selbst ein Emory, glaub' ich, wird auf längere Sicht mit Paris nicht konkurrieren können."

Er erhob sich. Ich auch. Er stand da auf dem Kaminvorleger, und das kleine Zimmer schien noch kleiner. Er senkte seinen Blick auf mich herab. „Ich finde es aufrichtig schade, daß wir das Schloß verlassen müssen, wenn Sie eben nach Hause zurückgekehrt sind, Miß Ashley. Sie sind ein wunderbares Mädchen, und ich bin stolz, Sie kennengelernt zu haben. Ich nehm' an, Sie wissen, wie schwer uns das alles wurde; es tut so gut, daß Sie uns verstehen. Darf ich hoffen, daß Sie uns einmal in Paris besuchen werden? Ich weiß, daß die Mädchen sich darüber sehr freuen würden."

Ich versagte mir's, darauf hinzuweisen, daß ich nicht eben zu den Zeitgenossen zählte, die sich Wochenendausflüge nach Paris leisten können. Ich dankte ihm nur, ging mit ihm zur Tür und begleitete ihn auf dem Weg mit den Steinen, der zur kleinen Gartenpforte führte.

„Werd' ich Mrs. Underhill noch auf Wiedersehen sagen können? Ich denk' mir, daß sie mit dem Packen und so weiter allzusehr beschäftigt sein wird, aber vielleicht könnt' ich sie morgen früh anrufen?"

„Sie hofft ganz gewiß, Sie bald zu sehen. Ich weiß nicht genau, was ihr morgen alles bevorsteht, aber sie wird sich über Ihren Anruf freuen, das weiß ich. Sie hat da irgendeinen Plan geschmiedet, den sie Ihnen unterbreiten wollte, und ich hoffte auch, daß Cathy . . ." Eine Hand nach der Pforte ausgestreckt, hielt er inne und wandte den Kopf. Sein Gesicht veränderte sich fast unmerklich. „Ach, da kommt Cathy nun. Hätt' ich mir fast gedacht."

Cathy kam durch den Obstgarten herunter. Diesmal trug sie einen Rock; er war aus einem blaßfarbigen

Sommerstoff und verlieh ihrem Gang ein gewisses Schweben, als sie langsam durch den Halbschatten der alten grauen Bäume wanderte. Romantisch und ätherisch wirkte sie, wie aus einem der weichgezeichneten Filme, die in der Fernsehwerbung verwendet werden; doch als sie uns an der Gartenpforte stehen sah und winkte, verriet sie die Halbherzigkeit ihrer Handbewegung. Sie ließ sich Zeit, und das ganz betont, weil sie nervös war. In anderen Worten, sie kam, um sich zu entschuldigen.

Während ich zurückwinkte und ihr einen aufgekratzten Gruß zurief, entdeckte ich plötzlich, daß Jeffrey Underhill mich verlassen hatte. Lautlos wie eine echte Raubkatze im Dschungel war er von meiner Seite geschwunden, stand nun drüben an der halb verfallenen Mauer, blickte hinaus auf den beginnenden Sonnenuntergang, der sich im Wasser spiegelte, und machte eine rechte Zeremonie daraus, sich eine Zigarre anzustecken. Er befand sich gerade außer Hörweite. Ja, er war ein Mann, der sich auf der Bühne gekonnt zu bewegen wußte. Ich mochte ihn sehr.

„. . . Mußte einfach kommen und dir sagen, daß es mir so leid tut.“ Mit dünner, atemloser Stimme sprudelte Cathy diese Worte hervor wie ein Kind, das so was schnell hinter sich bringen will und nicht genau weiß, welchen Anklang sein Auftritt finden wird.

Sie war jenseits der Gartenpforte stehengeblieben und umklammerte deren Oberkante mit beiden Händen. Ich legte die meinen darauf. Ich war beinah vier Jahre älter als Cathy, und in diesem Augenblick kamen sie mir wie vierhundert vor.

„Ist ja schon gut“, sagte ich rasch. „Du brauchst nichts mehr zu sagen. Dein Vater hat mit mir darüber gesprochen, aber ich wußte es schon. Ich weiß, daß du's nur getan hast, weil du Emory lieb hast, und es ist seine Schuld, nicht deine. Ja, ich mein' das schon so, wirklich. Ich sag's nicht bloß, um dich zu trösten . . . Wie hättest du denn wissen können, was nach englischem Recht erlaubt ist und was nicht? Und übrigens“ – ich lächelte – „kenn' ich meine Cousins ziemlich gut. Wenn ich dir jetzt davon zu erzählen anfangen wollte, zu welchen

Dingen die mich drangsaliert haben, von denen ich genau wußte, daß sie strengstens verboten waren, wären wir um Mitternacht noch immer hier. Also vergiß es bitte."

„Du liebes bißchen, wenn ich das nur könnte! Du bist einfach süß, aber, ehrlich, du verstehst das nicht ganz." Das hübsche Pekinesengesicht bemühte sich um eifrigen Ernst. Sie hatte die Nerzwimpern nicht angelegt, und ihre Augen sahen seltsam schutzlos aus. Ob sie nicht doch ein bißchen geweint hatte? „Ehrlich, Bryony", wiederholte sie, „*dir* hätt' ich so was doch nie angetan, aber ich dachte, das wär' alles im Rahmen und es wär' nur darum gegangen, ein paar Sachen rauszuholen, die die Jungs brauchten, und damit sie sich den ganzen Heckmeck mit den Leuten sparen können, von denen die Führungen organisiert werden. Und dann fand ich diese Bilder da oben, in dem Schrank, wo auch die anderen Bücher waren, und als ich merkte, daß die Dinger ebenfalls wertvoll waren, ach, da nahm ich sie einfach mit, weißt du ..." Sie schluckte. „Und dann kamst du und fingst an, nach den Dingern zu fragen, und langsam dachte ich mir, es wär' doch nicht so ganz okay gewesen, und dann kam ich dahinter, daß die Bilder wirklich dir gehörten, dir ganz allein, immer schon ... Und ehrlich, Bryony, mir ist so gräßlich zumute, daß ich sterben könnt'. Wirst du mir jemals verzeihen?"

„Hab' ich schon, als die beiden mir davon erzählten. He, so wein doch nicht, Cathy." Ich faßte sie an den Handgelenken und schüttelte sie ein bißchen. „Ich sag' dir doch, ich hab's nie für deine Schuld gehalten. Alles ist vorbei und ausgestanden, es ist nichts Böses geschehen, und dein Vater wird mir die Bilder wieder beschaffen – also Schwamm drüber, ja?"

Ich sprach noch eine Zeitlang weiter und beruhigte sie, wobei ich darauf achtete, nicht zuviel Schuld auf Emorys Schultern abzuladen, weil ich befürchtete, sie könnte aus Mitleid plötzlich für ihn auf die Barrikaden steigen. Allerdings fand ich, daß die Begeisterung für Emory in den vor kurzem noch so bereitwillig strahlenden Augen etwas abgeflaut war; schließlich hatte ich sogar den deutlichen Eindruck, daß sie es vorzog, nicht über ihn zu sprechen. So weit, so gut. Schon die Tatsache, daß sie so zu mir gekommen war, um mit mir zu sprechen – wo es für sie doch so einfach gewesen wäre, morgen abzureisen und mich nie wiederzusehen –, bewies zur Genüge, daß Cathy Underhill doch ein Körnchen von der Härte ihres Vaters mitbekommen hatte. Ich teilte die Furcht ihres Vaters nicht, daß sie wieder ihrem jugendlichen „Problem“ verfallen könnte; doch es war nicht Emory zu verdanken, daß dies ausgeblieben war. Ich entdeckte, daß ich die Gewissensbisse darüber, jenes Foto nach Bad Tölz zur Post gegeben zu haben, nun etwas schwächer empfand. An James weigerte ich mich zu denken.

Aber er wandelte in Cathys Gedanken. „Weißt du, James hatte nämlich überhaupt nichts damit zu tun. Wirklich nicht. Und ich weiß noch genau, als er diese Bilder sah, da wär's ihm am liebsten gewesen, ich wär' augenblicklich wieder hinaufgerannt und hätt' sie zurückgetan. James hat dich sehr, sehr lieb, und er würd' nicht das geringste tun, was dir weh tun könnte.“

„Ich weiß.“

Ein dünner, grotesker Pfeil aus Sonnenlicht schoß rotglühend durch die Wolken über dem Horizont und streifte die höchsten Blattspitzen des Birnbaums. Die Drossel war dort, saß auf einem Zweig und putzte sich die Brustfedern, zu einem Lied gerüstet.

Ich blickte wieder auf Cathy, die mich mit jenen verwundbaren, ängstlichen Augen betrachtete. „Und jetzt laß mal hören“, sagte ich lächelnd, „was wird da ununterbrochen über Paris gemunkelt?“

Jeffrey Underhills Zigarre war etwa zur Hälfte geraucht, als Cathy, die nun über Paris und die Pläne ihrer Mutter sprach, nach und nach zu ihrem überschäumenden Normalwesen zurückfand.

„Und morgen fahren wir los, und da gibt's diese unheimlich phantastische Party, und wir wollen alle, daß du dabei bist! Bitte, sag, daß du kommst, Bryony! Mammi hat mir ganz dick eingeschärft, daß ich dich einladen soll.“

„Nun ja", setzte ich zweifelnd an, als Mr. Underhill, dem der neue Tonfall der töchterlichen Stimme nicht entging, von seiner gründlichen Erforschung des Teichs abließ und quer über den Rasen-zu uns zurückkehrte.

„Cathy meint, nach London, Miß Ashley. Ich hab's ihr überlassen, Sie persönlich einzuladen, aber sie hat das wohl nicht erklärt, glaub' ich. Wir geben morgen abend eine Party. Die ist schon seit einer ganzen Weile geplant; es ist unser Hochzeitstag, und wir wollen mit ein paar Freunden und Bekannten feiern. Es wär' uns eine Ehre, wenn Sie mit von der Partie sein wollten. Wie ich Ihnen schon gesagt habe, lassen wir uns für ein paar Tage in London nieder, ehe wir nach Paris ziehen, und so haben wir uns gedacht, wir könnten daraus zugleich auch eine Abschiedsparty machen. Stephanie hängt schon den ganzen Nachmittag an der Strippe, und sie hat sich's nun mal in den Kopf gesetzt, daß Sie dabeisein müssen. So sagen Sie doch, daß Sie kommen wollen."

„Bitte sag endlich ja!" drängte Cathy.

„Das ist wirklich sehr freundlich von Ihnen, und ich dank' Ihnen vielmals. Natürlich würd' ich gern kommen, schrecklich gern, aber . . ." Ich sprach nicht weiter.

Augenblicklich sah Cathy sorgenvoll drein. „Wir wollen dich gewiß nicht zu etwas breitschlagen, Bryony, was du gar nicht tun willst. Vielleicht ist's noch zu bald nach dem Verlust deines Vaters?"

„Nein, daran liegt's nicht." Wenn die Party schon vor einiger Zeit vorbereitet worden war, überlegte ich, würden zweifellos auch Emory und James dort sein. Sofern natürlich Jeffrey Underhill meinen Cousin Emory nicht hatte wissen lassen, daß er nicht mehr willkommen sei; dazu hielt ich ihn durchaus für fähig.

„Dann komm doch bitte", drängte Cathy wieder. „Dann hab' ich nämlich erst so richtig das Gefühl, daß du mir das gräßliche Dingsbums verziehen hast, das ich ausgefressen hab'. Wenn ich nur dran *denk'* . . ."

Jeffrey Underhill, wachsam an meiner Schulter, schaltete sich ein. „Vielleicht hat Miß Ashley einfach hier zuviel zu tun, Cat. Vergiß nicht, sie ist eben erst zurück nach Hause gekommen." Dann, zu mir gewandt: „Es wäre wunderbar, wenn Sie das bißchen Zeit für uns erübrigen könnten, Miß Ashley, aber Sie dürfen sich nicht von Cathy unter Druck setzen lassen. Ich weiß, daß sie und Stephanie sich sehr geehrt fühlen würden, wenn Sie kommen könnten, aber machen Sie sich bitte nicht die Mühe, gleich jetzt einen Entschluß zu fassen. Wenn Sie uns morgen früh anrufen wollen, wenn Sie Zeit gehabt haben, darüber nachzudenken . . .?“

„Ach, sehen Sie“, sagte ich herzlich, „ich will sehr gern kommen, ja, wirklich. Ich kann den Zug am späten Nachmittag nehmen.“

Lauthals gaben die beiden ihrer Freude Ausdruck; in ihren Stimmen lag eine solche Begeisterung, daß man hätte glauben können, die Party werde einzig und allein für mich gegeben. Sie würden mich am Vormittag persönlich hinfahren; sie würden mich im „Dorchester“ unterbringen – „für Sie eine Zimmerflucht unter Vertrag nehmen“, so drückte Jeffrey Underhill das aus –; sie würden mich tags darauf wieder hierherbringen, tags darauf oder wann immer es mir behagte. Sie würden alles tun, nur damit ich – so klang es aus ihrem Munde – ihre Party durch meine Anwesenheit adelte. Ich konnte ihnen schwerlich sagen, was mir durch den Kopf ging. Was war, wenn meine beiden Cousins tatsächlich schon früher eingeladen worden waren? Was, wenn Emory, der Winke mit dem Zaunpfahl prinzipiell übersah, wenn er sie nicht sehen wollte, sich die Mühe antat, zu kommen und den alten Liebreiz aus dem Stanniol zu wickeln . . . Es geschah ebensosehr um Cathys willen, als ich die Einladung schließlich annahm. Und ich faßte den grimmigen Vorsatz, darauf zu achten, daß mein ältester Vetter ihr nicht zu nahe kam und ihr Raum zum Atmen ließ – selbst wenn ich wieder mit Erpressung arbeiten mußte. Dann warf ich einen Blick zu Jeff Underhill hinüber und sah, daß er meine Gedanken erraten hatte. Er riskierte ein halbes Nicken, warf seine Zigarre fort, wobei er das Wasser knapp verfehlte, und sagte: „Darüber brauchen Sie sich kein graues Haar wachsen zu lassen; damit werd' ich schon fertig.“

„Fertig werden? Womit?“ begehrte Cathy zu wissen.

„Das glaub' ich Ihnen aufs Wort", sagte ich.

Sie blickte mit großen Augen zwischen uns hin und her. „Worüber sprecht ihr beide eigentlich?"

Ihr Vater öffnete die Pforte, machte einen Schritt hinaus, legte einen Arm um Cathy und zog sie an seiner Seite hoch wie ein Bagger. „Hat nichts mit dir zu tun. Jetzt sag schön gute Nacht, und wir lassen Miß Ashley in Frieden."

„Gute Nacht", sagte ich.

Sie schlenderten zusammen durch die Apfelbäume, auf denen die Dämmerung zu lasten begann. Die beiden hatten einander mit einer großen und einer kleinen Hand umarmt; sein Kopf war lauschend geneigt, der ihre in aufgeregtem Gespräch erhoben. Ein Kind, dem die Strafe erlassen worden war, und ein Mann, der mit allem fertig wurde. Damit also, dachte ich, wär' das mal geschafft. Und jetzt zurück zu meinen eigenen Problemen.

Die Drossel hatte schon einige Zeit lang gesungen, unbemerkt. Bald würden die Eulen auftauchen und, bald nach ihnen, die Sterne.

Ziemlich betrübt klinkte ich die Gartenpforte zu und ging zurück ins Haus, angelte Williams Buch aus seinem Versteck und knipste die Leselampe an.

Ashley, 1835

Er schlug die Bettdecke zurück, und nackt, wie er war, schritt er leichtfüßig über den Teppich, ans Fenster. Jenseits des offenen Ladens ließ das erste Tageslicht ein Rechteck von grauer Farbe sichtbar werden. Er stieß die Scheibe weit auf und lehnte sich hinaus. Die Hecken des Labyrinths ragten düster und bedrohlich auf, doch der Tau verlieh ihnen einen zarten Schimmer.

Es war später, als er gedacht hatte. Schon stieg ein dünner Streifen Rauch aus dem Küchenschornstein empor. Aber das machte nichts aus. Noch waren keine Lichter zu sehen, und niemand würde ihn dabei ertappen, wie er sich durch die Seitentür Einlaß verschaffte.

Sie war inzwischen wohl schon zu Hause, unbehelligt und geborgen.

16. KAPITEL

Es deuten meine Träum' ein nahes Glück.
„*Romeo und Julia*“, V/1

Ich hatte zu Abend gegessen und eine Stunde gelesen und war doch nur bis Zeile 357 gekommen.

„Welch Los“, sprach sie, „zu lieben meines Vaters Feind!
Veracht' ich Wohltat? Bin ich meines Leides Freund?“

Soweit also Arthur Brookes Julia . . . Seufzend ließ ich das Buch sinken und lehnte mich zurück. Ich strich mir mit der Hand durchs Haar, so als wollte ich mir einen schnelleren Weg durch den schleppenden Fluß der Worte bahnen. Es war schon an sich eine langweilige Lektüre, und da meine Gedanken immer wieder voraneilten, auf der Suche nach etwas, nach irgend etwas, das einen wenn auch nur kümmerlichen Hinweis auf diesen anderen Ashley-Irrgarten darstellen könnte, wollte es mir kaum gelingen, einen Sinn darin zu finden. Aber ich mußte weitersuchen – selbst wenn ich die Zeile 3020 lesen müßte . . . Ich versuchte es von neuem.

Doch als sie sich zur Ruh' begab, des Betts gewöhnt,
Tat sie kein Auge zu, kein frommer Traum war ihr vergönnt.
Gedanken voll der Wirrnis flüstert' ihr die laue Nacht;

So ward ihr Herz und ihre Seele um den Schlaf gebracht.
Nun liegt sie rastlos, wälzt sich oft her, oft hin,
Erbebt vor Furcht jetzt, um darauf in Liebe zu erglühn.

Ich machte vielleicht noch zwanzig Minuten weiter, dann klappte ich das Buch zu. Ich brauchte mich gewiß nicht zu beeilen. Es war unmöglich, es noch an diesem Abend zur Gänze durchzusehen, und wenn ich morgen nach London fuhr, würde ich das Buch mitnehmen und es jemandem von Christie in die Hand drücken. Der würde wissen, wie er es einzuschätzen hatte. Es wäre korrekt gewesen, zuerst Leslie Oker einen Blick hineintun zu lassen, aber sicher würde er Verständnis haben.

Ich legte es zur Seite und nahm William Ashleys „neuen Romeo" zur Hand. Auch hier wieder kratzte und fauchte die Wildkatze aus der Mitte des Labyrinths auf dem Exlibris. „*Die Karte?*" Ganz gewiß, die Karte. Aber warum? Ich blätterte um und ließ meinen Finger am Inhaltsverzeichnis entlanggleiten: Die Wildkatze – Das Labyrinth – Corydons Abschied – Die Klage des Minotaurus – Welcher Palast ist das nun? – Der Liebhaber verläßt seine Geliebte – Der Liebhaber kehrt zurück –

Und so weiter. Nun, die Gedichte konnten auch nicht schlechter sein als die Arthur Brookes, und sie hatten zumindest den Vorzug, kurz zu sein. Ich wandte mich dem ersten, „*Die Wildkatze*", zu.

Welch Jäger hätt's wohl töricht über sich gewonnen,
Zu finden hier den Leoparden von der Sonnen?
Seit langem liegt er hier schon voller Schweigen
Zu Füßen jenen, die unwissend gehn und steigen
Über der edlen Wildkatz' schön geflecktes Haupt.
O seht an ihrer Seite unsren Weingott Bacchus laufen,
Des Korb von reifen, saft'gen Trauben überrinnt,
Und im Gefolg' hat er, was mindre Güter sind.

Wieder einmal die Römer, wie es schien. Vermutlich nur der übliche klassische Eigendünkel, dachte ich, aber nein, hier war die Katze, die ich suchte ...

> Und nun, in späten Jahren, kommt sie neuerlich
> Von Schottlands Bergeshöh'n, die Raubkatze so wild,
> Von dir gebracht, du meines Herzens Dame, meiner Träume Bild.
> Und so wie sie, von Veneris Blumenkranz gehemmt,
> Wird auch dein wilder Kater einst von dir gezähmt.

Ein Schatten fiel über das Blatt. Erschrocken blickte ich auf, aber es war nur Rob, der vor dem Fensterflügel stand. Die Drossel hatte ihr Lied nicht unterbrochen.

„Ich glaubte, du würdest vorsichtig sein. Statt dessen sitzt du hier bei offenem Fenster, so versunken in ein Buch, daß du mich nicht einmal kommen gehört hast."

„Nun, es ist ja noch nicht spät. Ich dachte nicht ... das heißt, ich dachte, du hättest von heute abend gesprochen."

„Eigentlich hab' ich das auch. Ich bin nur runtergekommen, um nachzusehen, ob alles in Ordnung ist und du dich auch eingeschlossen hast."

Ich klappte das Buch zu und legte es zu den anderen, umständlich, um den Anflug schamhafter Verlegenheit zu verbergen. „Du nimmst das sehr ernst, nicht wahr?"

„Du nicht?"

Darauf gab es keine Antwort. Ich erhob mich. „Also schön, ich werde das Fenster jetzt schließen. Kommst du rein?"

„Für einen Augenblick nur."

Ich schloß das Fenster und zog die Vorhänge zu. Ich hörte, wie er zu dem Collie sprach und sich dann kräftig die Schuhe auf der Matte abputzte. Dann trat er zögernd ins Zimmer.

„Tut mit leid, wegen der Schuhe, aber ich glaube, sie sind jetzt schon trocken. Nachdem ich das Gewächshaus geschlossen hatte, ging ich durch den Obstgarten."

„Willst du eine Schale Nescafé?"

„Ich hätte nichts dagegen." Während ich in die kleine Küche ging, nahm er „Romeus und Julia" zur Hand. „Was ist das?"

„Ich habe vergessen, es dir zu sagen. Das muß Daddy gemeint haben, als er von Williams Buch sprach. Siehst du? Es ist William Ashleys Abschrift von etwas, das ein gewisser Brooke geschrieben hat. Anscheinend ist es sehr selten. Daddy muß herausgefunden haben, wie wertvoll es war."

„Hm." Er drehte den schmalen Band herum und wog ihn in seiner Hand, als ob ihm diese Geste Aufschluß über seinen Wert geben könnte. „Kann schon sein, aber ich will nicht annehmen, daß er sich darüber den Kopf zerbrochen hat – damals nicht. Hat er nicht noch etwas gesagt? War da nicht die Rede von einem Papier oder einem Brief in dem Buch?"

„Es ist nichts da. Ich habe nachgesehen. Ich habe darin gelesen, um herauszufinden, ob es da etwas im Text gibt, das mir einen Hinweis geben könnte, aber es ist kaum lesbar."

„So schaut es auch aus." Er legte es nieder und griff nach dem „Neuen Romeo". „Ist das auch wertvoll?"

„Ach nein. Das sind nur William Ashleys eigenen Gedichte. Sie sind nicht viel besser als die des armen Brooke, aber mir gefallen die Bilder."

„Welcher Palast ist das nun?" las Rob den einen Titel und quälte sich noch ein paar Zeilen weiter. Irgendwie kam es mir vor, als ob die gespreizten, bombastischen Verse in Robs weichen Vokalen des Landmenschen noch ärger klangen, wie in einem Gewächshaus gezogen, verzerrt und falsch.

Er legte das Buch nieder und folgte mir in die Küche. Er lehnte sich an den Türpfosten und schickte sich an, mit mir gemeinsam zu warten, bis der Kessel siedete. „Taugt das Zeug denn überhaupt etwas? Mir klingt es schrecklich in den Ohren, aber ich versteh' ja nichts davon."

„Ich auch nicht. Ich glaube nicht, daß es eine große Sache ist."

„Um was geht es denn dabei?"

„Weiß der Himmel", antwortete ich. „Ich habe es noch nicht gelesen. Ich bin in dem Gedicht „Das Labyrinth" hängengeblieben. Bei Ariadnes Hinweis."

„Harry Wers Hinweis?"

Ich lachte. Es war das erstemal seit meiner Heimkehr, daß ich richtig lachte. „Oh, Rob: Ein Mädchen namens Ariadne. Sie gab Theseus den Schlüssel für das Labyrinth. Griechischer Mythos, weißt du. Williams schreibt über das Labyrinth und gibt mit seinen Griechen und Römern ein bißchen an."

„Woher sollte ich das wissen? Es können ja nicht alle in der Schule von den Griechen und Römern lernen, nicht wahr?" antwortete Rob, nicht ein bißchen ungehalten.

Das Wasser kochte, und ich richtete den Nescafé an. „Spiel bloß nicht den dummen Bauern, Rob Granger. Du hast in der Schule in Ashley die griechischen Sagen mit mir zusammen gelernt. Ich erinnere mich ganz genau. Hier."

Er nahm die Schale aus meiner Hand und folgte mir ins Wohnzimmer. „Red doch keinen Unsinn. Ich habe in meinem Leben nie Griechisch gelernt."

„Du lieber Himmel, ich auch nicht, wir haben die Geschichten natürlich auf englisch gelesen. Erinnerst du dich nicht an das Buch mit den Bildern? Ikarus mit diesen prächtigen, großen Flügeln und die Gorgonen mit Schlangen im Haar und der Minotaurus? Das war das Ungeheuer, das in der Mitte eines Labyrinths lebte, und Ariadne kam mit diesem Wollknäuel oder was es war und gab es Theseus, und der ging hinein und kämpfte mit ihm."

„Ja, daran erinnere ich mich." Er setzte sich in den Lehnsessel, streckte seine langen Beine von sich und rührte in seinem Kaffee. Es war der Sessel, in dem Jeffrey Underhill gesessen hatte, und ich konnte mir einen kleinen Vergleich nicht verkneifen. Im Gegensatz zu dem Amerikaner konnte man nicht sagen, daß Rob den Raum beherrschte, aber irgendwie übte seine entspannte Haltung, seine Art, sich zu Hause zu fühlen, wo immer er sich befand, eine genauso starke Wirkung aus wie die kraftvolle Gelassenheit des anderen. „Er hatte einen

Stierkopf. Sah aus wie ein schwarzer Dexter. Raffinierte Biester."

„Erinnerst du dich noch, wie wir es hier im Irrgarten spielten? Ich hatte das Wollknäuel, und du warst der Minotaurus, und ich mußte Theseus den Eingang zeigen."

„Und hast dich dabei verlaufen", sagte er lachend. „Ich erinnere mich, wie ich in der Mitte saß und dich um Hilfe rufen hörte und mir Sorgen machte, ob ich je selbst wieder herausfinden würde. Dann kam James herein und tötete mich."

„Ich habe dir ja gesagt, daß du die Geschichte kennst."

„O ja, jetzt erinnere ich mich. In Geschichte war bei mir nie viel los, aber im Rechnen war ich gut. Da war ich dir immer um eine Elle voraus. Du hast immer aus meinem Heft abgeschrieben."

„Das habe ich nicht!"

„O doch. Und wer war es denn, der dem Lehrer sagte, ein Polygon wäre ein toter Papagei?"

„Und ist es das nicht? Oh, Rob, jetzt fühle ich mich wieder wohler! Noch eine Schale?"

„Nein, danke."

Er stellte die geleerte Schale neben sich auf den Kamin. „Habe ich nicht Mr. Underhill mit Cathy durch den Obstgarten gehen sehen? Sind sie hier gewesen? Ich nehme an, sie kamen, um dir zu sagen, daß sie morgen wegfahren?"

„Du wußtest es?"

„Nun ja. Hast du vergessen, daß ich hier der Verwalter bin? Sie hat es mir gesagt, als ich im Haus oben war. Das muß zu der Zeit gewesen sein, als er hier bei dir war."

„Das war nicht der einzige Grund für sein Kommen", antwortete ich, und erzählte ihm kurz, was geschehen war.

Er dachte eine kleine Weile darüber nach, dann blickte er auf. „Und du willst wirklich zu dieser Party gehen?"

„Ich denke schon. Cathy war sehr angeschlagen, und ich glaube, sie würde das Gefühl haben, alles sei wieder im Lot, wenn ich käme. Außerdem will ich die Gelegenheit wahrnehmen, ein paar Dinge mit Mrs. Underhill ins reine zu bringen."

„Werden deine Vettern auch dasein?"

„Ich wollte nicht fragen, aber die Party wurde schon vor einiger Zeit angesetzt, und daher glaube ich, daß sie kommen werden, außer Mr. Underhill hat sie wissen lassen, daß ihr Besuch nicht mehr willkommen ist. Das traue ich ihm glatt zu."

„Dann bringe ich dich zum Zug."

„Vielen Dank, das ist sehr nett, aber ich kann die Lambretta nehmen und sie am Bahnhof stehen lassen."

„Und dein Ballkleid willst du in der Hand tragen?"

„Es wäre nicht das erste Mal", lächelte ich. „Aber es ist nett von dir, daran zu denken."

„Daran habe ich nicht gedacht", antwortete Rob geradeheraus. „Ich will nur eines nicht: daß James oder Emory dich fahren."

Einen Augenblick lang blieb ich stumm. „Also wirklich, Rob, du wirst doch nicht glauben, daß diese *Gefahr* darin bestehen könnte, daß Emory oder James mir ganz bewußt Schaden zufügen würden."

„Ich weiß es nicht." Er machte eine nervöse kleine Bewegung, die eigentlich gar nicht zu ihm paßte. „Das haben wir alles schon durchgekaut. Wer von uns kann schon sagen, was einer tun wird, wenn er sich in die Enge getrieben sieht? Und sie werden in die Enge getrieben. Wir wollen es nicht dem Zufall überlassen."

„Das ist doch reines Kitschtheater."

„Vielleicht." Der starrsinnige Zug um seinen Mund vertiefte sich. „Aber es ist einfach gesunder Menschenverstand, wenn man ihnen keine Gelegenheit gibt, etwas zu tun." Ein Flackern in den Augen. „Und davon haben wir Bauern eine ganze Menge."

„Aber sie wissen doch nichts vom Kugelschreiber und dem Foto."

„Nein, aber sie wissen, daß du nicht dumm bist, und es gibt etwas, worauf sie so versessen sind, daß sie dafür noch einmal tun könnten, was sie schon einmal getan haben."

„Ja, ich verstehe. Wenn wir uns erst einmal eingestehen, daß die Sache überhaupt geschehen ist, spielen Motive gar keine Rolle mehr. Ich werde aufpassen. Also schön, vielen Dank. Und da mich die Underhills eingeladen haben, die Nacht bei ihnen zu verbringen, brauchst du auch nicht in aller Herrgottsfrühe aufzustehen. Rob?"

Er sah mich fragend an.

„Hast du schon etwas von Francis gehört?"

„Überhaupt nichts. Aber du kennst ja Francis; er hat nie Briefe geschrieben, nie Radio gehört oder sich wie andere Menschen benommen. Ich erinnere mich, daß er mir einmal sagte, er habe so seine eigene Methode, Nachrichten zu empfangen und zu übermitteln. Und die genüge ihm vollauf."

Ich hob ruckartig den Kopf. „Hat er das gesagt? Was glaubst du, meinte er damit?"

Er zuckte die Achseln. „Seine Gedichte, nehme ich an. Sind sie besser als das Zeug, das du hier hast?"

„Was? O ja – das heißt, ich weiß es nicht. Ich verstehe kein Wort davon." Ich nahm meine leere Schale vom Tisch und ging zum Kamin hinüber, um Robs Schale zu holen. „Ich wünschte nur, er würde sich blicken lassen, das ist alles. Ich habe das Gefühl, daß er uns die eine oder andere Frage beantworten könnte."

Er stand auf. „Ich werde jetzt besser gehen. Danke für den Kaffee."

„Es war mir ein Vergnügen. Wenn die Zwillinge in Bristol sind, brauchst du dir meinetwegen wenigstens für heute nacht keine Sorgen zu machen."

„Nein. Aber wenn ich darf, will ich doch mal nachsehen, ob die Türe auch einen anständigen Riegel hat. Das ist etwas, das ich nie überprüft habe. Möchtest du, daß ich Bran bei dir lasse?"

„O nein. Er würde die ganze Nacht winseln. Ich verspreche dir, daß ich alle Türen und Fenster abschließen werde. Außerdem hab' ich ein Telefon."

Und während Rob die Hintertür überprüfte, dachte ich daran, daß es eine Zeit gab, da ich meine ganz private „Leitung" hatte, wenn ich sie brauchte. Jetzt nicht mehr. Keine Leitung, die mir noch von Nutzen sein konnte.

Er hatte seine Untersuchung beendet und kam wieder

ins Zimmer. „Scheint in Ordnung zu sein. Ich möchte glauben, daß du in Sicherheit bist. Also ich gehe jetzt. Gute Nacht, Bryony."

„Gute Nacht. Und, Rob . . ."

„Ja?"

„Danke für alles."

Er lächelte. „Keine Ursache. Gute Nacht."

Nachdem er gegangen war – Bran wie üblich gleich einem Schatten auf seinen Fersen –, verschloß und verriegelte ich die Tür hinter ihm und kam mir dabei sehr dumm vor. Denn was immer geschehen sein mochte, was immer er gesagt haben mochte, dies war immer noch mein altes vertrautes Zuhause, und die zwei, über die wir gesprochen hatten, waren meine eigenen Vettern. Entgegen allem Anschein mochte einer von ihnen mir immer noch ein lieber, guter Freund sein.

Ich erwachte mit dem Gefühl, einen wunderschönen, vertrauten Traum geträumt zu haben. Ich hatte einen Strand gesehen, einen langen, langen Küstenstreifen aus goldenem Sand, der sich weithin erstreckte, so weit das Auge reichte, und noch weiter. Zwanzig Meilen weit. Woher glaubte ich zu wissen, daß er neunzig Meilen lang war? Dahinter erhoben sich Dünen, heller Sand mit hohen Gräsern, die im Winde schwankten. Vom Westen her rollten die Wogen gegen das Gestade. Der Himmel war groß und klar, der Sand fühlte sich heiß an, und das Salz der See würzte den Wind. Es war einsam hier, wunderschön, ruhig und sicher.

Sicher, sicher, sicher . . . Mit Robs Stimme warfen die Wände meines Schlafzimmers das Wort zurück, und nun erst erinnerte ich mich wieder an alles. An das Buch unter meinem Kopfkissen, an die verriegelten Türen und Fenster, an meine Vettern in Bristol und an das Telefon neben meinem Bett für den Fall, daß ich des Zuspruchs bedurfte.

Der Mond schien hell. Ich schlüpfte aus dem Bett und ging ans Fenster. Die gestreiften Vorhänge aus bedrucktem Baumwollstoff ließen das Mondlicht ein. Die Läden waren offen. Ich kam mir recht töricht vor, aber ich hielt mich hinter einem der Vorhänge verborgen und schaute hinaus.

Das Fenster öffnete sich auf den Obstgarten. Das Mondlicht fiel voll auf die blühenden Zweige. Vorne an der Ecke hob der alte Birnbaum, der älteste von allen, anmutig seine Äste empor, nicht weniger schwarz und regelmäßig gezeichnet als das Blei quer über den vom Mondlicht übergossenen Fenstern. Der blühende Baum glich einer Wolke, durchsetzt von kegelförmigen Lichtmustern, von Schatten, die keine Schatten waren, von mattem Mondweiß umhüllt. Es war ein Baum, wie man ihn nur träumen konnte.

Ein Schatten bewegte sich darunter, verdeckte den Mond. Jemand stand da.

Nein, ich hatte mich geirrt. Die umwölkte Silhouette des Birnbaumes war wieder ruhig und leer. Das Mondlicht hatte mir einen Possen gespielt, Mond und Blüten hatten etwas hingezaubert, zu dem noch der Gesang der Nachtigall fehlte, die Stille mit Gesang zu erfüllen. Es war die Stunde der Liebenden: Julia an ihrem Fenster; Romeo unter den Obstbäumen im Mondlicht.

Aber es war nicht so. Es war eine ganz gewöhnliche, leere Nacht, in der ich nicht einmal wagte, das herbeizurufen, woraus ich den gewohnten Trost hätte schöpfen können. Es gab keinen Liebhaber, den ich wie einen Vogel am silbernen Band in meine Hand hätte zurücklokken können. Wenn ich überhaupt eine Julia spielen sollte, dann würde es Brookes Julia sein, eine Julia mit ihren sehr prosaischen Ängsten und ihrer sie hierhin und dorthin nötigenden Qual unentschlossener Liebe.

Ich ging zu Bett. Aber ich konnte nicht einschlafen. Julias Ängste lasteten auf mir. Ich lag da und starrte zur Decke und dachte an James und an das so beklemmend verflochtene Gewirr all dessen, was geschehen war.

Selbst wenn die Beweise dafür sprachen, ich konnte nicht glauben, daß er schuldig war. Aber Rob hatte gesagt – und das stimmte auch –, daß keiner von uns wußte, wessen einer fähig war ... Und wenn er schuldig war, was dann? Sollte ich die starke Bindung, die es zwischen uns gab, leugnen? Sollte ich glauben, daß es nur ein auf Blut und Familie beruhender Zufall war und nicht ein natürlicher – von Gott bekräftigter – Hinweis auf die Tatsache, daß wir die zwei Seiten ein und desselben menschlichen Wesens darstellten, daß wir Gefährten sein mußten? War es hochnäsig, war es töricht, so zu tun, als wäre ich besser oder auch nur verschieden von ihm? Wir alle sind es imstande, hatte Rob gesagt. Nicht, meinen Vater zu töten, nein, das würde ich niemals glauben. Aber wenn es ein Unfall gewesen war und alles übrige nur die Folge einer natürlichen Panik ... Ich hatte gesagt, daß ich verzeihen würde. Wenn ich Fremden gegenüber diese Nachsicht üben könnte, wieviel mehr dann meinem Vetter gegenüber?

Ich setzte mich auf und schlang die Arme um meine Knie. Ich senkte meine Stirn auf meine Knie und preßte sie dagegen, als ob ich so klarer denken könnte. Hatte ich, wie so viele meiner Altersgenossen, Angst davor, Urteile zu fällen, fürchtete ich in solchem Maße, geistigen Hochmuts schuldig zu werden, daß ich Gefahr lief, mir das Gute entgleiten zu lassen und mich mit dem abzufinden, was vom Besten weit entfernt war, bis es zur Norm wurde und das Auserlesene der Vergessenheit anheimfiel? Die Gesellschaft gewährte ihm Halt und Schutz. War es kleinlich von mir, wenn ich wünschte, er möge sich auch an ihre Gesetze halten?

Ich hob den Kopf. Nein, es war viel einfacher. Panik nach einem Unfall war verzeihlich. Nicht verzeihlich war es, Gewinn daraus zu ziehen. Aber ich konnte nichts tun, bis ich nicht Herrn Gothards Antwort in Händen hielt. Nun mußte ich allein meine Entscheidungen treffen. So mußte es auch bleiben, bis das Rätsel, wie es sich darbot, gelöst war.

Das klang leichter, als es war. Wieder ließ ich mich zurücksinken und beobachtete, wie der vom Mondlicht geworfene Schatten des Birnbaums unmerklich über die Decke wanderte. So sehr drückte dieser Schatten auf die dunkle Tür, daß ich hätte schwören mögen, auch *sein* Schatten bewege sich mit – körperlicher noch als das Bild der blühenden Zweige.

Einen schwachen Augenblick lang nahm ich meine Hand von der Querstange und spürte *ihn* ganz nahe neben mir, so nahe, daß . . .

Eng neben mir. Ich setzte mich auf wie eine an Fäden gezogene Marionette. Es war so nahe, so beharrend, so kraftvoll, so von dem Wunsch erfüllt, mich zu schützen, daß ich wußte, er mußte leibhaftig in meiner Nähe sein. Und ich wußte auch genau, wo. Im selben Augenblick hatte mein geöffneter Geist ein weiteres Zeichen erhalten: die blühenden Zweige des Birnbaums zwischen meinen Augen und dem Mond.

Er war im Obstgarten, unter dem Birnbaum. Und was immer er getan hatte, wer immer er war, er wollte mir nicht übel.

Ich warf die Bettdecke zurück und griff nach meinem Morgenmantel, der hinter der Tür hing. Er war aus leichtem, pelzartigem Stoff und hatte einen hohen Kragen und einen Gürtel zum Knoten. Ich warf ihn rasch über und lief dann, barfuß wie ich war, die Stiege hinunter und in den Obstgarten hinaus.

Der Collie kam auf mich zu, noch bevor ich zwei Schritte jenseits des Tores war. Ich blieb wie angewurzelt stehen.

Rob kam unter dem Birnbaum hervor und trat ins Mondlicht hinaus.

Es gelang mir, Worte hervorzustoßen, aber es klang wie krächzendes Flüstern. „Was machst du da? Es ist bestimmt schon zwei Uhr."

Es sah aus, als zögere er mit der Antwort, aber seine Stimme klang ganz normal. „Ich habe doch gesagt, ich würde auf dich aufpassen, hast du das vergessen? Geht es dir gut?"

„Ja, danke. Aber . . . hast du die Absicht, die ganze Nacht hier zu bleiben? Ich bin ganz sicher, daß das nicht nötig ist."

„Es ist eine schöne Nacht. Ich habe nachgedacht."

„Nachgedacht? Über was?"

„Wenn du es wissen willst, ich habe über Neuseeland nachgedacht."

„Über Neuseeland?" Das war so unwahrscheinlich,

daß ich meine Stimme wiederfand. „Ach ja, ich erinnere mich – diese Prospekte in der Küche."

„Hm." Er hatte sich nicht gerührt. Er schien zu warten. Der Collie sprang an mir hoch. Geistesabwesend wehrte ich das Tier ab und ging über das feuchte Gras langsam auf ihn zu.

„Was ist mit Neuseeland, Rob?"

„Ich habe mir so gedacht, daß ich gern dort hingehen möchte, wenn ich dieses Land verlasse. Auf die Nordinsel. Ich dachte an den Neunzig-Meilen-Strand."

„Das dachte ich auch", sagte ich mit zitternder Stimme.

Ich tat einen weiteren Schritt auf ihn zu. Er bewegte sich so schnell, wie der Collie es getan hatte, streckte die Arme nach mir aus und drückte mich fest an sich. Als er anfing, mich zu küssen, schmolz der riesige Haufen meiner Sorgen zusammen wie Schnee, und über uns im Birnbaum begann eine Nachtigall zu singen.

Wären die Birnblüten plötzlich wie ein einziger Springbrunnen zum Leben erwacht, wären sie einem Strahl klaren Wassers gleich emporgeschossen bis zum Mond, es würde mich kaum überrascht haben – so groß war die Erleichterung, so groß die Flut der Freude, die mich durchströmte. Und auch ihn. Ich fühlte, wie sich Helligkeit und Fröhlichkeit aus seiner Seele in die meine ergossen, und aus der meinen wieder zurück in die seine, so wie die Stromwelle der Gezeiten dem sich ins Meer ergießenden Fluß begegnet – machtvoll aufeinanderstoßende und ineinander aufgehende Wogen freudigen Genießens. Wir waren vielleicht beide ein wenig verrückt. Immer wieder küßten und umarmten wir uns – wortlos. Ich glaube nicht, daß wir hätten sprechen können. Längst schon war alles gesagt worden, längst schon hatten wir alles geteilt. Dies war das Ende seiner Werbung, nicht der Beginn. Selbst mein Körper schien den seinen bereits zu kennen. So hatte ich es mir vorgestellt, dieses vollendete Wissen des einen um den anderen, dieses spontane Sichbegegnen und Ineinander-

Verschmelzen. Daher auch meine Verwirrung und meine Angstgefühle, wenn James mir den Hof gemacht hatte und ich mich dabei ertappte, wie ich vor ihm zurückschauderte, weil ich dem Band zwischen mir und meinem heimlichen Freund nicht mehr traute.

Jetzt war ich es, die den Mann festhielt. „So lange hat es gedauert, so lange", murmelte ich. „Nein, laß mich nicht wieder gehen."

„Das werde ich niemals tun. Jetzt nicht und niemals." Seine Stimme klang rauh, die ländliche Färbung seiner Laute war ausgeprägter als sonst. Eine Woge von Liebe hob mich empor, so kraftvoll, daß sie mich zu zerreißen drohte.

„Rob, o Rob." Ich strich ihm mit den Fingern durch das Haar und drückte seinen Kopf zurück, so daß das Mondlicht, nur ganz wenig von den blühenden Zweigen behindert, auf sein Gesicht fiel. „Wie in aller Welt war es nur möglich, daß ich nicht ahnte, daß du es warst . . . Die ganze Zeit dachte ich, es müsse James oder Francis sein, aber es paßte nie so richtig zusammen. Und immer warst du es; du warst es, an den ich mich wandte, wenn ich Hilfe und Trost brauchte; dein Haus war mein Haus. Und dann auch diese letzten Tage, immer warst du's . . ."

„Bryony." Das Wort kam am Ende eines langen Atemzugs, voll leidenschaftlicher Erleichterung nach den Jahren verhaltener Gefühle.

Es war nicht die Stimme der Vernunft, sondern die fröstelnde Kälte des Grases unter meinen bloßen Füßen, die mich veranlaßte, ihn freizugeben. „Laß uns jetzt hineingehen, Rob", sagte ich.

„Hineingehen?" Er wiederholte es, als ob er mir kaum zugehört hätte. Dann schüttelte er den Kopf wie einer, der aus tiefem Wasser auftaucht, und wiederholte noch einmal, den Sinn jetzt erst begreifend: „Hineingehen?"

„Ja. Das Gras ist naß, und meine Füße werden langsam zu Eis."

„Was bist du auch für ein Närrchen, daß du dir nicht die Schuhe anziehst." Er hielt mich nun entspannt und zärtlich in den Armen. Er sprach jetzt wieder mit seiner gewohnten Stimme, und er lächelte. „Also schön, du solltest jetzt wirklich hineingehen. Es ist sogar höchste Zeit, wenn du mich fragst. Na, dann komm." Mit einer Leichtigkeit, als ob ich ein Sack Mehl wäre, hob er mich auf und fing an, mit mir über das Gras zum Haus zu gehen.

„Eigentlich meinte ich uns beide", sagte ich. „Willst du nicht bleiben?"

Er zögerte sekundenlang, dann schüttelte er den Kopf. „Nein, ich habe mein ganzes Leben auf dich gewartet, und ich denke, daß ich auch noch ein bißchen länger warten kann. Es soll alles seine Richtigkeit haben."

„Und wann wird es die haben?"

„Wenn wir verheiratet sind." Und dann, nachdem ich tief Atem geholt hatte: „Morgen nacht."

„Oh, Rob, sei doch nicht kindisch. Du brauchst eine Heiratserlaubnis, und eine Sondergenehmigung kostet fünfundzwanzig Pfund, und woher sollen wir die wohl nehmen? Und wenn jetzt auch du noch damit anfängst, daß ich, um zu einem bißchen Bargeld zu kommen, dieses verdammte Treugut brechen könnte . . ."

Rob machte eine eher unfeine Bemerkung, das Treugut betreffend. Dann küßte er mich wieder.

Ich löste mich von ihm. „Morgen nacht kann es nicht sein. Wir werden noch eine Ewigkeit warten müssen."

„Warum?"

„Nun, weil der Pfarrer, selbst wenn du morgen eine Genehmigung bekämst, sich vermutlich nicht bereitfinden würde, uns so Hals über Kopf zu trauen."

„Hals über Kopf, Unsinn. Ich habe dir doch gesagt, daß ich mein ganzes Leben darauf gewartet habe, wie du. Und außerdem habe ich bereits mit dem Pfarrer gesprochen. Er hält es für eine glänzende Idee."

„Der Pfarrer? Aber er wußte doch nicht, daß ich . . ."

„O doch, das wußte er. Er weiß schon sehr lange, was ich für dich empfinde, und nachdem du gestern mit ihm gesprochen hattest, war ihm wohl alles klargeworden. Er hat mir nicht gesagt, was du mit ihm gesprochen hast, aber er gab mir zu verstehen, daß dein Vater ihm sagte, er würde dich lieber mit mir als mit sonst jemandem verheiratet sehen."

„Das hat Daddy gesagt?"

„Der Pfarrer hat es mir erzählt. Frag ihn doch selbst. Aber ich glaube nicht, daß es ihm schlaflose Nächte bereiten wird, wenn wir ihn bitten, uns gleich zu trauen."

„N–nein, vielleicht nicht. Ich habe ihm von – ich habe ihm erzählt, was wir zusammen erlebt haben. Und wenn Daddy das wirklich gesagt hat und der Pfarrer schon immer wußte, daß du es warst . . ."

„Es scheint so", erwiderte Rob. „Wenn es dir also recht ist, werde ich ihn gleich morgen früh besuchen. Mehr als nein sagen kann er nicht, aber ich glaube, er wird einverstanden sein."

„Und die Heiratserlaubnis!"

„Die Heiratserlaubnis brennt mir schon seit zwei Wochen ein Loch in die Tasche. Sie hat mich sechs Pfund gekostet", sagte mein Geliebter. „Wir Bauern sind eben vorsorglich und sparsam. Glaubst du denn, ich würde fünfundzwanzig Pfund für eine Frau ausgeben, die ich auch um sechs haben kann?"

„Jetzt gleich könntest du sie umsonst haben."

„Heirat oder nichts", entgegnete Rob nüchtern und setzte mich lachend auf der Türschwelle ab.

Ashley, 1835

Es war kalt. Fröstelnd streifte er sich seine Kleider über und warf sich den pelzgefütterten Mantel um die Schultern. Seine Hände zitterten wieder. Der zornige Trotz verebbte. Er versuchte sich seine mutige Stimmung von vorhin ins Gedächtnis zurückzurufen, aber die kalte Stunde vor dem Tageslicht war nicht die rechte Zeit, den Tapferen zu spielen. Dies war die Stunde, da Männer hingerichtet wurden; die Stunde, da sie am gefügigsten waren, sich am wenigsten daraus machten. Es lag wohl, dachte er, etwas Barmherzigkeit darin; aber für die Verdammten wie für die Liebenden kam das Morgenrot immer zu früh.

17. KAPITEL

Glaub, Lieber, mir: es war die Nachtigall.
„*Romeo und Julia*", III/5

Am nächsten Morgen war ich schon früh auf, so früh, daß der Tau noch an den Blüten haftete und das Gras im Obstgarten leuchtete und glitzerte, als ob es eben besprüht worden wäre.

Ich summte vor mich hin, während ich mir mein Frühstück zurechtmachte. Als ich die Hintertür öffnete, fand ich eine Flasche Milch auf der Stufe und, daran gelehnt, ein in braunes Papier gewickeltes Päckchen. Ich kannte die saubere, ein wenig zu regelmäßige Schrift. Und ich ahnte, was ich in dem Päckchen finden würde: Die Bücher über Neuseeland. Ich trug sie in die Küche, lehnte sie gegen den Milchkrug und las sie, während ich frühstückte.

Schon war es mir, als ob der Gedanke an Neuseeland lange Zeit in meinem Bewußtsein geschlummert hätte; ich fragte mich, ob ich nicht, ohne es zu wissen, an Robs Überlegungen darüber Anteil gehabt hätte. Tatsächlich fand ich beim Blättern hier und da Bilder, die mir vertraut schienen, und Namen, die mir wie ein Echo von etwas vorkamen, von dem gesprochen worden war. Schon hatte ich die Idee akzeptiert, den Gedanken in mich aufgenommen, nach Neuseeland zu gehen, Ashley zu verlassen – vielleicht nicht ganz, ohne einen letzten Blick zurückzuwenden, aber doch ohne das Herzbluten, das mir noch gestern unvermeidlich erschienen wäre. Ich war, nehme ich an, so sehr Teil und Erbe dieses ach so alten Besitzes, daß ich ein Leben anderswo nie so richtig ins Auge gefaßt hatte; nun aber schien mir, als ob alles immer schon eine ausgemachte Sache gewesen wäre. Es war ein Gefühl der Erleichterung, das mich jetzt beflügelte, nicht so sehr das, einen Verlust zu erleiden. Wenn es die Lösung alter Bindungen war, was mein Geliebter im Sinne hatte, dann lag mein Einverständnis schon allein darin begründet. Ein gemeinsames Bewußtsein – und wie gut verstand ich das! – war ein gemeinsamer Wunsch. Jetzt, da ich ihn kannte, verstand ich die Gründe für seine Zweifel, seine Unschlüssigkeit und sein langes Zögern, sich mir zu erkennen zu geben. Vielleicht hätte er sich, wäre mein Vater nicht gestorben, auch jetzt noch nicht dazu aufgerafft, mit der Sprache herauszurücken. Der Tod meines Vaters hatte mich heimatlos und allein zurückgelassen. Mag sein, daß ich jetzt nicht schlechter gestellt war als früher, aber ich hatte Ashley nicht auf dem Hals. Dieses schmerzliche Ereignis hatte mich sozusagen in Robs Umlaufbahn gebracht.

Soviel war nun klar, und damit auch die ganze Verhaltensweise meines Geliebten. In der Nacht meiner Heimkehr, in der Kirche von Ashley, war Rob es gewesen, der mir, wartend und Ausschau haltend nach mir, seine Gedanken entgegengeschickt hatte. Damit war nun auch die Mischung aus Heiterkeit und Nervosität, die ich als Schuld mißdeutet hatte, geklärt. Seine spätere Schroffheit und Wortkargheit, die ich seiner verletzten Hand zugeschrieben hatte, mochte wohl darauf zurückzuführen sein, daß er ein unfreiwilliger und hilfloser Zeuge meines Auftritts mit James gewesen war. Rob konnte nie bezweifelt haben, was es zwischen uns gegeben hatte, aber ich begriff jetzt, daß er wohl seine Zweifel am Ausgang gehabt haben mochte. Und mehr als alles andere mußte er Angst davor gehabt haben, wie meine Reaktion sein würde, wenn ich entdeckte, daß mein geliebter heimlicher Freund kein anderer als Rob war, der Junge vom väterlichen Hof.

Doch nun waren alle Zweifel beseitigt, und wir waren glücklich, und dieser taufrische, sinnberauschende, klare Morgen vermochte auch nicht einen einzigen Spinnfaden des nächtlichen Zaubers zu zerreißen. „Morgen", hatte er gesagt, und jetzt war „morgen“ „heute“ – und nicht einen Tag zu früh.

Wo bist du, Rob?

Die Signale waren nun merkbar schwächer, wie Batterien, die an Kraft verloren. Ich brachte meine Frage dringlicher vor und erhielt eine Antwort. Er war im Treibhaus.

Als ich näher kam, sah ich ihn durch das Glas. Er stand auf einer hohen Treppenleiter und besserte das Scharnier eines der Ventilatoren aus. Er sah mich kommen und begrüßte mich mit einem Lächeln und einem leichten Anheben des Kopfes, setzte aber seine Arbeit, ohne sich zu beeilen, fort. Sein Aussehen war das gleiche wie sonst, und seine Bewegungen, als er jetzt den Schraubenzieher ansetzte und ihn zu drehen begann, bedachtsam und entspannt. Hätte ich von ihm nicht schon Signale einer Erregung empfangen, die einer Entladung von 1000 Volt oder mehr gleichkamen, ich würde gedacht haben, daß meine Ankunft ihn völlig unberührt gelassen hatte. Ich brauchte ihn gar nicht zu fragen, was der Pfarrer gesagt hatte; ich wußte schon seit dem Frühstück, daß dieser Tag nun wirklich und wahrhaftig mein Hochzeitstag sein würde.

Ich setzte mich auf den Schemel neben den Wassertank und sah ihm ruhig zu. Ruhig? Die Luft sprudelte und sprühte wie Champagner. Die Sonnenstäubchen, die durch den wirren Knäuel des Jasmins wie durch ein Sieb rieselten, stachen gleich Funken auf der Haut. Rob hatte mich nicht einmal mehr angesehen. Er legte den Schraubenzieher weg und holte eine frische Schraube aus der Tasche. Dann, und immer noch ruhig und gemächlich, nahm er sich das andere Scharnier vor. Genausogut hätte er allein sein können.

Ich fand es an der Zeit, meine Erregung in Worten abklingen zu lassen. „Danke für die Bilderbücher.“

„Keine Ursache. Haben sie dir gefallen?“

„Ich fand sie herrlich.“

„Wann fahren wir also?“

„Wann immer du willst. Wären nicht unsere Flitterwochen ein guter Anlaß?“

Er drehte die Schrauben fest. „Ich denke, daß sich unsere Flitterwochen ganz von selbst erledigen werden."

„Das denke ich auch. Wie lange träumst du eigentlich schon von Neuseeland, Rob?"

„Seit Jahren schon. Es ist lange her, da sah ich etwas im Fernsehen – in Farbe. Unten im Bull sah ich es. Das packte mich. Ich weiß gar nicht, warum. Irgendwie schien es mir genau das richtige für mich zu sein. Seitdem habe ich immer wieder darüber gelesen. Das wirst du wohl nicht wissen, aber Verwandte von mir sind schon vor Jahren hinuntergefahren und haben auf North Island mit großem Erfolg eine Viehzucht betrieben. Hauptsächlich Jerseys. Anfangs hielt Mutter Kontakt mit ihnen, schrieb ihnen zu Weihnachten, aber du weißt ja, wie das geht. Dann, nachdem sie gestorben waren, schrieb ich an das Neuseeland-Haus in London und fragte an, wie es mit der Auswanderung bestellt sei. Wie es scheint, gibt es für Leute, die auf dem Land arbeiten wollen, keine Schwierigkeiten. Ich würde nicht einmal einen Bürgen brauchen; die Makepeaces – so heißen meine Verwandten da unten – würden mich mit offenen Armen aufnehmen."

„Aber du bist nicht gefahren."

„Wie konnte ich? Ich habe doch auf dich gewartet." Er sagte es ganz nüchtern und werkte an dem Scharnier herum, während er sprach. „Das ist die Wahrheit, das weißt du doch. Nachdem Mutter gestorben war, gab es nichts, was mich hier noch gehalten hätte. Ich konnte deinen Vater gut leiden, aber wenn du nicht gewesen wärst, würde ich schon damals gefahren sein."

„Ich habe mich oft gefragt, warum du bliebst. Es schien hier keine große Zukunft für dich zu geben. Rob?"

„Mm?"

„Hättest du mich auch gebeten, deine Frau zu werden, wenn mein Vater noch am Leben wäre?"

Er schien mit dem ausgebesserten Scharnier zufrieden zu sein. Er nahm eine Ölkanne von der obersten Sprosse der Leiter und fing an, ein paar Tropfen in das rostige Gelenk rieseln zu lassen. „Das weiß ich nicht. Ich habe mich das auch schon gefragt. Vielleicht hätte ich zuerst mit ihm gesprochen. Ich weiß es nicht."

„Wenn du mit ihm gesprochen hättest, würde er dir vielleicht das gleiche gesagt haben wie dem Pfarrer."

„Könnte sein", antwortete Rob. „Eigentlich verstehe ich es immer noch nicht."

„Nein?" Ich lächelte in mich hinein. Er blickte mich nicht an, aber er merkte es, und zwischen uns spannte sich ein Bogen der Zuneigung, so ruhig und friedlich, als ob wir schon seit Jahren verheiratet gewesen wären. Ganz allmählich war der schäumende Champagner einer Quelle zufriedenen Behagens gewichen. Ich schlang meine Finger um mein hochgezogenes Knie und sah ihn schief an. „Wie du also siehst, hättest du dir keine Sorgen zu machen brauchen."

„Vielleicht nicht. Aber das konnte ich nicht wissen. So wie ich die Dinge sah, wäre es schon an sich eine recht sonderbare Sache gewesen, ein Mann wie ich und ein Mädchen wie du, von diesem Band zwischen uns ganz zu schweigen ... Ihm das zu erklären, wäre gar nicht leicht gewesen?"

„Er würde es verstanden haben."

Er nickte bedächtig. „Ja, das glaube ich auch. Ich habe es mir selbst oft gesagt. Aber das hat nicht viel geholfen. Ich sah immer den Augenblick vor mir, da ich ihm hätte sagen müssen: ‚Mr. Ashley, Sir, ich möchte Miss Bryony heiraten.' "

„Ich meinte, er würde dich verstanden haben, weil er bis zu einem gewissen Punkt die gleiche Gabe besaß." Rob sah mich an – nicht überrascht, aber fragend. „Er hat es nie ausgesprochen, aber ich glaube, daß es so war."

„Wie bist du zu dieser Annahme gekommen?"

„Ach, da gab es ein oder zwei Dinge. Einmal, als ich mir in der Schule weh getan hatte und er es wußte, obwohl es ihm nicht gesagt worden war. Dinge dieser Art. Und ich glaube auch, daß er mich zu erreichen versuchte, als er starb, und es nicht schaffte. Aber das Band reichte aus, um Ashley zu erreichen. Und du warst da, erhieltest die Botschaft und gabst sie an mich weiter."

„Eine Art Telstar?"

„Ja, so eine Art. Ja. Jedenfalls funktionierte es. Ich erhielt die Botschaft von dir, nicht von ihm."

„Das war damals eine schlimme Nacht." Er drehte den Ventilator nach unten und steckte seine Werkzeuge ein. Dann legte er die Ellbogen auf die oberste Leitersprosse und stützte das Kinn auf die Fäuste. Er wandte den Blick von mir ab und richtete ihn auf die Kletterpflanzen, die sich zu den Dachsparren hinaufrankten. „Ich hatte geschlafen und erwachte, ganz plötzlich, so als ob mich jemand an den Kopf getreten hätte. So war auch der Schmerz, den ich empfand, daran erinnere ich mich noch. Zuerst dachte ich, es wäre eine Krankheit, aber dann wußte ich, was los war. Und was ich nun hörte, gefiel mir ganz und gar nicht. Dann fing ich an, an dich zu denken, wie ich das immer tat, und ich wußte, was ich dir mitteilte. Wenn kochendes Wasser oder so was durch ein Rohr fließt, wird das Rohr brennheiß. Das war das Gefühl, das ich dabei hatte."

„Armer Rob. Aber du hast mir geholfen. Oh, mein Gott, wie du mir geholfen hast! Wenn es ihm nicht möglich gewesen wäre, dich zu erreichen . . . Und da ist noch etwas. Diese – Gabe, die wir besitzen. Ich bin jetzt ganz sicher, daß weder Emory noch James sie haben. James hat mir einmal gesagt, sie könnten einer die Gedanken des anderen lesen, aber es steht für mich fest, daß er – wenn es überhaupt wahr ist – nur jene Art von Verbindung meinte, die viele Zwillinge miteinander haben, eine Art sechsten Sinn – eine Intuition eigentlich. Nicht das, was uns verbindet."

„Vielleicht haben wir den siebenten?"

„Kann schon sein." Ich legte den Kopf zurück, um ihn anzulächeln. „Jedenfalls stelle ich es mir so vor. Etwas Besonderes, etwas Magisches . . . Ich bin sicher, daß die Zwillinge nichts Gleichwertiges besitzen. Denn wenn sie es hätten, dann wären die letzten paar Tage noch schwieriger gewesen, als sie es schon waren. Es war so schrecklich, dich ausschließen zu müssen."

Er streckte zerstreut eine Hand aus und fing an, den Ranken des Jasmins ihren greifenden Halt auf den Drähten wiederzugeben. „Ich habe einen Film gesehen", sagte er, eine Erinnerung wachrufend. „Er hieß ‚Die ausgesperrte Liebe'. Damals fiel mir ein, er hätte nicht mit hängendem Kopf am Türpfosten lehnen sollen. Er hätte die verdammte Tür einschlagen sollen."

„Du hast es nicht getan. Jedenfalls nicht ganz."

„Nicht, weil ich es hätte nicht tun wollen."

„Es war wohl genauso hart für dich wie für mich. Eigentlich noch härter." Ein Reis Jasmin, zu hart angefaßt, ließ einen kleinen Regen von Blütenblättern niedergehen. Sie schaukelten an mir vorbei; einige trieben nun auf dem Wasser des Tanks. Müßig streckte ich einen Finger aus, um das mir am nächsten an mich zu ziehen. „Etwas verstehe ich immer noch nicht, Rob. Was war es nur, was mich in bezug auf deine Person immer auf die falsche Spur gebracht hat, obwohl ich doch genau weiß, daß ich in meinem Herzen immer wünschte, du wärst es? Ich dachte, es müsse ein Ashley sein. Ich schloß die Möglichkeit, daß es ein anderer sein könnte, von vornherein aus, obwohl ich, weiß der Himmel, seit meiner Kindheit nie etwas für meine Vettern empfunden habe. Nicht in dieser Art. Ich kenne mich überhaupt nicht aus. Aber wie die Dinge jetzt stehen, wie paßt du da hinein?"

Er lächelte. „Wußtest du das nicht? Ein Betriebsunfall, der schon eine Ewigkeit her ist. Makepeace hieß sie. Ellen Makepeace. Jetzt wirst du verstehen, daß meine Abkunft um kein Quentchen besser ist als deine, Miß Bryony Ashley."

„Ellen Makepeace, das war doch sicher das Mädchen, das Nick Ashley den Kopf kostete. Ihre Brüder erschossen ihn."

„Das ist sie. Sie nahmen das nächste Schiff nach Australien und landeten schließlich oben in Neuseeland." Er kam die Leiter herunter. „Und was Ellen angeht, heiratete sie einen netten Burschen aus dem Dorf namens Granger, und knapp neun Monate später bekamen sie ein Baby. Sie sagte, es wäre Grangers Baby, und er sagte das gleiche, und die Leute akzeptierten es, um die Sache nicht zu komplizieren. Auch unsere Familie akzeptierte es. Aber du und ich, wir wissen es jetzt besser, nicht wahr? Es muß Nicks Baby gewesen sein, und die Gabe der Ashleys – diese Gedankenübertragerei – hat sich weitervererbt, bis zu mir." Lächelnd stand er vor mir. „Aber was hast du? Warum starrst du mich so an? Du kannst dich wohl nicht mit dem Gedanken abfinden, daß ich auch ein halber Ashley bin?"

„Ich frage mich nur, warum ich nicht draufgekommen bin. Du hast sogar das Aussehen, nein, nicht das, was die Leute den Ashley-Typ nennen, aber du hast Bess Ashleys Haar und Augen."

„Das Zigeunergesicht. Ja, ja." Er lachte. „Ich konnte es selbst sehen, nachdem ich wußte, was die Uhr geschlagen hatte."

„Aber wenn du es wußtest, dann müssen alle Grangers es gewußt haben. Deine Eltern ..."

„Nein, warum sollten sie? Es war diese Gedankenleserei, die mich das Geheimnis ahnen ließ. Natürlich, die Geschichte von Nick Ashley kannten alle, selbstverständlich, ich hörte nie eine andere Fassung als die, wonach der junge Granger eine ehrbare Frau aus Ellen gemacht hatte und daß es sein eigenes Baby war. Es ist doch so lange her; wer sollte da herumrühren? Doch dann fing es an, diese Verbindung zwischen dir und mir. Als Junge zerbrach ich mir nicht den Kopf darüber, aber wie ich älter wurde und ein wenig nachdachte, kam ich drauf, daß es gar keine andere Erklärung gab. Ich bin der einzige, der draufkam, denn es wußte ja niemand sonst, wie du und ich miteinander sprechen konnten."

„Und heute morgen fiel es dir schwerer?"

„Ja. Und das mag wohl auch der Grund sein, warum ..." Er schlang seine Arme um mich, und wieder hielten wir uns fest, Mund an Mund, Leib an Leib. Zwei Geschöpfe, die eins wurden, alles um sich vergessend, blind gegen die Welt, versunken in unseren eigenen Born der Geborgenheit. „Ist es so schön wie heute nacht?" fragte er schließlich.

„Noch schöner, nur daß jetzt keine Nachtigall da ist."

„Was meinst du mit Nachtigall?"

„Die Nachtigall heute nacht, die, die im Birnbaum sang. Hast du sie nicht gehört?"

„Es war nichts im Birnbaum."

„Ein Vogel hat gesungen. Es muß eine Nachtigall gewesen sein. Um Himmels willen, Rob ..."

„Das hast du dir eingebildet. Wenn meine Küsse diese Wirkung bei dir zeigen . . ."

„Ich habe es mir nicht eingebildet, und wenn das Küssen deine sonstigen Fähigkeiten beeinträchtigt, dann . . ."

„Nicht alle. Einige regt es sogar an."

„Was die Hochzeit betrifft, Rob . . ."

„Ja?"

„Geht das mit der Heiratsgenehmigung in Ordnung? Ist heute wirklich der Tag?"

„Heute vormittag um elf. Es ist alles vorbereitet."

„Alles vorbereitet?" Ich mußte schlucken. „Hör mal, haben wir es nicht etwas zu eilig damit?"

„Wer hat es denn heute nacht eilig gehabt?"

„So habe ich es nicht gemeint. Ich meinte, es ist jetzt halb zehn vorbei und . . ."

„Himmel, Schimmel, tatsächlich, und ich habe die Hühner noch nicht gefüttert!" sagte der Mann, der die Nachtigall nicht gehört hatte. Er drückte mir noch schnell einen Kuß auf die Wange, gab mich frei und griff nach der Leiter. Auf dem Weg zur Tür des Treibhauses blieb er stehen und drehte sich um. Wieder empfing ich die Botschaft seiner Liebe, seiner Sehnsucht und seiner Unsicherheit, die ich jetzt so gut verstand. „Bryony, Schätzchen, habe ich es zu eilig? Ich dachte nur, weil du heute nacht doch sagtest . . . ich dachte, du wolltest . . ."

„Du hast richtig gedacht." Ich ging zu ihm und legte meine Hand sanft an seine noch rauhe Wange. „Ist es nicht eigenartig, liebster Rob, aber du hast wahrhaftig meine Gedanken gelesen . . . Und jetzt geh und füttere deine Hühner, während ich mir überlege, was ich zu meiner Hochzeit anziehen soll. Auf Wiedersehen in der Kirche."

Mr. und Mrs. Henderson waren die Trauzeugen, und Mr. Bryanston nahm freudestrahlend die Zeremonie vor. Rob produzierte sogar einen Ring, der auch paßte. In der Kirche roch es nach Flieder, und auf den Blumen zu beiden Seiten der Treppe zum Chor lag noch der Tau. Er mußte sie im Morgengrauen gepflückt haben. Die Kirchentür stand offen, und vom Kirchhof wehte der Duft von Schwarzerlen und taufeuchten Gräsern und Veilchen herein, die nahe der Vorhalle wuchsen, und dazu noch der ein wenig rauchige, würzige Geruch von der Allee, wo die Eibenzweige in ihren Schalen brannten. Nun nicht mehr für mich allein. Ich würde jetzt nicht mehr einsam und verlassen sein.

Mit der Hand drückte der Pfarrer die Seiten des Registers flach, und Rob trug sich ein. Nicht „Farmer" oder „Gärtner" schrieb er hin, sondern „Arbeiter". Das gefiel mir. So wie er es meinte, klang es stolz. Als er mir dann die Feder in die Hand drückte, setzte ich „erwerbslos" neben meinen Namen. Ich sah, daß er mir über die Schulter sah, und um seine Lippen spielte ein Lächeln, das mir einen Schauer über den Rücken hinunterjagte.

„Übrigens", sagte der Pfarrer, „fast hätte ich vergessen, es Ihnen zu berichten. Das fehlende Register ist wieder da, und, wie ich glaube, unverletzt."

„Wie nicht anders zu erwarten", warf Mrs. Henderson überraschend ein. „Wenn man bedenkt, wo ich es gefunden habe."

„*Sie* haben es zurückgebracht?" fragte der Pfarrer erstaunt.

„Jawohl, es tut mir leid, daß Sie sich Sorgen gemacht haben, Herr Pfarrer, aber dazu bestand kein Anlaß. Ich habe es schon seit Sonntag zu Hause, heil und ganz, und um ehrlich zu sein, ich hatte es ganz einfach vergessen."

„Nun, ich muß sagen, ich bin sehr froh, es wieder zu haben." Es lag einige Zurückhaltung in der Stimme des Pfarrers. „Wenngleich ich wünschte, Sie hätten mich informiert, meine teure Mrs. Henderson. Wenn Sie etwas hätten nachsehen wollen . . ."

„Ich nachsehen? Aber Herr Pfarrer, was sollte ich mit diesen alten Büchern?"

„Nun ja . . ." setzte der Pfarrer an, aber der versteckte Blick, den Mrs. Henderson mir zugeworfen hatte, war mir nicht entgangen.

„Wo haben Sie es gefunden, Mrs. Henderson?" fragte ich sie.

„In Ihrem Haus, Miss Bryony. Ich fand es, als ich aufräumte und alles für Ihre Heimkehr in Ordnung brachte. Ich nahm es mit nach Hause, in der Absicht, es gleich dem Herrn Pfarrer zu bringen, aber da kam Martha Gray zu Besuch, wollte eine Schale Tee mit mir trinken, wir gerieten ins Plaudern, und ich vergaß es. Ich will gar nicht versuchen, mich herauszureden, denn es war wirklich meine Schuld. Als Ihr Vater wegfuhr, trug er mir noch extra auf, es für ihn zurückzubringen; er fühlte sich nicht wohl genug, um sich um alles zu kümmern, und nun hatte ich es doch tatsächlich vergessen! Erst heute früh fiel es mir wieder ein."

„Wir sprachen über unsere Hochzeit, und da funkte es bei ihr." Mr. Henderson leistete seinen ersten und letzten Beitrag zur Konversation. Es ließ sich schwer feststellen, ob der trockene Klang seiner Stimme die Folge jahrelangen Nichtgebrauchs oder einer Ernüchterung war, die die Erinnerung an jene Hochzeit ausgelöst hatte.

Wie immer wurde er ignoriert. Der Pfarrer wollte sogar etwas bemerken, aber Mrs. Henderson hielt ihren Blick immer noch auf mich gerichtet, und so wandte ich mich mit hochgezogenen Brauen an sie. „Ich hatte keine Ahnung, daß es da war. Wo genau haben Sie es gefunden?"

„Im Zimmer Ihres Vaters. Ich hätte mir kaum einfallen lassen, es Ihnen gegenüber zu erwähnen, Miss Bryony. Ich wollte Sie doch nicht an schmerzliche Dinge erinnern und hielt das Ganze auch nicht für so wichtig, denn ich nahm doch an, daß Mr. Ashley den Herrn Pfarrer davon unterrichtet hätte, daß das Buch in seinen Händen war. Wenn der Herr Pfarrer die Güte gehabt hätte, Henderson oder mich wissen zu lassen, daß ihm das Buch abging ..." Sie schien an der Haltung des Pfarrers Anstoß zu nehmen.

„Das hätte ich tun sollen, ja, das hätte ich tun sollen. Es war meine Schuld. Und wenn ich es mir jetzt so überlege, ich glaube, Mr. Ashley hat mir gegenüber tatsächlich einmal sein Interesse bekundet ... Wie konnte ich das nur vergessen? Niemand macht Ihnen Vorwürfe, Mrs. Henderson, ganz im Gegenteil, wir sind Ihnen äußerst zu

Dank verpflichtet, daß Sie das Buch zurückgebracht haben. Und nun, an diesem schönen Morgen, wollen wir die günstige Gelegenheit nutzen . . ."

Und während der Pfarrer, im Umgang mit Menschen geschult, daranging, die Gemüter zu beruhigen, und geschickt das Thema wechselte, wanderte Rob unauffällig an mir vorbei zum Tisch und begann im Register von One Ash, 1780–1837, das dort lag, zu blättern.

Ich blickte ihm über die Schulter. Die Seiten waren alle numeriert, wunderschön in Kupfer gestochen, und keine fehlte. Rob blätterte das Buch Seite für Seite durch; ich wußte, daß er ein Papier suchte, das zwischen den einzelnen Blättern versteckt sein mochte. Das Papier. Den Brief. Zusammen mit der Familienchronik mußte mein Vater dieses Register studiert haben, bevor er die letzte Attacke erlitt, die ihn nach Bad Tölz verbannte.

„Nichts da", sagte ich in gedämpftem Ton.

„Scheinbar nicht", stimmte er mir zu. „Sieht so aus, als ob manche erst nach dem Hochzeitsmahl unterschrieben hätten, statt vorher, habe ich recht? Aber vielleicht zitterten ihnen die Hände so heftig, wie sie eben mir gezittert haben. Hochzeiten", sagte mein Gatte und legte den linken Arm um meine Schulter, „sind doch nur für die Dummen." Und fügte leise hinzu: „Soviel ich weiß."

„Du hast dir aber trotzdem viel Mühe gemacht, um es zumindest einer Dummen zu ermöglichen, eine schöne Hochzeit zu haben. Die Blumen sind herrlich."

„Nun gut", sagte der Pfarrer, während er auf der anderen Seite Robs auftauchte, „wir müssen sehr dankbar sein, daß alles so gut ausgegangen ist. Ich muß zugeben, unser kleines Mysterium hat mir ein wenig Sorge gemacht. Aber jetzt ist alles klar, und es ist niemandem ein Vorwurf zu machen. Ich bin ganz gewiß, daß ich allein Schuld trage, ich ganz allein. Ich bin sicher, Jon muß mir gesagt haben, daß er die alten Register durchsehen wolle, und ich habe es einfach vergessen. Du lieber Himmel, ich werde es jetzt fortschließen, mit den anderen. Suchst du etwas Bestimmtes, Rob?"

„Eigentlich nicht. Aber sehen Sie doch. Da ist etwas. Komischer Zufall, würden Sie nicht auch sagen?"

Sein Finger wies auf eine Eintragung, die dritte von oben auf Seite 17. Sie war mit 12. Mai 1835 datiert. Die Unterzeichner waren Robert Granger, Arbeiter auf Ashley Parish, und Ellen Makepeace, Spinnerin, aus One Ash. „Unterzeichner“ war an und für sich nicht ganz der richtige Ausdruck, denn wo Ellen mit zittriger Hand zwar, aber korrekt unterschrieben hatte, war gegenüber dem Namen Robert Granger, Arbeiter aus Ashley Parish, nur ein Zeichen zu sehen: ein großes X.

„Siehst du“, sagte Rob zu mir, „wir sind nicht die ersten.“

Und während der Pfarrer gutmütig lächelnd und über den sonderbaren Zufall den Kopf schüttelnd, das Register zum Eisenschrank hinübertrug, um es fortzuschließen, kam Mr. Henderson zu mir, ergriff meine Hand und drückte sie schweigend, als wollte er andeuten, daß zumindest diese Hochzeit einen Glückwunsch wert sei.

„Und nun“, sagte Mr. Bryanston, „kommt ihr doch hoffentlich alle ins Pfarrhaus auf ein Glas Sherry? Rob hat uns nicht viel Zeit gelassen, und darum weiß ich wirklich nicht, ob wir euch ein sehr reichliches Hochzeitsmahl kredenzen können, aber ich denke doch . . .?“ Dies mit einem verständlicherweise nervösen Blick auf Mrs. Henderson, die jedoch eine bewundernswerte Gelassenheit an den Tag legte.

Rob schüttelte den Kopf. „Nein, Herr Pfarrer, aber trotzdem vielen Dank. Wir wollen gern auf einen Sherry kommen, aber machen Sie sich darüber hinaus keine Ungelegenheiten. Wir haben noch etwas in Worcester zu erledigen, dort werden wir schon etwas zu essen finden.“

„Ach ja, ausgezeichnet.“ Der Pfarrer hatte den Schrank versperrt und richtete sich auf. „Das wäre also dieses. Aber jetzt habe ich noch eine Pflicht zu erfüllen, und das ist eine, die ich niemals vergesse: die Braut zu küssen. Bryony, meine Teuerste . . .“

Nachdem so den Formalitäten Genüge getan war, marschierte die Hochzeitsgesellschaft zwischen den schönen, düsteren Eiben zum Pfarrhaus hinüber, um ein Glas Sherry zu trinken.

Da nicht mehr die Rede davon sein konnte, daß ich zu Cathys Party nach London fahren würde, hatten wir beschlossen, das Exemplar von „Romeus und Julia“ geradewegs zu Leslie Oker zu bringen, um seine Meinung zu hören. Da Leslie nicht da war, ließen wir das Päckchen bei seinem Sekretär und machten dann einen Höflichkeitsbesuch bei der Firma Meyer, Meyer & Hardy, um Mr. Emerson zu berichten, was sich ereignet hatte. Das Gespräch mit dem überraschten und – obwohl er es geschickt zu verbergen wußte – ein wenig schockierten Emerson war kurz und verlief sehr sachlich. Den ersten Teil überließ Rob mir. Sobald der Anwalt sich von seiner Überraschung erholt hatte, schien er unsere Heirat neu zu bewerten – und zu billigen. Jedenfalls war es eine Lösung für meine Zukunft, um die er sich schon Sorgen gemacht hatte. Das sagte er uns, wenn auch diplomatisch verbrämt, und wünschte uns alles Gute. Er kannte Rob natürlich und konnte ihn offensichtlich gut leiden; dennoch mußte er sich an die Tatsache gewöhnen, daß dieser jetzt mein Mann war, und sich den veränderten Umständen anpassen. Er machte das ausgezeichnet und mit viel Takt. Wieder sah ich das leise Lächeln um Robs Mundwinkel spielen, und plötzlich schoß mir der Gedanke durch den Kopf: Mein Gott, jetzt habe ich ihn geheiratet! Rob Granger, den Gärtnerjungen. Die Mischung aus Fremdheit und zärtlicher Zuneigung und rein sexueller Erregung benahm mir die Fähigkeit, logisch zu denken, und verschlug mir die Rede. Aus dem Zucken seiner Wimpern sah ich, daß er es gemerkt hatte, worauf er elegant wie ein versierter Politiker das Gespräch an meiner Stelle weiterführte. Er setzte Mr. Emerson von unserer Absicht in Kenntnis, nach Übersee zu gehen, besprach einige Einzelheiten, erwähnte kurz das Treugut und die Zukunft des Schlosses, vereinbarte einen neuen Termin für einige Tage danach und schaffte es schließlich, sich selbst und mich ohne viel Aufhebens aus dem Büro hinaus und auf die sonnenbeschienene Straße zu befördern.

Er schob eine Hand unter meinen Arm. „Wollen wir jetzt was essen?“

„Und ob wir das wollen. Ich bin am Verhungern.“

„So geht es mir auch. Hättest du Lust, ins ‚Star‘ oder ins ‚Olde Talbot‘ oder in ein anderes Lokal dieser Art zu gehen?“

„Nur für den Fall, daß dir der Inhalt des Picknickkorbes, den ich auf dem Rücksitz des Wagens gesehen habe, nicht mehr gut genug ist.“ Ich lachte. „Darum also blieb Mrs. Henderson gelassen, als der Pfarrer sie wegen des Hochzeitsessens anging. Hat sie den Korb vollgepackt?“

„Sie hat. Hast du etwas dagegen einzuwenden?“

„Keineswegs. Eine wunderbare Idee. Ich möchte jetzt noch keine anderen Menschen um mich haben. Ich möchte mit dir allein sein. Wohin bringst du mich?“

„Großes Geheimnis“, antwortete Rob und öffnete die Tür des Wagens. Dann setzte er sich neben mich, und der Wagen ordnete sich in den Verkehrsstrom ein und schlängelte sich durch die vollgestopften sonnigen Straßen. Dann überquerte er die Flußbrücke und steuerte auf das offene Land hinaus.

Er brachte mich an einen Ort, wo ich noch nie zuvor gewesen war. Ein von hohen Hecken gesäumter schmaler Weg führte talwärts, und unten am Fluß, wo eine höckrige Brücke diesen überspannte, war ein Grasstreifen, gerade breit genug, um einen Wagen dort parken zu können.

„Und keinen Quadratmeter für einen anderen Menschen“, sagte Rob mit großer Befriedigung, während er die Handbremse anzog und den Motor abwürgte. Fortan beherrschte das Rauschen fließenden Wassers den friedlichen Nachmittag.

Jenseits der Brücke befand sich ein steiler waldiger Hang, über den der Fahrweg sich wieder aufwärts schlängelte. Diesseits, in eine breite grüne Mulde gebettet, lag flaches Weideland, glatt wie ein See, durch das sich, tief und gemächlich, zwischen Lehmufern, auf welchen es von nistenden Baumschwalben wimmelte, der Fluß wand. Gesäumt von blühendem Weißdorn und wabengleich durchlöchert von Kaninchenbauen, stieg hinter uns das Weideland steil an. Ein paar Schafe wanderten langsam über den Hang. Saatkrähen krächzten in ihren Nestern in den Bäumen entlang des Flusses, und irgendwo, unseren Blicken verborgen, war ein Specht an der Arbeit. Auch das Knattern eines Traktors in der Ferne störte den Frieden nicht – es hob ihn noch hervor.

Am Flußufer in der Sonne breitete Rob eine Decke aus. Die großen Bäume raschelten und rauschten und hielten ein laubreiches Netz von Blättern über uns. Der Wind blies und legte sich und blies wieder, Wiesenschaumkraut, Knabenkraut und Himmelschlüssel bewegten sich sanft, und dazwischen leuchtete und schimmerte das Gras. Die Schafe beobachteten uns teilnahmslos, ihre Lämmchen schenkten uns überhaupt keine Beachtung, da sie sich auf der halben Höhe des von Kaninchenbauen übersäten Abhanges an einem offenbar sehr aufregenden Spiel beteiligten. Außer den Vögeln, die sich vom Mailüftchen treiben ließen, war kein lebendes Wesen zu sehen.

„Das Paradies", sagte ich und sah mich begeistert um.

Rob stellte den Korb neben die Decke. „Und weit und breit kein Apfelbaum. Also was kommt zuerst, Liebe oder das Essen?"

„Rob, du machst Scherze! Wenn jemand den Weg herunterkäme . . ."

„Es war ein Scherz. Wenn du wüßtest, wie hungrig ich war . . . Du weißt, ich war die ganze Nacht auf. Ich glaube, ich habe etwas gefrühstückt, aber die Wirkung scheint nicht sehr nachhaltig gewesen zu sein. Was hat sie uns denn mitgegeben? Kalte Ente, nicht wahr? Das sollte für den Anfang reichen. Komm, mein Schatz, packen wir das Zeug aus, bevor ich noch ganz vom Fleisch falle."

Ich machte mich an den Korb, während Rob das Bier aus dem Wagen holte und es zum Kühlen in den Flußrand steckte. Dann verspeisten wir begeistert, was Mrs. Henderson uns mitgegeben hatte.

Es war wohl ein sehr sonderbares Hochzeitsmahl. Ich kann mich heute nicht mehr erinnern, worüber wir sprachen. Es kann auch sein, daß wir überhaupt nicht redeten und nur Gedanken aussandten und austauschten, wie wir es schon so oft getan hatten. Wir kannten uns bereits so gut, daß alles Wichtige gesagt war. Wenn wir überhaupt sprachen, so über das Essen, das schöne Wetter und darüber, wie die Leute wohl auf unsere – wie Rob es bezeichnete – „Mischehe“ reagieren würden.

„Du bist unheilbar altmodisch, Rob Granger“, warf ich ihm vor.

„Kann sein. Aber es sind eben nur die Menschen deiner Art, die da behaupten, es gebe keine Klassen, und wenn, hätten sie keine Bedeutung mehr. Aber wenn einer, so wie ich, seiner Mutter ein Klotz am Bein war, sieht er die Dinge anders.“

„Du sprichst von Ellen Makepeaces Affäre mit Nick Ashley? Das ist doch schon so lange her.“

„Nein, davon habe ich nicht gesprochen. Ich meine den Gegensatz zwischen Schloß und Gärtnerhaus.“

„Das ist alles? Nun, mein Haus am Teich ist ein gutes bißchen kleiner als deins.“

„Das stimmt.“

„Und wir sitzen auf ein und derselben Decke.“

„Das stimmt auch.“ Er reichte mir seinen Teller und streckte sich dann, auf einen Ellbogen gestützt, zufrieden seiner ganzen Länge nach aus. Er zupfte einen Grashalm aus und fing an, ihn zerstreut zu kauen. Eine Locke seines dunklen Haares war ihm in die Stirne gefallen und verdeckte zur Hälfte sein Gesicht. Sein Hemd war offen, zwischen seinen Brusthaaren glitzerte ein goldenes Kettchen. Kräftig schlug der Puls an seinem Hals. Ein feuchter Flaum von der Hitze oder vom Bier lag auf seiner Haut. Ich verschloß ihm meine Gedanken, bevor er sie lesen konnte, und fing an, mechanisch die Speisereste in den Korb zurückzupacken. Wieder einmal mußte ich mich an die Bilder seiner Liebe erinnern, die in der Vergangenheit auf mich eingestürmt waren, einer von Zweifel und zuweilen auch hilfloser Sehnsucht durchsetzten Liebe. Dieser Geliebte war für immer dahin. Ich konnte die sternklaren Nächte vergessen, in welchen die Liebe leicht gewesen war, weil sie einem poetischen Gebilde gleich die Seele erfüllt hatte. Das nun war der richtige Mann, bei Tageslicht besehen. Dies war der Mann, dessen Lager ich heute noch teilen, mit dem ich den Rest meines Lebens verbringen würde.

„Wenn du Gras kaust, bekommst du Leberegel", sagte ich.

„Dann müßte ich jetzt schon voll davon sein", entgegnete er friedlich, warf aber den gekauten Halm fort. Er strich sich das Haar aus der Stirn. „Übrigens, was du von Klassen gesagt hast: das ist nicht der Kern der Sache."

„Ich weiß. Und ich sage auch nicht, daß dieses Problem nicht existiert. Ich finde nur, es hat nichts mit Geld oder Familie zu tun oder was solcher altmodischer Begriffe mehr sind. Ich glaube, es sind Denkweisen und Denkgewohnheiten."

„Gut, aber damit bist du schon wieder bei der Familie, nicht wahr? Du wirst dich immer wohler fühlen in Gesellschaft von Menschen, die die gleiche Erziehung genossen haben wie du."

„Bis etwas anderes das bisherige umstößt."

Er lächelte. „Wie jetzt? Aber wenn es um Denkweisen geht, sind wir beide nicht so weit voneinander entfernt."

„Das versuche ich dir schon die ganze Zeit begreiflich zu machen. Und solange keiner von uns etwas dagegen einzuwenden hat, spielt es auch gar keine Rolle."

„Warum sollte ich etwas einzuwenden haben? Schließlich mache ich ja das bessere Geschäft. Und im Garten stellst du deinen Mann, was uns zugute kommen wird, wenn wir uns einmal unseren Lebensunterhalt im Busch verdienen müssen."

„Und du verstehst etwas von der Hausarbeit, was uns – und so weiter und so fort."

„Also dann", sagte er, rupfte einen frischen Grashalm aus und begann daran zu kauen. „Wenn wir auch im Bett gut sind . . ."

„Um Himmels willen, du weißt gar nicht, ob du im Bett gut bist? Ich dachte, ihr Dorfjungen verbrachtet die ganze Zeit schmusend auf Heuböden."

„Heuböden werden stark überschätzt", antwortete Rob. Seine Stimme klang sonderbar, und als ich aufblickte, sah ich einen zarten Anflug von Rot unter der Bräune seiner Wangen. Zuerst dachte ich – und wollte es nicht glauben –, daß er verlegen war; und dann in einer Überraschung auf seltsame Weise bitter und nervös: Du lieber Himmel, ich glaube, er versteht auch nicht mehr davon als ich . . .

Seine Augen begegneten meinen, und ich erkannte, daß er meine Gedanken gelesen hatte. Ich wurde knallrot, und mit einem Mal lachten wir beide und fielen uns in die Arme.

„Oh, Rob, ich dachte schon, du wärst ein konventionsgebundener Spießer!"

„Kann das Konventionelle denn nicht auch das Rechte sein? Letzte Nacht wollte ich es nicht, denn wenn es sich lohnte, darauf zu warten, lohnte es sich auch, bis jetzt zu warten. Und jetzt will ich es nicht, weil ich es nicht im Feld voll Disteln haben will. Ich will es daheim haben, im Bett, und für immer und ewig, in einer finsteren Nacht, ohne eine Störung befürchten zu müssen. Und jetzt weißt du, warum."

„Oh, Rob! Liebster Rob . . . Ich glaube, wir werden es schon schaffen. Andere Leute haben es auch geschafft."

„Dafür gibt es sogar Beweise. Zwischen uns wird es wenigstens keine offenen Fragen geben."

„Jedenfalls kannst du mir nicht erzählen, daß du noch nie ein Mädchen geküßt hast."

„Das habe ich dir ja auch nicht erzählt, oder?"

„Nein. Nein . . . wenn ich raten sollte, würde ich sogar sagen, daß du eine Menge Übung hast."

„Dann war es eben Übung. Aber wenn ich es mir so recht überlege, warum sollte ich mit irgendwelchen Mädchen auf Heuböden steigen. Du bist aber auch ganz schön altmodisch; heutzutage macht man das auf dem Rücksitz eines Autos – wo ich doch schon zu der Zeit, als ich einem Heuschreck noch kaum bis zur Schulter ging, mein eigenes Mädchen im Visier hatte. Ich leugne nicht, daß ich hin und wieder ein bißchen Dampf abgelassen habe, aber sonst . . . habe ich auf dich gewartet. Na schön, und jetzt sag du mir: Hättest du dich mit einem anderen eingelassen?"

„Nein."

„Weil du auf mich gewartet hast."

Es war eine Feststellung, keine Frage. Doch ich beantwortete sie.

„Natürlich. Rob, wenn du mit einer anderen Frau zusammengewesen wärst, glaubst du, ich würde es gewußt haben?"

„Wahrscheinlich nicht, wenn ich es darauf angelegt hätte, dich auszuschalten. Aber vermutlich würdest du es später herausgefunden haben." Er warf mir einen Blick zu, der nicht ganz so spaßig war, wie seine Worte klingen sollten. „Ich wußte es, als du James vorgestern geküßt hast. Ich war drauf und dran, euch beide zu erwürgen, aber ich wußte ja, wie durcheinander du warst."

„Du hast es also gewußt? Und ich – ich dachte, ich hätte ihn – dich – endlich gefunden, und konnte nicht verstehen, warum ich nichts dabei empfand."

„So klar habe ich es nicht mitbekommen." Er legte sich auf die Decke zurück. „Sonderbar. Was das angeht, Sex, meine ich, ist es das einzige, wo du und ich – wo wir in letzter Konsequenz nichts voneinander wissen." Er verschränkte die Hände unter dem Kopf und kniff die Augen zusammen. „Vielleicht einfach darum, weil das etwas ist, das wir körperlich zusammen erleben müssen. Irgendwie scheinen wir bei diesem Thema immer abzuschalten. Ich weiß nicht . . . Na, so kompliziert wird es schon nicht werden." Er schwieg eine kleine Weile und ließ sich die Sonne ins Gesicht scheinen. „Was möchtest du jetzt gern tun?"

„Tun?"

„Ich meine, wie bringen wir den Rest des Tages hinter uns, bis es Zeit ist, zu Bett zu gehen?"

„Na ja, da wäre zum Beispiel das Fernsehen."

„Hm." Das klang schläfrig, und plötzlich fiel mir ein, daß der „Arbeiter", der den größten Teil der Nacht damit verbracht hatte, vor meinem Haus zu stehen und aufzupassen, wahrscheinlich um fünf schon wieder aufgestanden und an die Arbeit gegangen war.

Ich fuhr ihm übers Haar. „Warum bleiben wir nicht einfach da, bis wir Lust haben heimzugehen, und trinken unterwegs irgendwo eine Schale Tee."

„Fein; wenn du das möchtest. Das Wetter wird sich wohl bis dahin noch halten, aber in der Nacht bekommen wir Sturm."

„Ach nein! Bist du sicher?“

„Ja, ziemlich sicher. In den Bergen hat es geregnet, und ich glaube, das Wetter kommt auf uns zu. Aber noch nicht gleich. Keine Sorge ...“ Die dunklen Wimpern schlossen sich. Die Zeit verging. Er lag so still, daß ich schon glaubte, er schliefe. Doch dann sagte er, ohne sich zu bewegen: „Der Tag vergeht so langsam, oder findest du nicht?“

„Das sagt auch Julia, während sie auf Romeo wartet.“

„Wieder die beiden.“

„Ja.“ Ich sprach nicht aus, was ich dachte. Aber als ich die Geschichte gestern gelesen hatte, war mir eingefallen, daß unsere heimliche Liebe in mancher Hinsicht der ihren glich – eine sternhelle Absage an die im grellen Licht des Tages im Schoß der Familien ausgetragenen Fehden und nüchtern geplanten Ehestiftungen. Solange es den Liebenden gelang, die eigene Welt unverletzt zu bewahren, war alles gut; nur wenn die sich bekriegenden Parteien in diese Welt eindrangen ...

„Vergiß es“, sagte mein Geliebter. Seine Augen standen offen, und er sah mir forschend ins Gesicht. „Was es auch sei, zusammen werden wir damit fertig. Und dieser Augenblick, dieser Tag gehört uns, und sobald die Sache mit deinen Vettern ins reine gebracht ist, liegt das ganze Leben vor uns. Vergiß es. Nur wir beide zählen.“

Er streckte einen Arm über die Decke, und ich ließ mich darauf niedersinken und barg meinen Kopf im Bogen seiner Schulter. Heiß brannte die Sonne hernieder. Die Strahlenglut mildernd, breiteten die ineinander verflochtenen Zweige einen hellen und unruhigen Schatten über uns. Schwerfällig mit den Flügeln schlagend, kam ein Reiher den Fluß herauf. Die Lämmer schliefen auf dem warmen Hang. Selbst die Saatkrähen waren still. Ich glaube, wir plauderten noch eine kleine Weile. Unsere Gedanken wanderten, aber vermischten sich doch, ohne die gleiche Kraft und Klarheit wie bisher. Das brauchte es nun auch nicht mehr, dachte ich schläfrig. Unsere Körper berührten sich, seine Hand lag warm und sanft unter meiner Brust, und mein Haar unter seiner Wange. Das brauchte es nicht mehr. Ich habe meine Ruhe gefunden. Wir schliefen.

Ashley, 1835

An der Tür hielt er inne und blickte in das Gemach zurück. Auch in diesem schwachen Licht bot es sich seinen hellwachen Sinnen deutlich genug dar, er jedoch hätte selbst mit geschlossenen Augen jede Blume auf dem Teppich, jede Kerbe des Stucklabyrinths an der Wand nachzeichnen können, ganz genau, und jede Rosette auf dem Rahmen, der den Deckenspiegel hielt.

Fletcher würde später kommen, das Bett glattstreichen und alles in Ordnung bringen.

Niemals wieder, dachte er. Nie wieder würde es so sein. Sie hatten die Zeit verbraucht, die ihnen außerhalb der Welt zugemessen war, im ruhenden Pol, in den Wundersamen Eilanden. Nun mußten sie sich den Hemmnissen dieser so völlig anderen Welt da draußen aussetzen. Daß sie dabei nur ein Glück gegen das andere tauschen mochten, kam ihm nicht in den Sinn. Glück war nicht die Luft, die er atmete.

Behutsam schloß er die Tür hinter sich, trat auf die glitschigen Stufen und ging hinunter in den Irrgarten.

18. KAPITEL

Wie kamst du her? O sag mir, und warum?
„Romeo und Julia“, II/2

Wir hatten beschlossen, in mein Haus zurückzukehren, nicht zu Rob, dessen Haus, weil es so nahe bei dem der Hendersons stand, weniger Ungestörtheit verheißen hätte. Als wir ankamen, stellten wir fest, daß Mrs. Henderson, unseren Wunsch, allein zu sein, respektierend, sich dennoch etwas ausgedacht hatte, um uns willkommen zu heißen. Auf dem Wohnzimmertisch lag ein Zettel, auf dem sie uns auf recht nahrhafte Weise Glück wünschte. „Abendessen am Herd“, stand da zu lesen, und dort fanden wir, leise brodelnd, eine ausgezeichnete Fleischbrühe und daneben heiße Pellkartoffeln. Auf dem gedeckten Tisch erwarteten uns noch eine Apfeltorte, eine Schüssel mit Sahne und eine große Ecke Käse. Wir hatten eine Flasche Champagner mitgebracht, und die tranken wir zum Essen. Dann spülten wir zusammen das Geschirr, während langsam die Dämmerung über den leuchtenden See heraufzog und draußen im Birnbaum die Drossel ihr inniges Lied sang.

„Nütze die Stille, mein Kerlchen“, sagte Rob. „Heute nacht wird ein rauher Wind blasen.“ Er fing meinen Blick auf und grinste. „Ich sprach mit der Drossel. Ich habe dir den Sturm doch angekündigt, nicht wahr?“

„Das hast du. Wird es wirklich regnen?“

Er hielt den Kopf schräg, während er nach dem letzten Teller griff und anfing, ihn zu trocknen. „Horch.“

Ich horchte. Es übertönte das Lied der Drossel. Heftige Böen durchsiebten die Obstbäume, der Wind blies kräftiger, ließ nach und kam dann plötzlich und in so heftigen Stößen wieder, daß er Telefondrähte zum Singen brachte. Die rauhe Brise verdunkelte das Wasser des Sees.

„Es wird einen Teil der Apfelblüte herunterholen“, sagte Rob. „Hier, ich weiß nicht, wo der hingehört.“ Er gab mir den Teller, und ich sah, daß er einen Blick auf die Uhr warf, aber ich mißdeutete, was ihn dazu veranlaßte. Er langte nach seiner Jacke, die er über eine Stuhllehne gelegt hatte. „Bryony . . .“ Sein Verzeihung heischender Blick, den ich bei jemandem, den ich nicht liebte, Armensünderblick genannt haben würde, sprach für sich.

„Ich weiß“, sagte ich, „sprich es nicht aus. Du mußt die Hühner füttern gehen.“

Mir wurde bewußt, daß ich auf ebendieses Lächeln gewartet hatte. Elf kurze Stunden waren vergangen, und schon hatte ein Blick, zärtlich, ein wenig belustigt, diese Wirkung auf mich. Wir schmieden uns unsere eigenen Ketten.

„Die sind schon längst im Bett. Mrs. H. hat das für mich erledigt. Aber ich fürchte, ich muß noch einmal ins Schloß hinauf und mich dort ein wenig umsehen. Ich drehe jede Nacht eine Runde im Publikumstrakt, und heute, wo die Familie noch dazu in London ist . . .“

Ich schlug mir mit der flachen Hand gegen den Mund. „Oh, Rob, jetzt fällt’s mir wieder ein! Ich habe Cathy nicht angerufen, um ihr zu sagen, daß ich nicht zur Party kommen kann! Ich habe es heute früh versucht, aber da hat sich niemand gemeldet, und ich wollte es noch einmal von Worcester aus versuchen, aber dann habe ich es vergessen. Wie abscheulich!“

„Könntest du nicht jetzt anrufen? Es ist doch erst zehn. Sie werden dir wohl verzeihen, wenn du ihnen sagst, was der Grund für deine Vergeßlichkeit war. Wirst du es ihnen sagen?

„Na ob! Ich weiß, daß sie sich sehr freuen werden. Sie halten sehr viel von dir. Aber jetzt kann ich sie nicht anrufen. Ich weiß nicht einmal, wo die Party stattfindet. Ich sollte zu ihnen in die Wohnung kommen, mit ihnen zu Abend essen und dann zusammen mit ihnen zur Party gehen. Inzwischen sind sie längst fort ... Oh, wie abscheulich von mir!"

„Da würde ich mir keine Sorgen machen. Sie werden glauben, daß du den Zug versäumt hast oder so was. Vielleicht rufen sie noch hier an, um zu erfahren, was passiert ist."

„Das hoffe ich. Ich könnte es ja noch einmal in der Wohnung versuchen."

Immer noch zögerte er. „Macht es dir etwas aus, wenn ich dich jetzt allein lasse? Ich werde ungefähr eine Stunde fort bleiben. Aber wenn du willst, warte ich, bis du telefoniert hast, und dann kannst du mitkommen."

Ich schüttelte den Kopf. „Nein, geh nur. Beeil dich nicht, nach dem Telefonieren nehme ich ein Bad, und ich habe noch eine Menge wegzuräumen. Du lieber Himmel, was in aller Welt soll ich ihnen sagen ...? Meine Erklärung wird schon recht komisch klingen – aus heiterem Himmel ... Wie würdest du dich selbst bezeichnen, Rob? Als Naturereignis, als höhere Gewalt, oder was?"

Er lachte. „Das überlasse ich dir. Vielleicht siehst du das morgen früh klarer." Während wir sprachen, hatte er Türen und Fenster nachgesehen. Jetzt kam er zu mir zurück. „Und als dein Gatte, Mrs. Bryony Granger, verdiene ich jetzt einen Hausschlüssel?" Ich ging zum Schreibtisch, wo die Sachen meines Vaters noch in einem kleinen Haufen zusammenlagen, und nahm den Schlüssel. Auf der flachen Hand hielt ich ihn Rob hin.

Es ist jetzt dein, Ashley. Das vertraute Namensbild kam durch.

Es ist jetzt mein.

Unsere Augen begegneten sich, und abrupt schwanden die Signale. Er nahm den Schlüssel behutsam, so als wagte er nicht, mich anzurühren, zögerte kurz, lächelte und ging. Hinter ihm fiel die Tür ins Schloß, und Sekunden später drehte sich das Gartenpförtchen in seinen Angeln und klappte wieder zu. Die Drossel unterbrach ihr Lied, setzte es aber gleich wieder fort.

Während ich die Nummer der Underhills wählte und lauschte, wie es am anderen Ende der Leitung anschlug, fiel mir ein, daß ich diese Stunde, die noch allein mir gehörte, gut gebrauchen konnte. Es war doch ein wenig schwierig, seine eigenen Flitterwochen in so kurzer Frist inszenieren zu müssen.

Es meldete sich niemand. Ich legte den Hörer auf und lief nach oben, wo ich feststellte, daß Mrs. Henderson – der Himmel segne sie! – auch hier schon tätig gewesen war. Sie hatte das Bett frisch überzogen und aufgedeckt. Im Badezimmer waren frische Handtücher; sie hatte sogar Robs Sachen herübergebracht und seinen Rasierapparat, Pyjama, Schlafrock und für den Morgen ein frisches Hemd zurechtgelegt. Das Zimmer war aufgeräumt und roch nach Möbelpolitur und duftenden Schlüsselblumen, die in einer Schale auf dem Fensterbrett standen.

Ich hatte reichlich Zeit. Ich nahm ein Bad, suchte mir ein hübsches Nachthemd heraus, das ich in Funchal gekauft hatte, und setzte mich dann vor den Spiegel, um mein Haar zu bürsten. Kaum eine halbe Stunde war vergangen, seit Rob das Haus verlassen hatte, und schon war es völlig dunkel. Es waren weder Mond noch Sterne zu sehen, denn am schwarzen Himmel waren schwere Wolken aufgezogen. Der launenhafte Wind hatte einen Zweig der Freiburgrose gelockert, der nun gegen das Fenster klopfte. Während ich noch, die Haarbürste in der Hand, meine Tätigkeit unterbrach, um zu lauschen, nahm die Kraft der unregelmäßigen Böen zu. Ich hörte das immer lauter werdende Sausen des anstürmenden Windes in den Obstbäumen und das Aufklatschen des Wassers auf dem Schotter des Seeufers. Rob hatte sich als wetterkundig erwiesen: Die Nacht würde stürmisch werden.

Bei diesem Gedanken hörte ich ihn kommen, das weiche Klicken des Schnappschlosses fast übertönt vom Regen, der plötzlich gegen das Fenster prasselte. Er brachte einen Schwall frischer, feuchter Luft mit.

Ich drehte mich halb zur Tür, ging aber nicht zur Treppe vor. Er schlenderte ins Wohnzimmer.

Stille. Er schien unbeweglich dazustehen und zu lauschen. Ich konnte ihn mir vorstellen, wie er vielleicht mit schiefem Kopf zögernd auf das Stichwort wartete, das ihm erlauben würde, nach oben zu kommen.

Die Tür meines Schlafzimmers ging unmittelbar auf einen Treppenabsatz hinaus, von dem aus eine Stiege in das Wohnzimmer hinunterführte. Ich zog meinen Morgenrock an, ging hinaus und beugte mich über das Geländer. Das Zimmer unten lag im Dunkeln. Ich konnte ihn neben der Tür stehen sehen, die Hand am Lichtschalter.

„Rob? Du warst schnell. Stell dir vor, Mrs. Henderson hat sogar das Schlafzimmer aufgeräumt und dir deine Sachen hergerichtet . . .“ Ich verstummte jäh. Der Klang meiner Stimme hatte ihn veranlaßt, sich umzudrehen. Es war nicht Rob, es war mein Vetter James.

Sekundenlang starrten wir uns an. Julia einmal anders, dachte ich, und verzog den Mund zu einem schiefen Lächeln, aber ich war nicht amüsiert. Verflucht, verflucht, verflucht! Wir wollten wenigstens diese eine Nacht für uns haben, bevor die Welt in unser Leben einbrach.

Aber vielleicht konnte ich die Situation doch noch retten. Es würde noch etwa zwanzig Minuten dauern, bis Rob vom Schloß zurückkam. Wenn es mir gelang, diese Begegnung hinter mich zu bringen, James zu erklären, was geschen war, und ihn loszuwerden, bevor Rob zurückkommen und ihm entgegentreten würde . . .

„James“, setzte ich an und stieg die ersten Stufen hinunter. Die Haustür öffnete sich ein zweites Mal, und Emory kam herein. Er nahm den Schlüsselbund, den James hatte stecken lassen, aus dem Schloß, schob ihn in die Tasche und machte vorsichtig die Tür hinter sich zu. Als er sich umdrehte, fiel sein Blick auf mich. Ich konnte sein Gesicht nicht sehen, aber er blieb so unvermittelt stehen, als ob ihn der Blitz getroffen hätte.

„Bryony! Ich dachte, du wärst in London.“

„Nun, wie du siehst, bin ich da.“ Ich sprach ganz langsam, während meine Blicke von einem zum anderen wanderten. „Ich habe auf die Party vergessen, dumm von mir, nicht wahr? Aber nun bin ich hier. Was wollt ihr?“

„Du hast die Party vergessen?“ James' Stimme klang seltsam, sie entsprach nicht seiner gewohnten selbstsicheren Art. „Was meinst du dazu?“

„Was ich gesagt habe. Offenbar hast auch du sie vergessen."

„Nicht gerade das." Sein zwangloses Gehaben schien mir zu gekonnt, um echt zu sein. „Unsere Einladungen wurden zurückgezogen. Das haben wir wohl dir zu verdanken."

„Das ist möglich. Und was wollt ihr jetzt hier?"

So dunkel es auch war, ich sah die Blicke, die sie einander zuwarfen, überspringenden elektrischen Funken gleich.

„Ich sah Licht im Haus", antwortete James, als ob er damit alles erklären wollte.

„Na und?" sagte ich kühl. „Das erklärt immer noch nicht, warum ihr auf diese Art in mein Haus eindringt und woher ihr die Schlüssel habt. Oder warum ihr überhaupt hergekommen seid, in der Annahme – in der Hoffnung? – ich würde fort sein. Nun?"

„Tatsache ist . . ." setzte James an, aber Emory fiel ihm ins Wort.

„Wir dachten, du würdest in der Stadt sein. Darum haben wir uns Mrs. Hendersons Schlüssel ausgeliehen." Das Wort „ausgeliehen" entbehrte jedes ironischen Beiklangs, aber ich wußte, daß Mrs. Henderson, hätten sie mit ihr gesprochen, ihnen gesagt haben würde, daß Rob und ich geheiratet hatten und abends zu Hause sein würden. Ich konnte mir recht gut vorstellen, wie es zugegangen war. Sie hatte die Schlüssel an einem Nagel an der Innenseite ihrer Hintertür hängen, die, wie die meisten Türen auf dem Land, für gewöhnlich unversperrt blieb. Meine Vettern mußten die Gelegenheit wahrgenommen haben, die Schlüssel vom Nagel zu nehmen.

Emory ließ ein Lächeln aufblinken, das jedoch in seiner Stimme kein Echo fand. Es war die Stimme eines Mannes, der schnell überlegen mußte, eines Mannes, der es eilig hatte. „Ich weiß, es war eine durch nichts zu entschuldigende Ungehörigkeit, aber die Zeit drängte. Daß du jetzt anwesend bist, macht die Sache leichter."

„Macht was leichter?"

„Es gibt da etwas, das wir ziemlich dringend brauchen."

„Ich verstehe.“ Und ich glaubte auch wirklich, daß ich ihn verstand. Ich zog den Morgenmantel enger um mich, knotete den Gürtel zu und ging langsam die Treppe hinunter. Das Blut pochte mir in den Schläfen, als ich an all die Rätsel dachte, die noch einer Lösung harrten. Und ich erinnerte mich – so deutlich, als ob mein Geliebter mich noch einmal gewarnt hätte –, daß diese beiden gefährlich werden konnten, wenn man sie in die Enge trieb. Vielleicht, schoß es mir durch den Kopf, hatten sie aus der Sache mit dem Kugelschreiber ihre Schlüsse gezogen; vielleicht waren sie deshalb hergekommen. Aber nein, sie hatten ja geglaubt, ich wäre in London; mit diesem Rätsel hatte ihr Besuch nichts zu tun.

Ich verfolgte den Gedanken nicht weiter. Ich konzentrierte mich bewußt auf den Augenblick und verschloß Rob den Zugang zu meinen Überlegungen. Hätte er das plötzliche schroffe Bild der Angst erhalten, das mir vor wenigen Sekunden durch den Kopf geschossen war, er würde sofort hergelaufen sein –, und eine peinliche Szene – war es nicht mehr als das? – konnte leicht zu einer häßlichen werden. Die Zeit reichte, dachte ich, um den Stier bei den Hörnern zu packen, ihnen zu sagen, was geschehen war, und sie kurz abzufertigen.

Ich erreichte den Fuß der Treppe. Das Licht aus dem Schlafzimmer, das sich auf den Treppenabsatz ergoß, ließ mich James' Gesicht sehen. Es war verkrampft und ziemlich blaß, und seine Augen bohrten sich, wie mir schien, zornig in die meinen.

So unverfänglich ich nur konnte, sagte ich: „Es ist schon spät, und wie ihr sehen könnt, bin ich dabei, zu Bett zu gehen. Was wolltet ihr euch denn eigentlich holen kommen? Ich nehme an, die Bücher. Nun, es tut mir leid, aber das wird bis morgen warten müssen.“ Ich ging zum Fenster hinüber und fing an, die Vorhänge zuzuziehen. „Dreh das Licht an, Emory. So ist es besser. Übrigens ist der Brooke gar nicht hier. Ich sagte euch ja, daß ich das Buch schätzen lassen wollte. Das andere möchte ich noch einige Tage behalten, wenn es recht ist. Dann könnt ihr es gerne haben. Und da es ja sonst wohl nichts zu besprechen gibt, hoffe ich, daß ihr soviel Anstand habt . . .“

„Du und Anstand", bemerkte James.

„Was?" Ich war damit beschäftigt gewesen, die Vorhänge glattzustreichen. Ich wirbelte herum und sah ihn an. Auch Emory drehte sich um. Ich fühlte ein leichtes Frösteln auf meinen bloßen Armen, so wie sich einer fauchenden Katze das Fell sträubt.

„Du hast Rob Granger erwartet", sagte James. Und dann, an mir vorbei, an seinen Bruder gerichtet: „Sie dachte, ich wäre Granger. Sie rief herunter, um ihm zu sagen, daß das Schlafzimmer aufgeräumt sei, und dann kam sie heraus. Einfach so."

„Rob Granger?" sagte Emory, und dann, die Worte dehnend: „Sieh mal einer an." Zwei Herzschläge lang Stille, als beide Vettern mich von Kopf bis Fuß musterten. Das Haar bis zu meinen Schultern herabfallend, die Haarbürste noch in meiner Hand, Pantoffeln, der Duft des Bades, der Morgenrock, der mich bis zu den Knöcheln einhüllte, aber doch so weit auseinanderklaffte, daß mein Nachthemd darunter zu sehen war.

Ich ging zum Kamin hinüber, setzte mich in einen der Lehnsessel und betrachtete die beiden Männer.

„Ja, Rob Granger. Darum wäre es mir lieb, wenn ihr jetzt die Freundlichkeit haben wolltet zu gehen. Er wird bald zurückkommen, und es wäre für alle Beteiligten äußerst peinlich, wenn er euch hier antreffen würde."

Langsam trat James ein paar Schritte vor. Er sah krank aus. Überrascht legte ich mir die Frage vor, ob er vielleicht wirklich Zuneigung für mich empfand. Vielleicht war die Szene im Garten nicht nur Teil der Bemühungen der beiden gewesen, die Bestimmungen der Stiftung außer Kraft zu setzen.

„Es tut mir leid, James", murmelte ich. „Was soll ich noch dazu sagen? Daß ich nicht weniger als jeder andere davon überrascht war. Und es ist ein echtes Gefühl. Ich weiß jetzt, daß für uns sonst nichts gezählt hat . . . Du weißt, was ich für dich empfand, als wir noch Kinder waren; nun, es ist eben nichts draus geworden. Ich weiß nicht, warum. So geht es nun eben mal. Und jetzt stellte sich heraus, daß es immer schon Rob war, aber bis gestern kam es mir kaum zu Bewußtsein. Man könnte sagen, es ist eines von diesen Dingen: Man sieht sie nicht kommen, aber dann kommen sie plötzlich von irgendwo her, wie ein Fluß, der plötzlich anschwillt und alles mit sich fortreißt."

Ein Ton von Emory, ein gedämpfter Ausruf, der fast wie ein Lachen klang. Dann sagte er ungeduldig: „Sieh mal, Bryony, was zum Teufel spielt es für eine Rolle, ob du mit Granger schläfst oder nicht? Laß doch, James. Siehst du nicht, daß das die ganze Sache vereinfacht?"

„Was vereinfacht?" wollte ich wissen. „Und ich schlafe auch nicht mit Rob Granger, nicht so, wie du es meinst. Wir haben heute morgen geheiratet. Verstehst du jetzt, wie es kam, daß ich Cathys Party vergessen habe und euch jetzt beide los sein möchte?"

Das war natürlich eine Bombe, und ich hatte nicht die Absicht gehabt, sie auf diese Weise fallen zu lassen. Aber sie platzte auch nicht ganz so, wie ich erwartet hatte. Emory trat ein paar Schritte vor, und nun standen sie zu beiden Seiten meines Lehnsessels und starrten auf mich herunter. Obwohl ich an ihre Ähnlichkeit gewöhnt war und seit meiner frühesten Kindheit mit ihnen gespielt hatte, war es doch unheimlich, wie die zwei einander so ähnlichen Gesichter mich mit dem gleichen starren Ausdruck musterten.

Und doch gab es Unterschiede. James war kreideweiß und sah sonderbar krank aus, so als ob etwas in seinem Innersten vor der Wirklichkeit zurückschreckte. Emory hatte eine Miene aufgesetzt, mit der ich nicht vertraut war; sein Gesicht hatte einen blassen, harten Ausdruck, die Augen waren zusammengekniffen, die unteren Lieder hochgezogen und die Augen selbst kalt.

Mit fester Stimme fuhr ich fort: „Ja, wir haben geheiratet. Es kam einfach so, aus heiterem Himmel. Ich werde euch ein andermal davon erzählen. Aber wir entdeckten ganz plötzlich, wieviel wir uns bedeuteten. So ist das also . . . und das wär's." Ich drehte die Handfläche einer Hand nach oben, es war eine Geste der Verabschiedung, ein Jetzt-bist-du-dran.

Die Pause schien eine Ewigkeit zu dauern, und dann fingen beide gleichzeitig an zu sprechen. Während Emory rasch ansetzte: „Er kommt also bald zurück? Wie bald?“, fand James seine Stimme wieder. Das Reden schien ihm schwerzufallen. „Du bleibst also auf Ashley?“

„Dieses Haus ist doch viel hübscher als seines im Gutshof“, setzte Emory hinzu.

Ich muß ihn wohl mit offenem Mund angeglotzt haben. Die Konversation schien mir auf völlig irrelevantes Terrain abzugleiten. Zumindest hätte man so denken können, wenn da nicht diese kalten Ashley-Augen gewesen wären, die, Scheinwerfern gleich, die sich auf einem Objekt vereinigen, auf mir zusammentrafen; und diese Ashley-Hirne, die eine Situation neu bewerteten, die ich noch gar nicht begriffen hatte.

„Nein“, antwortete ich in ziemlich scharfem Ton, „nicht hier. Ich habe noch eine andere Neuigkeit für euch. Morgen hätte ich es euch sowieso erzählt. Wir haben die Absicht auszuwandern. Rob denkt schon sehr lange daran, und wir haben heute mit Mr. Emerson darüber gesprochen. Es ist auch mein Wunsch. Es ist das beste, das müßt ihr doch einsehen.“

Ich sah James an und versuchte ein Lächeln. „Ich habe euch das schon früher gesagt. Ich wollte nur warten, bis die Zukunft sich zu erkennen gibt, nichts weiter. Und nun ist das geschehen. Damit sind doch nun auch eure Probleme gelöst, nicht wahr?“

James antwortete nicht. Über meinem Kopf hatte sich die Aufmerksamkeit auf eine andere Ebene verlagert. Ich hob den Blick zu Emory. Schweigend, und so als ob ich nicht da wäre, berieten sie sich. Ignoriert zu werden ist schon an sich ärgerlich; dies aber war mehr, es war auf seltsame Weise beunruhigend. So wie die folgende Bemerkung Emorys:

„Da brauchst du dir ja keine Sorgen mehr zu machen, James.“

Ich zog die Augenbrauen hoch. „Geht euch das nicht beide an? Ich wollte damit ausdrücken, daß ich jetzt bereit bin, das Treugut aufzulösen. Ich habe Mr. Emerson heute in diesem Sinne informiert.“ Keine Antwort. Die überempfindliche Antenne meines Geistes fing eine bedeutungsvolle und dringende Botschaft auf, die nicht ausgesprochen werden konnte. James' Augen hafteten immer noch auf seinem Bruder. Emory nickte ihm zu, lächelte dann auf mich herab.

„Du mußt uns verzeihen, daß wir so erpicht darauf zu sein scheinen, dich zu verlieren, aber du kennst ja die Lage. Das mit der Stiftung ist natürlich eine sehr willkommene Nachricht. Und da sich jetzt alles zum besten gewandt hat, scheint mir der Augenblick gekommen, dir unsere Glückwünsche auszusprechen. Und natürlich auch dem Bräutigam."

Schlichte, ja sogar freundliche Worte, aber in seiner Stimme lag keine Freundlichkeit, nur geschäftige Sachlichkeit, verpackt in Glätte, auf die sich jede Erwiderung erübrigte.

James nahm mir diese Verpflichtung ab. Er verfolgte eine bestimmte Absicht, immer noch mit der gleichen beunruhigenden Dringlichkeit. „Dann wirst du also auch den Landstreifen verkaufen?"

„Nun ja", antwortete ich bedächtig. „Ich habe noch nicht darüber nachgedacht, aber warum nicht? Wir kommen ja nicht mehr zurück." Die Erleichterung, die James empfand, ließ seine Züge erschlaffen, und sein Gesicht nahm wieder etwas Farbe an. Ich hatte das Gefühl, es könnte angebracht sein, die Lage neu zu überdenken. Nicht nur, daß er den Besitz schnellstens in die Hand bekommen wollte, er schien es nicht erwarten zu können, mich gehen zu sehen. Emory bekräftigte das noch, indem er schnell und mit gekünstelter Ungezwungenheit hinzufügte: „Eine wunderbare Nachricht! Wahrhaftig, eine Gnadenfrist, James."

„Gnadenfrist?" fragte ich.

Emory entfernte sich von mir und lehnte gegen den Tischrand. Er wirkte entspannt und aller Sorgen ledig. „Ich finde, du solltest wissen, liebe Base, daß wir es noch nie so dringend nötig hattten, in die Lage zu kommen, Ashley Court verkaufen zu können – und rasch verkaufen zu können. Wir haben jetzt einen großen Geldmann an der Angel, aber ohne Zugang zu Penny's Flats will er sich den Besitz nicht einmal ansehen. Wir werden gedrängt. Der Vater unserer lieben Stiefmama braucht ganz plötzlich dringend eine große Summe und will daher einen Teil des Geldes, das er ins Boston-Geschäft gesteckt hat, zurück nach Spanien transferieren. Es handelt sich um auf Grund von Eheverträgen für die anderen zwei Töchter zu übereignende Vermögen; um die Mitgift also. Lustig, was?"

„Ich verstehe. Das Geld ist gebunden, nicht wahr?"

„Wenn du willst, kannst du es auch so ausdrücken." Es klang belustigt, wie Emory es aussprach. „Wie das so geht, das Geld arbeitet anderswo. Bis jetzt haben wir pünktlich die Zinsen gezahlt, aber jetzt wollen sie plötzlich die gesamte Kapitaleinlage zurück ... und die, fürchte ich, ist nicht mehr da."

So war es schließlich ganz leicht, die Lage neu zu beurteilen. „Du meinst, daß ihr sie gestohlen habt."

„Du hast eine sonderbare Art, dich auszudrücken", meinte Emory.

Wieder Stille. Dann stand ich auf. „Nun, viel mehr wird darüber nicht mehr zu sagen sein, nicht wahr? Mein Mann und ich" – diese Worte waren mein Schild! – „werden Mr. Emerson so bald wie möglich einen Besuch abstatten und ihn beauftragen, die Stiftung aufzulösen und den Landstreifen auf euch zu überschreiben." Ich holte tief Atem und versuchte meine Stimme zu beherrschen, aber es klang doch recht scharf. „Ich hoffe, es wird ihm gelingen, das zu bekommen, was der Grund wert ist, und zwar in bar, denn Rob und ich werden das Geld brauchen. Aber bis dahin gehört das Haus noch uns, und ich hätte gerne die Schlüssel zurück, und es wäre mir lieb, wenn ihr mich jetzt allein lassen würdet."

Ohne ein Wort zog Emory die Schlüssel aus der Tasche und ließ sie auf den Tisch fallen. Sie fielen mit einem leisen Klirren. Immer noch lächelnd, rutschte er von der Tischkante herunter und richtete sich auf. James räusperte sich, blieb aber ebenfalls stumm. Ich nehme an, wir standen nur ein paar Sekunden so da, aber mir schien es wie ein Jahr: drei Fremde, die in einem kalten Zimmer voneinander Abschied nehmen.

Ich fühlte mich sonderbar abgestumpft. Vermutlich war es der Schock, obwohl ich nach der Geschichte in

Bad Tölz darauf vorbereitet hätte sein sollen. Rob hatte, was meine Vettern betraf, nur allzu recht gehabt: sie waren nicht bloß eigenwillige und rücksichtslose Männer; sie waren Verbrecher. Es erübrigte sich jetzt, von Walther noch Auskunft über die Fotografie einzuholen. Ich wußte genau, so als ob mein Vater selbst es mir gesagt hätte, daß es Emory gewesen war, dort auf der Wackersbergstraße, und Emory, der – als James – nach Jerez gefahren war, während James sich daheim für ihn ausgab. Wie schon zuvor verdrängte ich den Gedanken; Rob sollte kein Echo auffangen und dementsprechend reagieren. Ich wollte nichts anderes, als die Zwillinge mit ihren dunklen Geschäften für immer los sein. Ich hegte die unbestimmte Hoffnung, daß ich sie, sobald alles mit Mr. Emerson geordnet war, nie wiederzusehen brauchte.

Und doch: Als die Schlüssel aus Emorys Hand klirrend auf den Tisch fielen, war es wie der düstere Klang einer kleinen Totenglocke. Noch eine Totenglocke. Ashley war mir entglitten, und wieviel mit ihm?

Ich schüttelte den Gedanken ab, drehte mich um, ging zur Tür und öffnete sie. Der Wind war zum Sturm geworden. Die Rotbuchen jenseits des Obstgartens ächzten und schwankten unter einem rasenden Himmel, an dem sich die Wolken zusammenballten und auftürmten, dann wieder aufbrachen, zerrissen und als Federwolken zerstoben und für Sekunden den Blick auf die mondhelle Unendlichkeit des Weltalls freigaben. Der Obstgarten mit seinen blassen Blütenzelten tauchte abwechselnd in Licht und Schatten, und die geknickten Blumenblätter wurden von den Windstößen wie Schneeflocken durch die Luft gewirbelt. Der Regen hatte aufgehört.

Das flackernde Mondlicht ließ mich erleichtert erkennen, daß der Weg noch leer war und daß jenseits der knarrenden Äste, oben im Schloß, noch Licht brannte. Aber ich sah auch noch etwas anderes. Der Rasen vor dem Haus stand bis zum Fliederbaum unter Wasser. Der Seespiegel mußte um einen halben Meter gestiegen sein. Und während ich noch hinsah, peitschte ein plötzlicher Windstoß das Wasser über die Steinplatten bis fast an die Türschwelle.

„Das ist schon in Ordnung“, sagte Emory, der knapp hinter mir stand. „Das habe ich vorhin mit dem Wort ‚Gnadenfrist‘ gemeint. Wir gehen jetzt hinüber und schließen das Obere Wehr. Du kannst also unbesorgt in deinem Hochzeitsbett ruhen, Base.“

„Das Obere Wehr schließen?“ Ich wirbelte herum. Ich fühlte, daß ich kreideweiß wurde. „Was meinst du damit?“

Er legte mir die Hand auf die Schulter. Die Tür hinter uns schlug krachend zu. Er schüttelte mich ganz sanft. „Ich sagte dir, es ist eine Gnadenfrist. Wir waren nicht ganz aufrichtig mit dir, meine Liebe. Wir sind den weiten Weg hierher nicht bloß wegen der Bücher gekommen. Die wolltest du uns doch sowieso geben, nicht wahr? Wir kamen, um – um deinem Entschluß, den Landstreifen zu verkaufen, ein wenig Nachdruck zu verleihen.“

Es war kein Mißverständnis diesmal. Ich erfaßte sofort die Zusammenhänge. „Du wolltest alles unter Wasser setzen? Du hast absichtlich das Obere Wehr geöffnet, und noch dazu in einer solchen Nacht?“

„Wir konnten uns ja die Nacht nicht aussuchen. Wenn ihr fort wart, die Underhills und du, mußten wir die Gelegenheit nützen. Das Wetter war ein zusätzlicher Vorteil. Es gab James neuen Auftrieb – er war oben auf dem Wehr. Ich war anderweitig beschäftigt.“

„Und du brauchst mir nicht zu sagen, womit. Du warst sein Alibi. Diesmal warst doch du dran, nicht wahr?“

Er kniff die Augen zusammen. „Was meinst du?“

Ich hielt meine Gedanken im Zaum. Ich hatte an die in Bad Tölz angebotenen Alibis gedacht, aber ich wußte, daß ich mich nicht zu sehr auf mein Glück verlassen durfte – nicht unter diesen Ashley-Augen. Darum antwortete ich mit heiserer Stimme: „Ich dachte an Cathy.“

„Ach das. Ja, das war verlorene Liebesmüh‘, aber ich bin schon immer dafür gewesen, Verluste vom Wert abzuschreiben. Was das betrifft, trage ich dir nichts nach, meine liebe Bryony; warum sollte ich auch, nachdem sich alles zum besten gewendet zu haben scheint.“ Ein kurzes Auflachen, und er ließ das Thema Cathy fallen. „Nun, jetzt kennst du die ganze Geschichte. Wir gingen von der

Voraussetzung aus, daß eine zweite Überschwemmung das Haus ziemlich ramponieren und dich unter Druck setzen würde. Gemein von uns, nicht wahr? Aber was sein muß, muß sein, wie man so schön sagt. In den letzten sechs Monaten oder noch länger war uns der Teufel verdammt auf den Fersen . . . Glaube mir" – fuhr Emory fort, und es klang nun aufrichtig und einschmeichelnd – „es hätte uns leid getan wegen des Hauses, wenn es dir so ans Herz gewachsen ist, aber du solltest genügend Verstand haben, um nicht wegen einer Goldgrube sentimental zu werden."

Seine Worte brachten eine Art Echo zum Klingen: James, der mit Bedauern und echter Verbitterung über das Schloß und über die überall sichtbare Vernachlässigung sprach. Und irgendwo in der Ferne lautes Hämmern.

„Wir haben Glück gehabt", sagte Emory, „und du auch. Deine Anwesenheit hier heute abend hätte alles verderben können, von der Tatsache ganz abgesehen, daß Rob, sobald er seine Runden gemacht hat, um sieben Uhr heimgeht, oder in die Schenke hinunter. Wie die Dinge jetzt liegen, muß er jeden Augenblick den Weg herunterkommen. Dabei wird ihm natürlich der Wasserstand auffallen. Sag ihm, er brauche sich keine Sorgen zu machen, wir gehen jetzt gleich zum Oberen Wehr."

„Aber . . ." setzte ich an, verstummte aber gleich wieder. Ich wollte ihm nicht sagen, daß Rob jetzt seine Runde machte, und, so finster es auch war, auf den Wasserstand unweigerlich aufmerksam geworden war. Worauf er, daß wußte ich, unverzüglich bei den Wehren Nachschau halten würde. Bei diesem Gang durfte er meinen Vettern jetzt nicht begegnen. Wenn ich sie loswerden könnte, wäre es mir möglich, mich auf meine besondere Weise mit ihm in Verbindung zu setzen und ihn zu warnen.

„Dann solltet ihr euch aber beeilen", sagte ich schnell. „So wie das Niveau des Sees schon gestiegen ist, sieht es aus, als ob der Überlauf nicht alles fassen könnte. Das Wasser muß schon über dem Damm sein. Um Himmels willen, Emory . . ."

„Beruhige dich, beruhige dich. Wir können das Untere Wehr öffnen."

„Das kannst du nicht! Es ist wieder festgeklemmt! Du hättest es nicht anrühren dürfen, es ist schon seit Jahren nicht mehr sicher. Sieh nur zu, daß ihr das Obere Wehr schließt, bevor der Schaden zu groß wird ... Ihr solltet jetzt gehen."

Doch als ich mich umdrehte, um die Tür aufzustoßen, klingelte das Telefon.

Ashley, 1835

Ein Hahn krähte vom Gutshof herüber. Die Sängerin der Nacht schwieg, und der erste Chor des Tages war zu planlosem Gezwitscher erstorben. Ein Rascheln, irgendwo ganz nah an der Grenze des Irrgartens, machte ihn anhalten und lauschen, den Kopf zur Seite geneigt. Vielleicht ein Dachs auf dem Heimweg. Oder ein Reh. Wenn sich erneut Rotwild im Garten herumgetrieben hatte, mußte er dem Hüter auftragen, heute mit dem Gewehr hierherzukommen.

Heute ... Heute war kein Tag wie alle anderen. Heute würde er ihnen gegenübertreten müssen. Sein Vater war tot, und er war nun Herr von Ashley Court. Er mußte von irgendwo den Mut auftreiben, ihnen reinen Wein über die Dinge einzuschenken, die er getan hatte. Dann, nachher, würde sie wieder bei ihm sein.

Etwas schimmerte blaß auf dem Gras vor der Mündung des Labyrinths. Als er sich bückte, um genau hinzusehen, erkannte er das Halstuch, das er ihr geschenkt hatte; es war aus Seide, und aus Furcht, man könne es an ihr sehen, trug sie es immer im Busen verborgen. Er rätselte, wie es wohl gekommen sein mochte, daß sie es hier verloren hatte, hob es auf und hielt es lächelnd an sein Gesicht. Der zarte Duft von Lavendel brachte sie ihm wieder nah, und mit ihr die süßen Tage des Sommers.

Immer noch lächelnd, lenkte er seine Schritte aus dem Labyrinth.

19. KAPITEL

> Nicht eitel war der Brief: sein Inhalt war
> Von teuren Dingen, und die Säumnis kann
> Gefährlich werden.
>
> „*Romeo und Julia*“, V/2

Regungslos standen wir da, alle drei, während das mißtönende Klingeln sogar die wilden Laute der Nacht übertönte. Dann setzte ich mich in Bewegung. Blitzschnell zuckte Emorys Hand vor und packte mich am Arm.

„Wir sind nicht da, vergiß das nicht. Und du auch nicht. Laß es läuten.“

„Es könnte Cathy sein.“

„Und wenn schon? Sie weiß nicht, daß du wieder da bist. Laß es läuten.“

Ich war zornig geworden. „Es ist mein Telefon, Emory. Ich werde niemandem sagen, daß ihr hier seid, wenn du Angst hast. Aber wovor brauchst du jetzt noch Angst zu haben? Euren verbrecherischen Plan habt ihr doch jetzt abgeblasen, oder?“

„Im Schloß ist Licht“, meldete James, der beim Fenster stand. „Rob muß jetzt drüben sein. Wenn er den Wasserstand gesehen hat, kann es sein, daß er hier anruft, bevor er zum Wehr hinaufgeht. Sie sollte sich doch lieber melden, sonst denkt er am Ende noch, hier wäre etwas los.“

„Schon möglich“, sagte Emory, und dann zu mir: „Was meinst du, ruft er sich einen Helfer, wenn er den Stand gesehen hat?“

„Das bezweifle ich. Er ist durchaus imstande, allein damit fertigzuwerden. Er hat das Schloß ja lange genug in Betrieb gehalten.“

Ich machte mir gar keine Mühe, meine Bissigkeit nicht anklingen zu lassen, aber Emory schien es gar nicht zu merken.

„Na ja ..." sagte er und trat zurück.

Erst als ich den Hörer abhob, dachte ich an eine andere Möglichkeit. Bei einem Anruf zu so später Stunde mußte es sich um etwas sehr Dringendes handeln. Es würde sicher nicht Rob, konnte aber sehr wohl Herr Gothard sein. Er würde noch nicht im Besitz der Bilder sein und konnte mich an mein Versprechen erinnern wollen, sie ihm zu schicken; es konnte sogar sein, daß er mich anrief, um mir mitzuteilen, welche weiteren Fortschritte bei der Ausforschung des schuldigen Fahrers erzielt worden waren. Ich wollte den Hörer wieder zurücklegen, aber schon ließ sich eine schnelle und sehr hörbare Stimme vernehmen. Es war nicht Herr Gothard, es war Leslie Oker, der, ohne zu warten, bis ich mich meldete, munter und in freudiger Erregung seine Neuigkeiten hervorsprudelte.

„Bryony? Liebste Freundin, ich mußte Sie einfach anrufen. Ich weiß, es ist schrecklich spät, und es täte mir leid, wenn Sie schon geschlafen haben, aber ich habe schon den ganzen Tag versucht, Sie zu erreichen, und wenn Sie erst hören, was ich Ihnen zu sagen habe, werden Sie sicher verstehen, daß ich allen Anlaß dazu hatte. Das Buch, meine Liebe ..."

Es war ein lautes Telefon. Und Leslies offensichtliche Begeisterung teilte sich uns so lebhaft mit, als ob er im Zimmer stünde. Emory neben mir machte eine Bewegung, die sein Interesse verriet. Ich wollte etwas sagen, aber Leslie hörte nicht zu. Es gab kein Halten für ihn.

„Ich mußte es Ihnen einfach sagen – ich bin so sicher, wie man nur sein kann, daß das Buch echt ist. Es wurde einmal neu gebunden, und das wird seinen Wert ein wenig mindern, aber es ist immer noch sehr wertvoll. Ich wage keine Zahl zu nennen, bis ich nicht ein bißchen mehr darüber weiß ... Wenn es sich um echte Raritäten handelt, kann man erst ein Preisschildchen dranhängen, wenn es in den Verkaufsraum kommt. Aber es könnte sehr wertvoll sein, wirklich sehr wertvoll ... Etwas für ein Museum. Seine Herkunft ..." In einem Berufskauderwelsch, das ich kaum verstand, verbreitete er sich über das Buch.

Ich legte die Hand auf die Sprechmuschel. „Nun", sagte ich „hier habt ihr eure Antwort. Bares Geld, oder zumindest etwas, worauf ihr welches geliehen bekommt – Sicherheit nennt man das wohl? Darf ich jetzt hoffen, daß Ihr mir mein Haus noch so lange überlaßt, als ich es brauche?"

Ich bezweifle, daß Emory die bittere kleine Stichelei heraushörte. Seine Augen leuchteten, und sein Mund formte Worte. „Wieviel?" schien das zu heißen. Ich schüttelte den Kopf, als das Telefon etwas quäkte, was offenbar eine Frage war, und nahm die Hand von der Sprechmuschel.

„Verzeihen Sie, Leslie, das habe ich jetzt nicht verstanden. Was haben Sie eben gesagt?"

„Ich sagte, als ich es abhob, fand ich etwas, das auf seine Weise vielleicht noch etwas interessanter sein könnte. Es ist ein bißchen lang, aber soll ich es Ihnen vorlesen?"

„Was vorlesen? Was haben Sie abgehoben?" fragte ich unbedacht.

„Das Exlibris. Diese sonderbare rechteckige Zeichnung mit dem Helmschmuck in der Mitte und diesem eigenartigen Motto ‚Rühr nicht die Katze an'."

Eine innere Stimme mahnte mich, sehr auf der Hut zu sein. „Ach ja, das", sagte ich schnell. „Hören Sie, Leslie, ich hätte es ihnen schon früher sagen sollen, aber das Buch gehört offiziell nicht mehr mir. Seit Vaters Tod gehört jetzt alles meinem Vetter Emory. Ich werde ihn bitten, sich mit Ihnen in Verbindung zu setzen und ..."

Den Rest konnte er nicht mehr hören, und das aus gutem Grund. Emory hatte seine Hand zwischen meinen Mund und das Telefon geschoben und deckte abermals die Sprechmuschel zu. Seine andere Hand schloß sich um den Hörer, um meine Hand, und nahm ihn mir fort. Hielt ihn vor mir in der Luft, und die metallische, allzu deutliche Stimme plapperte weiter.

„Tut mir leid, das zu hören, meine Liebe, sehr bedauerlich. Es bedeutet natürlich auch keine Wertminderung, wenn ich es entferne, denn das Exlibris wurde später aufgeklebt. Erst nachdem das Buch das zweite Mal gebunden wurde – habe ich das schon gesagt? Ich hatte sogar den Eindruck, als wäre es schon früher einmal abgelöst und wieder angeklebt worden. Vor relativ kurzer Zeit, würde ich meinen. Darum fühlte ich mich berechtigt, es wieder abzuheben, und das war richtig, denn das Originalvorsatzblatt war noch da. Zweifel sind jetzt nicht mehr möglich. Aber dieses Papier, das ich erwähnte, das ich unter dem Exlibris fand, also das ist von großem Interesse für die Familie, würde ich meinen, denn es ist vielleicht eine Botschaft von einem Mitglied ihrer Familie, meine Liebe, und das Ganze kommt mir wie ein Geheimnis vor, richtig romantisch. Was für ein Spaß! Hören Sie zu."

Alle drei hörten wir zu. Was immer es war, was Leslie gefunden hatte, ich sah keine Möglichkeit, zu verhindern, daß Emory davon erfuhr. Er brauchte ihn ja nur zurückzurufen. Und schließlich war es ja sein Buch.

„Es sieht aus wie ein Blatt aus einem Kirchenregister", dozierte Leslie. „Es trägt die Seitenzahl 17 und hat nur drei Eintragungen. Sie sind vielleicht alle interessant, das kann ich nicht beurteilen, aber die dritte wird Sie umwerfen. Sie ist mit dem 15. April 1835 datiert und betrifft die Eheschließung von Herrn Nicholas Ashley von Ashley Court mit einer gewissen Ellen Makepeace aus One Ash."

Nicht um die Welt hätte ich jetzt aufgelegt. Meine Gedanken rasten wie ein Rennmotor. Die möglichen Konsequenzen konnten warten; ich mußte alles wissen. *(„Das Papier, es ist in William Brooke in der Bibliothek . . . Die Karte. Der Brief. Im Brooke.")*

„Ja", sagte ich, „sprechen Sie weiter."

„Weiter unten ist eine Notiz angefügt. Die ist mit Charles Ashley gezeichnet. Wissen Sie, wer das war?"

„Das war Nick Ashleys Onkel. William Ashleys Bruder. Nachdem Nick Ashley erschossen wurde, erbte er den Besitz."

„So, so. Nun ja, das ist eine Notiz von ihm. Es heißt da – es ist ziemlich lang, ich werde die erste Hälfte frei wiedergeben – er habe den Schreiber durch Bestechung dazu gebracht, die Seite zu kopieren und die Eintragung Ashley dabei wegzulassen. Und dann steht da auch noch, daß der Pfründenbesitzer – ist das der Pfarrer? – ein Abhängiger ist. Verstehen Sie das?"

„Ich denke schon. One Ash war eine der Ashley-Pfründen. Wenn ein jüngerer Sohn da war, oder ein armer Verwandter, bekam er die Pfründe. Ich nehme an, Charles Ashley konnte Druck auf ihn ausüben, in bezug auf diese Eheschließung den Mund zu halten. Ergibt das einen Sinn?"

„Könnte sein. Er schreibt hier – soll ich Ihnen den Rest vorlesen?"

„Ja, bitte."

„ ‚Es heißt, daß das Mädchen mit einem Kind schwanger geht, und sollte sie es gebären, bevor neun Monate seit dem Tod meines Neffen herum sind, wird es Leute geben, die aus niedrigen Beweggründen das Gerücht verbreiten werden, das Kind sei von meinem Neffen gezeugt worden, bevor sie ihren Mann geheiratet hat. Aber es ist weder recht noch ziemlich, daß die Leibesfrucht – so es eine solche gibt –, das Produkt aus einer so unbesonnenen und unedlen Verbindung, meiner ehrbaren Familie den Besitz streitig machen sollte, einer Familie, die mit den höchsten der Grafschaft verschwägert und ihrem Alter und ihren Fähigkeiten nach bestens geeignet ist, den Besitz zu verwalten. Überdies, und das ist es, was mich veranlaßt hat, so zu handeln, haben die Brüder obgenannter Ellen Makepeace meinen Neffen Nicholas getötet und ermordet. Und so bin ich der Meinung, es wäre besser, das Kind würde tot geboren, statt mit Blut an den Händen sich diesen Platz widerrechtlich anzueignen. Darum, Gott ist mein Zeuge, beschwert das, was ich getan habe, mein Gewissen nicht. Das Mädchen ist von demütiger Art und hat öffentlich erklärt, daß sie das Kind ihres Gatten trägt.' " Eine Pause. Ich hörte das Papier in Leslies Hand rascheln. Er lachte kurz auf. „Das mußte sie ja wohl, das arme Geschöpf.

Sonst hätte der liebe Gutsherr den kleinen Wurm in aller Stille beiseite schaffen lassen. Ja, ja, arme Wesen. Man soll Vergangenes vergangen sein lassen, nicht wahr, liebe Bryony? Ergibt das alles einen Sinn für Sie?"

Emory senkte den Hörer wieder an mein Ohr. Ich sah ihn nicht an. Ich räusperte mich, aber meine Stimme klang trotzdem ein wenig fremd, so als hätte Leslies Überschwenglichkeit auf sie abgefärbt.

„Ich denke schon. Ja, ich glaube schon. Ich bin Ihnen schrecklich dankbar. Es ist alles so aufregend, nicht wahr? Und ich bin wirklich sehr froh, daß Sie mich angerufen haben. Darf ich vielleicht morgen vorbeikommen und mir das Papier ansehen? Dann haben wir Zeit, darüber und über das Buch zu sprechen."

„Ja, selbstverständlich. Diese späte Stunde . . . aber ich wußte, Sie würden es gern gleich erfahren. Hören Sie, es gibt da einen Burschen in London, der mehr über diesen ‚Romeus' weiß als ich. Soll ich ihn morgen anrufen, bevor Sie kommen?"

„Bitte tun Sie das. Ich danke Ihnen, Leslie. Aber Leslie . . ."

„Ja?"

„Dieser Mann, den Sie kennen – sprechen Sie unbedingt mit ihm über das Buch und was es wert ist, aber bitte sagen Sie ihm nichts von dem Dokument, nicht bevor wir es gesehen haben und uns über seine Bedeutung klargeworden sind."

„Natürlich nicht. Bei mir ist es sicher, meine Liebe." Keine besondere Betonung, aber ich wußte, daß es sicher war. „Gute Nacht."

„Gute Nacht. Danke für Ihren Anruf."

Die Verbindung war gelöst. Emorys Hand löste sich, und er trat von mir zurück. Halb blind legte ich den Hörer hin, so daß er klappernd auf den Tisch fiel. James hob ihn auf und legte ihn auf die Gabel. Ich ließ mich schwer auf den Stuhl neben dem Tisch fallen.

„Das war vernünftig", sagte Emory. „Wie viele Überraschungen diese Nacht wohl noch für uns bereithält? Diese Ellen Makepeace . . . wenn sie tatsächlich dieses Baby bekommen hat . . ."

Ich hatte keinen von den beiden angesehen. James, auf die richtige Spur gebracht durch etwas, das er in meinen Zügen las, oder durch jenen den Ashleys eigenen unsteten Instinkt, oder, noch wahrscheinlicher, durch ein Restchen von Eifersucht, traf mit erschreckender Schnelligkeit ins Schwarze.

„Sie hat es bekommen. Darauf kannst du deinen letzten Penny setzen. Die Makepeaces . . . in One Ash wimmelt es von ihnen, und die Grangers sind mit ihnen verwandt." Und dann, wütend an meine Adresse: „So ist es doch, nicht wahr? Rob Granger – er ist es! Ich wette, er ist ein Direktnachkomme aus dieser idiotischen, verdammten Heirat. Nur darum hast du es getan! Darum hast du ihn geheiratet! Weil du wußtest, daß er ein Ashley ist und dazu noch der rechtmäßige Erbe. Warum sonst hättest du einen solchen Rüpel wie ihn geheiratet?"

„Halt den Mund, James", fuhr Emory ihn in scharfem Ton an. „Solches Gerede bringt uns nicht weiter. Hast du das gewußt, Bryony?"

Sie brauchten nur im Kirchenregister nachzusehen oder – auf dem Lande reichen die Erinnerungen weit in die Vergangenheit zurück – den erstbesten Einwohner von One Ash zu fragen, um zu erfahren, daß Ellen tatsächlich Robs Ahne war."

Ich nickte. „Ich wußte, daß er ein Ashley war, aber ich wußte nichts von der Heirat. Und er weiß noch nichts. Er hat mir erzählt, er wäre ein Nachkomme Nick Ashleys nach einer unehelichen Verbindung. Das ist alles."

„So viel weiß er also? Dann weiß es vermutlich auch seine Familie."

„Sie kennen nur dieselbe Geschichte, die man auch uns immer erzählt hat: Daß Ellens Brüder Nick erschossen, weil er ihre Schwester verführt hatte. Daß sie den jungen Granger heiratete, bald ein Baby bekam, aber auf die Bibel schwor, daß es das Kind ihres Gatten sei. Und damit gaben sich die Leute zufrieden."

„So hat sie also immer die reine Wahrheit gesagt", sagte Emory, seine Stimme sonderbar verzerrt. „Der arme Charles. Er muß ganz schön geschwitzt haben, bis sie einsah, daß sie vernünftig sein mußte."

Ich sagte nichts. Ich dachte an Ellen Ashley. Ich empfand tiefes Mitgefühl für dieses Mädchen, das, hilflos zurückgelassen, auf die Heilige Schrift schwören mußte, um das Kind ihres Geliebten zu schützen, und sich immer nur in die tröstliche Gewißheit flüchten konnte, daß es die Wahrheit war. Arme Ellen. Ich fragte mich, wie Robert Granger sich zu ihr verhalten, wieviel er gewußt oder geahnt hatte von dem, was sie in ihrem Herzen verschlossen hielt.

„Willst du uns etwa weismachen", fragte James, „Rob hätte nie etwas geahnt?"

„Daß er der rechtmäßige Erbe ist? Natürlich nicht, wie sollte er? Hätte jemand auch nur eine Andeutung gemacht, in dem Sinne etwa, daß er der uneheliche Nachkomme eines Ashley wäre, unsere Familie würde es erfahren haben. Aber ich sagte euch ja schon: die Leute gaben sich damit zufrieden, daß Robert Granger der Vater des Babys war. In seiner Familie mag darüber gesprochen worden sein, aber weiter ging die Sache nicht. Habt ihr je ein Gerücht gehört? Ich nicht."

„Aber du sagtest doch, er hätte es dir selbst erzählt!"

„Ja. Er wußte es, weil" – meine Blicke wanderten von einem zum anderen – „weil er die Gabe der Ashleys besitzt. Darüber wißt ihr ja Bescheid. Nun, ich besitze sie auch. Das ist auch die Erklärung dafür, daß unsere Heirat so plötzlich erfolgte. Ich habe ohnedies die Absicht gehabt, es euch zu erzählen; ich glaubte, euch das schuldig zu sein."

Es kam mir sehr sonderbar vor, daß ich je das Gefühl gehabt haben sollte, James etwas schuldig zu sein. Denn wenn ich überhaupt jemandem eine Erklärung schuldig war, so Rob. Dennoch setzte ich meine Vettern rasch ins Bild, erzählte ihnen die Geschichte in Umrissen, und sie hörten mir zu, ohne mich zu unterbrechen und ohne sich überrascht zu zeigen; schließlich waren sie ja alle Ashleys. Sie kannten die Geschichte der „Gabe" und behaupteten ja selbst, eine Art von intuitiver Verbindung zueinander zu haben.

„Ich nehme an, du wirst ihm jetzt alles erzählen?" fragte James, nachdem ich zu Ende war.

„Kannst du mir einen guten Grund nennen, warum ich es nicht tun sollte?"

„Mein Gott ..." setzte mein Vetter an. Aber Emory fiel ihm ins Wort. „Laß sie reden. Sprich weiter, Bryony."

„Nun ja, warum nicht. Denkt ihr, ich könnte mein Leben lang mit ihm verheiratet sein und ihm etwas verschweigen, das von so großer Bedeutung für ihn ist? Er muß wissen, daß er ein echter Ashley ist und daß sein Ur-Ur-Großvater kein von einem leichtfertigen Mädchen geborener Bastard war. Er muß wissen, daß die Liebe, die Nick Ashley für Ellen empfand, so groß war, daß er sie heiratete."

„Oder weil er eine Heidenangst vor ihren Brüdern hatte", warf James ein.

„Das ist doch Unsinn!" protestierte ich so heftig, als ob ich Rob verteidigen müßte. Ich wußte so genau, als ob sie es mir selbst erzählt hätten, warum Nick und Ellen gerade nur für diese wenigen schicksalsschweren Tage ihre Heirat geheimgehalten hatten. So wie Rob und ich hatten sie versucht, für eine Weile etwas für sich zu bewahren, bevor die Welt in die Abgeschiedenheit ihres Lebens einbrach. Und mit noch geringerem Erfolg. Ich richtete mich müde in meinem Sessel auf.

„Hört mal", sagte ich, „warum machen wir für heute nicht Schluß und reden morgen weiter? Mit Rob, wenn ihr wollt. Wie ich die Dinge sehe, wird das, was wir jetzt erfahren haben, nichts an dem ändern, was hier in Ashley geschieht. Aber wenn ihr euch jetzt nicht auf den Weg macht und das Obere Wehr in Ordnung bringt ..."

„Zum Teufel mit dem Oberen Wehr!" Eigenartig, wie James die Führung des Gesprächs an sich zu reißen schien. „Willst du uns ernstlich einreden, daß Granger, wenn du ihm das alles erzählst, diesen ganzen romantischen verstaubten Quatsch – willst du uns ernstlich einreden, er würde sich nicht versucht fühlen, die Öffentlichkeit davon in Kenntnis zu setzen? Anspruch auf das Schloß zu erheben und auf alles, was dazugehört? Hierzubleiben und den Gutsherren zu spielen? Ein Typ wie er könnte dieser Versuchung nicht widerstehen."

„Rob weiß besser als ihr, was es für ihn bedeuten würde, wenn er die Last dieses Besitzes aufgebürdet bekäme", entgegnete ich heftig. „Ich weiß, daß er nicht hierbleiben will, und das gleiche gilt für mich. Wie oft soll ich euch das noch sagen? Diese Geschichte ändert die Sachlage, was uns betrifft, in keiner Weise."

„Bis auf die Tatsache, daß ihr einen schönen Batzen Geld für die Auswanderung haben würdet", sagte James. „Jedenfalls mehr, als dir der Streifen am Haus eintragen wird."

„*Wenn* er Anspruch darauf erheben und dem Anspruch stattgegeben würde."

„Willst du damit sagen, daß er es gar nicht versuchen wird?"

„Wie oft soll ich euch das noch sagen?" Ich streifte ihn mit einem verdrießlichen Blick. „Selbst wenn wir das Schloß haben wollten, oder das Geld, das uns ein eventueller Verkauf einbringen könnte: Könnt ihr euch vorstellen, daß wir mit einer solchen Forderung vor Gericht durchkämen? Es stünde gar nicht dafür, es auch nur zu versuchen."

„Dein Vater muß da anderer Meinung gewesen sein", wandte James hartnäckig ein. „Darum hat er sich geweigert, die Stiftung aufzulösen, als wir ihn darum ersuchten. Zu diesem Zeitpunkt muß er über Rob Granger bereits Bescheid gewußt haben."

„Ja."

Plötzlich kam volle Erleuchtung über mich. *Aber Bryanston habe ich es gesagt, daß sie und Rob heiraten sollen. Vielleicht weiß der Junge schon, daß er ein Ashley ist. Sag doch dem Jungen, wer er ist. Dieses Treugut ist nun allein seine Angelegenheit. Du kannst ihm vertrauen; er wird das Richtige tun. Ihr habe – alle beide – meinen Segen.*

Mit einem Ruck setzte ich mich auf und fuhr in ernstem Ton fort: „Und er wollte das Richtige tun, wie auch ich es will, und Rob die ganze Wahrheit sagen und alles ihm überlassen. Er muß es wissen, das ist alles, James. Alles weitere ist seine Sache, und ich habe euch schon gesagt, was er meiner Meinung nach tun wird; sich auf keine Spekulationen einlassen und fortgehen – wie auch ich es tun werde."

„Leslie Oker hat das Dokument gesehen", warf Emory ein, „und du kannst mir nicht weismachen, daß er einen so pikanten Leckerbissen für sich behalten wird."

„Er wird es tun, wenn ich ihn darum bitte. Und außerdem", fuhr ich ungeduldig fort, „was spielt es schon für eine Rolle, wer davon weiß, wenn wir keine Ansprüche erheben? Mr. Emerson wird Robs Anweisungen Folge leisten und, du lieber Himmel, könnt ihr euch denn überhaupt vorstellen, daß man in den siebziger Jahren des zwanzigsten Jahrhunderts eine solche Forderung erhebt? Mit romantischem Quatsch hat das nichts zu tun. Könnt ihr euch vorstellen, daß ein halbes Dutzend Anwälte sich den Kopf über eine Eintragung aus dem Kirchenregister aus dem Jahre 1837 heißreden, oder über die Frage, ob Beth Ashley telephatische Kräfte an ihre Familie vererbt hat?"

„Also schön", sagte Emory, „du kannst es dir nicht vorstellen. Aber ob es dir jetzt paßt oder nicht: Oker braucht nur einmal den Mund aufzumachen, und schon sind unsere Ansprüche auf den Besitz und unser Recht, ihn zu verkaufen, in Frage gestellt. Wir haben einfach nicht die Zeit, zuzusehen, wie die Herren Anwälte sich an diesem leckeren Schmaus gütlich tun und zehn glückliche Jahre damit verbringen, über das Für und Wider der telephatischen Kräfte der Ashleys zu diskutieren, während Pereira uns mittlerweile, ohne Zeit zu verlieren, auf Herausgabe von zwanzigtausend Pfund verklagt."

„Wir könnten das Dokument vernichten und Leslie Oker ein Schweigegeld zahlen", schlug James vor. Sie waren wieder so weit, daß sie über mich hinwegredeten. Ich glaube, daß ich noch eine Bemerkung machte, aber sie ignorierten mich.

„Selbst wenn er sich bestechen ließe", meinte Emory, „er hat wahrscheinlich schon geredet."

„Nun ja, aber ohne Beweise . . ."

„Eine Untersuchung, welcher Art auch immer, würde zu einer Verzögerung führen – die wir uns nicht leisten können."

„Das ist wahr“, stimmte James ihm zu.

„Zu dumm, nicht wahr?“ sagte Emory.

„Aber was sollen wir tun?“

„Es sollte nicht zu schwer sein“, antwortete Emory, „die Dinge ins Lot zu bringen.“

Müde und abgespannt wie ich war, begriff ich jetzt und wollte es doch nicht glauben, daß Rob recht gehabt hatte. Vettern oder nicht, diese Männer waren gefährlich – konnten mir gefährlich werden. Gewalttätige Männer, Männer von schnellen Entschlüssen, die sehr gut wußten, wie man aus Unfällen Gewinn zog.

Ich glaube nicht, daß ich mich bewegte, aber James, immer noch auf jener seltsamen telepathischen Wellenlänge, tat einen schnellen Schritt vorwärts und blieb zwischen mir und dem Telefon stehen. Ich hatte in keiner Weise erkennen lassen, daß ich es benutzen wollte. Ich schloß die Augen und suchte in meinen Gedanken nach Rob.

Doch mitten in das erste tastende Signal hinein hörte ich James hastig sagen: „Es stimmt, Emory, es ist wahr, sie kann mit ihm sprechen. Sieh sie dir an.“ Und dann plötzlich, von ungläubigem Abscheu erfüllt: „Emory! Nicht!“

Ich verspürte einen heftigen Schlag hinter dem Ohr, und alles um mich herum erlosch wie das Licht einer zerbrochenen Lampe.

Ashley, 1835

Seine Glieder waren steif und so schwer, als wären sie in Eisen geschlagen. Der Schmerz in seiner Brust barst wie ein Donnerschlag, ging durch seinen ganzen Körper und erstarb sodann zu einem langsamen, gnadenlosen Brennen. Er stöhnte, vernahm aber keinen Laut.

Er lag auf kaltem, nassem Gras. Er mußte, dachte er matt und benebelt, ohnmächtig geworden sein. Er entsann sich – dessen entsann er sich doch? –, aus dem Irrgarten gegangen zu sein; entsann sich auch der durchnäßten Gräser, der flimmernden Eiben, schwer von Glanz unter den verblassenden Sternen des Morgens.

Und dann hatten Schatten sich an der Mündung des Labyrinths geregt, ein rauhkehliges Flüstern, eine Hand, die hastig nach ihm griff; dann das schaurige Geräusch einer Vogelflinte, deren Hahn gespannt wurde . . .

Die Erinnerung verwehte, und mit ihr, zu schläfriger Wärme ermattend, erstarb der Schmerz. Sein Kopf fühlte sich so leicht und leer an, und er hatte die allerseltsamste Vorstellung, über seinem eigenen Körper zu schweben, hochgezogen zu werden, weg von dessen erkaltendem Gewicht, als sauge die Luft ihn fort, leicht wie ein Blatt. Dann verging auch das.

20. KAPITEL

> Die Stätt' ist Tod, bedenk nur, wer du bist.
> Wenn einer meiner Vettern dich hier findet.
> „*Romeo und Julia*", II/2

Ich hatte Kopfschmerzen, und es war dunkel. Anfangs dachte ich, ich bildete mir die Geräusche nur ein, doch als ich langsam durch die Kopfschmerzen hindurch in die kalte Nachtluft hinaustauchte, wurde mir bewußt, daß das Knarren und Plätschern und das Heulen des Windes Wirklichkeit war, so wie das Anschlagen von Holz auf Holz, das mich geweckt hatte.

Ich brauchte eine kleine Weile, um ganz zur Besinnung zu kommen und ausfindig zu machen, wo ich mich befand. Anfangs, während ich noch mühsam versuchte, mich zurechtzufinden, mein Bewußtsein wiederzuerlangen, dachte ich, ich wäre irgendwo im Freien. Ich lag auf etwas, was mir harter Boden zu sein schien, bedeckt von Zweigen, toten Blättern und Scherben. Böige Zugluft vermischte sich mit dem Geruch nach feuchter Erde, lebenden Gewächsen und faulendem Holz. Doch dann, ganz langsam, erstanden Wände und eine Art Dach aus der fast totalen Finsternis, und ich stellte fest, daß ich mich in einem geschlossenen Raum befand. In seinem Ausmaß entsprach er etwa dem Wohnzimmer meines Hauses, doch die Decke war so niedrig, knapp einen Meter über mir, daß ich mich kaum aufsetzen konnte, ohne mir den Kopf anzuschlagen. Und auch das konnte ich nur deshalb erkennen, weil die Wände, wenn auch solide gefügt, hier und dort einen Spalt oder ein Astloch aufwiesen, durch das graues, spärliches Licht einfiel.

Auf Händen und Knien rutschend, kroch ich an einen solchen Spalt heran, um hinauszuschauen.

Ich sah eine dichte, verwilderte Hecke, vor einem Stück stürmischen Himmels; mir näher das wirre Durcheinander von Kletterpflanzen, die wie Wellen hin und her wogten und gegen die Balustrade einer roh gezimmerten Treppe schlugen, die diagonal meine Sicht zerteilte. Um mich herum rauschten Bäume und Wasser, die Nacht war gespenstisch erhellt von einem hinter windgepeitschen Wolken halb verdeckten Mond.

Jetzt wußte ich, wo ich war. Das klappernde Geräusch kam von einem zerbrochenen Fensterladen, der aufgesprungen war und im Wind hin und her schwang, und die Treppe neben mir führte zur Veranda und zur Tür des Pavillons hinauf.

Sie führte nach oben und an mir vorbei. Ich befand mich unter dem Pavillon, im Raum unter dem Fußboden. Die Falltür, die zu diesem Raum Zutritt gewährte, war, wie ich noch halbbetäubt tastend feststellte, von außen fest verkeilt.

Ein Windstoß, Abfall und Kehricht mit sich reißend, prallte gegen das Bauwerk, und ein Luftzug fuhr durch den Spalt, vor dem ich kauerte, und peitschte mir das Haar in die Augen. Jetzt war ich ganz wach – und sah vor mir alles, was geschehen war, sauber aneinandergereiht wie die Posten einer Rechnung; und dazu alles, was noch geschehen mußte, wie ich es wohl in jenem kurzen Augenblick der Erleuchtung gesehen hatte, dem Emory so brutal ein Ende gesetzt hatte.

Mir waren dunkle Erinnerungen verblieben an rasche, scharfformulierte Weisungen Emorys an James und an dessen zurückgewiesene Proteste. Ich mußte von Zeit zu Zeit das Bewußtsein wiedererlangt und Bruchstücke der Auseinandersetzung aufgeschnappt haben. Ich wußte jetzt, warum James so krank ausgesehen hatte. Er war mir letzten Endes doch so zugetan, daß er nicht mit ansehen wollte, wie mir Gewalt angetan wurde.

„Ich sage dir, James, ihr kann nichts passieren.“ Das war Emory, der seine Ungeduld nur mehr schwer zu zügeln vermochte. „Ich bringe sie zum Pavillon und schließe sie ein. Dort ist sie über dem Wasserspiegel und lange genug außer Gefecht. Keiner kann sie hören, wenn sie schreit, und mittlerweile sind wir über alle Berge."

„Aber sie hat uns hier gesehen, und wenn, Gott behüte, Rob Granger etwas zustößt, erwartest du vielleicht, daß sie stumm bleibt? Dann sind unsere Alibis keinen Pfifferling wert."

„Na schön." Schnell und ganz ruhig. „Also muß sie weg. Einverstanden?"

„Nein! Bist du verrückt? Wir müssen uns etwas anderes ausdenken."

„Was zum Beispiel? Du mußt dich entscheiden. Man kann nicht alles haben."

Pause, und dann James bedächtig: „Ich denke doch. Ich möchte wetten, daß sie nichts sagen würde, was immer sie über einen vermeintlichen Unfall Robs zu wissen glaubt . . . Ja, gewiß, sie hat ihn geheiratet; der Quatsch, den sie uns da verzapft hat, glaubst du den vielleicht? Die Flitterwochen überdauert diese Ehe sowieso nicht . . . Ein Bauerntölpel wie der . . . Hör mal, Emory, ich meine es ernst. Sie hat nie ein Wort über den Tod ihres Vaters verloren, daß es einer von uns gewesen sein könnte . . . Und sie weiß es. Sie hat sich diesen Kugelschreiber unter den Nagel gerissen, den du verloren hast, ich bin da ganz sicher; aber sie hat nie ein Wort gesagt. Und ich wette, daß sie auch nie etwas sagen wird. So wie sie auch in bezug auf das Zeug, daß Cathy gestohlen hat, den Mund hielt."

„Na gut, aber Onkel Jons Tod war ein Unfall. Sie würde wissen, daß das keiner ist."

„Trotzdem . . ."

Das war es, woran ich mich mehr oder weniger deutlich erinnerte. Das Ergebnis ihrer Beratung war leider nur zu deutlich. Ob James am Ende Emorys Plan, mich aus dem Weg zu räumen, zugestimmt oder einfach seine Augen verschlossen und seine Hände in Unschuld gewaschen hatte, das wußte ich nicht. Aber ich hätte wetten mögen, daß es Emory gewesen war, der mich in den Irrgarten getragen, Emory, dessen Hand die Falltür verkeilt hatte.

Dennoch war ich weit davon entfernt, James von aller Schuld freizusprechen. Bis jetzt hatte er sich nur geringfügiger Schurkenstreiche schuldig gemacht, aber die Tatsache, daß ich mich in diesem Verschlag befand, bewies, daß er, wie schon immer, auch jetzt seinem Bruder an die Hand ging, was immer dieser vorhaben mochte. Und was das war, ließ sich unschwer erraten. Sie würden den beinahe schon fehlgeschlagenen Plan, den Streifen am Haus unter Wasser zu setzen, nun durchführen und zuzüglich einen Unfall in Szene setzen, der Rob eliminieren sollte. Was mich betraf, ich konnte nicht fliehen, und niemand würde mich hören, wie laut ich auch schrie. Die Zwillinge würden das Obere Wehr offenlassen, und der angeschwollene Fluß würde sich in den Burggraben ergießen. Sobald er dann über die Ufer trat und die Wälle barsten, würde er den Obstgarten und den Irrgarten überfluten – und ich würde sicherlich ertrinken. Zweifellos war die Falltür so geschickt verkeilt, daß es, wenn meine Leiche unter dem Pavillon hervorgeschwemmt wurde, so aussehen mußte, als ob die Gewalt der Flut einen Sparren oder einen Zweig dort angetrieben hätte. Und Rob? Sie würden ihm auflauern und ihn töten. Und am Morgen würde seine Leiche, von der Flut zerschmettert, dort gefunden werden, wo er offenbar unterwegs gewesen war, um mich zu retten. Wir beide, das von einem Unstern verfolgte Liebespaar, ertrunken in unserer Hochzeitsnacht – und das Brüderpaar, ein glaubhaftes Alibi in der Tasche, meilenweit vom Ort des Geschehens entfernt!

Noch war die Flut nicht da. Mein Gehör anstrengend, hörte ich das Plätschern und Rauschen des Überlaufs, der am Irrgarten entlangfloß: voll, aber noch nicht zu voll. Vielleicht kam mein Hilferuf noch zurecht. Emory mußte die Absicht gehabt haben, kräftiger zuzuschlagen und mich genügend lange auszuschalten. Vielleicht war James ihm im entscheidenden Moment in den Arm gefallen, oder vielleicht hatte Emory nicht mit dem eisigen, belebenden Luftzug gerechnet, der in dieser Falle hier herrschte.

Rob, Rob, Rob.

Ich nahm alle meine Kraft zusammen, um den Ruf auszusenden. Es fiel mir schwerer als je zuvor. Ich fühlte selbst, wie schwach die Gedankenströme waren, die durch Nacht und Sturm ihr Ziel erreichen sollten. Ohne mir darüber im klaren zu sein, was ich tat, wechselte ich das Signal und gebrauchte den alten Ruf, an den ich gewöhnt und der nun auch – Ironie des Schicksals – der richtige war.

Ashley, Ashley, Ashley . . .

Ja? Es war eine schwache, eine entsetzlich schwache Antwort, aber die Welle von Erleichterung, die mich überflutete, ließ mich erkennen, wie groß die Angst war, die ich um Rob hatte. Er lebte noch. Und nach der Unbeschwertheit zu urteilen, mit der er seine Antwort gab, nichts ahnend und unbehelligt.

Bryony? Nun nicht mehr unbeschwert. Er hat das Angstbild erhalten. *Was ist los? Was ist geschehen?* Ich lehnte mich an die Holzwand und wandte meine Blicke vom Garten ab. Ich starrte zu der sich senkenden Last der Finsternis, zum Boden des Pavillons hinauf, nur wenige Zentimeter über meinem Kopf.

Gefahr für dich. Mehr konnte ich nicht tun, als ihm diese Warnung zu senden – und ohne ihm gleichzeitig einen Hinweis auf meine eigene verzweifelte Lage zu geben. Aber gegen meinen Willen mußte etwas von meiner Angst durchgedrungen sein, denn seine Antwort war äußerst heftig, eine Detonation von Kraft, die die Gedankenströme durcheinanderbrachte und mich veranlaßte, einfache Botschaften zu senden, die ihn beruhigen sollten: *Nein. Nein. Mir geht es gut. Ich bin in Sicherheit . . .*

Ich war schweißnaß trotz der Kälte, zitterte am ganzen Körper. Ich verschloß mich seinen Fragen und blieb eine Weile stumm. Wenigstens hatte ich ihn gewarnt. Ich versuchte, das Bild des dunklen Käfigs, in dem ich mich befand, aus meinen Gedanken zu bannen und statt dessen ein Pastell des Pavillons entstehen zu lassen – wie er dastand im Mondlicht, das schillernd und kreisend durch den klappernden Fensterladen fiel und Licht und Schatten auf den großen Spiegel warf. Was immer geschah, er durfte nichts von der Gefahr ahnen, in der ich mich befand; er hätte sonst genau das getan, was meine Vettern erwarteten: Er wäre zu mir geeilt, vorbei an dem Ort, wo sie ihm auflauerten. Im voraus gewarnt heißt im voraus gewappnet, aber sie waren zu zweit und hatten den Vorteil der Überraschung und der Dunkelheit für sich.

Ich öffnete mich ihm wieder und begann nun mühevoll diese Bilder auszusenden: James und Emory, wie sie das Obere Wehr aufschlossen; der Fluß, der sich in den Burggraben ergoß, der Überlauf, der den Strom noch aufnahm, aber nicht ganz, und irgendwo der zerbrökkelnde Burggraben und die Wassermassen, die sich über ihn in den schon randvollen See ergossen. Die langsame Flut, die den Garten bespülte und den tiefer gelegenen Boden des Irrgartens zu erreichen drohte . . .

Das Bild des Unteren Wehrs mischte sich, einem Alarmzeichen gleich, unter die anderen. Er wußte besser als ich, was geschehen konnte, wenn das Gewicht einer zu großen Wassermenge gegen diese morschen Schleusen drückte; oder noch schlimmer, was geschehen würde, wenn jemand versuchen sollte, sie zu öffnen. Erleichtert kam seine Antwort zurück: *Du bist also im Pavillon?*

Er hatte meine Botschaft erhalten: Er dachte, ich hätte dort Zuflucht gesucht und befände mich weit oberhalb der vordringenden Wasser in Sicherheit. *Ja.* Ich gab es dringend zurück. *Ja, ich bin in Sicherheit, aber du, Ashley, Gefahr für dich. Gib acht, Liebster, gib acht.*

Ich wußte, daß er von mir das Bild der zwei dunklen Gestalten aufgefangen haben mußte, die irgendwo auf der Lauer lagen und auf ihn warteten. Eine kurze Antwort kam blitzartig aufleuchtend zurück, ein wenig verzerrt, wie ein gestörtes Signal, oder wie man Worte hervorstößt, wenn man atemlos ist: *Ich hab' verstanden. Ich bin schon unterwegs, wo du bist . . .*

Der Gedankenstrom schwand. Wenn er das Bild meiner Angst bekommen hatte, mußte er denken, daß ich sie nur um ihn empfand.

Und das war auch so, glaube ich. Wenn er sich, und vielleicht auch mich, retten sollte, durfte die Angst um mich ihn nicht beschweren.

Meine kleine Bryony, sei auf der Hut. Es kam aus der Nacht auf mich zu und schwand, wie vom Wind verweht. Ein sonderbarer Gedankenstrom, nicht mit der geübten Vertrautheit von Robs Botschaften, sondern wie aus der Nacht geboren und laut ausgesprochen.

Dann ein Geräusch, scharf und deutlich wie ein Schuß. Aus der Richtung des Überlaufs, nahe dem Eingang zum Irrgarten.

Sie konnten ihn nicht erschossen haben, das durfte nicht sein. Es sollte doch wie ein Unfall aussehen. War es möglich, daß ich in diesem Punkt falsch kalkuliert hatte?

Ein neues Geräusch brach in meine Gedanken ein und löste sie auf. Ein knackendes, ächzendes Geräusch, wie wenn eine große Tür bis zur Bruchgrenze belastet wird. Ein peitschender Windstoß übertönte das Geräusch, doch als er abflaute, kam es wieder.

Ashley?

Er war fort. So tot war die Verbindung, als ob die Leitung durchgebrannt wäre. Über einen aus Entsetzen geborenen Gedankenstrom sandte ich immer noch meinen Ruf nach ihm aus, als das Untere Wehr, alles Getöse der Sturmnacht übertönend, unter der Last von Wind und Wasser nachgab und die Flut kam.

Sie kam wie eine Gezeitenwelle, die die alten Mauern des Irrgartens durchbrach und, Sand und Erde mit sich reißend, mit dem ganzen Gewicht des Grabens auf den Pavillon aufprallte. Der alte Kasten ächzte und schüttelte sich, als würde er aus seiner Vertäuung im Gras gerissen und wie ein Schiff im nächsten Augenblick mit der Flut vor Anker treiben. Dann fand das Wasser seinen Weg ins Innere. Es folgte eine erstickende, lähmende Ewigkeit, in der eine Sekunde so lang dauerte wie eine Stunde, da das Wasser gegen die klaffenden Wände hämmerte und mit fürchterlicher Gewalt in Strahlen hereinschoß. Klatschend und platschend schoß das Wasser von allen Seiten herein, wurde zum reißenden Strudel und stieg schneller, als ein Becken sich unter dem Hahn füllt, bis es die Knöchel, die Schenkel, die Hüften, die Brust erreichte –

und mit der Flut hoben sich der Abfall und Moder von Jahren und wirbelten im Kreis herum, so daß ich die unmittelbare Gefahr des Ertrinkens weniger fürchtete als Verletzungen durch treibende Sparren und Bretter, in welchen rostige Nägel steckten, und durch die netzartigen Gebilde aus Zweigen, behaftet mit schleimigem Schlamm, Erdklumpen und scharfkantigen Gräsern. Ich stemmte mich, so fest ich konnte, gegen die Decke und hielt mir beide Hände vors Gesicht, um Mund und Nase vor dem wirbelnden Schmutz zu schützen. Wenn der Boden des Pavillons so fest war, wie er sich angefühlt hatte, konnte es sein, daß er mir ein paar Atemzüge Luft bewahren würde, bis das Wasser wieder fiel – was es in wenigen Minuten tun mußte –, um sich durch Irrgarten und Obstgarten zu ergießen und schließlich zu sinken . . .

Aber der Boden des Pavillons war nicht stabil. Während ich mich noch dagegen stemmte, hob er sich plötzlich, wie durch Zauberkraft, in die Luft. Es gab einen Krach, als sich ein Teil der Bretterverkleidung hochstellte und zur Seite fiel. Brusthoch in strömendem Flutwasser stehend, richtete ich mich auf, stieß mich hoch und war oben auf dem Fußboden des Pavillons.

Fast noch bevor ich oben war, hatte die Flut den Rand der Falle erreicht. Ich klappte die aufgebrochenen Bretter wieder zurück, faßte nach dem Fußende des Sofas und zerrte es quer durch den Raum, bis es mit einem Bein fest auf der Falltür stand. Dann stieg ich darauf und reckte mir den Hals aus, um durch den gebrochenen Fensterladen zu sehen.

Ich sah eine von Mondlicht übergossene Welt, von keinem Horizont begrenzt, einfach nur eine schillernde, schattenwerfende, weite Fläche von Wasser und Himmel, eins im anderen aufgegangen, mit Wolken und Wolkenschatten, die über den Mond und seine Schatten dahinjagten. Wie schwarze Riesen türmten sich Bäume himmelwärts oder warfen die Netze ihrer Zweige aus, um ihre ungestümen Spiegelbilder einzufangen. Es gab keinen Irrgarten, keinen Obstgarten, keine Eibenallee mehr zwischen mir und dem Schloß, nur noch dieses leuchtende Jenseits aus Mondlicht, aus Bäumen gleich Schatten, Schatten gleich Wolken.

Etwas trieb vorbei: ein Arm, eine starre Hand, krampfhaft in die Luft gereckt, eine sich langsam drehende dunkle Form. Noch während mir vor Entsetzen der Atem stockte, sah ich, was es in Wirklichkeit war: ein toter Ast, der sich an den Stufen des Pavillons verfangen hatte.

Ich schloß die Augen, preßte sie fest zusammen, doch auf der Innenseite der Lider, vor einem Hintergrund sprühenden Dunkels, hafteten immer noch jene Bilder des Todes. Von neuem öffnete ich die Augen und starrte krampfhaft auf das Chaos aus Leere und ersterbendem Sturm hinaus, um meinen Geliebten zu finden.

Vor mir lag, wie schon zuvor, die öde Fläche mondhellen Wassers, unterbrochen durch die schwarzen Formen von Bäumen und Büschen und, sekundenlang sichtbar, wo Wind und Wellen das treibende Geäst zur Seite schwemmten, die zerschmetterten Reste des unteren Wehrs, wo das Wasser aus dem Burggraben ins Tal geflossen war, um den schon überfluteten Garten noch weiter zu überfluten. Kein Licht war aus der Richtung zu sehen, in der das schwarze Gemäuer des Schlosses aufragte.

Ich streckte mich, um besser zu sehen. Und ich sah Rob.

Vornübergebeugt, der Gefahr scheinbar nicht achtend, mühte er sich mit dem Schleusenrad ab. Sprachlos, wie gelähmt, sah ich meine Vettern aus dem Dunkel auf ihn zukommen, aber es geschah weiter nichts, und erst dann merkte ich, daß da, wo er sich befand, der Grund trocken war, daß dort Weiden standen und riesenhafte Meerbeerengewächse, und ohne eine Spur von Zweifel oder auch nur Überraschung erkannte ich das Obere Wehr – das fast eine halbe Meile weit weg auf der anderen Seite des Schlosses lag.

Ob ich nun wirklich etwas sah oder – wie das mit Kindheitserinnerungen häufig so ist – seine Geschichte nur den schattenhaften und phantastischen Eindrücken eingefügt habe, die ich am Rand der Tragödie empfing, das weiß ich nicht. Jetzt aber will mir scheinen, als ob die eine, die ferne Szene, die andere, vor mir liegende, überlagert hätte – einmal heller, dann wieder verlöschend und schwindend, so wie ein auf Gaze gedrucktes Bild, oder wie ein alter, zweimal belichteter Film, aber so wirklich und greifbar wie der Fenstersims unter meiner Hand. Es war etwas, das ich nie zuvor und auch später nie wieder erlebt habe. Ich kann es nur so erklären, daß es in dieser Zeitspanne, da wir dem Tod nahe waren, mehr zwischen uns gab als nur eine Gedankenverbindung, nämlich – Identität. Ich sah mit seinen Augen, und gleichzeitig aber auch mit meinen eigenen.

In der Absicht, zum Oberen Wehr zurückzukehren, hatten die Zwillingsbrüder am Verschluß nichts geändert. Rob drehte daran, das Rad, auf Öllager gebettet, gehorchte ihm, und die schweren Schleusen hoben sich langsam, bis die Spurkränze unter einem letzten saugenden Gurgeln des Wassers zueinanderfanden und unter dem Druck des einströmenden Flusses einschnappten. Er prüfte, ob die Sperre hielt, zerrte das Rad von seiner Nabe, nahm die Lampe, die er an die Schleuse gelehnt hatte, um bei seiner Arbeit etwas zu sehen, und lief den Weg zurück, den er gekommen war.

Auf der Grabenseite war der Weg immer noch von der Nässe aufgeweicht, aber die große Masse des Wassers ergoß sich durch das gebrochene Schleusentor und durch die Lücken, die es in den südlichen Wall des Burggrabens gerissen hatte. Der Wasserspiegel sank rasch. Rutschend und patschend gelangte Rob ans Ende der Ostbrücke, wo er stehenblieb und das Schleusenrad zwischen die Wurzeln des nächsten Lindenbaums hinunterwarf. Dann löschte er seine Lampe und schlug nun etwas vorsichtiger den Weg ein, der zum Überlauf führte.

Hierher strömte immer noch Wasser, das sich durch den Grabenrand einen Weg gebahnt hatte. An manchen Stellen floß es mit erschreckender Gewalt und trug eine gefährliche Last von Zweigen, Geröll und Balken mit sich. Der Mond kam hinter einer Wolkenbank hervor und warf sein Licht auf die Schwäne, welche, die Flügel als Segel gebrauchend, die sechs Jungen auf den Rücken, mit gesträubten Federn und doch würdevoll vorbeipaddelten. Von irgendwo kam das ärgerliche Krächzen der Saatkrähen. Auf dem Gutshof bellte der Hund, aber auch dort war kein Licht zu sehen, und es schimmerte auch keines durch die Bäume des Pfarrhauses.

Mühsam arbeitete er sich vorwärts, auf den Irrgarten zu. Unter den Eiben war es stockdunkel, und er ging ganz vorsichtig, auf jede Bewegung achtend, die von einem Menschen herrühren könnte. Jenseits der Eiben und des zu einer Insel gewordenen Buschwerks bot sich der Irrgarten seinen Blicken nur als bewegte, vom Treibholz und dem Flechtwerk von Heckenwipfeln durchzogene Flut dar; aber der Pavillon stand unerschüttert da: das Wasser reichte nur bis an seine Türschwelle.

Tief atmend blieb er stehen und lehnte sich gegen eine Eibe. Die schwere Taschenlampe hielt er in der Hand, um sie gegebenenfalls als Keule gebrauchen zu können.

Bist du in Sicherheit, Liebste? fragte er mich.

Ich bin in Sicherheit.

In diesem Augenblick, deutlich hörbar trotz Sturm und Flut, kam wieder ein Krachen, ein Echo des ersten, und mit dem Krachen ein Schrei. Es kam vom Unteren Wehr.

Rob lief los. Das Wasser reichte ihm beinahe bis zur Hüfte. Stolpernd und rutschend kämpfte er sich durch die Büsche, bis er das Schleusentor sehen konnte. Hier, durch das zerstörte Tor, wälzte sich immer noch eine Sturmflut, doch die zu beiden Seiten anschließenden Ufer waren mit Steinen verstärkt und hatten keinen Schaden genommen.

Dann sah er James, der, sich mit einem angewinkelten Arm auf den Rest des zerstörten Schleusentores stützend, halb im Wasser neben der Schleuse kniete. In der anderen Hand hielt er eine Axt.

Ashley!

Ich stieß eine Warnung aus und sah Rob sekundenlang zögern. Ich konnte sie jetzt beide gut beobachten: James, das nasse Leder seiner Jacke glänzend wie die Haut einer Otter, die Axt zum Schlag erhoben; der nur mit der Taschenlampe bewaffnete Rob, der mühsam über die rutschigen Platten der Kaskade hinaufkrabbelte und um einen festen Stand auf den schleimigen Steinen kämpfte. Aber mein Vetter tat nichts, um ihn anzugreifen; er schien Robs Näherkommen gar nicht bemerkt zu haben. Er war über das unter der Schleuse verkeilte Treibholz gebückt. Sich immer noch mit der einen Hand festhaltend, beugte er sich vor und fing an, mit aller Kraft auf einen großen Sparren loszuhacken, der, quer über den Kanal liegend, einer Masse von Trümmern den Weg versperrte. Rob schrie etwas, steckte die Taschenlampe ein, lief an den Rand des Kanals und ließ sich auf die Knie fallen.

Er hatte gesehen, was unter dem Sparren steckte, und ich auch. Emory lebte. Kopf und Arme befanden sich außerhalb des reißenden Stromes, seine Hände versuchten vergeblich die groben Steine der Mauer zu fassen, aber die Schultern waren unter dem verkeilten Sparren, und der ganze Körper unsichtbar in der brausenden Flut, unter einem verschlungenen Netz aus Zweigen und Schlingpflanzen festgehalten.

Rob warf sich auf den Bauch und langte nach unten, um Emory am Handgelenk zu packen.

James, mit dem Rücken zu ihm, hatte ihn anscheinend weder gesehen noch schreien gehört. Als Rob nun nach Emory langte, warf der Bruder einen Blick über die Schulter, ließ den Sparren sein, drehte sich und sprang, die Axt in der Hand, auf die Beine.

Weder Rob noch ich wurden uns je darüber klar, was James im Sinne gehabt hatte. Er brüllte etwas und riß die Axt hoch. Doch dann rutschte auf dem schleimigen Holz sein Fuß unter ihm weg. Er verlor das Gleichgewicht und fiel schwer über den Sparren. Die Axt entglitt seiner Hand. Quer über seinen Bruder liegend, krabbelte er noch ein paar Sekunden wild herum, dann schwemmte ihn das Wasser an den Stämmen der überfluteten Bäume vorbei in die Nacht hinaus. Im gleichen Augenblick, und zweifellos die Folge von James' „Fall", brach der Sparren krachend auseinander, die Stücke schwangen in die Strömung, wirbelten herum, lösten sich und wurden fortgerissen. Die nach Halt suchenden Hände flatterten verzweifelt, entglitten Robs Griff, und plötzlich lag Rob allein auf dem Wehr. Zu seinen Füßen flutete tosender Strom, und der Mond stand hoch und weiß am Himmel und erhellte die Weite der Wasserfläche über einem einst blühenden Garten.

Ashley, 1835

Er bewegte eine Hand. Sie berührte die vertrauten, weichen Falten einer Bettdecke. Er lag, warm und nackt, in seinem Bett im Pavillon. Immer noch fühlten seine Glieder sich so schwer an, aber es war der Nachschmerz der Liebe. Das Linnen unter seiner Wange war naß von einem vergessenen Leid.

Linnen? Es war Seide und roch nach Lavendel. Er schlug die Augen auf. Ihr Haar, weich und seidig und lebendig, lag unter seinem Kopf wallend über das Kissen gebreitet. Als er sich aufrichtete, plötzlich so leicht und hellwach, lächelte sie zu ihm empor.

„Was ist, mein Herz? Was beschwert dich?“

Er ließ eine Locke ihres Haars durch seine Finger gleiten. „Ich hatte so einen bösen Traum, Nell. Mir träumte, ich sei tot, läge dort draußen im Gras, und mein Geist kam zurückgeschwebt, um nach dir zu suchen – wie man eben sagt, daß Geister zu allem zurückschweben, was sie an die Erde bindet. Doch du warst fort, und ich konnte nicht mehr tun, als hier warten, einsam, während die Jahre vergingen und so leer waren; nur die anderen Geister kamen und gingen. Und während ich hier wartete, Ausschau hielt nach dir, wuchsen die Bäume, und die Wege verwirrten sich, als hätte dieser Ort immer noch seine Tore vor dir geschlossen; und so dachte ich, du würdest nie wieder den Weg zu mir finden.“

„Aber ich bin gekommen.“

Sein Kopf senkte sich zu dem ihren. Seine Tränen trockneten an ihrer Wange. „Du bist gekommen. Und sie können uns jetzt nie mehr trennen. Nie mehr, Nell. Dies gehört nun auf ewig uns, mein Herz. Denn die Liebe ist die Wahrheit, der Tod war ein Traum.“

21. KAPITEL

Julia: Der Tag ist ja noch fern.
Es war die Nachtigall und nicht die Lerche . . .
Romeo: Die Lerche war's, die Tagverkünderin,
Und nicht die Nachtigall.

„*Romeo und Julia*", III/5

Das glaube ich gesehen zu haben, und gleich darauf war von alldem nichts weiter übrig als der glitzernde Schimmer von Wasser und darüber der Mond und eine Wolkenbank, die von einem ersterbenden Wind gejagt wurde. Noch rauschten die Bäume. Noch floß das Wasser am Pavillon vorbei. Es hatte die Stufen überflutet, kroch unter der Tür herein und schlängelte sich in Rinnsalen über den Holzboden. Bächlein kam zu Bächlein, Lache zu Lache. Doch noch bevor die schillernde Haut eins geworden war und den Boden bedeckt hatte, schien die Kraft des Wassers gebrochen. Unbewegt lag der seichte See zwischen Schwelle und Mitte des Bodens. Es war die letzte Welle einer Flut, die den Garten überschwemmt und den Pavillon wie ein gestrandetes Schiff auf eine Insel gesetzt hatte.

Was mich wieder zur Besinnung brachte, das war das zwar ferne, aber unverkennbare Geräusch des angelassenen Motors von Emorys Wagen. Ich richtete mich empor, drehte den Kopf zur Seite und versuchte zu erraten, woher das Geräusch kam. Ja, es war sein Wagen, der, wie mir schien, nahe der Straße am Bogen des Weges vor dem Kirchentor geparkt stand. Ich hörte, wie der Fahrer – sicherlich James – den Motor zweimal aufheulen ließ, dann erreichte der Wagen die Straße, und der Motorenlärm erstarb in westlicher Richtung. Meine Vettern – vermutlich waren es beide, denn keiner hätte ohne den anderen den Ort verlassen – waren fort. Laß sie ziehen, laß sie ziehen. An eine Abrechnung zu denken war auch morgen noch Zeit.

Es folgt eine Lücke. Ich versuchte Rob zu erreichen, aber Schock und Erschöpfung oder die Kälte mußten mich so betäubt haben, daß ich einfach auf dem Sofa sitzenblieb und auf ihn wartete. Es kam mir gar nicht in den Sinn, daß er früher nie den Weg in den Irrgarten gefunden hatte und daß ich nun hier in der Mitte saß – unerreichbar wie Dornröschen.

Vermutlich wäre es mir möglich gewesen, ihn zu führen, hätte ich alle meine fünf Sinne beisammen gehabt. Links . . . dann rechts . . . geradeaus . . . rechts und wieder links . . . geradeaus . . . Kehrtwendung scharf links . . . das gleich noch mal . . . jetzt das erste Tor zu deiner Linken . . .

Aber ich tat es nicht, und er bat mich auch nicht um Hilfe. Ich fühlte eine Liebkosung aus dem Dunkel auf mich zukommen und wußte, daß er selbst meine Erschöpfung verspürte. Ganz schwach, ganz schwach erhielt ich seine Botschaft: *Halt die Ohren steif, Liebste, ich bin schon fast bei dir.* Ich wußte nicht, wie er es schaffte. Er war auf dem Weg zu mir. Ich dachte an nichts anderes. Ich wartete.

Entweder hatte er James' Axt gefunden, oder er war im Hof oben gewesen, um eine andere zu holen. Ich hörte das beständige Hacken und das Klatschen des Wassers, als er sich durch den Irrgarten auf den Pavillon zukämpfte. Langsam, aber stetig bahnte er sich seinen Weg. Die zu hoch gewachsenen und auf Grund mangelnder Pflege zum Teil schütteren Hecken hatten durch die Flut und das Treibholz zusätzlich Schaden genommen. Ich hörte die alten Stämme splittern. Die Eiben, die ein längst begrabener Ashley gepflanzt hatte und die zweihundert Jahre oder noch mehr gebraucht hatten, um ihren heutigen Umfang zu erreichen und zu kopfhohen Mauern zu werden – Rob zerteilte sie geradenwegs, um zu mir zu gelangen.

Rob Ashley. Keiner hatte mehr Anrecht darauf als er.

Das Hacken hörte auf. Ich hörte es aufspritzen, als er die letzte Hecke durchbrach. Dann watete er über das Wasser der Lichtung und lief die Stufen zur Tür hinauf.

Liebste?

Hier. Das Südfenster, Rob.

Der Laden knallte zurück und sein Schatten verdeckte das Mondlicht im Fenster. Es war nicht James' Axt, die er in der Hand hielt, es war eine schwere Försteraxt aus dem Gutshof; er hatte sogar daran gedacht, eine trockene Decke mitzubringen, die er wie einen Burnus um Kopf und Schultern gewickelt hatte. Er kletterte durch die Öffnung und landete polternd und patschend auf dem nassen Boden. Dann war er neben mir auf dem Bett, hielt mich fest und küßte mich, und ich küßte ihn, und irgendwann kam der Moment, da wir unserer nassen Kleider ledig und zusammen unter der warmen Decke lagen. Die Spannungen und Schrecken der Nacht schwollen an und entluden sich in einem stürmischen Ausbruch von Leidenschaft und Liebe, und gleich zwei wilden Geschöpfen, die sich im Walde paaren, ohne Vorbehalte, ohne zu überlegen, nahmen wir einander, um dann, still und engumschlungen, zusammen zu liegen. Draußen, das schwöre ich, begann die Nachtigall ihr Lied.

Wenn mir heute einer weismachen wollte, ich könnte so, in der stumpfen Feuchtigkeit des von Wasser umschlossenen Pavillons, schlafen, ich würde es nicht glauben. Und doch schlief ich, eingehüllt in Liebe und Erschöpfung und unendliche Glückseligkeit, und auch Rob schlief. Zusammen lagen wir unter der Decke und rührten uns nicht, bis die Morgensonne das Fenster erreichte und einen so blendenden Glanz vom Wasser draußen auf den Deckenspiegel warf, daß das Licht an unsere Augenlider pochte und uns weckte.

„Sie singt immer noch", sagte ich schlaftrunken.

„Wer singt?"

„Die Nachtigall. Ich sagte dir doch . . ."

„Das ist eine Lerche."

„So? Auch gut."

Jetzt erwachte ich vollends – unterm lodernden Feuer der Sonnenstrahlen, dem Lied der Morgenvögel und der Wärme von Robs Körper neben dem meinen. Er lag halb auf dem Rücken, die Augen weit offen und wachsam, jeder einzelne Muskel jedoch entspannt.

„Bist du schon lang wach?"

„Eher nein, scheint mir. Ich bin zur gewohnten Zeit aufgewacht. Das tu' ich immer, selbst an Feiertagen. So allerdings bin ich noch nie aufgewacht." Sein Arm spannte sich, und ich ließ meine Wange tiefer in die Mulden seiner Schulter gleiten. „Bryony . . ."

„Hm?"

„Zu welchem Zweck ist der Spiegel an der Decke?"

Ich lachte. „Darauf habe ich ganz vergessen. Angeblich hat ihn irgendein Hohlkopf – man schiebt es gern deinem Vorfahren, dem bösen Nick, in die Schuhe – da oben angebracht, um sich betrachten zu können, wenn er mit seinen Liebchen im Bett war. Dem Himmel sei Dank, daß es heute nacht dunkel war, stell dir vor, wie schockierend es sein muß, wenn man sich da plötzlich so sieht . . ."

„Das meine ich ja gerade. Man kann sich gar nicht sehen."

„O doch", entgegnete ich. „So eingemummelt, wie wir daliegen, muß es besonders aufregend wirken . . ."

„Schon möglich. Aber dann steht das Sofa nicht dort, wo es stehen sollte. Wo es stehen müßte, das siehst du an der Leiste da drüben an der Wand. Der Neigung des Spiegels entsprechend, würdest du vom Bett aus nur einen Teil des Fußbodens sehen." Er legte den Kopf zurück, um sich zu vergewissern. „Meinst du, soll das so sein? Oder haben die Halterungen auf einer Seite nachgegeben? Wenn das so ist, dann sollten wir vielleicht schnellstens ein Stück weiterrücken."

„Der Spiegel hat schon immer so gehangen", versicherte ich ihm. „Also hat man den armen Nick in bezug auf den Spiegel arg verleumdet, wie auch in anderer Beziehung. Ellen Makepeace, zum Beispiel."

Er mißverstand mich. „Oh, die Sache mit ihr hatte schon seine Richtigkeit. Es ist doch lustig, wenn man bedenkt, daß alles hier angefangen hat – sie und er und der Garten im Mondlicht und vielleicht sogar deine Nachtigall ... *Wenn* er sie wirklich liebte."

„Oh, das tat er. Er hat sie sehr geliebt."

Ich hörte das Lächeln in seiner Stimme. „Könnte es nicht sein, daß du befangen bist?"

„Vielleicht bin ich das. Aber er liebte sie. Das weiß ich ganz bestimmt."

Mehr sagte ich nicht. Ich würde noch Zeit genug haben, um ihm zu erzählen, was ich über Nick und Ellen Ashley herausgefunden und was sich heute nacht in meinem Haus abgespielt hatte. Zeit genug, um ihm zu berichten, daß ich der Falle unter ebendiesem Fußboden nur mit knapper Not entronnen war. Zeit, um herauszufinden, was mit meinen Vettern geschehen war und wohin sie sich geflüchtet hatten. Zeit für all die Dinge, die die unmittelbare Zukunft bringen mußte, und danach für die wahre Zukunft, die Robs und meine. Für den Augenblick aber laß es genug sein. Laß uns, solange es geht, die Inselwelt unserer Freude bewahren.

„Wieviel Uhr ist es, Rob?"

„Ich weiß es nicht. Ich habe vergessen, meine Uhr aufzuziehen. Ich weiß selbst nicht, wieso. Aber nicht viel später als halb sechs, würde ich sagen."

Ich stieß einen kleinen Seufzer aus und ließ mich wieder zurückfallen. „Dann bleibt uns ja noch eine Menge Zeit, bis jemand sich hierher verirrt, das Wasser sieht und Nachschau nach uns hält. „Was hast du, Liebster?" fragte ich, als Rob sich aufsetzte und sich anschickte, sich von mir und der Decke zu befreien. Ohne ihn war mir kalt. „Wohin gehst du?"

„Nach nirgendwo. Ich möchte nur das Sofa an seinen richtigen Platz rücken."

„Ich sagte dir doch, der Spiegel fällt nicht herunter."

„Das will ich hoffen", antwortete er, packte das Bett und schob es mit einem gewaltigen Ruck an die Wand. „Aber ich möchte doch auf Nummer Sicher gehen."

„Warum denn?"

„Deshalb", sagte er, stieg aufs Bett und zog abermals die Decke über uns beide.

Als ich erwachte, war Rob nicht neben mir, doch als ich mich umdrehte, sah ich ihn vollständig angekleidet neben dem Fußende des Sofas auf dem Boden knien.

Die Sonne stand nun wesentlich höher, und das Licht des Spiegels fiel, gleich einem Scheinwerfer oder einem Brennglas, auf die Dielen zwischen Fenster und Fußende des Bettes, wo sich die Falltür befand. Wo in der Nacht noch das Wasser gestanden hatte, war jetzt nur noch ein unregelmäßiger feuchter Fleck zu sehen, der in der Wärme zu trocknen begann. Die Flut hatte den Staub von Jahren von diesem Teil des Fußbodens gewaschen, und nun konnte man in den sauberen Dielen ganz deutlich die Ränder der Falltür erkennen und, an einem dieser Ränder, etwas, das einem Astloch ähnlich sah. Da hinein hatte Rob einen Finger gesteckt. Während ich mich aufsetzte, um ihm zuzusehen, zog er an, und die Falltür löste sich aus ihrem Rahmen. Er trug sie zur Wand und lehnte sie dagegen. Dann kniete er sich abermals an die Öffnung im Boden und spähte hinab.

Ich öffnete den Mund, um ihm von meinem nächtlichen Abenteuer zu erzählen, doch der Ausdruck auf seinem Gesicht hielt mich davon ab. Das Licht, von dem unten befindlichen Wasser reflektiert, beleuchtete ihn und ließ erkennen, daß er die Augen zusammenkniff, um sie vor dem blendenden Schein zu schützen, und intensiv auf etwas hinabstarrte. Ohne aufzublicken, winkte er mich heran und deutete mit dem Kopf nach unten. „Sieh doch mal, Bryony."

Seine Stimme verhieß eine Entdeckung und verriet eine Art ehrfürchtiger Scheu. Ich verschluckte, was ich hatte sagen wollen, und drehte mich statt dessen auf dem Sofa herum, bis ich bäuchlings liegend über das Fußende in mein Gefängnis hinunterblicken konnte.

Die Gewalt der Flut hatte den Raum durchgeschwemmt, Schutt, Abfälle und Erde an den Wänden und Pfeilern abgelagert, die Mitte aber leergefegt. Immer noch bedeckte Wasser den Boden, eine wenige Zoll hohe Glasdecke, von oben durch den Spiegel hell beleuchtet.

Das reflektierte Sonnenlicht beleuchtete ein Bild, besser gesagt den Teil eines größeren Bildes: den Kopf eines fauchenden Leoparden, eine Pranke erhoben, die Krallen ausgestreckt, bereit zuzupacken. Die großen leuchtenden Augen waren aus einem glänzenden muschelartigen Stein verfertigt, der das Licht auffing und wieder zurückwarf; die Zähne schimmerten weiß und scharf, das gelbe Fell mit den schwarzen Flecken, reingewaschen von der brausenden Flut, strahlte so hell wie an dem Tag, da das Mosaik als Fußboden für das Haus eines Römers gelegt worden war. Schweigend bewunderten wir es einige Zeit. Ein Luftzug kräuselte das Wasser, die erhobene Pranke bewegte sich. Die Augen funkelten, das gelbe Fell sträubte sich; ein junger Leopard voll Lebens, so wie vor ungezählten Jahrhunderten, als ein Römer diesen stillen Winkel zwischen Fluß und Berg in Besitz nahm und seine Handwerker aus Italien kommen ließ, um dieses Kunstwerk zu schaffen.

„Das ist ein Mosaik, nicht wahr?“ fragte Rob. „Es sieht aus wie der Teil eines Fußbodens; eines großen sogar. Es muß ziemlich alt sein, wenn es hier unter dem Irrgarten verschüttet gelegen hat.“

„Ich möchte es nicht mit Bestimmtheit sagen, aber ich würde meinen, daß es aus römischer Zeit stammt.“

„Aus römischer Zeit? So alt sollte es sein?“

„Ich glaube, ja. Vor langer Zeit waren die Römer hier, und nicht weit von uns entfernt stand ein Ziegelofen.“

„Ja, das weiß ich. Bei Tilers Hatch, wo die Gruben sind, die man unter Wasser gesetzt hat. Meinst du, das hier ist nicht alles?“

„Ich wäre nicht überrascht. Als William Ashley hier das Land rodete, um seinen Pavillon zu bauen, fand er es vielleicht und ...“

„Es ist die Katze – die Katze auf dem Gehsteig“, zitierte Rob leise.

Mit einem Ruck setzte ich mich auf. Ich fühlte, wie meine Augen sich weiteten, als nun auch das letzte Puzzle-Teilchen seinen Platz gefunden hatte. „Aber natürlich, aber natürlich!“ Ich blickte auf die Wand über dem Kopfende des Sofas, wo die Wildkatze in der Mitte des Gipslabyrinths zum Sprung ansetzte. „Das stimmt doch ganz genau. Der alte Helmschmuck war der Leopard, doch mit den Jahren vergaßen die Leute, warum. Dann lieh sich der arme – kindische oder schwachsinnige – verliebte William Julias Wildkatze und ihr Motto und zeichnete, als er das hier fand, das Labyrinth rundherum – als Wappenschild. Aber wie, glaubst du, kam mein Vater auf das Mosaik?“

„Nun, du sagtest doch, er hätte die Bücher gelesen. Es war alles in den Gedichten zu finden, nicht wahr? Wenn du dir früh genug Zeit dafür genommen hättest, wärest du selbst draufgekommen. Das Gedicht ‚Welcher Palast ist das nun?‘ Erinnerst du dich?“

„Natürlich“, antwortete ich. Ich holte tief Atem. Er hatte recht, es wäre alles zu finden gewesen, die kleinen Verse, für jeden, der Bescheid wußte, geschickt in Rätselform gebracht: Die gefleckte Wildkatze, der Leopard aus der Sonne, sogar das Glas, in dem sich eine weitere Flut spiegelte: „ ‚Doch wo die milden Fluten kräuselnd sich erregen, Seht! Des Dionysos Geschöpf liegt uns zu Füßen.‘ “ Ich legte mich wieder nieder und blickte auf das Mosaik hinab. „Von Bacchus und seinen untergeordneten Gottheiten ist nichts zu sehen. Vielleicht hat man sie wieder zugedeckt und nur die Katze übriggelassen. Kein Wunder, daß man bei der Landvermessung hier nie einen römischen Bauplatz feststellen konnte. Was wollen wir wetten, daß wir auch noch die Reste der Villa finden, wenn wir den Irrgarten abholzen?“

„Damit habe ich heute nacht eigentlich schon begonnen. Ich machte mir keine großen Gedanken dabei, ich wollte ja nur zu dir. Ich bezweifle allerdings, ob der Irrgarten wieder in Ordnung gebracht werden könnte, selbst wenn du es wolltest.“ Bedächtig fügte er hinzu: „Ich kann mir nicht vorstellen, daß du großen Wert darauf legen würdest?“

„Eigentlich nein.“ Ich wußte, was er dachte; daß dieses Mosaik Ashley – den Teil Ashleys, den ich so sehr liebte – vor den Bulldozern der Baugesellschaft retten und es sich für jemanden lohnen könnte, den Irrgarten abzuholzen und der Öffentlichkeit diesen prachtvollen Fund zugänglich zu machen. Es gab wissenschaftliche Gesellschaften und Stiftungen und großherzige Persönlichkeiten, mit deren finanzieller Unterstützung die lokale archäologische Gesellschaft Ausgrabungen vornehmen lassen und das, was wir gefunden hatten, bewahren würde. Was immer die Zukunft bringen mochte, eines war gewiß: Es würde keinem Bodenspekulanten gestattet sein, mit diesem Teil Ashleys zu schachern. Wieder beugte ich mich über die Öffnung im Boden. Der Leopard spannte seine Krallen, und seine Augen leuchteten. Ganz gewiß war ich ihm zu nahe gewesen heute nacht, in seiner Höhle. Es war nicht schwer, mir vorzustellen, daß die Kratzspuren an meinem Körper nicht nur vom Treibgut des Sturmes, sondern auch von diesen scharfen Krallen herrührten. „Fasse mich an, wer es wagt." Diese Katze hatte schon hier gelauert, bevor die Ashleys gekommen waren, und sie würde sie überleben.

Rob rappelte sich hoch und zog mich mitsamt der Decke in seine Arme. „Es ist Zeit, daß wir uns hier dünne machen, fürchte ich", sagte er. „Und Zeit, daß du dich anziehst. Du wirst dich erkälten. Hier hast du deine Kleider, die sind jetzt trocken." Während ich ihm gehorchte, holte er die Falltür von der Wand und fing an, sie sorgfältig wieder in den Fußboden einzupassen. „Na, und was machen wir jetzt damit? Den Mund halten, wie William?" Ich lachte und knotete den Gürtel um meinen Morgenrock. Weder dieser noch das hübsche Nachthemd aus Funchal würden je wieder werden, was sie gewesen waren. „Der alte Pfennigfuchser scheint keiner Menschenseele je etwas davon erzählt zu haben. Nicht einmal Nick. Er hat es immer für sich behalten und nur in seinen kleinen Gedichten Hinweise versteckt. Kein Wunder, daß er einen Herzanfall erlitt, als er hörte, daß Nick den Pavillon als Liebesnetz benützte."

„Und dann schob man Nick auch noch den Spiegel in die Schuhe. Na ja . . ."

Die Falltür lag wieder bodengleich. Er richtete sich auf. „Das wär's. Und jetzt kann der Tag beginnen. Es wird kein guter Tag werden, soviel ist sicher, aber wenigstens können wir ihm gemeinsam entgegentreten, und das Rätsel ist nun fast gelöst."

„Fast?"

„Ich meine, daß wir so ziemlich alles herausgefunden haben, was dein Vater uns mitzuteilen versuchte. Alles bis auf das letzte Stückchen."

„Ich kenne auch das schon", sagte ich.

„Und zwar?"

Ich schüttelte den Kopf. „Nicht jetzt. Ich erzähle dir alles später. Nach dem Frühstück."

„Frühstück!" Er reckte sich genüßlich und schenkte mir sein breites, warmes Lächeln. „Richtig! Das kommt zuerst. Deine Küche wird unter Wasser stehen, aber es könnte sein, daß wir in meiner Speck und Eier finden."

Wir gingen die Stufen des Pavillons hinunter. Jetzt konnten wir sehen, wie sehr das Wasser schon gesunken war; ein Stück weiter unten, auf der Lichtung, war es kaum mehr als sieben oder acht Zoll tief. An diesem windstillen Morgen lag es unbeweglich wie Glas, und darunter, gleich einem in Kristall gefaßten Garten, standen Gras und Blumen aufrecht, vom klaren Wasser so vollkommen gestützt, als ob es Luft wäre. Innerhalb dieses sanften Spiegels stand der Rasen grün und federnd, und darüber schwebten die Butterblumen, der Sonne aufgetan, jedes Blütenblatt das Gewicht des Wassers tragend und von ihm getragen werdend. Eine Unmenge wilder Stiefmütterchen zeigten ihre violetten Gesichter, gleich Unterwassergeschöpfen, die zum Licht emporblickten. Selbst der blasse Ehrenpreis hatte seine gebrechliche Vollkommenheit bewahrt – nicht ein Blatt war zerrissen. Regungslos, wächsern und elfenbeinfarben standen die Maiglöckchen, gleich den Blumen in einem Briefbeschwerer. Die kleine Rotfeder, aus dem Burggraben entwischt, huschte mit flimmernden roten Flossen zwischen den Maßliebchen hindurch.

Uns an den Händen haltend, gingen wir die Holzstufen hinunter und betraten den herrlichen seichten Glasteppich des Irrgartens. Ich führte Rob durch und dann an den Trümmern des Unteren Wehrs vorbei, das von der Unbesonnenheit der Männer Zeugnis ablegte, die sich auf sträfliche Weise daran vergriffen hatten.

Überall lagen Schutt und Trümmer, doch das Wasser im Burggraben war wieder hinter die Welle zurückgetreten, und munter, von ihrer grauen Flottille begleitet, schwammen die Schwäne im See. Das alte Haus besah sich träumend sein Spiegelbild, und nur eine Pegelmarke an der Mauer ließ erkennen, wie hoch das Wasser in der Nacht gestiegen war. Auf der schlammigen Auffahrt, unter den Lindenbäumen, war ein rostig aussehender Volkswagen geparkt. Und auf der Hauptbrücke, verwirrt um sich blickend, stand mein Vetter Francis.

Der andere Ashley. Blondes Haar, graue Augen, eine anmutige Gestalt und die gleichen feingeschwungenen Lippen, wie sie auch mein Vetter hatte. Mein ritterlicher Vetter, der Poet. Mit einem nachdenklichen Ausdruck, der nur eine Spur von Bestürzung verriet, betrachtete er den zerstörten Garten, den Schlamm auf der Brücke und die mit Wasser vollgesogene Allee.

Er blickte auf und sah uns näher kommen. Mag sein, daß ihm Robs zerknitterte Kleider auffielen oder mein Nachthemd und der beschmutzte, immer noch nasse Morgenrock, oder meine bloßen Füße, aber er ließ sich nichts anmerken.

„Bryony!“ rief er, und sein Gesicht hellte sich auf. „Rob, wie schön, dich zu sehen! Was in aller Welt war hier los? Das muß ja ein toller Sturm gewesen sein, daß er eine solche Verwüstung hinterlassen hat. Ich hätte gedacht, das Obere Wehr würde einem Wolkenbruch standhalten.“

„Würde es auch haben, wenn man nicht daran herumhantiert hätte“, antwortete Rob nüchtern. Und fügte hinzu, als meines Vetters Augen sich weiteten: „Ach, der Verdruß ist größer, als du denkst, Francis. Wir haben dir viel zu erzählen, und es ist nichts Schönes, aber ich fürchte, es kann nicht warten.“ Mein Vetter ließ seinen Blick von einem zum anderen schweifen und schien zum erstenmal von unserem ungewöhnlichen Aussehen Notiz zu nehmen. „Na schön. Dann erzählt mir.“

Rob warf mir einen Blick zu und nickte. „Es ist deine Geschichte, Liebste. Los, erzähle.“

So erzählte ich alles, wie es auf jener steilen bayrischen Straße begonnen hatte, und ließ nur die Dinge weg, die allein Rob und mich betrafen. Ich sagte auch nichts von

Williams Brookes Geheimnis, das ich Rob berichten mußte, wenn wir allein waren. Als ich zu der Szene zwischen mir und Emory und James kam, die sich in der vergangenen Nacht in meinem Haus abgespielt hatte, zögerte ich. Ich wußte nicht, wie ich Leslie Okers Anruf verschweigen und gleichzeitig eine Erklärung für Emorys plötzlichen mörderischen Entschluß geben sollte. Aber ich hätte mir die Sorgen ersparen können. Robs zunehmender Zorn über die Szene, die ich schilderte, machte ihn blind gegen alles, außer seiner eigenen Wut. Ich weiß auch heute noch nicht, ob sein Wutausbruch über Emorys Angriff auf mich in Worten erfolgte, oder ob er mit der Gewalt einer panzerbrechenden Granate unmittelbar aus seinem Kopf in meinen übersprang. Als er schließlich seine Fassung wiederfand, war ich über den heiklen Teil hinweg und konnte weitererzählen.

Als ich mit meinem Bericht zu Ende war, herrschte Stille. Rob setzte sich neben mich auf die Brückenmauer, legte seinen Arm um mich und zog mich an sich. Ich konnte die verebbende Stoßwelle seines Zorns fühlen. Darüber hinaus spürte ich, wie sein Arm zitterte.

Die Sonne war jetzt richtig warm, und das Licht glitt funkelnd über das unter uns dahinfließende Wasser. Halb schloß ich meine Augen und lehnte mich in Robs Arm zurück. Francis hatte uns den Rücken gekehrt. Im Verlauf meiner Erzählung hatte er sich abgewendet und ein paar Schritte über die Brücke getan. Nun stand er an der anderen Brückenmauer und blickte zum Wasser hinab. Wir hatten Glück, dachte ich, daß der erste Herold der Alltagswelt, wenn man ihn so bezeichnen wollte, der Mann war, der ihre Last mit uns teilen konnte. Ich wußte, daß Rob, auf der gleichen Gedankenspur wie ich, Überlegungen anstellte, wie wir mit dieser Welt handelseins werden und wie sich das nächtliche Geschehen auswirken würde – nicht nur auf Ashley und meine Familie, sondern auch auf unsere eigene Zukunft.

Einiges ließ sich voraussehen. Selbst wenn Emory genesen sollte – was nach Robs Bericht über die Verletzungen, die er erlitten haben mußte, ziemlich unwahrscheinlich war –, die Zwillinge würden nie wieder nach

Ashley zurückkehren, sei es um einen Anspruch zu erheben oder gegen einen solchen anzukämpfen. Solange Rob Ansprüche geltend machen konnte, war das Land unverkäuflich und daher für sie uninteressant. Durch ihr Vorgehen in der vergangenen Nacht war ihnen jede Möglichkeit, Rob oder mich unter Druck zu setzen, genommen; sobald Mr. Emerson und die Polizei die ganze Geschichte kannten, mußten Emory und James alles daransetzen, uns vom Leibe zu bleiben. Um ganz sicherzugehen, entschloß ich mich, die Geschichte der letzten Tage Faktum für Faktum niederzuschreiben und zusammen mit Fotokopien aller sachdienlichen Dokumente aufzubewahren, um uns eine friedliche Zukunft zu gewährleisten. Mehr als das brauchten wir wohl mit Rücksicht auf den kranken Vater der Brüder und auf Francis selbst nicht zu tun? Nach englischem Recht konnte keine Anklage gegen sie erhoben werden, sofern Rob und ich sie nicht zur Anzeige brachten. Die Sache mit dem Unfall und der anschließenden Fahrerflucht in Bayern stand auf einem anderen Blatt; sosehr es mich erleichterte, zu wissen, daß es tatsächlich ein Unfall gewesen war, konnte ich Emory sein Vorgehen, das von brutalem Eigennutz zeugte, nicht verzeihen; dennoch war ich nicht bereit, zum Leid seines Vaters beizutragen, indem ich der bayrischen Polizei Hinweise gab. Sobald ich konnte, würde ich Herrn Gothard anrufen und ihn bitten, mir das Bild zurückzuschicken. Was die Schulden der Zwillinge betraf, so würde der Erlös aus dem Verkauf von Williams Brooke wohl ausreichen, um sie zu begleichen und so ihrem Vater seine Ruhe wiederzugeben. Dann würden die Zwillinge – oder James, der Überlebende – sich vermutlich dort niederlassen, wo ihnen noch Zuflucht gewährt wurde. In Südamerika? In Mexiko? Wo immer es war, sie würden noch einmal von vorn anfangen müssen, und es würde James, wenn er sich selbst überlassen blieb, nicht besser ergehen, als er es verdiente. Ich fand in mir nicht die Kraft, mich – was immer ihr Schicksal sein mochte – um sie zu sorgen; ich hoffte, sie nie wiedersehen zu müssen. Beklagen würde ich den Verlust nicht des Bösewichts und des Schwächlings, die gestern nacht in mein Haus eingedrungen waren, sondern der zwei liebenswerten und eigenwilligen Knaben, die vor so langer Zeit hier mit uns zusammengelebt hatten.

Francis wandte sich um und kam auf uns zu. Er war ernst und ein wenig blaß, ließ jedoch kein Zeichen von Gefühlsregung erkennen. Es sah ihm ähnlich, daß er, als er das Wort an uns richtete, von meinem Verlust sprach, von dem er nichts gewußt hatte, und von unserer unerwarteten Heirat, nicht aber von den Vorfällen der letzten Nacht, die beinahe zu einer Tragödie geführt hatten. Er wurde unterbrochen. Unten in der Allee, jenseits der Bäume, wurde eine Autotür zugeschlagen. Wir hörten Stimmen. Drei Männer, zwei von ihnen Polizisten in Uniform, bogen in die Allee ein; hinter ihnen, eilig bestrebt, sie einzuholen, kam der Pfarrer. Sie verlangsamten ihre Schritte, als sie uns auf der Brücke sahen, und der Pfarrer hob die Hand, in einer Geste, die Freude und Erleichterung ausdrückte. Aus der Entfernung gesehen, schien sie auch etwas von einem Segen an sich zu haben.

„Und wenn wir ihnen jetzt nur einen knappen Umriß des Geschehens geben und Emerson den Rest überlassen würden?“ schlug Francis vor, den Blick auf die näherkommenden Männer gerichtet. „Mr. Emerson muß natürlich alles erfahren, dann kann er uns beraten. Was mir im Augenblick die meiste Sorge macht, ist, was ich meinem Vater erzählen soll.“

„Mir scheint, es wird gar nicht nötig sein, deinem Vater noch mehr Kummer zu machen, indem du ihm erzählst, was deine Brüder heute nacht angestellt haben.“ Rob, dessen Zorn verflogen war, zeigte sich wieder ganz als der alte. Der ruhige, überlegt handelnde Praktiker.

„Sobald wir wissen, wie wir mit der Polizei stehen, werden wir uns eine Geschichte für ihn ausdenken. Die Wahrheit kann warten, bis er wieder gesund genug ist, um sie zu ertragen . . . Wenn er sie überhaupt je erfahren muß.“ Er unterbrach sich und sah mir ins Gesicht. Ich weiß nicht, was er dort las, aber er nickte, als ob er Antwort erhalten hätte, und sprach, seine Worte an Francis richtend, schnell weiter: „Ich sollte dir wohl auch noch etwas anderes sagen. Ich glaube nicht, daß deine Brüder es mit ihrer Rückkehr hierher sehr eilig haben werden, und darum sieht es ganz so aus, als ob dieser Besitz jetzt auf dich übergehen würde. Nun, Bryony und ich, wir hatten die Absicht auszuwandern. Das wird nun eine Weile warten müssen. Wir können nicht einfach fortgehen und dich in diesem Schlamassel allein lassen. Wenn du also willst, bleiben wir noch eine Weile, alles wieder in Ordnung zu bringen. Wir haben heute morgen eine Entdeckung gemacht, von der ich nicht viel verstehe, aber Bryony meint, daß, wenn wir es richtig anfangen, der Besitz sich in Zukunft selbst erhalten könnte. Dabei wollen wir dir helfen, Junge, und dann gehört der ganze Laden dir." Er sah mich von der Seite an. „Stimmt's, Liebste?"

„Ja, Rob." Mein Blick fiel auf das leuchtende Wasser, auf die grasbewachsenen Ufer, deren Hänge nahtlos in ihre klaren Spiegelbilder übergingen, und auf die Gipfel der Obstbäume, wo das Lied der Drossel zweifellos immer noch im blühenden Glockenturm des Birnbaums sein Echo fand. Schließlich blieb mein Blick auf dem Manne haften, der nun Erbe dieses Besitzes war mit allem, was die Vergangenheit dazu beigetragen hatte, und der ganzen Last von Fragen, die seine Zukunft bestimmen sollte.

Wenn er sich dazu entschloß, hierzubleiben und Court Ashley, in welcher Form auch immer – als Naturdenkmal, Handelsgärtnerei, Bauernhof, Schloß –, seine Bedeutung wiederzugeben, ich würde ihm dabei helfen. Wenn er sich dazu entschloß, es für sich selbst in Anspruch zu nehmen und den Rest seines Lebens hier zu verbringen, ich würde auch damit einverstanden sein. Sollte er es aber vorziehen, es Francis zu überlassen, der dieses Fleckchen Erde liebte . . .

Ja, so würde es sein. Ich wußte, was er sagen würde, sobald ich ihm alles erzählt hatte. Ruhig und gelassen, die dunklen Augen auf seinen, auf unseren fernen Horizont gerichtet, würde er sagen:

„Francis Ashley, Junge, es gehört alles dir."